CB074305

COLA

PSO

卜
上

非
乂

COLAPSO
Copyright © Roberto Denser, 2023
Todos os direitos reservados.

"Os Homens Ocos", de T. S. Eliot.
Poesia, Nova Fronteira, 2015, trad. Ivan Junqueira.

Diretor Editorial
Christiano Menezes

Diretor de Novos Negócios
Chico de Assis

Diretor de Planejamento
Marcel Souto Maior

Diretor Comercial
Gilberto Capelo

Diretora de Estratégia Editorial
Raquel Moritz

Gerente de Marca
Arthur Moraes

Gerente Editorial
Bruno Dorigatti

Editor
Cesar Bravo

Capa e Proj. Gráfico
Retina 78

Coordenador de Diagramação
Sergio Chaves

Designer Assistente
Jefferson Cortinove

Preparação
Retina Conteúdo

Revisão
Vanessa C. Rodrigues
Retina Conteúdo

Finalização
Sandro Tagliamento

Marketing Estratégico
Ag. Mandíbula

Impressão e Acabamento
Ipsis Gráfica

DADOS INTERNACIONAIS DE CATALOGAÇÃO NA PUBLICAÇÃO (CIP)
Jéssica de Oliveira Molinari CRB-8/9852

Denser, Roberto
  Colapso / Roberto Denser. — Rio de Janeiro : DarkSide Books, 2023.
  448 p.

  ISBN: 978-65-5598-344-9

  1. Ficção brasileira 2. Distopia 3. Horror
  I. Título

22-3242   CDD B869.3

Índice para catálogo sistemático:
1. Ficção brasileira

[2023, 2025]
Todos os direitos desta edição reservados à
DarkSide® *Entretenimento* LTDA.
Rua General Roca, 935/504 — Tijuca
20521-071 — Rio de Janeiro — RJ — Brasil
www.darksidebooks.com

ROBERTO DENSER
COLAPSO

DARKSIDE

SUMÁRIO

13. PARTE 1:
Depois do Fim

173. PARTE 2:
Convergências

279. PARTE 3:
Colapso

423. Epílogo

433. Posfácio

Para Ulysses e Alice Helena,
na esperança de que haja
um futuro melhor.

P1

DEPOIS DO FIM

Nós somos os homens ocos
Os homens empalhados
Uns nos outros amparados
O elmo cheio de nada. Ai de nós!
"Os Homens Ocos", T.S. Eliot

1

"Sabia que o céu já foi azul?"

O garoto olhou para o velho com incredulidade. Depois olhou para o céu por alguns segundos e voltou a olhar para o velho.

"Mentira."

O velho não se ofendeu. Apoiou o pé na lâmina da pá, cuspiu pro lado e puxou um lenço encardido do bolso de trás da calça, com o qual enxugou o suor da testa. O garoto continuou cavando. O velho olhou para o céu com uma expressão cansada e meio triste.

"Quando eu era criança", disse, "o céu era azul. Lembro claramente disso por causa de um passeio de moto com meu pai."

O garoto parou de cavar e encarou o velho, os olhos apertados, como se assim pudesse analisar melhor se o que ele lhe contava era ou não uma mentira deslavada.

"A gente saiu de casa depois do almoço e fomos passear na praia do Leblon. Era um dia lindo. O céu estava azul e quando passamos o túnel lembro de ter pensado que aquele era o dia mais bonito que eu já tinha visto. Que eu nunca tinha visto o céu tão azul daquele jeito."

"Onde fica essa praia?", perguntou o garoto, subitamente mais interessado.

"Longe daqui", disse o velho, olhando pro garoto com um sorriso onde faltavam alguns dentes. "Numa cidade chamada Rio de Janeiro. Era um lugar bonito Antes."

"Acho que já ouvi falar no Rio de Janeiro", disse o garoto. Depois de refletir um pouco, acrescentou: "Queria ver o mar um dia."

O velho ignorou o comentário.

"Rio de Janeiro", repetiu sonhadoramente. "O Leblon era lá. Era um bairro de gente rica."

"O que é gente rica?", perguntou o garoto.

O velho pigarreou e cuspiu uma pelota branca de catarro, depois enxugou a boca com o mesmo lenço encardido.

"Pessoas que tinham muitas coisas de que não precisavam, e que por causa disso achavam que eram melhores do que as que tinham menos do que precisavam."

Os olhos do garoto giraram nas órbitas, intrigados.

"E como elas conseguiam ter tantas coisas?"

"Dinheiro. Tinha uma porcaria de papel chamada dinheiro que as pessoas usavam pra trocar por comida e favores."

O garoto sorriu.

"E como as pessoas conseguiam esse... dinheiro?"

"Trabalhando, Garoto. Quer dizer, é óbvio que isso é mentira, mas era o que eles diziam", o velho sorriu com ironia. "Se você juntasse dinheiro suficiente, você se tornava rico. Um rico podia comprar o que bem entendesse, inclusive pessoas pra trabalhar pra ele. E assim eles ficavam mais ricos e compravam mais pessoas pra trabalhar pra eles. E assim ficavam ainda mais ricos e daí por diante."

O garoto franziu o cenho e segurou um sorriso.

"Parece uma coisa idiota."

O velho enfiou o lenço no bolso, pegou a pá e voltou a cavar.

"Era uma coisa idiota mesmo", disse.

"Hoje em dia a gente pega o que quer", disse o garoto. "É só chegar e pegar. Não precisa desse dinheiro."

O velho não respondeu.

"E se outra pessoa tiver algo que a gente quer, é como o Camargo diz: é só a gente ser mais forte e tomar dela. E se a pessoa não quiser dar, a gente mata ela e pega do mesmo jeito. Muito melhor. Não precisa de dinheiro."

O velho analisou o tamanho do buraco, olhou para a enorme caixa de madeira ao lado deles e voltou a olhar pro buraco.

"Acho que já vai caber", disse ele, jogando a pá de lado e esticando as costas.

"Caralho de coluna fodida".

O garoto olhou pro baú, olhou pro buraco, olhou pro velho.

"É, acho que cabe."

"Me ajuda aqui", disse o velho, saindo do buraco, se posicionando numa das extremidades da caixa e segurando a alça de metal com as duas mãos.

O garoto pegou a alça na outra extremidade.

"No três", disse o velho.

Levantaram o baú com dificuldade, e o arrastaram lentamente até o buraco.

"Solta com cuidado. Com cuidado, porra!"

Deslizaram o baú pra dentro do buraco e o soltaram devagar. O buraco passava cerca de vinte centímetros acima dele.

"Perfeito", disse o velho, limpando as mãos nas calças e olhando o resultado.

"O que tem aí dentro?", perguntou o garoto.

"Não é da sua conta".

"Seja o que for, é pesado pra caralho", disse o garoto. "Ainda bem que é a última."

O velho voltou a olhar para o céu enquanto apanhava a pá. O garoto seguiu seu olhar.

"Por que ele pede pra gente trocar essas caixas de lugar a cada sei lá quantos dias?", perguntou o garoto.

"Já disse que não é da sua conta", repetiu o velho. "E é a cada quinze dias. Ele conta com uns riscos na parede do *quarto*."

O garoto cuspiu e esfregou as mãos na calça.

"Ele às vezes manda a gente fazer umas coisas que só ele entende."

O velho se escorou na pá e o observou de cima a baixo.

"Escuta aqui, Garoto. Você ainda fede a mijo. Camargo já tinha alguns fiapos de barba branca na cara quando você apareceu. Ele sabe o que faz. Se ele manda a gente mudar essas porras de lugar a cada quinze dias, a gente muda a cada quinze dias. Se ele mandar a gente mudar a cada cinco dias, a gente muda a cada cinco dias. E se ele mandar a gente mudar todos os dias, a gente também faz, porra. Camargo manda, a gente obedece. Simples assim. Sabe por quê?"

O garoto assentiu.

"Porque ele é o líder", disse.

"Porque ele é a porra do nosso líder, e porque ele sabe o que faz".

O velho parecia subitamente irritado. O garoto já estava acostumado com aquilo e até achava engraçado: uma hora o velho estava tranquilo e conversador, respondendo perguntas e falando sobre as coisas de Antes, e no instante seguinte estava puto e xingando o diabo.

"Se estiver achando ruim", continuou o velho, "eu falo com Camargo pro César voltar. Era mais fácil com o César. Ele não ficava me enchendo de perguntas idiotas."

O velho deu outra goipada e ficou observando a pelota branca de catarro com admiração.

"Teve uma época que só saía preta", disse, fascinado. "Talvez o ar esteja melhorando".

Ficaram jogando pás de terra em silêncio sobre o baú. Depois de um tempo o garoto perguntou:

"Ele é o líder por que é o mais forte?"

"Sim. E porque é o mais esperto", respondeu o velho. Depois acrescentou, como se para justificar a última afirmação: "E ele lê."

"Lê?"

"Lê. Coisas. Palavras, livros. Essas porras."

"Mas você também lê."

O velho deu uma bufada impaciente.

"Eu sei ler, Garoto, porque sou de Antes. Quase todo mundo de Antes sabe ler. Eu e Dona Maria sabemos. Mas não lemos porra nenhuma. Nenhum de nós lê. Não vemos a menor graça nisso."

"E o Camargo?"

"Ele lê porque gosta, porque isso deixa ele esperto."

O velho apontou para a cabeça com o indicador. O garoto inflou o peito e disse:

"Eu também quero ficar esperto. Já estou ficando forte como ele. Quero aprender a ler também."

"Então leia isso aqui", disse o velho, inclinando-se de lado e soltando um peido sonoro e agudo.

O garoto soltou uma gargalhada.

"Esse foi dos grandes."

"Eles ficam maiores e mais arriscados com a idade."

Ele ficou alguns minutos parado encostado na pá, olhando pro céu com uma expressão perdida. Depois balançou a cabeça, como se acordasse, e disse:

"Simbora, vamos cobrir essa merda logo e voltar pra casa."

Eles pegaram suas respectivas pás, e voltaram a cobrir o buraco sem dizer mais nada. Quando terminaram, o velho observou o rapaz e sorriu com carinho ao perceber seu cenho franzido, o ar introspectivo e meio estúpido. Era como se fizesse algum raciocínio que necessitasse de um esforço imenso. O velho se perguntou no que pensava.

"Azul é uma cor idiota", disse o garoto, guardando as pás na caçamba da picape e voltando a encarar o céu. "Gosto mais de vermelho. É minha cor favorita."

2

Camargo ajeitou o chapéu encardido na cabeça, encarou o rosto no espelho e abriu os dentes num sorriso bêbado. Seus olhos percorreram com apatia os dentes amarelados, o canino ausente, o rosto queimado de sol, a barba e os cabelos compridos e desgrenhados que começavam a branquear, e pararam na cicatriz em forma de C em volta do olho direito. Lembrou do soco que a causara e seu sorriso apático aos poucos se transformou num sorriso de prazer.

Foi um puta soco, pensou, coçando a cicatriz.

E a lembrança da briga voltou com todos os detalhes: a surpresa com a qual fora atacado pelo canhoto, *Um canhoto, por deus!*, e de como ele lhe dera trabalho. Na ocasião, chegou a pensar que perderia aquela briga, *o filho da puta era mesmo muito bom*, que havia chegado finalmente ao ocaso de seu breve reinado. Mas o canhoto lutador não contara com a sua resistência, tampouco com a sua, digamos, *inventividade*.

Porque ele era mesmo um cara bastante inventivo.

"Bum, bum, bum!", murmurou para o espelho, revivendo mentalmente o ponto de virada daquela briga, quando conseguira segurar a cabeça canhoto e girá-lo em direção à parede de concreto da fábrica.

"A primeira fez bum, a segunda fez bum, a terceira bum, bum, bum!"

Ele ensaiou alguns socos na frente do espelho e sorriu. Desistiu de bater a cabeça do desgraçado contra a parede assim que percebeu que ele já estava grogue. Não queria matá-lo, não daquele jeito.

"Jamais desperdice a chance de matar alguém do jeito certo", disse para o seu reflexo no espelho.

Com o canhoto nocauteado, ele apoiou a bota em suas costas e pensou *bom, eu bem que podia pisoteá-lo até fazer uma pasta de sangue e osso, mas isso seria um desperdício.*

Foi quando seus olhos cruzaram com uma chapa de alumínio embaçada num canto e ele viu o talho em volta do olho direito, um tampo levantado como o de uma maldita laranja. Passou a mão no rosto, olhou a mão ensanguentada, olhou pro canhoto rastejando aos seus pés em direção a um pedaço de pau, e tomou uma decisão.

"Vou levar você comigo, Canhoto", disse. "Você é guerreirão. Vai ter uma morte bacana."

Pegou uma das suas algemas no cinto, prendeu seus pulsos e o ergueu nos ombros como se fosse um saco de batatas. Depois o levou até a picape e o jogou na caçamba, voltou para pegar o chapéu que havia caído durante a briga, e seguiu de volta para o Palácio, dirigindo e assobiando enquanto o sangue escorria pelo rosto, pescoço e tórax, encharcando toda a camisa.

Quando chegou, Amanda foi a primeira a perceber o que havia acontecido.

"Porra, Camargo!, que merda é essa? Você não devia ter ido sozinho!"

As pessoas do grupo já começavam a fazer um círculo em volta dele. Camargo fez um sinal com a mão para que abrissem espaço.

"Eu estou bem", disse, olhando em volta. "Os gêmeos já voltaram da ronda? Eu trouxe um comigo."

"Não", respondeu Amanda.

"E o Cabeça?"

"Tá ajudando o Mago com as motos."

"Avisa pra deixarem as motos pra depois", disse. "Hoje vamos comer uma carne especial. Carne de canhoto. Aposto como nunca comeram nada assim."

O sorriso de satisfação se espalhou entre eles como rastilho de pólvora. Camargo então olhou para Dona Maria e disse:

"Eu costuro, Dona Maria. Pode deixar que eu mesmo costuro essa merda."

Mais tarde, na cama, quando já estava com o rosto suturado e a barriga cheia com a carne do Canhoto, Amanda quis saber qual era a história do sujeito. Camargo deu de ombros.

"Não faço ideia. Ele estava na fábrica escondido, me pegou de surpresa. Pensei que tínhamos limpado todo o perímetro e me distraí. Quase virei pato."

"Sabe o nome dele?"

Camargo demorou a responder.

"Ele não falou", disse por fim. "Uma pena. Vai ser lembrado como Canhoto."

Amanda procurou o seu pênis com a mão e começou a acariciá-lo.

Ele encostou-se na cama e a puxou para o colo.

"Vem cá."

Ela se sentou sobre ele, segurou o seu pênis e o introduziu no ânus, com um gemido baixo.

"Você não deveria sair sozinho", disse, começando a cavalgar devagar.

Camargo segurou os quadris dela e disse:

"Esquece essa porra e cavalga. E aperta bem esse cu."

3

Nêgo Ju e Samuel estavam caminhando praticamente sem parar há pelo menos quinze dias. Seus pés estavam em carne viva, havia bolhas e pus, a pele se colava no tecido fino das meias que se colava na borracha rachada das botas.

"Por que a gente simplesmente não para e fica por aqui mesmo?", perguntou Samuel, parando de repente. "Tem um rio logo ali, e podemos montar nossas barracas naquela clareira lá atrás. É um bom lugar, Nêgo."

"E o que nós vamos comer, porra? Água?", perguntou Nêgo Ju, com seu mau humor cada vez mais constante.

"Eu ainda tenho um pouco de crocante na bolsa", disse Samuel, quase se desculpando por isso. "Deve dar pruns dois dias."

Nêgo Ju respirou fundo. Samuel imaginou ter visto um brilho em seus olhos como de lágrimas, mas causado por ódio. Ele só não sabia se era possível chorar de ódio.

"Eu não aguento mais comer crocantes", disse Nêgo Ju, retirando a mochila das costas e jogando no chão, e a seguir massageando o ombro dolorido. "Por mim eu passava o resto da vida sem nunca mais chegar perto de uma crocante do caralho."

"Não tem outra coisa", disse Samuel. "Até mesmo as crocantes estão rareando desde que deixamos a cidade. A gente vai ter que racionar".

Sentaram-se em silêncio.

"O que vamos fazer?", perguntou Nêgo Ju.

"A gente fica aqui por alguns dias, descansa... exploramos o lugar. Só até nossos pés melhorarem."

Nêgo Ju olhou através de Samuel, para a floresta atrás dele.

"Você acha que aí dentro tem alguma coisa pra gente comer?", apontou com o queixo. Samuel se virou e ficou um tempo olhando pra floresta. Árvores mais mortas que vivas, a maioria ressecada, cinzenta, mas havia aqui e ali alguma planta ainda verde ou amarelada, apesar de muito escassas.

"Talvez a gente consiga algum creme", disse, voltando-se para Nêgo Ju. "E aí a gente come com as crocantes. Ou então raiz. Sempre tem raízes nessas porras."

Nêgo Ju sorriu. "Yummy", disse, com desdém, e sua barriga roncou.

4

O céu estava mais vermelho que de costume. Velho achou que aquilo era um péssimo sinal.

"Acho que vem uma tempestade por aí", disse em tom sombrio.

O garoto tirou os olhos da estrada e olhou pra ele.

"Água ou areia?", perguntou.

"Pela cor é areia", disse o velho.

"De novo?", o garoto meneou a cabeça. "Da última vez quase fiquei cego."

O garoto deu um solavanco e riu. A picape balançava na estrada esburacada, levantando uma nuvem de poeira por onde passava.

"Quando?", perguntou ao velho, passando a quinta marcha e acelerando ainda mais.

"Não dá pra saber".

"Vai demorar?"

O velho cuspiu pela janela.

"No muito. Uns três dias."

"Caralho", disse o garoto.

Lá na frente, no teto do Palácio, César e Cabeça os observavam através de binóculos de longo alcance.

"O velho e o garoto", disse Cabeça, mascando um pedaço de gengibre murcho. "Camargo pediu pra avisar quando eles ou os gêmeos estivessem voltando."

"Deixa eu ver", disse César, pegando o binóculo.

No horizonte, a picape oscilava pela estrada empoeirada.

"É. São eles. Eu vou ou você vai?"

"Melhor você. Camargo tá meio puto comigo por causa da Amanda."

César o encarou com curiosidade.

"O que rolou?"

Cabeça cuspiu o naco de gengibre mastigado.

"Ela cismou que eu tava fazendo merda nas rondas e me seguiu."

"E você tava fazendo merda, é claro. É a única coisa que você sabe fazer."

Cabeça ficou encarando César com um sorriso estúpido no canto dos lábios.

"Só um cochilo. Ela me pegou dormindo e me fodeu. Camargo falou que da próxima vez me enterra vivo e de cabeça pra baixo. Ele tomou minha arma."

"Tu também é um retardado do caralho."

César se levantou.

"Tu teve foi sorte do Camargo ter deixado quieto. Ele anda meio sem paciência pra merda ultimamente. Eu vou descer e pedir pro Mago. Com o Mago ele é mais tranquilo."

5

Ele estava caminhando há muito, muito tempo. Tanto tempo que mal lembrava de um dia ter vivido de outra forma. Sua rotina era fácil de ser resumida: acordava e, se tivesse comida, comia; então caminhava por algumas horas. Depois de algumas horas, parava e, se houvesse comida, comia; tirava um breve cochilo e voltava a caminhar. Caminhava por horas e quando anoitecia, se havia comida, comia. Depois voltava a dormir. Seus pés às vezes ficavam bem machucados, e quando isso acontecia ele parava pra descansar por alguns dias, até seus pés pararem de doer ou de sangrar. Em suas caminhadas, já vira muita coisa, já trocara muitos sapatos, e desde que começara a caminhar, nunca, nunca havia cruzado com uma única pessoa viva em lugar nenhum. Ele estava convencido de que era o último ser humano vivo no planeta inteiro. Ao lado dessa certeza, ele se considerava um tanto privilegiado, um explorador, e estava disposto a continuar caminhando e explorando até o fim de seus dias. Ele era bom nas duas coisas, muito bom, e achava que seus olhos já tinham visto mais do que os olhos de qualquer outro que vivera antes dele. As grandes cidades, por exemplo, ele passou por várias delas. Atravessou-as de um lado a outro, de cima a baixo, sempre procurando por algo que lhe servisse de comida ou conforto. Esbarrou em muitas curiosidades, carcaças de imponentes máquinas antigas, incontáveis ossadas, cidades congeladas; soterradas pela areia; inundadas pela água; devoradas por plantas de toda natureza (inclusive algumas poucas verdes e comestíveis).

Também se deparou com animais esquisitos, alguns até ameaçadores e que andavam em bando, mostrando dentes afiados, deixando a saliva escorrer no canto da boca. Bem como animais menores e de aparência mais simpática, mais vulneráveis e, portanto, mais facilmente comestíveis. Ele estava caminhando há tempo suficiente para perceber algumas mudanças que aconteciam bem diante de seus olhos. Como, por exemplo, as árvores e plantas, cada vez mais ressecadas, cinzentas, como se estivessem morrendo. Como, por exemplo, os animais cada vez mais escassos e que, mesmo que raramente encontrasse algum, em geral eram criaturas magras e agressivas, de olhos enlouquecidos. Como, por exemplo, o aumento na quantidade e no tamanho dos insetos. Nas cidades, estavam por toda parte, principalmente baratas, escorpiões e outras coisas com patas e antenas cujo nome ele desconhecia. Os insetos eram os novos donos do planeta, ao que tudo indicava, mas ele achava que mesmo eles não iriam muito longe com as plantas apodrecendo e morrendo naquela velocidade.

Ele não tinha nome ou, se é que um dia o teve, não se lembrava. A última pessoa com quem tivera contato, muitos anos antes de começar a caminhar, costumava lhe chamar de Espanhol, mas ele não fazia a menor ideia do que isso significava. Ele havia nascido num lugar que era chamado de Buenos Aires, mas isso muito antes de ser encontrado por José, o homem que o protegera por alguns anos, que o ensinara a falar e ler em português, sua língua materna, que o alimentara e a quem devia até mesmo a vida. Sabia que não teria sobrevivido tanto tempo se aquele homem não o tivesse resgatado. Achava que esse era o motivo do apelido, porque fora depois de dizer sua origem que seu protetor começou a lhe chamar de Espanhol. Gostava da sonoridade, contudo, e quando pensava em si mesmo, pensava como sendo "O Espanhol". Se algum dia cruzasse com outra pessoa em seu caminho, era o que diria, afinal: "Olá, eu me chamo Espanhol. E você, como se chama?"

Mas ele não tinha a menor esperança de que isso viesse a acontecer. A despeito do que José falara antes de morrer, que ainda havia pessoas vivas no Brasil, ele tinha certeza de que isso já não era verdade. A travessia pelo sul congelado o convencera disso.

6

As lembranças foram interrompidas pelo barulho de alguém batendo com força na porta metálica.

Bam, bam, bam!

"Chefe, chefe!"

Camargo reconheceu a voz de Mago.

"Já estou saindo", disse, e voltou a sorrir pro espelho. Depois abriu o portão de metal do quarto.

"Diz, Mago", comandou Camargo, olhando-o de cima.

Mago sempre se surpreendia com o tamanho de Camargo quando estavam próximos daquele jeito. Deu um passo pra trás.

"O velho e o garoto estão voltando. César pediu pra avisar. Ele não quis largar o posto".

Camargo assentiu.

"Mais alguma coisa?"

Mago hesitou e desviou os olhos.

"O céu tá vermelho. Acho que vai chover."

Camargo pensou em dizer "o céu é vermelho, porra", mas havia entendido o que Mago queria dizer.

"Puta que o pariu", disse Camargo, massageando a testa.

"O que a gente faz?"

Ainda massageando a testa, Camargo respondeu:

"Avisa todo mundo. Mande pegarem as máscaras de proteção e separarem comida. Pede pra Dona Maria levar umas caixas de sementes e carne-seca lá pra baixo, coisas que não precise cozinhar. Quero todo mundo no abrigo assim que terminarem".

Ele deu um passo em direção ao Mago.

"Depois que eu chegar ninguém mais entra. Os gêmeos já voltaram?"

"Ainda não. Acho que não vão chegar antes da tempestade."

"Eles estão com uma das picapes."

"Eu sei."

"Puta que pariu, Mago."

Mago permaneceu em silêncio. Camargo fez um gesto impaciente com a mão.

"Simbora, Mago. Faz o que mandei. Avisa todo mundo. Simbora, simbora."

"Podexá, chefe."

Mago estava para se retirar, mas Camargo o chamou de volta.

"Sim, chefe."

"Quando Velho chegar, mande ele vir aqui imediatamente. Diga que é urgente."

"Sim, senhor."

"E leva uma caixa de uísque lá pra baixo. Chama Amanda pra te ajudar, diz que é ordem minha."

Mago baixou a cabeça.

"Podexá, chefe", disse, e se retirou.

"Puta que o pariu, gêmeos do caralho", repetiu Camargo, para o quarto vazio.

7

O velho e o garoto estacionaram a picape ao lado da rampa e observaram atentamente o Palácio.

"Aconteceu alguma coisa?", perguntou Garoto. Velho cuspiu.

"Não. Acho que estão se preparando pra tempestade, só isso."

"Ei, Velho."

Era Mago. Segurava uma caixa pesada de uísque. Velho moveu a cabeça em sua direção.

"Camargo. Urgente. Sozinho", Mago disse, e seguiu em frente.

"O que será que aconteceu?", perguntou Garoto.

"Não deve ser nada", disse Velho, já se dirigindo para o amplo salão que Camargo chamava de quarto. Antes de bater, respirou fundo.

Camargo não demorou a abrir a porta. Vestia apenas uma calça marrom e o maldito chapéu. Também calçava as botas surradas do exército que ele encontrara no antigo batalhão.

Camargo abriu o seu costumeiro sorriso torto e amarelo quando o viu. O velho apenas o encarou com seriedade.

"Camargo", disse.

O sorriso dele não se alterou.

"Velho", disse ele. "Tudo certo com as caixas?"

"Tudo certo, chefe. Mudamos as três de lugar."

"E o garoto?"

"O que tem ele?"

Camargo se afastou e estendeu o braço, apontando para um sofá sujo e mofado num canto da parede. O velho foi até ele e se sentou. Camargo ocupou um banco de madeira em frente.

"Não ficou curioso?"

Velho deu de ombros.

"Perguntou o que tinha nos baús por causa do peso, mas eu disse que não era da conta dele e ele não falou mais nada."

Camargo coçou a cicatriz ao lado do olho direito.

"O garoto já é um homem, Velho. Eu não me importo que ele saiba."

"Não tá na hora", disse Velho. "Ainda tá verde."

Camargo sorriu sem vontade.

"Mudando de assunto. Mago disse que vem tempestade por aí."

"Uma das grandes", o velho assentiu.

"Dois dias?"

"Uns dois ou três dessa vez. Acho que três."

Camargo massageou a testa.

"Vi que já começaram a se preparar", comentou o velho, para quebrar o silêncio.

Camargo não respondeu imediatamente. Mas depois disse:

"Velho, o que vamos fazer? Está cada vez mais frequente. A última demorou umas seis trocas pra acontecer. Quanto foi agora?"

"Uma troca", respondeu o velho. "Troquei os baús com César um dia depois da última tempestade. Hoje fui com o Garoto e vai cair outra. Quinze dias, uma troca."

"Puta que pariu", disse Camargo. "Uma troca".

O velho concordou em silêncio. Era uma situação terrível e sem qualquer perspectiva de melhora.

"O que vamos fazer, Velho?"

Camargo o encarou, aguardando uma resposta. O velho continuou em silêncio por um tempo e então disse:

"Não sei."

Camargo se levantou e foi até um carrinho num dos cantos próximos da cama. Pegou uma garrafa com um líquido âmbar e dois copos e então voltou, colocando um copo na frente do velho e enchendo os dois.

"Beba", disse.

Velho pegou o seu copo e bebeu tudo de uma vez, sem titubear. Camargo fez o mesmo e voltou a encher os copos. Velho repetiu a talagada. Camargo sorriu.

"É um bom uísque, Velho", disse.

"É maravilhoso", disse Velho.

Camargo deu um gole e limpou o bigode com as costas da mão.

"Eu sei o que devo fazer, Velho", disse. "E você também sabe o que eu devo fazer."

"Eu sei", disse Velho. "Todos sabemos."

"Você sabe que é uma decisão difícil."

Velho permaneceu em silêncio, o copo vazio na mão.

"Pode colocar mais", disse Camargo. O Velho pegou a garrafa e encheu o copo. Camargo sorriu.

"Não vá ficar bêbado, Velho."

"Não vou."

"Eu tinha esperanças, Velho, de você sugerir alguma outra solução."

O velho desviou os olhos.

"Eu tenho pensado nisso todos os dias, mas não vejo outra opção. Ainda temos água, graças às rondas, mas tá chovendo cada vez menos. Agora é só areia e mais areia. Se não sairmos daqui vamos acabar com areia dentro do cu", disse Velho.

Camargo tirou o chapéu ensebado e o acomodou sobre a coxa direita.

"Vou convocar uma reunião."

Velho bebeu o seu copo de uísque e voltou a enchê-lo.

"Pra quando?"

"Para depois da tempestade".

"O pessoal vai entender. Você sempre disse para estarmos preparados pra cair fora a qualquer momento. Largar tudo."

Camargo olhou pro teto e respirou fundo.

"Esse era o nosso lar", disse. "Pensei que fôssemos morrer aqui."

"Se continuarmos aqui é o que vai acontecer mesmo", disse Velho.

Camargo deu uma risada.

"Você sabe o que vai acontecer na estrada, não sabe?"

O velho o olhou com gravidade.

"Sei."

"Estamos fora de forma, Velho."

"Eu sei."

Camargo esfregou a testa e respirou fundo.

"Pode ir, Velho. E leve a porra da garrafa."

O velho levantou e agarrou a garrafa com firmeza.

"O copo fica", disse Camargo, "e vai colocar a máscara e uma roupa antes que essa merda comece."

"Sim, senhor", disse Velho, e caminhou satisfeito em direção à porta.

8

"Você vai mesmo acender uma fogueira?", Samuel perguntou.

Nêgo Ju olhou para ele e deu de ombros.

"Alguém pode ver", insistiu ele.

Nêgo Ju continuou enfiando gravetos finos e secos embaixo da lenha.

"Quando foi a última vez que você viu alguém que não fosse eu?", perguntou.

Samuel olhou em volta, depois olhou para Nêgo Ju e então para a fogueira.

"Bastante tempo."

"As últimas pessoas que vimos foram aqueles caras com roupas esquisitas. Aqueles que cantavam uma música esquisita. Lembra disso?"

Samuel deu uma risada.

"Isso já tem um ano, ou quase", disse Nêgo Ju.

"É."

"E estamos andando há muitos anos, não?"

"É."

"Antes deles você lembra de ter visto alguém?"

Samuel revirou os olhos, pensando.

"Teve aqueles três caras com o cachorro na Paulista!"

Nêgo Ju riu.

"Eram dois caras, uma mulher e um cachorro."

Samuel ficou pálido. Olhou pra Nêgo Ju com os olhos arregalados.

"Você não pode ter certeza", disse.

"Mas eu tenho certeza. Era uma mulher, sim."

Samuel ficou calado.

"Por que você não falou nada, Nêgo?"

Nêgo Ju fez um movimento de desprezo.

"Eles estavam em vantagem."

"Mas nós tínhamos o elemento surpresa!"

Nêgo Ju revirou os olhos.

"Eles tinham o cachorro, e a vantagem numérica."

"Aquilo era a porra de um cachorro caramelo, Nêgo! Um vira-lata! Poderíamos ter atacado de longe, porra, sei lá!"

Nêgo Ju parou de enfiar os gravetos e encarou Samuel.

"Escuta aqui, porra. Se tivéssemos atacado, eles teriam virado o jogo assim que passasse a surpresa. Um dos filhas da puta tinha um taco, um taco! E ele parecia saber usar. Se tivéssemos atacado, aquela porra daquele cachorro caramelo do caralho teria avisado antes, eles pegariam a gente e hoje nós seríamos dois montículos de merda adubando erva daninha e secando no sol de alguma rodovia."

Samuel começou a quebrar gravetos e ajudar Nêgo Ju.

"Uma mulher. Puta que pariu."

"Pois é. Mas deve ter mais. Uma hora a gente encontra uma."

"Será? Duvido."

"E o quê, você acha que todas as mulheres do planeta já eram?"

Nêgo Ju pegou uma vareta e apoiou num pequeno tronco coberto pelos pequenos gravetos secos e começou a girá-la rapidamente de um lado pro outro com as mãos.

"Não. Mas acho que as sobreviventes ou estão muito bem protegidas, ou sabem cuidar muito bem de si mesmas."

O pequeno pedaço de lenha começou a soltar um pouco de fumaça, então os gravetos fizeram alguns estalos e uma pequena chama ganhou vida. Nêgo Ju soprou.

"É um bom raciocínio", disse. "Mas se cruzarmos com uma sonsa desprotegida, pode apostar que ela não passa."

Samuel não tinha esperanças de que aquilo fosse acontecer. Nêgo Ju se levantou e pegou uma tampa de plástico de um dos potes que levava na mochila.

"Toma", disse, entregando a tampa para Samuel. "Abana essa porra."

"Por que eu?"

"Porque eu acendi essa porra e você só ficou enchendo o saco. E você perdeu a porra da minha pederneira, tá lembrado?"

Samuel pegou a tampa e começou a abanar.

"Cara", disse Samuel sonhadoramente, "eu bem queria encontrar uma mulher."

Nêgo Ju não respondeu.

9

Uma espessa nuvem de areia começou a se formar no horizonte. Amanda observou pelo binóculo que ela não tardaria a chegar ao Palácio. Assobiou pra chamar a atenção de César e jogou o binóculo para ele. Ele o agarrou no ar com firmeza.

"É melhor a gente descer. Não vai demorar."

César colocou os binóculos por alguns segundos e depois olhou para ela, assustado.

"Vai ser maior que da outra vez."

Amanda concordou.

"Vem. Vamos descer."

César obedeceu. Cabeça ficou olhando eles descerem com uma expressão de cachorro abandonado.

"Você também, Cabeça", disse Amanda. "A não ser que queira ficar aqui e tirar um cochilo."

Eles desceram para o alojamento subterrâneo. Todos já estavam por lá, acomodados num círculo inquieto e ansioso, a maioria com as máscaras de proteção descansando ao lado, prontas para serem usadas a qualquer sinal de necessidade. Amanda passou os olhos pelo alojamento.

"Ele não está aqui", explicou Dona Maria, a mais velha do grupo. "Deve estar no quarto."

Amanda assentiu e virou-se para sair. Mago segurou o seu braço.

"Ele pediu pra todo mundo esperar aqui", disse.

Amanda se desvencilhou e o encarou.

"Encosta em mim de novo e eu te viro do avesso na porrada", disse.

Mago desviou os olhos e baixou a cabeça.

"Desculpa, Amanda. Só estou explicando."

Ela sustentou o olhar e depois deu um passo em direção à saída, Camargo ocupou a abertura antes que ela atravessasse a porta. Estava sem camisa, o chapéu enfiado na cabeça, uma garrafa de uísque brilhando pela metade na mão. Ele abriu um sorriso.

"Oi, amor."

Ela se aproximou dele e murmurou.

"Você acha que é uma boa ideia encher a cara?"

Ele ficou sério.

"O mundo está acabando. É uma ótima ideia encher a cara", disse.

"Eu não gosto que você beba na frente do pessoal. Eles vão perder o respeito se você perder o controle."

Camargo deu de ombros.

"Você já me viu perder o controle de alguma porra?"

Amanda não respondeu. A verdade é que Camargo, apesar de estar bebendo cada vez mais — e ela percebia isso com um receio crescente —, nunca ficava bêbado a ponto de perder as estribeiras. Em uma ocasião eles saíram numa expedição para colher combustível para refino e Camargo, que começou a beber assim que o dia nascera, continuou a beber depois de voltarem, já bem tarde da noite. Uísque. Sem pausas, sem interrupções. Voltara dirigindo a picape em silêncio, observando a estrada e pensando em sabe-se lá o quê.

"Falta alguém?", perguntou ele.

Amanda deu um sorriso quase imperceptível.

"Só o Dirceu e o Dirley."

"Pode travar a porta", disse ele.

10

"Samanta, Samanta, acorde."

Ela se contorceu na cama e murmurou algo ininteligível. Pedro a segurou com as duas mãos e a sacolejou delicadamente.

"Samanta."

Ela abriu os olhos e piscou algumas vezes. Abriu a boca para falar algo, mas começou a tossir antes que conseguisse emitir qualquer palavra.

"Eu ouvi um barulho", disse ele, e ela ficou mais atenta ao perceber o medo em sua voz.

"Um barulho?", perguntou ela, a voz ainda embargada de sono.

"Sim. De motor."

Ela arregalou os olhos e se ergueu na cama.

"Como assim de motor?"

"Como se fosse um carro", ele disse.

"Você sabe que isso é impossível."

Ele se levantou da cama e deu dois passos até a parede ao lado.

"Não sei de mais nada. Era motor, Samanta. De carro."

Ela o analisou em silêncio. Levantou-se.

"Pedro... será que você não teve um sonho?"

Ele afastou a ideia com um gesto impaciente.

"Não foi sonho, eu não estava dormindo. Foi um carro, Samanta. Um carro!"

Ela mordeu o lábio inferior.

"Se foi mesmo um carro, o que isso pode significar?"

Ele deu de ombros.

"Um monte de coisas", respondeu. "Que devemos sair daqui, por exemplo."

Ela considerou aquelas palavras com um nervosismo crescente. Sabia o que o marido queria dizer.

"Pensei que aqui fosse seguro", foi a única coisa que ela conseguiu falar. Como resposta, apenas o medo no rosto de seu homem, mas ela não fazia ideia do quanto.

"Eu também", ele acabou dizendo.

"Você acha que vão voltar?"

Ele voltou para a cama e olhou com horror para a barriga dela.

"Eu jamais me perdoaria se algo ruim acontecesse."

Ela pegou a mão dele e a acariciou. Depois a colocou sobre sua barriga.

"Não vai acontecer nada", ela disse, tentando soar segura. A verdade é que estava com tanto medo quanto ele. Talvez mais.

"Samanta."

"Sim?"

"Eu estou com medo."

Ele a encarou. Seus olhos brilhavam no escuro.

"Eu também, amor. Isso é normal."

"Não estou com medo por mim, Samanta. Não teria medo nenhum se fosse só eu, mas você sabe o que pode acontecer se eles pegarem você. Ainda mais nesse estado."

Instintivamente, Samanta colocou uma das mãos sobre a barriga.

"O que vamos fazer, Pedro?"

"Talvez seja melhor sair daqui", ele disse, pensativo. "Agora."

"E ir pra onde?"

"Não sei. Qualquer lugar."

"Qualquer lugar? Não podemos ir pro..."

"Eu sei, eu sei. Vamos para o outro lado. Qualquer lugar mais seguro onde a criança possa nascer em paz."

11

Quando encontrava uma rua boa o bastante, ele retirava o skate preso em sua mochila e andava, *deslizava*, na verdade, por vários quilômetros. Aquilo o relaxava, lhe dava uma sensação de liberdade como nada mais. Era a única coisa que ele gostava mais do que explorar. Infelizmente, andar de skate e explorar eram coisas conflitantes e muitas vezes ele tinha de escolher entre uma ou outra. Quando ele viu aquela avenida imensa, quase infinita, a primeira coisa que pensou foi em retirar o skate e deslizar por ela o mais rápido possível, do começo ao fim. Mas aquela era uma cidade grande, cheia de prédios, e ele também queria explorá-los. O que costumava fazer quando chegava numa dessas cidades, era procurar um dos prédios mais altos e subir até o topo, para ter uma visão panorâmica do lugar, tentar compreendê-lo.

Dane-se, pensou. Ele não tinha pressa. Ia explorar aquela cidade da melhor maneira possível. Talvez conseguisse um novo par de tênis, um novo par de roupas que não estivesse mofado, comido ou apodrecido. E comida, claro, mas a perspectiva não era muito animadora. Ele estava certo de que não encontraria nada além de baratas e ratazanas, no máximo um cerdo-ratón, se tivesse sorte.

Ele subiu o capuz da jaqueta e puxou os cordões para apertá-lo. Estava tão frio que saía vapor quando ele expirava. Esfregou as mãos, jogou o skate no chão e apoiou o pé. Olhou para os prédios, para o horizonte da avenida, respirou fundo, sentindo o ar frio congelando-o por dentro, e deu impulso com o outro pé. O skate começou a andar, *deslizar*, e ele deu mais e mais impulso até atingir uma velocidade satisfatória. O barulho das rodas no asfalto era o único som em todo aquele planeta, e aquilo promovia um efeito estranhamente relaxante sobre ele. Espanhol desviava com cautela dos obstáculos, principalmente lixo, buracos e carcaças de automóveis, e sorria com satisfação sempre que chegava num trecho livre o suficiente que lhe permitisse fechar os olhos por alguns segundos. Em um desses trechos, acelerou ainda mais, abrindo os braços, cerzindo os olhos e sorrindo, gozando da sensação do vento frio açoitando seu rosto.

Quando cansava de dar impulso, se agachava e deixava levar pela velocidade. E ele fez isso até cansar. Depois sentou-se no acostamento e ficou olhando de um lado pro outro, pensando aonde ir em seguida. Provavelmente começaria pelos prédios com a aparência mais conservada, mais sólida, e depois analisaria os demais. Ainda olhando em volta, virou-se para uma placa e leu mentalmente com dificuldade, murmurando cada sílaba: *Paulista*, e logo abaixo: *Av. Paulista*.

"Pau-lis-ta. Paulista", repetiu, perguntando-se o que aquilo significava. O que era uma paulista? Ele já havia lido muitas placas desde que atravessara a fronteira do Brasil, e não entendia a maioria delas. Mas não importava. O que quer que tivesse sido uma paulista, agora já não existia. Apenas ele existia. Ele. Espanhol.

Acoplou o skate na parte superior da mochila, colocou a mochila nas costas e começou a andar devagar e distraído, assobiando uma velha canção, a única que conhecia. Uma que José, o homem que ele chamava de pai, também costumava assobiar.

Seu estômago roncou, ele passou a olhar para o chão, à procura de algo que pudesse comer. Baratas e ratazanas preferiam sair à noite, talvez por causa de alguma memória dos tempos em que os homens dominavam as manhãs.

Alguns metros à frente de onde estava, havia uma pequena reunião de baratas em volta da tampa semiaberta de um bueiro. Algumas das baratas eram enormes, quase do tamanho de seu antebraço. Ele correu até lá e começou a pisoteá-las. Algumas fugiram, outras subiram pelo seu corpo com suas patinhas ligeiras, e ele teve que lutar contra o impulso de enxotá-las com um tabefe, para, em vez disso, esmagá-las contra o próprio corpo. Quando terminou, a maioria havia fugido, mas havia baratas esmagadas o bastante no chão e em seu tênis para diminuir um pouco a sua fome.

Com um sorriso de triunfo, Espanhol sentou-se ali mesmo, e começou a comer.

12

Camargo olhou para todos eles, um semicírculo de pessoas em frangalhos e trêmulas, permanentemente nervosas, famintas, ossudas, desorientadas em tempo integral, observando-o com clamor, desespero e fome. Seus olhos pediam orientação, conforto, ajuda. Era nele que buscavam essas coisas. E Camargo achava que de fato um dia tivera algo dessa natureza para oferecer, mas não agora. Reconhecia cada rosto entre eles, sabia um pouco de suas histórias pessoais e conhecia bem seus temperamentos. De certa forma, até os considerava uma espécie rudimentar de família. Lamentavelmente as coisas estavam caminhando para o fim rápido demais, e fora com tristeza que ele decidira dar o próximo passo. Caso ainda estivesse sozinho, ficaria no Palácio sentado em sua poltrona, enchendo a cara de uísque e lendo os diálogos de Platão até morrer com o cu cheio de areia. Mas ele era o líder, e naturalmente um líder de verdade jamais abandona seu povo à própria sorte. Camargo duvidava que isso fosse uma justificativa verdadeira para qualquer outra pessoa viva naquele planeta de bosta, mas era verdadeira para ele. Verdadeira o suficiente para mantê-lo ali, e fazê-lo anunciar sua decisão.

"Bem, a verdade é que não nos resta muita opção", ele disse, sentando-se em uma das cadeiras de ferro. "Como todos aqui sabem, o nosso planeta está morrendo de câncer no cu."

Ele olhou em volta, observando o efeito de suas palavras. Apenas Amanda desviava os olhos.

"Faz mais ou menos quarenta anos desde o Marco Zero, a Diarreia Mortal, e até onde sei nosso pequeno grupo aqui é a coisa mais parecida com o que havia antes. Uma sociedade, digo, com direitos e deveres, um líder, uma organização e esse tipo de merda. Eu não cheguei a viver numa dessas... sociedades. Eu tinha apenas seis anos quando a porra do Marco Zero fodeu com o plano de governo de todos os políticos do planeta..."

Ele quase cuspiu ao final da frase. Fez uma longa pausa e então continuou:

"Os únicos que têm alguma coisa a contar sobre Antes são Velho e a Dona Maria. Eu converso muito com o velho sobre isso. Vocês sabem: nem sempre foi assim. Um dia o céu já foi azul, quase todas as plantas eram verdes e blá-blá-blá. Também havia peixes. Alguém aqui sabe o que porra é um peixe? Eu vou contar o que era um peixe. Um peixe era como se fosse uma barata só que aquática, cinza e com um pouco de carne, como uma capivara. Alguém aqui já viu ou comeu a porra dum peixe?", todos riram e olharam pra Velho e Dona Maria, que faziam gestos de modéstia. "Imagine um bicho que pode respirar e viver embaixo d'água, era isso que era o peixe. Dizem que sua carne era branca, macia e gostosa, já pensaram? Minha boca se enche de saliva só de tentar imaginar um troço desses. Hoje tudo isso soa maravilhoso e absurdo, principalmente pra quem cresceu quando o mundo já era o que é hoje. Mas nós nascemos e crescemos nele, matamos e fomos mutilados, sobrevivemos a um monte de merda."

Ao terminar essa frase, ele virou o rosto pro lado e voltou a cuspir.

"E eu acredito que pelos cálculos da Terra nem era pra gente estar mais aqui, não é mesmo?"

Mais risos, algumas tosses.

"Somos um macaco teimoso do caralho. E somos espertos também. Nós demos um jeito de sobreviver, ainda estamos aqui, sabe lá quantas pessoas mais deve ter espalhadas por aí, seja aqui no Brasil, seja do outro lado do mundo. Ninguém sabe, certo? Provavelmente são poucas, é claro, e duvido que tenham alguma concisão...", ele mexeu os dedos, procurando a palavra certa, "alguma coesão. Mas não há dúvidas de que existem. A prova disso é que de vez em quando aparece alguém ou alguma carcaça fresca em algum lugar. É por isso que nunca baixamos a guarda. É por isso que ainda insisto nas rondas."

Camargo olhou para Amanda e fez um gesto com a cabeça. Ela cochichou algo pro Mago, que se levantou e se dirigiu com ela até o fundo do abrigo.

"Mas a Terra anda puta conosco, como vocês podem ver." Ele apontou para o alto. "Uma tempestade de areia em cima da outra! Mal nos recuperamos da última e lá vem mais uma. Chegaremos ao ponto de ter uma dessas por semana? Por dia? Quanto tempo vamos aguentar essa merda?"

Amanda e Mago voltaram e começaram a distribuir copos de vidro empoeirados. Alguns esfregaram o copo na camisa para tirar a poeira, mas a maioria não se deu o trabalho. Camargo passou a garrafa de uísque para Amanda, que começou a colocar um pouco no copo de cada um deles. Camargo acariciava a barba enquanto observava a satisfação com que estendiam o copo para receber o líquido âmbar.

"O que vamos fazer?", perguntou, mas não esperou nenhuma resposta. "Nós vamos continuar sobrevivendo, é o que vamos fazer. É o que nós vamos fazer, porra!", gritou. "Mataremos qualquer um que atravessar nosso caminho, beberemos seu sangue e comeremos a sua carne, e continuaremos agarrados a esta porra de planeta pelo tempo que for possível."

"Sobreviveremos!", gritou César, erguendo o copo.

Os outros gritaram em uníssono.

"Sobreviveremos!"

Deram um gole no uísque. Camargo abriu um sorriso.

"É isso. Sobreviveremos."

Ele acenou para Amanda, que foi ao fundo e pegou outra garrafa. Voltou a encher os copos.

"E pra garantir que isso aconteça, tive que tomar uma decisão que não vai agradar todo mundo."

O silêncio, que naquele momento já era quase absoluto, pareceu se aprofundar.

"Nós vamos sair daqui."

Um burburinho ameaçou começar, mas Camargo ergueu a mão e o silêncio se refez.

"Sei que este é o nosso lar. Que estamos aqui há muito tempo e que gostamos daqui. Eu gosto daqui."

Ele acariciou a testa.

"Mas este lugar se tornou inviável. Não vamos durar muito mais se permanecermos. Isso aqui está se tornando um deserto."

Camargo observou que havia um brilho introspectivo nos olhos de alguns deles. Dona Maria estava em vias de chorar.

"Não se preocupem. Vai dar tudo certo. Cuidaremos uns dos outros, como sempre fizemos, e caso alguém aqui ainda tenha algum motivo para não confiar em mim, esta será uma grande oportunidade para aprender. Eu prometi pro papai que cuidaria de vocês, e sempre faço o que posso pra cumprir minhas promessas."

"Mas...", Dona Maria ergueu a mão, interrompendo-o. "Iremos pra onde? Se isso está acontecendo no planeta inteiro, de que adianta?"

Camargo esfregou a testa.

"Vamos escolher uma direção nos próximos dias, Dona Maria. Quanto ao lugar, não conhecemos tudo, vamos andar por aí e saberemos quando encontrá-lo. As coisas funcionam assim agora."

Dona Maria estava com os lábios trêmulos. Camargo sabia o que a preocupava.

"Ninguém vai encostar um dedo na senhora. Não se depender de mim. Sobreviveremos", disse Camargo.

E propôs um novo brinde, ao qual todos responderam gritando em uníssono:

"Sobreviveremos!"

13

Adriano, João e Bia estavam deitados dentro de uma barraca montada no interior de uma caverna que eles encontraram e consideraram boa o suficiente para fixar acampamento por alguns dias. Estavam acompanhados por um cachorro caramelo, que na verdade era uma cachorra chamada Rainha e estava com eles desde filhote.

Estavam cansados. Após procurarem comida o dia inteiro, haviam encontrado a caverna e, depois de descobrirem que ela ficava perto de um rio que cruzava a floresta, decidiram que aquele era o melhor dos lugares possíveis. Aliviados por terem encontrado um abrigo seguro e confortável, montaram a barraca, fizeram uma pequena fogueira, prenderam Rainha em uma estaca do lado de fora, e comeram em silêncio a ratazana que ela havia ajudado a caçar.

Depois de matarem a fome, deram boa noite à Rainha e foram se deitar.

Bia agradecia todos os dias pela presença daquela cachorra. Encontrar algo comestível era uma batalha cotidiana, mas Rainha ajudava bastante, principalmente quando se tratava de carne. Rainha também ajudava a prevenir ataques surpresa, apesar de seu faro há alguns anos já não ser o mesmo de antes. Era triste que cachorros vivessem tão pouco. Bia lembrava claramente que há muito pouco tempo eles haviam encontrado aquele filhote sujo e arrepiado, tremendo dos pés à cabeça e latindo para tudo o que fazia sombra à sua volta. Agora ali estava ela, quase uma anciã dos cachorros.

Após algumas horas pensando em coisas aleatórias (comida, sexo e comida), Bia se mexeu inquieta no colchonete e abriu os olhos. Havia perdido o sono. Ao seu lado, Adriano ressonava baixinho, pelado, o pênis branco e cheio de veias azuladas virado pra esquerda numa semiereção inconsciente. Bia adorava aquele pênis, apesar de só ter conhecido dois: o dele e o de João. Eram bem diferentes, e ela se divertia associando-os às personalidades de seus amigos: Adriano, com sua presença de guerreiro, bom de briga e que não parecia conhecer o medo, trazia entre as pernas um pênis grande e grosso, com a glande tão vermelha que mais parecia uma daquelas plantas, gengibre-vermelho, que ela via quando era criança.

Ela ergueu o tronco e olhou pro lado oposto, onde João, seu querido João, repousava. Também pelado, também dormindo, também ressonando, porém sem qualquer sinal de ereção. *João, querido e doce João*, pensou. Ele, por sua vez, com sua delicadeza e inteligência, com seu senso de humor e sensibilidade, além de certo temperamento melancólico, carregava um pênis pequeno e de espessura mediana, se comparado ao de Adriano. Bia amava aqueles dois, cada um a seu modo, amava compartilhar seu amor com eles, seu corpo. E amava Rainha também, é claro. Os amava acima de qualquer coisa. Eram sua família, seus irmãos, seus amigos e amantes, e era graças a eles que ainda estava viva e não precisara se mutilar para parecer um homem, como algumas mulheres das quais ela já ouvira falar costumavam fazer.

Sentiu um arrepio ao imaginar essa possibilidade. Era horrível. Elas mutilavam os seios e raspavam a cabeça, enfiavam panos na calça para fazer volume e vestiam roupas masculinas, tudo para que, pelo menos de longe, se parecessem com homens. O mundo era um lugar terrível para as mulheres. Ela, apesar de ser magra e baixinha, havia aprendido com eles algumas coisas, e tinha certeza de que não era uma presa tão vulnerável. *Quem não tem força bruta pra se defender, precisa aprender alguns truques*, lhe ensinara João, sempre tão sagaz, *qualquer coisa pode se tornar uma arma nas mãos de alguém esperto*. Na ocasião em que lhe falara isso, ele lhe mostrara a garrafinha azul que sempre levava na mochila e dizia que ninguém acharia que uma garrafinha azul de plástico tão fofinha levava consigo uma arma, e isso era perfeito.

Já Adriano, que também tinha seus truques, a ensinara a se vestir com roupas masculinas, usar cabelos curtos, bater, se necessário, em lugares mais vulneráveis, como as bolas e o pomo de Adão, mas ensinara, principalmente, que eles eram um trio, e que para o bem de todos era melhor que permanecessem assim.

De modo que Bia parecia com um homem. Ou pelo menos era o que ela achava. Não havia nenhuma pista em sua mochila de que fosse uma mulher, exceto as tiras de pano que usava quando menstruava, mas ela achava que isso não era tão óbvio à primeira vista, exceto, é claro, se estivessem sujos. Eles eram cuidadosos, e prova disso é que ainda estavam vivos, e que nenhum dos meninos havia tentado, em momento algum, comer sua boceta.

Bia voltou a se arrepiar e seus olhos lacrimejaram.

Tão imaculada como quando chegou ao mundo, pensou. E no que dependesse de seus amigos, continuaria assim. Ela adoraria transar com eles como as mulheres faziam antigamente, e não só por trás, como faziam agora, mas a possibilidade biológica de engravidar era, de todas, a coisa mais aterrorizante para uma mulher do mundo atual. Bia só teria coragem de pensar em perder a virgindade depois que perdesse o útero.

Adriano se remexeu ao seu lado e abriu os olhos. Piscou algumas vezes.

"Você está chorando?", perguntou.

Bia sorriu.

"Não", ela acariciou seu peito. "Só estava pensando."

"Ah".

Ele também não perguntou em quê. Apenas colocou a mão sobre a dela e a acariciou de volta. Bia percebeu seu pênis latejar.

"Estou cansado", disse. "Foi foda hoje. Ainda bem que achamos essa caverna."

Bia sorriu.

"Foi sim. E ainda bem que encontramos a ratazana. Eu não aguentava mais comer a pasta da Rainha."

Do outro lado, João também acordou. Sorriu, ainda sonolento, e disse:

"Sonhei que a Rainha encontrava um ninho de coelhos."

Bia e Adriano deram uma risada. Adriano esticou as pernas e seu pênis saltou ereto, a glande vermelha e lustrosa, o corpo cheio de veias azuladas.

"Eu tô com um tesão do caralho", disse Adriano, quase como se pedisse desculpas.

João e Bia observaram seu corpo com admiração. Ela segurou o seu pênis e começou a masturbá-lo devagar. João a acompanhou, colocando a mão em concha sobre as bolas e as massageando. Adriano abriu um pouco as pernas, se inclinou e soltou um gemido baixo. Bia e João começaram então a chupá-lo, revezando, trocando beijos e simulando mordidinhas um no outro. Transaram por algumas horas. Como se tivessem se livrado de todo o cansaço, Adriano se revezou entre os ânus de João e Bia, e depois se deixou penetrar por João enquanto Bia o chupava e se masturbava. Foi nessa posição que gozaram antes de voltarem a cair no sono.

14

Ele arrotou, retirou a luva e enfiou a unha do dedo indicador entre os dois molares. Procurou o que o incomodava e puxou. Era um pedaço de asa de barata. Ele olhou pra ela por algum tempo, fascinado, e depois voltou a enfiá-la na boca, chupando o dedo. Recolocou a luva e olhou em volta, estudando as ruínas dos prédios à sua frente. Ele queria encontrar um lugar onde pudesse passar a noite antes de sair pela manhã para uma rodada de exploração.

Pisou no skate e seguiu em frente, já se familiarizando com algumas ruínas, que ele identificava ou pelo formato ou pelas cores. Havia placas e palavras escritas no que restara de alguns edifícios, mas ele não se dava ao trabalho de lê-las. Pela sua experiência, sabia que o povo de Antes tinha o hábito de dar nomes às coisas e colocar uma placa ou letreiro para que todos soubessem como aquilo se chamava. Andou por quase um quilômetro e então parou diante de um prédio engraçado, que parecia uma caixa gigante sustentada por colunas que já deviam ter sido vermelhas e cujo piso em outros tempos ficava acima do nível do chão. Intrigado, aproximou-se. O piso não existia mais, era apenas um buraco e, abaixo dele, tudo era entulho. Ruínas, tudo ruínas. Meneando a cabeça, ele deslizou em seu skate por mais alguns metros e dobrou num beco que dava acesso a uma galeria cuja porta havia sido arrombada. Entrou, apertando os olhos para enxergar melhor, os ouvidos atentos a qualquer sinal de vida. Dentro da galeria estava ainda mais escuro do que do lado de fora, mas seus olhos estavam acostumados com a escuridão e ele não se importou. Entrou em um pequena saleta com o chão cheio de cacos de vidro, pedras, restos de lixo. Seus sapatos quebravam outros pedaços de vidro à medida em que ele se movia pelo local. Ele apanhou um pedaço de plástico no chão e o virou de um lado para o outro. Num dos lados, forçou a vista e leu o que estava escrito em letras grandes e vermelhas, Net-flix. Ficou tentando imaginar o que aquilo poderia significar. Net-flix, repetiu, saboreando o som da própria voz. Do outro lado, uma gôndola caída no chão tinha dezenas de outros cartões iguais e outros diferentes. Ele se agachou, o cenho franzido, e murmurou, tentando adivinhar o sentido daquela palavra, Net-flix. Como muitas das coisas que já tinha visto na vida, não conseguia entender o que era aquilo ou para que servia. Era algo pertencente a Antes, e o povo de Antes, no seu entendimento, era um povo cheio de hábitos e necessidades esquisitas. Ele teria gostado de conhecer o povo de Antes, mas não se imaginava capaz de se adaptar àquele modo de vida. Pensou mais um pouco sobre aquele cartão e, como não chegou a nenhuma conclusão acerca de sua utilidade, deu de ombros e o jogou fora. Em seguida, foi até um canto e começou a raspar o chão com os sapatos, chutando e afastando os pedaços de vidro e pedra o melhor que conseguia. Quando terminou, retirou da mochila um colchonete enrolado, o esticou no chão, se cobriu com uma manta de microfibra cheia de mofo e se encolheu em posição fetal, cruzando os braços. Estava tão frio que saía vapor de sua boca. Seu último pensamento antes de cair no sono foi: *Preciso encontrar sapatos*.

    Sonhou com a cidade anterior, que não chegara a explorar porque estava inundada. Não tinha como andar de skate nela, e teve que caminhar de um lado a outro com a água na altura de suas canelas e pequenas ondas indo e vindo enquanto os prédios em volta estalavam e rangiam.

Em alguns lugares, havia uma leve correnteza e ele teve medo. Imaginou que, se chovesse, aquela cidade podia virar um pesadelo. Ficou naquele lugar por pouco tempo. Após tentar explorar um prédio que em outros tempos havia sido um shopping — essa era uma palavra que ele já tinha visto algumas vezes —, um pensamento terrível lhe ocorreu e ele teve receio de que pudesse cair em algum buraco e se afogar. Foi embora, decidido a se afastar cada vez mais do litoral. Aquela cidade ainda o assustava com sua água fria e escura, seus prédios e carros submersos, o barulho do mar e água, água por todos os lados. Mas isso não era o pior. Não. O pior era o Homem Sem Braços.

Ainda dormindo, Espanhol começou a tremer.

15

Estava tudo escuro. O barulho da tempestade chegava até eles num misto de uivo e chiado. Apesar do uísque, ninguém parecia relaxado. Uma tensão silenciosa estava espalhada pelo abrigo, tão sólida que Camargo pensou que poderia tocá-la, medi-la e pesá-la. Amanda se aproximou com uma expressão preocupada no rosto.

"Preciso falar com você."

Ele assentiu.

"Ali no canto", pediu ela.

Eles foram até um canto mais afastado, próximo de alguns caixotes de madeira empilhados.

"Se continuar assim, seremos soterrados", disse ela.

Camargo sorriu.

"Vai dar tudo certo. O abrigo encarou bem todas as tempestades até o momento."

Amanda não se convenceu.

"Essa é pior, Camargo."

Ele coçou a cicatriz.

"De um jeito ou de outro, para nós será a última", disse, afastando-se em direção à mesa.

Amanda o observou com perplexidade. Não entendia o que estava acontecendo com ele. Tinha a sensação de que ele estava se tornando apático, de que se preocupava cada vez menos. De que estava, como ele mesmo diria, cagando.

Camargo sentou-se numa cadeira diante da mesa e falou:

"Alguém trouxe fumo? Eu esqueci o meu cachimbo no quarto."

Velho se levantou e sentou-se diante dele.

"Os meus cigarros já estão montados, se isso não for um problema", disse, estendendo uma cigarreira dourada e um isqueiro. "Preparo os meus à noite, para fumar durante o dia."

Camargo meneou a cabeça, ainda sorrindo, e pegou um. Virou o cigarro nas mãos, o ergueu à altura dos olhos e o cheirou.

"Muito bem montado, Velho", disse.

Velho sorriu encabulado.

"Também posso fumar um?"

"Mas é claro."

Velho esperou Camargo acender o dele e só então acendeu o seu. Camargo deu um trago profundo e disse:

"Quem quiser fumar, fique à vontade. Vocês parecem nervosos e gente nervosa sempre faz merda."

Além deles, apenas Garoto fumava. Ele aproximou-se timidamente da mesa e pegou um. Camargo pegou a cigarreira do Velho e a revirou nas mãos.

"Ouro?"

"Sim."

Camargo deu uma gargalhada.

"Houve um tempo em que as pessoas matariam por esse tipo de coisa. Hoje em dia isso não vale uma ratazana, certo, Velho?"

Velho concordou.

"Eu trocaria mil toneladas de ouro por uma ratazana gorda."

"Ouro é dinheiro?", perguntou Garoto, em voz baixa.

Só então Camargo pareceu perceber sua presença. Encarou o garoto através da fumaça do cigarro. Garoto manteve os olhos fixos nos dele por alguns segundos, depois desviou para o chão.

"Ouro era um metal idiota", disse Velho. "Mas era uma espécie de dinheiro sim."

"E por que faziam cigarreiras com ouro?"

O velho soltou uma baforada e esfregou o nariz.

"Não faço a menor ideia", disse, "mas acho que uma cigarreira dessas dava poder às pessoas."

Camargo ficou sério de repente.

"Poder?", perguntou. "Isso me lembra uma velha história que papai costumava contar."

O velho olhou pro garoto com uma expressão séria. Seus olhos imploravam para que ele não falasse nenhuma besteira. Camargo levantou-se, todos interromperam suas microconversas e olharam para ele. Quando Camargo se punha a contar uma das suas histórias, sempre tinha algo importante a ensinar.

"Havia na antiga Grécia um velho muito, muito rico. O filho da puta era tão rico que alguns diziam que o ouro lhe brotava através do cu com a mesma frequência com que os gregos citavam Homero. Era um velho muito vaidoso, tão vaidoso que tinha a mania de se vestir com seus tecidos mais caros, de se ornar com as suas joias e empilhar o ouro em volta de si para se exibir pros seus escravos. Ele então subia num banquinho com seu corpo flácido banhado em azeite, e balançava o pau minúsculo bradando de modo retumbante: vejam todo esse ouro, seus fodidos. Eu sou rico e vocês são uns merdas. Eu sou a pica dourada de Zeus gozando Hércules em torrentes, e vocês são o cu de um sátiro. Todo esse ouro me pertence. A mim. Vocês sabem o que isso significa? Isso mesmo: significa que sou especial. E eu sou mesmo especial. Vejam, vejam todo esse ouro, seus fodidos, seus mortos de fome, seus piquinhas de merda. Escravos."

Velho já conhecia aquela história. Camargo já lhe contara inúmeras vezes, e ele sempre ria da forma como ele interpretava o grego rico. Os outros prestavam atenção com um sorriso. Haviam esquecido a tempestade por alguns segundos.

"Então um escravo cuja boca era maior que a prudência, e que pra dizer a verdade já estava cheio daquele saco de merda pretensioso, ergueu a mão pedindo a palavra e disse: Vossa Excelência pode ter todo esse ouro, mas o primeiro que chegar aqui com mais ferro o tomará pra si."

Todos riram. Camargo retirou a pistola do coldre preso à cintura e a ergueu diante do rosto.

"Moral da história, pessoal: fogo é poder. E isso nunca foi tão verdadeiro quanto agora."

O barulho parecido com o de uma explosão interrompeu o discurso. Quase todos se levantaram ao mesmo tempo. Apuraram os ouvidos. Algo pesado, de metal, parecia se arrastar no chão acima deles. O barulho arranhado do vento cheio de areia e os uivos, antes abafados, se tornaram muito alto. Camargo colocou a pistola de volta ao coldre.

"É como se o Palácio estivesse miando", disse.

"Fodeu", disse Garoto.

"O que foi isso?", perguntou Dona Maria, aproximando-se de Camargo. César, Cabeça e Amanda também o cercaram.

"A tempestade deve ter arrancado o portão principal", disse Camargo, calmo. "Acho melhor colocarem suas máscaras. Só tem aquela porta entre nós e a tempestade agora."

Não precisou falar mais nada. Eles se afastaram e começaram a vestir as máscaras de proteção. Camargo voltou a sentar e encheu o copo.

"Não vai colocar a sua?", perguntou o garoto.

"Eu não trouxe", respondeu Camargo.

Garoto percebeu o quanto ele estava calmo, e o admirou ainda mais por isso. Tentou fingir calma também. Amanda aproximou-se da mesa e colocou uma máscara sobre ela.

"Eu trouxe", disse. "Sabia que você não traria."

Camargo deu uma gargalhada e começou a aplaudir.

"Amanda, Amandinha, o que seria de mim sem você?"

Amanda revirou os olhos.

"Provavelmente um cadáver enorme transbordando areia e uísque."

Ele quase cuspiu o uísque de tanto rir. Garoto também sorria, adorando estar tão próximo deles. Era a única coisa boa naquela tempestade.

"Você é a melhor, Amanda", disse Camargo, recuperando o fôlego. "Tenho certeza de que conseguiria comer o rabo de qualquer um aqui."

Ele encheu o copo mais um pouco e disse:

"Vou terminar esse uísque e vestir a máscara."

Mas não agradeceu, e Amanda sabia que ele não agradeceria. Camargo tinha o péssimo hábito de agir como se fosse imortal, e às vezes chegava a achar ofensivo receber qualquer tipo de ajuda. Aquela atitude ainda seria responsável por sua ruína.

16

Nêgo Ju encheu a panela de baratas mortas, jogou um pouco do óleo que carregava numa garrafa e começou a fritá-las na fogueira. Mexia de um lado para o outro com um pedaço de pau, para que ficassem bem tostadinhas. O chiado e o cheiro acordaram Samuel.

"Crocantes?", perguntou. A voz embargada de sono.

"Sim", respondeu Nêgo Ju. "Com um pouco de gordura ia ficar uma delícia."

Samuel sentou-se e esfregou os olhos. Sentia o corpo dolorido. Olhou em volta, pensativo.

"Deveríamos sair pra caçar", disse Nêgo Ju, cheirando o pedaço de pau e voltando a mexer as baratas.

"Eu ainda tô com os pés fodidos", respondeu Samuel.

"Eu também, mas eu não aguento mais comer crocantes."

"Temos o suficiente pra hoje e amanhã de manhã", disse Samuel.

"E a gente vai comer essa merda o dia inteiro, porra?"

"Se não quer comer, não come, ora."

Samuel se levantou.

"Vai me dizer que cê ainda consegue gostar dessa porra?", perguntou Nêgo Ju, voltando a cheirar a colher e fazendo uma careta de nojo.

"Eu não fico reclamando".

Samuel começou a se espreguiçar.

"Acho que podemos caçar hoje", disse por fim. "Mas se não encontrarmos nada, estamos fodidos."

"Não estamos não", disse Nêgo Ju.

"Como não? As crocantes tão acabando. A gente vai comer o quê?"

"Vamos encontrar alguma coisa", respondeu Nêgo Ju, cheirando o pedaço de pau.

Samuel se aproximou da panela e observou Nêgo Ju mexendo as baratas de um lado para o outro.

"Essas são grandes."

"É."

"Tá cheiroso", disse.

"É. Tem cheiro de barata frita. Agora cala a boca e pega o teu prato".

Samuel obedeceu.

17

Samanta sentiu uma fisgada e parou.

"Ai", gemeu, apoiando a palma da mão sobre a barriga e esperando Pedro, que ia dois passos à frente. Ele parou e se voltou para ela.

"O que foi?", perguntou, ajoelhando-se e apoiando as mãos em sua barriga. "Tá tudo bem?"

Ela gemeu outra vez e respirou fundo.

"Acho... acho que sim."

Pedro se levantou e largou a mochila pesada. Olhou em volta, procurando algum lugar onde pudessem descansar.

"Você acha que consegue andar mais um pouco?"

Samanta acenou que sim.

"Vamos procurar um lugar pra descansar. Tudo bem pra você?"

Ela voltou a assentir. Pedro percebeu algumas gotículas de suor em sua testa. Por um breve momento, amaldiçoou aquela gravidez, mas expulsou o pensamento logo em seguida. Apanhou a mochila e a recolocou nas costas, afivelando-a o mais firme possível na cintura e no peito.

"Vem, se apoia em mim", disse, estendendo um braço para ela.

"Eu estou bem", disse ela. "Foi só uma fisgada. Já passou."

Ele não acreditava nela. Samanta sorriu.

"Já passou."

"Vamos parar pra descansar assim que encontrarmos um lugar seguro."

Ela não respondeu. Apenas voltou a sorrir, um sorriso cansado e dolorido.

Continuaram a andar. Pedro na frente, cortando galhos com um facão, e ela logo atrás, meio curvada, uma mão sobre a barriga e a outra estendida na direção dele, quase encostando a mochila.

Na noite anterior, haviam decidido abandonar a casa que escolheram para viver, e a qual sequer tiveram tempo de se acostumar, logo após Pedro ouvir o barulho do que, segundo ele, devia ser um carro. Samanta ainda não estava tão convencida que o fosse. Para ela um carro era uma hipótese impossível. Ela, que provavelmente já passava dos vinte e estava em vias de entrar nos trinta anos, já vivera o suficiente para ver carros espalhados por toda parte, mas não encontrou um único sequer capaz de se movimentar, desde que era criança.

Os carros, de fato, estavam por toda parte, carcaças enferrujadas, mofadas e sujas que só serviam para atrapalhar a caminhada ou esconder animais assustados. Ainda que ela mesma tivesse ouvido o barulho, teria dificuldades para afirmar categoricamente que se tratava mesmo de um carro, e não tinha razões para acreditar que Pedro pudesse se sair melhor. Apesar disso, a simples possibilidade já era motivo suficiente para eles abandonarem a casa e procurarem um lugar mais seguro.

"Pra onde ele ia?", perguntou Samanta.

"Quem?"

"O carro, ia pra onde?"

"Não sei, mas pelo barulho acho que tava subindo pros lados de Brasília."

Ela estacou.

"Brasília? Mas você não disse que só tem areia lá?"

Pedro respirou fundo.

"Até onde eu sei o lugar virou um deserto. Era o que Bento dizia. Ele chamava de Cidade do Pó."

Samanta não conseguiu segurar uma risada.

"E você acreditou? No que mais você acreditou, Pedro, que ele era o salvador preparando O Caminho para O Homem Que Virá?"

"Samanta, pouco importa se Bento tinha ou não tinha razão. Eu sei que ele era maluco. Eu fiz o que fiz para sobreviver, você sabe disso. Em relação ao carro, eu acho que ele ia praqueles lados, então nós vamos pro outro. Simples assim, okay? É mais seguro."

Ela decidiu encerrar o assunto e limitou-se a anuir, conservando a expressão divertida.

"Acho que ali na frente tem uma clareira", disse ele.

Pedro. Talvez ele fosse o último homem bom, afinal. Samanta suspirou. Ainda era difícil imaginar que alguém que possa ser chamado de bom tenha conseguido se manter vivo. Não. Talvez a bondade não fosse exatamente a questão. Ela tinha certeza de que o que o mantinha com aquela atitude era simplesmente o seu amor. Ela se sentia amada, e ele nunca precisara falar nada nesse sentido. Ela apenas sabia. Pela forma como arriscara a vida para salvá-la, pela disposição com a qual acordava todas as manhãs para procurar comida, pelo modo discreto como sempre deixava a melhor parte do alimento pra ela, pela forma como sempre demonstrava preocupação e, naturalmente, por não ter hesitado em ejacular dentro dela quando fizeram amor, mesmo sabendo dos problemas que uma gravidez trazia consigo.

Samanta tentou se lembrar das palavras que ele havia dito quando ela lhe contou que sua menstruação, que já era irregular, estava ainda mais atrasada que o normal.

"Ninguém vai impedir que nosso filho nasça, cresça e seja feliz. Não se depender de mim."

É, talvez Pedro fosse mesmo o último homem bom.

"Veja, aqui tem mesmo uma clareira."

Ela ergueu a cabeça e viu que estavam diante de uma área não tão fechada da floresta, com um pequeno riacho, quase um filete, cortando-o no meio, antes que a floresta voltasse a se fechar.

"Vamos descansar aqui. Vou armar a barraca. Continuamos amanhã, se você estiver melhor."

Ela acariciou o rosto dele.

"Obrigada, Pedro."

E afastou-se, pesada e meio sem equilíbrio, em direção a um tronco, onde se sentou, ofegante.

A floresta em volta deles, como todas as florestas que ela havia visto até então, era majoritariamente acinzentada, com um ou outro detalhe em tons de marrom ou amarelo, quase tudo ressecado e com a aparência quase morta. Seus olhos passearam pelo lugar, procurando algum detalhe verde, e estava quase desistindo quando algo lhe chamou a atenção pelo canto do olho. Era uma pequena planta com uma flor de um rosa pálido brotando no topo.

"Pedro", chamou. "Pedro, veja isso!"

Ele estava agachado martelando as estacas da barraca, mas levantou-se e foi até ela.

"Veja."

Ele olhou para onde ela apontava.

"O que é isso?"

"Acho que é uma flor", disse ela. "Não é linda?"

Pedro coçou a cabeça.

"O que isso significa?"

"Não sei", respondeu. "Mas eu tenho quase certeza de que é uma flor."

"Será que dá pra comer?"

Samanta o olhou com uma expressão séria.

"Pedro Pereira, nem pense em encostar naquela flor."

Ele sorriu.

"Como quiser. Vou terminar de montar a barraca."

Ele voltou para a barraca e ela continuou admirando a flor. Era uma boa pergunta a de Pedro: o que danado aquilo significava?

18

Quando a tempestade começou a diminuir já havia amanhecido, e quase todos dormiam por trás de suas máscaras, empanturrados de sementes, carne-seca e uísque. Pareciam vítimas de um acidente com gás, pensou Camargo melancolicamente. Ele ainda não tinha colocado a máscara, nem o garoto. Permaneciam sentados à mesa, bebendo uísque em silêncio, Garoto se esforçando para não ficar bêbado ou apagar, na esperança de que Camargo conversasse com ele. Queria já há muito tempo se aproximar do líder, passar a ser visto por ele como um de seus homens e não como um moleque, receber missões importantes e até, quem sabe, carregar uma arma. Havia ficado muito feliz por ter sido escolhido para substituir César na mudança das caixas com Velho, mas desconfiava que aquela não fora uma escolha de Camargo, e sim deste último, que tinha por ele uma afeição paterna.

Garoto via Camargo como uma espécie de divindade, mas nunca fora capaz de se aproximar como gostaria. Tudo o que sabia a respeito de seu líder havia sido contado por terceiros, e ele o admirava cada mais a cada história que ouvia. Uma de suas favoritas era a de como, graças a um plano dele, haviam matado um grupo *quase* inteiro de caminheiros e tomado o controle do Palácio. Três deles haviam conseguido fugir, apesar de Camargo e Velho terem procurado os sujeitos por meses.

Isso acontecera antes de Garoto nascer, mas ele sentia quase como se tivesse participado. Foi o velho quem lhe contou a história, numa de suas noites de bom humor, quando emergia do silêncio costumeiro e se punha a falar pelos cotovelos enquanto enrolava e fumava seus cigarros e entornava copo atrás de copo de uísque. O garoto também gostava das histórias que o velho contava sobre Antes, mas elas lhe soavam muito absurdas, infamiliares, quase como se ele narrasse histórias de um outro planeta. As histórias sobre o Camargo eram mais interessantes porque falavam de um mundo que ele conhecia, um mundo com o qual estava familiarizado, e de uma pessoa que ele conhecia e que estava ali, ao alcance do toque. Acreditava que eram essas as histórias realmente importantes, as que tinham algo a ensinar. Conhecimentos que o ajudariam a se tornar um homem forte.

Ele olhou para Camargo, que continuava sentado na mesma posição, o chapéu pendendo um pouco para frente, os cabelos compridos e a barba escondendo o rosto. Do ângulo que estava, o garoto não conseguia ver seus olhos, mas sabia que ele estava acordado.

"Acho que está diminuindo", murmurou, e viu quando o rosto de Camargo se inclinou em sua direção, os olhos cor de mel encarando-o e o costumeiro sorriso.

"Sim."

"Só mais algumas horas."

Dessa vez Camargo não respondeu. Garoto colocou um pouco mais de uísque em seu copo e bebeu tudo em um único gole. Ia tentar puxar assunto mais uma vez, mas Camargo se levantou de repente e foi até a escada. Tentou destravar a porta, a forçou, mas ela não se moveu. Ele acariciou a barba bufando e voltou para perto deles.

"Acordem", disse. "Vamos, acordem."

Amanda foi a primeira a levantar, os outros a seguiram sem demora.

"Aconteceu alguma coisa?", perguntou Amanda. A voz abafada por trás da máscara.

Camargo esperou até que todos estivessem em pé, o que não demorou.

"A tempestade está acabando. Ela foi mais agressiva que a última, mas aparentemente não vai durar tanto."

Amanda tirou a máscara, os outros a imitaram.

"Essa é a boa notícia", continuou ele, sorrindo. "A má é que nós vamos ter que cavar a nossa saída daqui."

Houve um pequeno burburinho entre eles.

"Como vamos fazer isso?", perguntou Velho, baixinho, quase se desculpando.

Camargo apontou para trás de si com o polegar.

"Naquele armário tem ferramentas. Pé de cabra, pá, essas merdas."

Velho olhou para onde ele apontava e fez uma expressão de pânico.

"O que houve, Velho?"

Garoto arregalou os olhos.

"As pás", disse Velho. "As pás ficaram na picape."

19

Eles haviam terminado o desjejum e transado. Nêgo Ju limpava o pau sujo de sangue e bosta com um pedaço de pano molhado. Parecia em transe.

"O que você sugere?", perguntou Samuel, afivelando o cinto no furo recém-feito com seu canivete. "O que você sugere, Nêgo?"

"Hã?"

"O que você sugere, porra? Tá surdo?"

"Tava pensando."

"Eu tava dizendo que agora nós precisamos nos embrenhar na floresta pra procurar alguma coisa enquanto ainda é cedo. Precisamos encontrar alguma coisa nem que seja um creme. Pode levar o dia inteiro."

"Ah, sim. Vamos sim."

Samuel revirou os olhos, apanhou a camisa largada no chão e começou a vesti-la. Nêgo Ju continuava olhando para o seu pênis, ainda sustentando meia ereção. Com tristeza, passou os olhos em volta procurando a cueca.

"Você viu minha cueca?", perguntou

Samuel olhou prum pedaço sujo de trapo largado próximo dos seus pés e o chutou em direção a Nêgo Ju.

"Valeu."

Samuel o observou com uma expressão intrigada.

"O que foi?"

"Nada, só acho que não gosto mais disso."

"E você acha que eu gosto, porra?"

Nêgo Ju apanhou a cueca imunda — um dia já havia sido branca — e a vestiu. Samuel insistiu.

"Nós prometemos quebrar o galho um do outro."

"Eu sei. Deixa isso pra lá."

Ele vestiu a calça e a afivelou, depois calçou as botas e vestiu uma camisa de brim de manga longa. Agachou-se diante da mochila, afastou as cordas e retirou um revólver enferrujado enfiado num coldre carcomido. Samuel continuava observando-o com atenção.

"Vamos caçar com arma sem munição?", perguntou com um sorrisinho.

"É pro caso de aparecer alguém", respondeu Nêgo.

"E se estiverem armados com armas de verdade?"

"Isso é uma arma de verdade."

"Tô falando uma que funcione."

Nêgo Ju respirou fundo.

"Eles não têm como saber que estamos sem munição."

"Prefiro minha faca", disse Samuel, acariciando o cabo de uma faca de caça enfiada numa bainha presa ao cinto. "Nunca me deixa na mão."

Nêgo Ju enfiou o coldre com a pistola na parte de frente da calça e cobriu com a camisa. Depois pegou o facão e o afivelou ao lado esquerdo do corpo.

"Como estamos de água?"

"Tem um cantil cheio. O outro acabou."

"Pegue os dois. Vamos abastecer no rio antes de subirmos."

Samuel obedeceu.

"Vamos procurar creme, crocante, o que for. Mas se conseguirmos uma ratazana ou uma capivara, um tanto melhor."

"Não acho que vamos conseguir uma capivara ou ratazana. Faz tempo que não vejo nenhuma delas. Ratazanas eu não vejo desde que deixamos a cidade, e capivaras parecem a porra de uma lenda urbana."

"Mas você sabe que isso não quer dizer nada."

Samuel abriu um sorriso, mas não respondeu. Em vez disso perguntou:

"Não vai levar a barra de ferro?"

"Vou." Nêgo Ju pegou a barra de ferro e sustentou seu peso na mão. Ele havia emborrachado uma das extremidades, para ter mais aderência e não correr o risco de escorregar da mão quando estivesse em uso. Girou a coisa e sorriu.

"Lembra do Bidia?"

Samuel sorriu de volta.

"Claro. Como eu ia esquecer daquele mizera?"

"Ele caiu molinho depois da primeira porrada. PAM! Molinho!", Nêgo Ju começou a rir, segurando uma gargalhada. "Acho que o barulho da porrada tá ecoando em Goiânia até hoje."

"Foi muito alto", respondeu Samuel. "Ele ficou ciscando no chão, parecia possuído. Teve o que mereceu."

"A gente quase se fodeu por causa daquele filho da puta. Se não tivéssemos feito aquilo, o grandão ia acabar pegando a gente."

Uma sombra caiu sobre a expressão de Samuel.

"Aquele mizera", disse. "Espero que estejam todos mortos."

"Devem estar", Nêgo Ju girou a barra de ferro cortando o ar, "faz tempo pra caralho já, certeza que estão."

Ele parou de girar a barra de ferro e sorriu.

"Amo essa coisa", disse

"Pronto?"

"Pronto."

"Vamos caçar."

20

Ele acordou por causa de uma coceirinha no nariz. Quando abriu os olhos, deu de cara com uma criaturinha cinzenta e gorda bem diante do seu rosto. Afastou a cabeça e a criatura fugiu assustada, só então percebeu que era uma ratazana. Ele se levantou e encostou na parede, ainda sonolento, esfregando o nariz. Que sorte que ela não o mordera. Já era manhã. Já era hora mesmo de sair e explorar mais um pouco, procurar o prédio mais alto daquele lugar, caçar alguma coisa pra comer, e um novo par de sapatos, tênis, botas, qualquer coisa. O prédio seria o mais difícil naquele lugar. Em algumas das cidades pelas quais passou, o prédio mais alto era quase sempre óbvio, bastava ter um bom olho. Não seria o caso ali. Ele via muitos prédios altos, mas alguns não passavam de ruínas. Seria pedir pra morrer subir em um deles.

Ele se levantou e começou a guardar suas coisas na mochila. Enrolou o colchonete por último e o prendeu na parte lateral, deixando a parte superior para encaixar o skate, caso precisasse. Depois pegou a garrafa térmica e a pesou com a mão. A água restante fez um pouco de barulho. Pelos seus cálculos, estava pela metade.

"Não", pensou. "Melhor não."

Estava com sede, mas por experiência própria sabia que era melhor esperar para quando a sede fosse uma questão de vida ou morte. Ele estava com pouca água e sabia que, via de regra, era muito mais difícil encontrar água boa na cidade. E aquela era uma cidade das grandes, de modo que o melhor a fazer era suportar a sede e continuar explorando.

Olhou em volta, agora enxergando melhor do que na noite passada por causa da claridade: papelões velhos e mofados, cacos de vidro, gôndolas enferrujadas viradas de lado, netflixes espalhados pelo chão. Numa das paredes, um cartaz todo preto de tantas camadas e mais camadas de sujeira. Ele o esfregou com a mão enluvada até conseguir descascar a foto de um prédio com algumas palavras apagadas.

"Farol Santander", leu com dificuldade, depois releu várias vezes para ter certeza de que era aquilo mesmo que estava escrito, mas ainda sem fazer ideia do que significava.

Era um prédio. Alto. Farol Santander. Farol.

Ele não entendia. Raspou mais um pouco a sujeira do cartaz até encontrar o que parecia ser um endereço. Devia ser o endereço do prédio em questão, deduziu, mas como ele não conhecia a cidade, aquilo não ajudava muito. De todo modo, ele fez um esforço para memorizar. Depois era só seguir os prédios altos olhando as placas nas esquinas uma por uma até encontrá-lo. Ele precisava subir um prédio alto para olhar a cidade, como gostava de fazer. Quando teve certeza de que havia memorizado, esfregou as mãos enluvadas com força e saiu.

Do lado de fora, estava ainda mais frio do que imaginava. Ele se aproximou de um poste de metal caído no chão e o raspou por cima da luva. Gelo. O lugar estava congelando. Ele olhou pro céu e apertou os olhos. A pouca neve que caía tinha um tom mais voltado pro negro, quase da mesma cor das nuvens. Uma neve suja.

Pensou confusamente em cair fora, logo desistindo da ideia. Não agora. Podia esperar mais alguns dias. Só mais alguns dias. Aquela cidade era grande e ele queria explorá-la. Sabe lá o que mais encontraria em suas ruas. Sabia que provavelmente a maior parte das coisas que encontraria seria como os netflixes, coisas que só serviam para o povo de Antes, mas talvez achasse algo que lhe fosse útil, como novos e resistentes pares de tênis, por exemplo, ou botas. Falou em voz alta:

"Es una gran ciudad. Debe haber algo más que netflixes."

Ele tinha o hábito de falar em voz alta às vezes, para se certificar de que ainda tinha voz. Estava tão acostumado ao silêncio que normalmente passava dias calado sem se dar conta disso.

Ele raspou mais gelo do poste e o chupou, sentindo um sabor misturado de esgoto e cinzas. Ficou ali por quase uma hora, raspando pequenas lascas de gelo da superfície das coisas e chupando, os ouvidos atentos a qualquer movimento ou barulho. Quando já não havia mais nada o que raspar, pelo menos à sua volta, cobriu o rosto com uma máscara de algodão, subiu o capuz de seu casaco, apoiou o skate no chão e foi embora procurar o prédio certo. Com aquela quantidade de gelo, era melhor tomar cuidado para não escorregar. A última coisa de que ele precisava era de um braço quebrado.

21

Rainha andava à frente deles e farejava. Como de costume, João e Adriano iam lado a lado de Bia, o que passava a impressão dela ser a líder do grupo, mesmo tendo a menor estatura dos três. Bia e João empunhavam facas de caça comuns, mas Adriano levava na mão o seu pedaço de pau cheio de pregos numa das pontas. Ele tinha o hábito de sujar os pregos com excremento, entranhas de ratazanas e morcegos ou qualquer outra porcaria que encontrasse pelo caminho. "Para lubrificá-lo", dizia triunfantemente, ao que João costumava perguntar se ele não tinha algo menos repugnante e um pouco mais cheiroso pra fazer isso. Era sua arma de defesa favorita, mas para caçar preferia usar a boa e velha faca platoon de sobrevivência, que levava presa ao cinto.

Era uma manhã bonita, mais bonita do que de costume, com o céu de um vermelho quase alaranjado e praticamente sem nuvens. Não haviam desmontado a barraca. Em uma pequena reunião mais cedo, concordaram que aquela caverna era confortável e segura, e que poderiam ficar ali por mais alguns dias, enquanto explorassem o local. João, que era o mais inteligente dos três, disse que havia uma boa chance de encontrarem comida vegetal em boas condições naquela floresta, por causa do rio. Segundo ele a água corrente ainda era capaz de sustentar alguma vida, ainda que rara. Adriano não acreditava, mas Bia sim. João errava de vez em quando, mas a balança dos acertos contava a seu favor. Agora que haviam se embrenhado pela floresta, João começava a se vangloriar de sua dedução, apontando para alguns rastros de plantas de tom mais esverdeado.

"Se tem planta verde, é provável que tenha alguma árvore viva em algum lugar. E, se tivermos sorte, frutas."

Bia olhava em volta com ceticismo. Quase tudo era cinza. Até mesmo as plantas verdes as quais João se referia não eram tão verdes assim, mas de um tom desbotado e pálido. Bia achava que era necessário um otimismo muito descabido para supor que encontrariam frutas naquele lugar, ou em qualquer outro.

Adriano parou subitamente e pediu silêncio.

"Olhem isso."

João e Bia se aproximaram para ver o que ele apontava. Era o tronco de uma árvore onde havia algumas palavras riscadas com faca. Pareciam ter sido feitas há algum tempo, mas, como as árvores já não se recuperavam como antes, ainda estavam perfeitamente legíveis.

"O que tá escrito?", perguntou Adriano.

Bia leu em voz alta:

"Todas as mulheres são irmãs em Atenas."

"O que é Atenas?", perguntou Adriano.

"Não faço a menor ideia", ela respondeu.

João revirou os olhos.

"É o nome de uma deusa da antiguidade."

"Como você sabe?", perguntou Bia.

João fez uma expressão que significava "Eu sei muitas coisas, vocês não sabem de nada."

"Todas as mulheres são irmãs em Atenas...", repetiu Adriano em voz alta. "Não faz sentido pra mim. Faz sentido pra vocês?", perguntou.

"É como se Atenas fosse um lugar, não uma... deusa", disse Bia, olhando para João.

João franziu o cenho e meneou a cabeça.

"O que você acha, João?", perguntou Adriano.

"Não sei", disse, "mas fico admirado que alguém ainda saiba escrever."

"Verdade", disse Bia. "Não tinha pensado nisso. Meu pai dizia que fora da comunidade ninguém mais sabia ler nem escrever. Que só tinha selvagens."

João fez uma careta.

"Teu pai era um mentiroso safado."

Bia deu uma risada.

"Pra alguém escrever precisa saber ler, certo?", perguntou Adriano. "Eu nunca tive paciência", ele olhou pra Bia. "O professor até que tentou."

"Meu pai era um idiota", foi a resposta de Bia.

"Na verdade, Dri", disse João, "dá pra aprender a escrever uma palavra sem necessariamente saber ler. É só memorizar."

"Então talvez a pessoa que escreveu isso não saiba ler, ué", disse ele.

"É. Talvez", concordou. "Vamos, vamos continuar. Estamos perdendo tempo com essa porcaria. Que diferença faz se quem escreveu sabia ou não sabia ler? Foda-se. Seja quem for, provavelmente está morto ou longe."

Adriano passou os olhos procurando Rainha e viu que ela havia parado um pouco afastada deles. Estava sentada numa posição imponente e os observava com seus olhos cor de mel, a língua pra fora. Adriano sorriu e pensou *Boa menina, não sei o que seria de nós sem você*, e logo em seguida sentiu pena. Rainha estava ficando magra, as costelas começavam a aparecer, seu faro já não era como antes, e ele não sabia quanto tempo mais ela seguiria com eles. *Será que teremos coragem de te comer quando chegar a hora, menina?*, pensou rapidamente, e expulsou esses pensamentos com a mesma rapidez. Sabia que esse momento chegaria, afinal Rainha já não era tão jovem, mas de que servia pensar nisso?

Como se lesse seus pensamentos, Rainha deu dois latidos e virou-se na direção oposta, como se os chamasse. Eles seguiram com tranquilidade em seu encalço.

22

Depois de montar a barraca, Pedro armou uma rede para que Samanta descansasse. E enquanto ela dormia, encheu os cantis de água no riacho, calculando que em algum lugar aquele riacho talvez se tornasse um rio, e que se seguissem por ele talvez encontrassem um lugar com um pouco mais de vida.

Procurou um lugar seguro onde pudesse acender uma fogueira, mas concluiu que ali, definitivamente, não havia nenhum. Com as árvores e as plantas secas daquele jeito, a possibilidade de causar um incêndio era enorme e ele preferiu não arriscar. Voltou pro acampamento e ficou sentado numa pedra, admirando Samanta mergulhada em um sono aparentemente mais tranquilo do que todos que tivera nos últimos dias. Pedro tinha o hábito de observá-la enquanto dormia. Alimentado por uma paranoia causada pela fuga e pela gravidez, passara a sofrer com uma insônia que já durava meses. Quando tentava dormir, conseguia fechar os olhos e entrava num estado de devaneio parecido com o sonho, mas seus ouvidos e parte de sua consciência se recusavam a desligar, de modo que, mesmo de olhos fechados e mergulhado em veleidades aleatórias, parte do seu cérebro permanecia ligada e atenta a tudo o que acontecia em volta. Por conta disso, era comum que ele desistisse de tentar dormir e ficasse vigiando o sono dela, admirando sua respiração, a saliva escorrendo pelo canto da boca.

Foi assim que ele ouviu o carro. Fazia muito tempo que ele tinha visto um carro funcionando, mas sabia que nenhuma criatura viva, humana ou animal, era capaz de fazer aquele tipo de barulho. Não tinha contado à Samanta, não queria assustá-la ainda mais, mas assim que o dia clareou, quando já preparavam a bagagem para continuar fugindo, ele foi lá fora e viu as marcas de pneus com os próprios olhos. O carro havia passado em frente à casa que eles escolheram, a casa que eles consideraram segura o suficiente para ficarem até o nascimento do bebê, talvez até para vê-lo crescer. Eles, fossem quem fossem, tinham um carro, tinham um carro e estavam indo pros lados de Brasília, sabe-se lá por quê.

Pedro se perguntava o que mais poderiam ter.

Armas, provavelmente, e muito mais provavelmente fome.

Sentiu um arrepio, ainda sem tirar os olhos de Samanta.

Fome. Pedro sabia o que estava acontecendo no mundo já há bastante tempo. Sabia que não restava tanta gente assim, que você podia inclusive caminhar sozinho durante anos sem nunca topar com ninguém, fosse porque de fato não havia ninguém no caminho, fosse porque essa presença hipotética iria preferir se esconder a ter qualquer contato com um estranho. Isso era verdade principalmente para os lados da costa, para onde se dirigiam, evitando a todo custo o Oeste, para onde o grupo de Bento havia seguido.

Mas, apesar disso, os poucos que ainda andavam de lá pra cá o faziam por um único motivo: fome. Eles precisavam se alimentar, e alguns simplesmente estavam cansados de comer insetos, larvas, ratos e toda qualidade de praga que se multiplicara exponencialmente desde que a maioria das criaturas vivas começou a morrer numa velocidade descontrolada.

Pedro sentiu os olhos formigarem. Algumas lembranças passaram em flashes por sua cabeça — milhões de peixes mortos na praia, infestação de moscas, pessoas lutando com urubus nas ruas, bandos incalculáveis de pássaros enlouquecidos girando no céu até cair de repente, depredação e incêndios por toda parte, milícias de caminheiros, suicídios em massa.

Expulsou as imagens na mesma velocidade. Imaginava que os que haviam sobrevivido a tudo aquilo, os que ainda sobreviviam hoje, continuariam tentando sobreviver por quanto tempo fosse possível, não importava o que precisassem fazer para garantir isso. Era um mundo sem nenhuma régua moral, sem líderes, sem organização. Cada um por si, cada um servindo à sua maneira ao Deus-Estômago, ao Deus-*Instinto*.

Pedro sorriu com tristeza.

"Instintos, claro", murmurou.

Pensou no que fariam com Samanta se a capturassem com vida. Voltou a ter medo e amaldiçoou-se por isso. Ele era um homem forte, equilibrado, que, apesar de ter sobrevivido todo aquele tempo no inferno, jamais fora capaz de estuprar uma mulher, nem de matar outro ser humano. É verdade que já comera carne humana inúmeras vezes, vencido pela fome, principalmente quando estava com o grupo do Bento, mas nunca havia sujado suas próprias mãos com sangue.

E apesar de tudo o que viu e viveu, ele não estava acostumado com aquela sensação de medo ridícula, profunda, provocada não por algo que pudesse acontecer a si, mas à mãe de seu futuro filho.

"Eu mataria por vocês", murmurou, observando a respiração da esposa subindo e descendo. "Eu não hesitaria um segundo."

Tinha esperanças de que aquilo não fosse necessário, de que não precisasse chegar àquele ponto. Seu plano era simples e relativamente seguro, mas precisava contar bastante com a sorte para não cruzar com ninguém pelo caminho. Imaginava que devessem ter pela frente um pouco mais de um mês, talvez um mês e meio, até que Samanta entrasse em trabalho de parto, e precisavam encontrar um lugar pra ficar antes que isso acontecesse. Não um lugar qualquer, mas um lugar seguro onde a criança pudesse nascer e, de preferência, ser criada, pelo menos nos primeiros anos. Assim, se deslocavam para o sudeste, cruzando o interior de Minas em direção a São Paulo. Procurariam, talvez, algum lugar abandonado pelo interior, não muito longe de uma floresta, mas distante o suficiente para que tivessem alguma segurança, por menor que fosse. Por experiência própria, Pedro sabia de muitas coisas que eram senso comum entre os sobreviventes: que a maioria seguia cegamente pros lados do Amazonas, que outros fugiam pra costa na esperança de serem resgatados por sobreviventes vindos de além-mar, crédulos de que ainda existia alguma coisa parecida com uma civilização lá do outro lado do mundo.

Pedro achava uma tremenda ingenuidade. Se houvesse sobreviventes em condições de cruzar o oceano para resgatar quem quer que fosse, isso já teria acontecido.

"São mais de quarenta anos de merda", murmurou, as pálpebras cansadas finalmente fechando. "Alguém já teria aparecido."

E teve um de seus breves devaneios, misto de sonho e lembranças, os ouvidos atentos ao que acontecia à sua volta. Lembrou dos irmãos, que vinte ou trinta anos antes, ele não sabia ao certo, zarparam num barco de pesca em direção ao outro lado do mundo e nunca mais foram vistos. Pedro achava que eles jamais chegaram lá e que mesmo que tivessem chegado provavelmente não encontraram nada diferente do que podia muito bem ser encontrado aqui: morte, morte, e mais morte. Morte em todas as direções.

23

Nêgo Ju e Samuel estavam caminhando a quase quatro horas, e ainda não haviam encontrado nada pra comer. Tinham revirado troncos úmidos à procura de lesmas e larvas, sem nenhum sucesso, e estavam quase considerando sair da floresta e ir pra cidade, onde não demorariam a conseguir algumas crocantes.

"Aqui não tem creme", resmungou Samuel, baixando um tronco apodrecido que ele havia erguido. "É ridículo. Há alguns anos bastava levantar qualquer porcaria de tronco em um lugar úmido e estaria cheio de creme. Hoje em dia é preciso contar com a sorte até pra isso."

"As coisas estão morrendo", foi o único comentário de Nêgo Ju.

"Ou estão aprendendo a se esconder".

Caminharam mais um pouco, ensimesmados, os olhos girando para um lado e para o outro, quando Samuel parou de repente. Nêgo Ju quase trombou com ele.

"Que porra..."

"Psiu", fez Samuel. Seus olhos estavam arregalados. "Tem uma caverna ali."

Nêgo Ju olhou pra onde ele apontava.

"Parece uma gruta."

"Caverna, gruta, tanto faz."

"Será que tem asinha lá?"

"Não custa dar uma olhada. Tá com o ferro?"

"Tô", Nêgo Ju já havia desencaixado a barra de ferro da parte superior da mochila e agora a segurava com firmeza.

"Vem, vamos pegar umas asinhas. Minha barriga já tá até roncando."

Caminharam devagar em direção à caverna, tentando não fazer barulho, e pararam embasbacados quando viram que, um pouco depois da entrada, havia uma barraca, uma estaca enfiada no chão, e as cinzas de uma fogueira apagada.

"Que porra é essa, Nêgo?!", quase gritou Samuel, a voz aguda e cheia de ar.

Nêgo Ju estava com os olhos arregalados. O coração havia acelerado subitamente.

"Tem alguém acampado aqui", murmurou. "Devem ter saído pra caçar."

"Caralho...", Samuel lambeu os lábios. "Caralho, Nêgo..."

"Caralho..."

"O que vamos fazer? E se tiverem armas?"

Eles se aproximaram da barraca, andaram em volta dela tentando enxergar através da lona. Quando se sentiram realmente seguros de que não havia ninguém ali, abriram o zíper e deram uma olhada dentro. Três colchonetes e uma mochila num canto. Nada mais.

"Tem três colchonetes. Devem ser três pessoas.", disse Nêgo Ju.

"O que a gente faz?"

Nêgo Ju lambeu os lábios.

"Vamos esperar eles voltarem", disse. "Eles vão voltar, claro que vão. Não vão abandonar isso aqui desse jeito. Tem uma mochila ali. Provavelmente com coisas pessoais."

"Por que não abrimos e vemos o que tem dentro? Talvez tenha comi..."

"Vai ser burro assim lá na puta que o pariu, caralho."

"Quê?"

"Se mexermos na mochila vão saber que alguém esteve aqui."

Samuel mordeu o lábio, pensativo.

"O que porra é esse pau enfiado aqui no chão?", perguntou.

"Não faço a menor ideia", respondeu Nêgo Ju.

Samuel se aproximou de Nêgo Ju e murmurou.

"Como vai ser?"

"A gente se esconde nos fundos da caverna e espera eles voltarem. Quando estiverem dormindo, bam!", Nêgo Ju apontou para a barra de ferro com a cabeça.

"E vamos ficar sem comer até lá? Eu tô morrendo de fome."

"Paciência, Samuca. Paciência, caralho. Mais tarde teremos um bom e velho chur-ras-co." Ele falou pausadamente, e Samuel sentiu a boca se enchendo de cuspe.

24

Pedro abriu os olhos e deu de cara com Samanta olhando pra ele e sorrindo. Ela ainda estava deitada na rede, oscilando devagar ao som de um suave iéc-iéc. Para Pedro ela parecia cada dia mais linda.

"Dormi", disse ele, como se buscasse se justificar. "E você, conseguiu descansar?"

"Sim, dormi bastante. Sonhei com o bebê. Era uma menina."

Ele esticou as costas doloridas, espreguiçou-se.

"Menina, é?"

Desde que Samanta lhe anunciara a gravidez, eles buscavam não pensar em coisas como o sexo e nome do bebê, nem se apegar muito à ideia de que havia uma criança, um filho, a caminho. Nas circunstâncias em que viviam, as coisas eram tão incertas que o primeiro pensamento da manhã geralmente era uma constatação meio resignada meio surpresa de que se passara mais um dia e eles ainda estavam vivos. Planejar um futuro a longo prazo nada mais era que alimentar uma fonte de frustrações e enfraquecimento. Pedro estava convencido de que os sobreviventes ainda sustentavam essa condição tão somente porque eram bons em focar no dia a dia, no momento presente, sem perder tempo sonhando com dias melhores.

Agora era diferente. Pedro olhava para Samanta, para aquele barrigão redondo naquele corpo magro, aquela barriga que às vezes se movia e assumia formatos estranhos e de aparência até mesmo grotesca, e inevitavelmente pensava que em breve teriam um bebê em seus braços, em breve seria pai. Estava a caminho uma criatura vulnerável e dependente, que choraria de frio, calor ou fome, que exigiria muito de suas energias e colocaria suas vidas em risco a cada grito. Pedro tinha visto muitas pessoas matarem os próprios filhos para aumentarem suas chances de sobrevivência. Houve um tempo em que grupos de caminheiros cada vez mais famintos andavam de um lado para o outro munidos com paus e pedras, às vezes armas brancas e até mesmo armas de fogo, procurando grupos mais vulneráveis, ou mesmo pessoas solitárias. Essas pessoas eram caçadas como se fossem bichos, e em um mundo cada vez mais silencioso, uma criança berrando no meio da noite era uma sentença de morte, ou de algo muito pior.

Já não era tão comum encontrar um desses grupos de caminheiros, mas Pedro tinha certeza de que, assim como eles mesmos estavam vivos, outros também estariam. E os que viviam — ele não pôde deixar de dar um sorriso melancólico ao pensar nisso — certamente não hesitariam em matar qualquer coisa que se movesse apenas para ter o que comer por mais alguns dias.

É por isso que estão vivos, pensou Pedro. *As pessoas com algum tipo de moralidade alimentar foram as primeiras a morrer de fome.*

"No que você está pensando?", perguntou Samanta, que continuava a observá-lo e havia percebido aquele sorriso meio contrariado em seu rosto.

Ele cofiou a barba, ganhando tempo. Preferiu mentir.

"No nome."

Aquilo pareceu funcionar. Samanta cumpria sua parte do acordo de não falarem sobre isso, mas ele sabia que ela vivia pensando a respeito. Sabia disso porque às vezes a pegava murmurando algum nome aleatório, como se para testar sua sonoridade, mesmo enquanto dormia.

"E em que nome você pensou?", perguntou ela, com uma alegria tão visível que seu rosto corou.

Pedro procurou rapidamente algum nome em sua cabeça e falou o primeiro que veio.

"Melo", disse. Depois justificou-se para si mesmo que era um nome como outro qualquer.

Samanta o encarou com uma expressão esquisita.

"Que nome horroroso."

Ele sorriu.

"Eu não sou bom com essas coisas."

"Bom, eu pensei que se for menino poderíamos chamar de Pedro, como o pai. Eu gosto do seu nome. E é um nome forte que lembra pedra, uma coisa firme e resistente. E é assim que eu quero que nosso filho seja: firme e resistente, como uma pedra. Como o pai."

Ele se sentiu lisonjeado, tanto que esqueceu suas preocupações e acabou entrando na conversa com mais entusiasmo.

"E se for menina?"

"Você gosta de Gabriela?"

Ele parou pra pensar a respeito.

"E o que significa esse nome?"

Ele percebeu que os olhos de Samanta ficaram introspectivos.

"Não sei. Mas era o nome da minha mãe."

Ele não sabia disso. Assim como não sabia muito da história dela, nem ela da história dele. Todo mundo havia passado por coisas das quais preferia não lembrar. Falar sobre todo o sofrimento que tiveram que enfrentar para permanecerem vivos era uma forma de ressuscitar a agonia, então a maioria das pessoas simplesmente não falava sobre o seu passado, sobre as pessoas que perderam ou tiveram que comer para aguentar mais um dia. A imensa maioria, na verdade, sequer buscava pensar a respeito. O passado era o tabu da nova era.

Ele permaneceu em silêncio. Samanta continuou a falar.

"Meus pais eram namorados e sobreviveram aos primeiros anos como a maioria das pessoas, sem muitos problemas, mas quando as coisas começaram a complicar, uns seis anos depois do Marco Zero, meu pai foi esfaqueado numa briga por causa de uma saca de arroz. Ele nem teve tempo de se defender. Minha mãe viu tudo. Ela estava grávida de mim, e só por isso não foi esfaqueada também. Eu nasci algum tempo depois."

Nesse ponto sua voz começou a ficar embargada. Seus olhos encheram de lágrimas.

"Minha mãe era uma mulher forte, Pedro, e me criou sozinha. Por isso eu tenho certeza de que eu também sou forte. É o sangue dela que corre em minhas veias, sabe? Nós passamos por maus bocados. Você pode pensar que ser pega pelo grupo de Bento foi a pior coisa que já me aconteceu, mas não. Minha mãe e eu passamos por muita coisa na fazenda onde cresci..."

Ela fungou e enxugou o canto dos olhos.

"Então se minha mãe conseguiu cuidar de mim nos primeiros anos do colapso, eu também vou cuidar de nossa filha."

Ele segurou a mão dela, acariciando-a.

"Vai ficar tudo bem", disse. "Vamos fazer dar certo."

"Eu sei que é uma menina", disse ela. "Eu sinto."

"Então será Gabriela", disse ele. "É um nome lindo."

"É sim", respondeu ela, fungando. "É sim."

25

Camargo deu uma gargalhada.

"Puta que o pariu, Velho".

Velho baixou a cabeça.

"Desculpe. Não deu tempo. Fui falar com você, bebemos uísque e..."

Mas Camargo já olhava em volta, procurando algo que pudesse servir.

"Podemos cavar com as mãos", sugeriu Cabeça.

Camargo não se deu o trabalho de responder. Foi novamente até a porta metálica que os separava do piso superior através de uma escadaria com cerca de seis metros, girou a manivela e tentou abri-la de novo. Nada.

"Está bem presa. Tem alguma coisa bloqueando."

"Vamos ser soterrados?", perguntou Dona Maria, em um fio de voz.

Velho colocou uma mão em seu ombro para confortá-la.

"A porta abre pra fora. Tem tanta areia do lado de lá que eu não consiga movê-la. Deve ser isso."

"O que vamos fazer?", perguntou Amanda.

Camargo sorriu.

"Vamos ter que dar um jeito de abrir a porta, e depois cavar através da escadaria até o piso superior. Isso se for só areia mesmo."

"E se o salão estiver todo cheio? Até o teto?", perguntou Dona Maria. "Ai, meu Deus, vamos morrer aqui embaixo."

"Eu acho", disse Velho, "que isso é impossível. O salão é amplo, a tempestade só arrancou o portão do meio pro fim. É impossível que tenha entrado areia suficiente para cobrir o salão inteiro."

"Se ficarmos aqui por alguns dias e tiver outra tempestade enquanto isso...", disse Amanda. "Pode ser que aconteça, não?"

Velho deu de ombros.

"Podemos usar as máscaras pra cavar", Garoto propôs, segurando a máscara pela parte da frente, como se fosse uma concha.

Camargo assentiu.

"Boa ideia, Garoto. Mas primeiro precisamos dar um jeito de arrombar aquela porta do caralho. Vamos, procurem alguma coisa que possa servir. Aqueles armários estão cheios de porcarias. Ferramentas, peças. Olhem nas caixas também."

As pessoas obedeceram. Camargo ficou massageando a testa.

"Me desculpe", o velho se aproximou. "Pelas pás."

Camargo abriu os olhos e o encarou.

"As pás são o menor dos nossos problemas, Velho. Se a tempestade pegou os gêmeos, eles já eram."

"Chefe, dê uma olhada nisso", chamou Mago.

Ele apontava para uma das gavetas metálicas. Camargo se aproximou.

"Picaretas? Você acha que vamos conseguir abrir aquela porta com picaretas?"

Começou a rir, quase gargalhar.

"Você é engraçado, Mago. Puta que pariu. Eu adoraria ver você tentando, mas não tô muito a fim de perder tempo." Ele passou os olhos pelos armários metálicos.

"Na verdade", disse Mago, com a voz baixa. "Eu estava pensando em irmos pela parede."

Camargo voltou a encará-lo. Sério novamente.

"Essa não vai ser mais nossa casa mesmo", justificou-se Mago.

"Você é a porra de um gênio, seu Mago fodido", disse ele. E a seguir, pros demais: "Peguem picaretas, marretas, qualquer merda que sirva pra derrubar uma parede, e se preparem pra fazer um pouco de exercício. A senhora não, Dona Maria. Fique ali no canto bebendo uísque e comendo suas sementes. Vamos tirar a gente daqui."

Assim, eles se armaram com picaretas e marretas, e começaram a trabalhar.

26

Após algumas horas perambulando, ele estava quase desistindo de procurar o tal Farol Santander. Aquela cidade não era tão lógica ou intuitiva quanto alguns dos lugares pelos quais havia passado. Era fácil se confundir e se perder ali. Mas ele estava determinado a ter uma visão panorâmica da cidade, tentar compreender a lógica que a regera em outros tempos, o seu funcionamento e, quem sabe, avistar algum lugar com água em maior quantidade. Era o que ele costumava fazer sempre que passava por uma cidade grande, e aquela não seria exceção.

Ao chegar em uma parte aparentemente mais velha da cidade, olhou em volta, procurando uma das placas azuis ou brancas que anunciavam os nomes dos lugares. Encontrou uma caída num canto, descascada e enferrujada, quase ilegível, mas conseguiu identificar a palavra rícola. Faltava o resto. Ele pensou um pouco a respeito, procurando alguma palavra em seu vocabulário limitado que pudesse terminar em rícola, mas desistiu quando percebeu que não chegaria a lugar nenhum e, além disso, não fazia muita diferença. A não ser que se chamasse Rua da Água Potável, um nome de rua era irrelevante e rícola acabava por ser uma palavra tão boa e inútil quanto qualquer outra. Refez mentalmente o percurso que o levara até ali. Aquela era uma cidade estranha, meio labiríntica, cheia de prédios em ruínas, algumas estátuas que não lhe diziam nada e muitas carcaças de automóveis nos estacionamentos dos prédios e até mesmo nas ruas. Ele já vira muitos automóveis apodrecendo nas cidades pelas quais passara, mas nunca naquela quantidade. Perguntou-se se as pessoas de Antes naquela cidade moravam dentro de seus automóveis, e aquilo até fez algum sentido.

Estava pronto para sair dali quando algo em sua intuição o fez parar. Voltou para a placa e releu: rícola.

O endereço do prédio que ele estava procurando era João Brícola.

Seu rosto se iluminou. Tinha que ser isso.

Girou, observando os prédios em volta, e seus olhos se fixaram em um edifício em ruínas à sua esquerda, apenas alguns metros de onde encontrara a placa. Era ele, finalmente, e no seu entendimento era mesmo um "prédio alto o bastante". Ele desatarraxou a tampa de sua garrafa térmica e bicou um golinho de água, enquanto analisava o edifício. Sim. Alto o bastante, sem sombra de dúvidas. Mas nada seguro, não mesmo. O prédio em algum momento havia sofrido um incêndio, e apesar de não ter vindo abaixo, sua estrutura estava com uma aparência horrenda e não lhe passava nenhuma segurança.

Havia uma placa quadrada com uma inscrição em alto-relevo em letras graúdas. Ele leu: Banco do Estado de São Paulo S.A. O mesmo estava escrito acima da grade que dava acesso ao interior do prédio, e que em algum momento havia sido arrombada, talvez por causa do fogo.

Subir ou não subir?, se perguntou, analisando que tipo de informação aquela placa lhe passava. Não muita. Ele sabia que assim como alguns lugares eram chamados de shoppings, outros eram chamados de bancos. Nos shoppings, ele imaginava que as pessoas de Antes iam para procurar netflixes e comida, mas ele não fazia a menor ideia do que elas faziam nesses bancos. Forçou um pouco mais o raciocínio. Havia um banco chamado Banco do Brasil. Ele vira placas desses bancos em vários lugares pelos quais passara, e o país que ele estava era Brasil, então o Banco do Brasil era o banco do país.

Banco do Estado de São Paulo S.A.

Talvez estado significasse o mesmo que cidade, e aquele fosse o banco da cidade, que se chamava São Paulo. Mas o que era um banco?

Era uma explicação deficiente que não fazia muito sentido dentro do formato em que sua lógica interna fora construída, mas era uma explicação, de qualquer forma. Estado era, portanto, o mesmo que cidade, e a cidade se chamava São Paulo e aquele era o seu banco, seja lá o que fosse um banco ou pra quê servisse. Provavelmente um banco também era um netflix.

Decidiu por fim entrar e dar uma olhada. Subir alguns andares, devagar, para ver se os pisos não desabavam com seu peso.

Assim que chegou ao hall de entrada, ouviu o barulho de passinhos correndo sobre milhões de cacos de vidro, e percebeu o movimento de pequenas sombras ligeiras pelo canto dos olhos. *Ratazanas*, pensou. Surpresas com a visita.

Bom, ele não passaria fome naquela cidade, embora a água ainda fosse um problema. Se perguntou onde aquelas ratazanas encontravam água, se é que ratazanas bebiam água — ele realmente não fazia ideia, pois nunca vira nenhuma delas bebendo nada —, e concluiu que deviam beber água da chuva, como muitas vezes ele mesmo fazia. Uma chuvarada de vez em quando devia ser suficiente para matar a sede delas por algumas semanas.

Comida era outro mistério, mas ele suspeitava que a dieta delas fosse tão rica quanto a dele: baratas, outras ratazanas mortas, coisas assim.

Encontrou uma placa queimada e suja, cheia de palavras. Ele esfregou a mão enluvada e a limpou o melhor que pôde. Era um desenho do prédio. Ele leu o que conseguiu e, após muito raciocinar, deduziu que era uma lista das coisas que havia em cada andar. *Faz sentido*.

Procurou o acesso à escadaria e a encontrou na lateral do hall. Entrou e começou a subir. O corredor da escadaria era estreito, não dava pra passar muitas pessoas ao mesmo tempo, caso fosse necessário, e ele se perguntou se havia gente naquele prédio quando ele pegou fogo. Talvez não, talvez ele tivesse sido incendiado depois, como a maioria das coisas que hoje estavam incendiadas, e não tivesse pessoas nele na época.

Também havia teia de aranha ali, ele percebeu intrigado, o que significava que havia aranha em algum lugar. Gostava de aranhas.

Continuou subindo, seus passos ecoando no prédio vazio, o cheiro de coisa velha queimada e mofo ardendo nas narinas.

Não gostava de subir em prédios muito velhos. Eram perigosos. Ele já testemunhara um prédio inteiro desabar aparentemente sem nenhum motivo na cidade anterior, a que ele chamava de A Cidade do Homem Sem Braços, pois nela havia uma estátua de um homem cujos braços haviam caído, e que parecia vigiar com tristeza a cidade inundada lá embaixo. Sentiu um calafrio ao lembrar daquele lugar.

Um estalo seguido por outro estalo o retirou de seus pensamentos. Ele parou, o coração acelerado, os ouvidos apurados ainda mais. Outro estalo.

Respirou fundo e deu mais um passo, e então outro, continuou a subir. Tarde demais pra descer agora, pensou. Pelos seus cálculos, já estava perto de chegar onde queria.

A cada andar, ele parava rapidamente e olhava em volta, à procura de alguma coisa que pudesse lhe servir, mas não encontrava nada e seguia em frente. Ao chegar ao vigésimo-sexto andar, atravessou o umbral sem porta que dava para o mirante, segundo informava a placa, essa um pouco mais legível que a do hall, apesar de também estar imunda. Deduziu que mirante significava Um Lugar Onde Você Podia Olhar, pois em espanhol olhar se dizia mirar, e mirante significava estar atento.

Seu coração quase parou com a visão da cidade. Era deslumbrante. Prédios, prédios por todos os lados, acobertados por um céu àquela hora vermelho cor de sangue e cheio de nuvens negras. Vislumbrou sem fôlego os prédios, as mais variadas arquiteturas nas mais variadas condições: arruinados, semiarruinados, absolutamente destruídos. Alguns àquela distância até pareciam novos, apesar da certeza de que vistos de perto não passariam de ruínas ou semirruínas, enquanto outros não passavam de uma estrutura destruída com seu esqueleto metálico à mostra, um mistério que permanecia em pé enquanto outros à sua volta haviam caído.

Ele sentiu um impulso, andou até o parapeito, os pés esmagando os cacos de vidro que cobriam todo o chão, e subiu com cuidado. Olhou por um breve momento para aquela cidade silenciosa e em ruínas, que muito provavelmente havia sido um belo lugar nos dias de Antes, e, sentindo o cheiro de cinzas e mofo arder em suas narinas, o vento frio daquele entardecer congelante a lhe queimar o rosto, abriu os braços para equilibrar-se, tomou fôlego e gritou com toda sua força:

"Eu sou Espanhoooooooool! Eu sou Espanhoooooooool!"

27

Uma ratazana. Morta. Bia se agachou procurando alguma larva.

"Dá pra comer?", perguntou João.

Rainha respondeu com um latido.

"Acho que dá", respondeu Bia. "Não parece que morreu faz muito tempo."

Adriano se abaixou e a levantou pelo rabo, procurando sentir o cheiro.

"Essa é das grandes", comentou, apoiando o seu corpo na palma da mão, a barriga virada pra cima.

"Vai abrir?"

"Vou."

Ele pegou a faca e fez um corte vertical na barriga da ratazana. Afastou as pontas do corte com a lâmina. Alguma coisa se contorcia lá dentro.

"Vermes", disse João, como se ninguém tivesse visto. "Chegaram primeiro."

"É só limpar", disse Bia.

"Ou comer os vermes também", disse Adriano, sorrindo.

"Ei, eu disse que vermes só em último caso", comentou João, fazendo uma expressão de nojo.

"Cadê a bolsa?"

Bia estendeu uma sacola de couro. Adriano jogou a ratazana lá dentro.

"Vamos continuar procurando", disse. "Talvez a gente tenha a sorte de encontrar uma viva."

"Já não foi sorte suficiente ter encontrado uma morta?", perguntou Bia.

"Eu fico me perguntando o que foi que a matou", comentou João.

Rainha latiu duas vezes e ficou em pé.

"Que foi, menina?", perguntou Adriano.

Rainha abanou o rabo e se virou. Girou a cabeça na direção deles, latiu mais uma vez e seguiu em frente.

"Onde será que ela vai nos levar agora?", perguntou Bia.

Eles continuaram seguindo a cachorra.

"Espero que num ninho de ratazanas bem gordas", respondeu João. A seguir, virou-se para Bia. "Se vocês pudessem escolher, o que iriam querer comer?"

"Ovos", respondeu Adriano imediatamente.

"De quê?", perguntou João.

"Qualquer coisa. Apenas ovos."

"Eu queria carne", respondeu Bia sonhadoramente. "Carne de verdade, bem suculenta e de preferência malpassada."

"E você, João?", perguntou Adriano. "Nós já respondemos. E você?"

João sorriu.

"Ah, qualquer coisa vegetal", disse. "Alguma fruta ou algo assim."

Continuaram a caminhada em silêncio. Pouco mais de duas horas depois, pararam para descansar em uma clareira e passaram o cantil de mão em mão. Adriano derramou um pouco na boca de Rainha, que molhou o focinho e se lambeu toda.

"Só temos mais um cantil", disse ele. "É melhor voltarmos."

"Dá pra abastecer no rio perto da caverna. A água não é muito turva", respondeu João.

Bia olhava para o chão com uma expressão intrigada.

"Ei, vejam isso aqui."

Ela começou a cavar a terra úmida diante de si e puxou uma raiz empelotada mais parecida com uma batata de casca negra.

"Alguém faz ideia do que é isso?", perguntou, estendendo a batata mutante.

Ela passou para João e ele a descascou com sua faca. Cortou o pedaço e mordeu. O sabor era amargo, o sumo era ácido, mas não parecia venenoso. Mastigou e engoliu. Sua barriga roncou, pedindo mais. Ele cortou mais um pedaço.

"Tem gosto de mijo", disse.

Adriano pegou a raiz, cortou e comeu um pedaço. Bia fez o mesmo, também jogou um pedaço para Rainha, mas ela cheirou, ganiu baixinho e se afastou.

"Acho que não é bem a praia dela", comentou, bem-humorada.

Adriano abriu a sacola, retirou a ratazana e jogou para Rainha.

"Coma, menina, pode comer."

Rainha lambeu os beiços, olhou agradecida para Adriano, e começou a comer a ratazana.

28

Pedro e Samanta desmontaram o acampamento e recomeçaram a caminhada. Ela agora não dava sinais de cansaço e Pedro sentiu-se grato por isso. Queria aproveitar aquele estado ao máximo, ganhar uma boa distância em direção ao interior. Naquele ritmo, parando apenas para descansar, comer e dormir, talvez conseguissem chegar a um lugar seguro em uma ou duas semanas. Não seria um lugar tão distante quanto ele gostaria, mas esperava que fosse seguro o suficiente para pelo menos esperar o bebê nascer e Samanta se recuperar. Depois veria a possibilidade de continuarem viagem. Talvez ele conseguisse duas bicicletas e as colocasse para funcionar, o que aumentaria bastante sua velocidade de locomoção. A criança não seria um problema, pelo contrário, talvez até achasse divertido. Ele poderia improvisar uma cesta para acomodá-la, ou uma espécie de bolsa para que pudessem carregá-la com as mãos livres. Sua maior preocupação no momento, contudo, era a comida, que, ele calculava, só duraria mais um dia. Ele faria o possível para durar pelo menos dois, abrindo mão de sua parte para que Samanta pudesse se alimentar melhor. Assim que encontrassem algum lugar para acampar novamente — e ele tinha esperanças de que o fizessem antes de escurecer —, ele daria uma volta à procura de comida. Não gostava da ideia de deixá-la sozinha, nem que fosse por algumas horas, mas não via outra alternativa.

Se eu conseguisse encontrar uma capivara, pensou sonhadoramente, lembrando em seguida que fazia algum tempo que não via uma. Há cinco ou seis anos, segundo seus cálculos confusos, não teriam dificuldade alguma para encontrá-las. Elas, assim como as ratazanas e as baratas, e um dia fora assim com os coelhos e os jacarés, por algum tempo foram consideradas uma espécie de praga e a segunda melhor alternativa dentre as pragas comestíveis. Há décadas os jacarés haviam sumido totalmente, assim como os coelhos. As ratazanas, por outro lado, eram mais comuns, se você soubesse onde procurar e tivesse paciência, mas também estavam ficando mais raras. Ou isso ou estavam aprendendo a se esconder, o que não o surpreenderia. Restavam as baratas e os outros insetos, esses sim onipresentes, cada vez maiores e mais senhores do mundo, cada vez mais ousados e com menos medo dos seres humanos. Pedro achava que em algum nível eles compreendiam que os homens já não eram senhores da Terra, e imaginava que se o planeta durasse mais cem anos, haveria insetos do tamanho de carros reconstruindo a sociedade do jeito deles. Não tinha problemas em comê-los, e até o fazia com algum prazer sádico, se deliciando com o barulho crocante que suas carcaças faziam entre seus dentes enquanto os mastigava, mas lutava ao máximo para que Samanta tivesse coisas mais nutritivas para colocar no estômago. Se encontrasse alguma pessoa vulnerável pelo caminho, talvez Pedro finalmente se tornasse um matador, só para que ela pudesse comer um pouco de proteína.

Uma hora esse momento chegaria, pensou, lembrando que hesitara por tanto tempo em matar pessoas por acreditar que havia algo de sagrado em um ser vivo capaz de se comunicar e de sentir coisas tão complexas, como o amor. Era um raciocínio ingênuo e até certo ponto risível diante das circunstâncias em que vivia já há tanto tempo, mas ele se achava incapaz de ver os seres humanos, mesmo que atualmente fossem movidos quase que exclusivamente por instintos primitivos de sobrevivência, de outra forma. Será que teria coragem de matar?, se questionava em seu íntimo, lembrando de todas as vezes que implorou a Bento para que o livrasse daquela missão de sacrificar alguém.

Mas e se fosse uma criança?

Não seja burro, respondeu em pensamento, *não existem mais crianças. A sua provavelmente será a última criança do planeta inteiro.*

Era um pensamento que fazia algum sentido: quem seria maluco de fazer um filho hoje em dia?

"No que você está pensando?", perguntou Samanta, ao seu lado.

Ele sorriu.

"Que seria maravilhoso se encontrássemos uma capivara. Já pensou? Uma capivara gorda, que delícia?"

Samanta andava olhando pro chão, com medo de tropeçar nos próprios pés. A barriga tirava seu equilíbrio, e aquele par de tênis meio duro que Pedro encontrou não era seu melhor amigo no momento.

"Duvido que ainda existam capivaras", disse ela. "Muito menos gordas. Não vejo uma tem muito tempo."

Ele pensou um pouco antes de responder.

"Acho que é possível. Acho que quase tudo ainda existe, mas cada vez menos."

"Cada vez menos...", repetiu ela. "Exceto baratas, né? Porque baratas eu acho que tem cada vez mais."

Caminharam mais um pouco em silêncio. Pedro recomeçou a falar:

"Eles diziam que era o fim, lembra disso? Que em poucos anos só sobrariam as bactérias."

"Não lembro. Eu era muito nova."

"Pois é. Eles diziam. Diziam que a era dos mamíferos tinha terminado, assim como tinha terminado a dos dinossauros antes. Coisas assim. Que em cinco anos não haveria mais vida. Que era...", ele buscou o termo exato em sua memória. "...o fim do antropoceno... a sexta extinção... Era assim que eles chamavam: sexta extinção!"

"E não foi?", ela parou e apoiou as mãos na cintura. "Um minuto."

Ele parou ao lado dela. Pela primeira vez em meses ela o percebia relaxado. Achava que talvez fosse a proximidade do nascimento do filho.

"Já faz mais de quarenta anos e ainda estamos aqui, não? Em breve nascerá mais um ser humano. Acho que nossa espécie é a espécie mais teimosa e resiliente que já andou por esse planeta."

"Talvez."

Ficaram em silêncio por alguns minutos. Pedro observando Samanta e ela tomando fôlego. Depois recomeçaram a caminhar.

"Você acha que as coisas vão melhorar? Que vai haver um futuro?"

Ele passou um longo tempo sem responder, mas quando o fez, sua voz saiu firme, segura:

"Não sei, mas preciso acreditar nisso."

E completou mentalmente: do contrário ficaria impossível seguir em frente.

29

Nêgo Ju e Samuel esconderam suas mochilas por trás de umas pedras do lado externo da gruta. Não era um lugar muito escondido, mas eles chegaram à conclusão de que apenas alguém que soubesse o que estava procurando conseguiria encontrá-las. A seguir, pegaram suas armas e foram até o fundo da caverna, onde encontraram uma fenda úmida e escura. Pararam.

"Aqui", disse Nêgo Ju.

"E você?"

"Eu vou procurar outro lugar. Não caibo aqui."

Eles murmuravam, com receio de que suas vozes ecoassem dentro da caverna.

"E como vamos fazer?"

"Vamos esperar, porra. Quando eles estiverem dormindo, nós os pegamos de surpresa."

"E se eles chegarem, desmontarem a barraca e forem embora?"

"Eles não vão embora. Eles pretendem ficar aqui. Se quisessem ir embora já teriam desmontado a barraca."

"Como você tem tanta certeza?"

"Porque é o lógico, porra. Tu acha que vão cair fora à noite? Já tá quase escurecendo!"

"Tá, Nêgo, beleza. *Mas* e se eles forem?"

"Nesse caso, seguimos eles e continuamos esperando."

"Esperando?"

"Eles vão ter que dormir em algum momento, porra."

"Eu tô com muita fome, Nêgo."

"Eu também. Mas paciência. Hoje vamos matar a fome."

Samuel sorriu.

"Não só a fome."

Ele lambeu os lábios. Nêgo Ju conseguiu vislumbrar o brilho cheio de deleite nos olhos do amigo. Estava quase salivando.

"Será que tem mulher entre eles?"

"Aí você já tá sonhando alto demais", disse Nêgo Ju.

Samuel se espremeu dentro da fenda.

"E então?"

Nêgo Ju deu um passo pra trás e não conseguiu mais ver Samuel.

"Maravilha, porra. É só ficar aí quietinho que ninguém te vê. Tenta não fazer nenhum barulho. Apenas fica aí e me espera, entendeu?"

Samuel continuou em silêncio.

"Entendeu, porra?", murmurou Nêgo Ju, aproximando-se da fenda e tentando encontrá-lo.

"Entendi."

"Eu vou procurar um lugar pra me esconder também, mais pro fundo. Você apenas me espera. Não faz nada."

Nêgo Ju estava se virando para sair, mas Samuel o chamou de volta.

"Nêgo."

"Sim?"

"Vai dar certo, não vai? Hoje vamos comer carne."

"Vai sim, porra. Vai dar tudo certo. Agora cala a porra da tua boca e fica aí quietinho até eu chamar."

30

Eles estavam marretando a parede há quase seis horas, e só agora percebiam que não ia funcionar.

"Do que eles estavam querendo se proteger quando construíram essa porra?", perguntou Mago, ofegante.

Ele apoiou a marreta no chão, os músculos do braço trêmulos, e olhou para as mãos. Mostrou para César ao seu lado.

"Dá pra acreditar nisso? Olha minhas mãos! Eu tô acostumado a trabalhar com material pesado e olha só minhas mãos!"

César olhou sem dizer palavra. Suas próprias mãos não estavam em melhor estado, e ele tinha o dobro do tamanho do Mago. Cabeça também não obtivera melhor resultado.

Garoto afastou-se do grupo que tentava derrubar a parede e se dirigiu para perto das caixas ao fundo, próximo de onde Dona Maria estava. Ele a cumprimentou com os olhos, sentou-se curvado e apoiou os cotovelos sobre os joelhos. Suas mãos estavam em frangalhos, cheias de bolhas e sangue pisado. Ele havia batido com a picareta e a marreta repetidas vezes e aquele fora o único resultado visível. A princípio achava que era pelo fato de ser um fracote, mas o próprio Camargo, que era um brutamontes do caralho, não foi muito melhor.

"Vamos morrer aqui embaixo", disse Dona Maria ao seu lado. Era a voz de quem já havia se resignado. "Eles não vão conseguir derrubar aquela parede. Isso aqui foi construído pra resistir a coisas muito mais poderosas que marretas."

Garoto a encarou, pensativo, mas não respondeu. Olhou para Dona Maria, depois olhou para a porta e voltou a olhar pra Dona Maria.

"Eu já devia estar morta há muito tempo", continuou ela. "Então não me importo em morrer."

"Eu me importo", disse Garoto. "Não tô a fim de morrer."

Dona Maria contraiu os lábios. Os olhos brilhando.

"E seria uma morte bem merda morrer aqui embaixo. Eu não quero ter uma morte merda."

Ele se levantou e começou a olhar as paredes, procurando alguma vulnerabilidade no abrigo. Seus olhos se detiveram numa das grades do sistema de ventilação e se arregalaram. Gritou.

"Velho! Velho!"

O velho acompanhava os trabalhos na parede com as mãos na cintura, absorto. Os gritos do garoto lhe retiraram de um transe.

"Velho!"

Ele olhou para trás e viu que ele o chamava lá do fundo. Parecia desesperado. Velho foi até lá.

"O que houve?"

"Onde isso vai dar?"

Ele apontou para a grade de ventilação. O velho arregalou os olhos.

"Acho... acho que sobe para o piso superior..."

Sua voz ficou trêmula.

"Muito bem, Garoto."

Velho sentiu vontade de lhe dar um beijo, mas se conteve.

"Ei, meninos", gritou. "Meninos, aqui. Todo mundo. Aqui. Camargo."

Eles pararam de marretar a parede e olharam pro Velho.

"Aqui, rápido."

Eles se aproximaram. Camargo veio por último. O garoto percebeu a mancha de sangue no cabo da marreta quando ele a encostou na parede.

"Acho que Garoto encontrou uma saída", disse Velho, apontando para a grade. "Ela deve dar no sistema de ventilação superior."

Camargo olhou para a grade pensativo. Depois, passou os olhos nos outros.

"Nenhum de nós cabe aí dentro, Velho", disse.

"Eu caibo", respondeu Garoto. "Eu posso ir."

Camargo olhou para o velho. Velho assentiu.

"Você acha que consegue, Garoto?", perguntou.

"Consigo sim. Só preciso que me digam o que eu devo fazer quando chegar lá em cima."

Velho apontou para a grade com o dedo torto.

"Você vai rastejar pelo duto até a grade do sistema superior, vai empurrar a grade e descer por lá. Depois vai nos carros, pega uma pá, volta aqui e cava pela escadaria que dá acesso à porta", ele apontou para a porta do abrigo. "Deve ter uns três metros entre o piso superior e a porta, mas o corredor não é muito largo."

Garoto sentia o coração palpitar com muita força. Velho continuou.

"A areia não deve ser um problema. É fina. Você é um rapaz forte. Consegue cavar sozinho."

Garoto concordou.

"Vamos lá então? Não podemos perder tempo."

31

Após descer do prédio do Banco do Estado de São Paulo S.A., ele catou pedaços de madeira e o que mais conseguiu encontrar que pudesse fazer fogo, e caminhou distraído, sem prestar atenção a nada em particular. Atravessou uma rua cheia de prédios depredados, e observou com algum fascínio uma estátua de bronze caída no chão. Era um homem com um braço pra cima, o punho fechado, segurando com a outra mão uma espécie de pau ou lança com um tecido preso na parte superior. Ele tentou ler o que estava escrito numa placa de mármore ao lado, mas a estátua havia sido vandalizada — alguém derramara tinta branca sobre ela, e a tinta adquirira uma tonalidade suja, acinzentada — e a placa estava ilegível. Ele se perguntou quem teria sido aquele homem, por que estava sem camisa, e por que segurava aquele pedaço de pau com um pano preso na ponta. Imaginou que se um dia fizessem uma estátua sua, ela estaria com o braço erguido e segurando o skate. Ou o estilingue. Sorriu e voltou a caminhar. Entrou em um prédio cujas portas de vidro já não existiam, analisou o local e anuiu satisfeito. Passaria a noite ali.

Limpou o local para ter um pouco de espaço, acendeu uma pequena fogueira com sua pederneira e desenrolou o colchonete um pouco mais afastado. Sua barriga roncava. Ele procurou um copo de alumínio em sua mochila, pegou o canivete e saiu, depois voltou com raspas de gelo e o colocou sobre uma placa de cerâmica, que ele encontrou solta, e pôs sobre o fogo. O gelo começou a derreter e ele esperou a água ferver. Não era grande coisa, mas era melhor do que nada.

Pegou dentro da mochila um pedaço de tecido e o desdobrou. Dentro dele havia umas lascas marrons de algo parecido com uma raiz seca. Ele apanhou um pequeno punhado daquelas lascas e jogou dentro da caneca. Logo, um cheiro adocicado começou a subir e a água dentro da caneca assumiu um tom amarronzado. Sua boca se encheu de saliva e seu estômago roncou. Ele pegou o copo com cuidado, sem retirar a luva, com a segurança de quem já havia feito aquilo milhares de vezes, e o soprou antes de dar um gole e aprovar o sabor em silêncio. O chá caiu bem a seu corpo, e ele se encostou na parede, satisfeito e sonolento, pensando em qual seria o seu próximo passo.

Estava decidido a não ficar muito tempo naquela cidade. Ele sentia, mais instintivamente do que por qualquer outra razão, que aquele lugar era perigoso. Não saberia explicar bem por que, mas ele simplesmente não se sentia bem ali. Era, pensou, como a Cidade do Homem Sem Braços, um lugar inóspito, mas que lhe causava duas sensações bem específicas: uma, a de que estava sendo observado; duas, a de que a cidade ia simplesmente ruir a qualquer momento. Na cidade anterior, ele atribuía a sensação de que estava sendo observado àquela presença imponente do Homem sem Braços, mas como explicar a mesma sensação ali, na cidade dos netflixes? Começava a desconfiar que isso tinha relação direta com o contraste entre o tamanho daqueles lugares, e a ausência quase absoluta de qualquer coisa viva. Ele bebericou o chá, cada vez mais introspectivo. Precisava seguir para os lugares onde ainda existiam florestas, era isso. Mesmo que elas estivessem morrendo, tudo indicava que ainda demoraria um bom tempo para que estivessem todas acabadas. Quando isso acontecesse, ele achava que já não estaria mais por aqui, de modo que não deveria se preocupar com isso.

Norte ou Oeste, pensou, mas resolveu deixar pra se preocupar com isso depois. Iria acordar cedo, caçar uma boa ratazana, comer, e decidiria melhor o seu futuro quando sua barriga estivesse cheia.

Pensar na ratazana fez sua barriga roncar novamente. Ele apoiou a caneca vazia ao lado do colchonete e se encolheu para dormir.

32

"Essas raízes são terríveis, mas pelo menos enchem a barriga", comentou João.

Ele e Adriano estavam cavando à procura de mais raízes. Rainha os observava com atenção, a língua pra fora e o rabo abanando.

Bia abriu a sacola de couro e contou quatro pedaços.

"Acho melhor a gente voltar antes que escureça de uma vez", disse. "Ou vamos ter que fazer fogo."

Ela olhou apreensiva para a floresta.

"Fazer fogo aqui é suicídio", disse.

João ergueu a cabeça e a acompanhou com o olhar. Sim, fazer fogo ali era suicídio.

"É. É melhor a gente ir."

"Não é melhor procurarmos mais um pouco? Quatro só deve dar pra uns dois dias. E Rainha? Ainda não conseguimos nada pra nossa menina."

Ele acariciou a cachorra atrás da orelha. Ela inclinou a cabeça e semicerrou os olhos de prazer.

"Ainda precisamos passar no rio pra encher os cantis", disse Adriano.

"Tá, mas e Rainha? A coitada só comeu aquela ratazana podre."

Bia olhou para Adriano buscando ajuda.

"Vamos voltar. Se não encontrarmos nada no caminho, ainda tem um pouco de pasta na barraca. Acho que ela consegue segurar até amanhã."

"Ainda dá pra comer aquele negócio?"

"Dá sim."

Começaram a juntar as coisas para voltar pro acampamento em silêncio. A seguir, caminharam de volta, cada um imerso em seus próprios pensamentos. Rainha ia à frente, farejando e ganindo baixinho, decepcionada por não encontrar nada que ela ou eles pudessem comer. Quando chegaram ao rio, com sua água amarronzada, agacharam-se e começaram a encher os cantis. Bia então se levantou, tirou a roupa e entrou na água, que ia até seus joelhos e a atravessava com uma correnteza média.

Ela ergueu os braços e curvou as mãos atrás da cabeça, exibindo os seios pequenos, os pelos negros e volumosos de suas axilas se destacando naquela pele branca precocemente envelhecida. Adriano a admirou em silêncio, sentindo o peito cheio de amor. A seu modo, João também sentiu o mesmo.

"Venham meninos, venham!", ela gritou, dando um mergulho naquela água turva e fria e se erguendo em seguida, sorrindo. Os bicos minúsculos dos seios intumescidos por causa do frio.

Adriano foi o primeiro a aceitar o convite. Levantou-se, tirou a roupa e se jogou naquela água. João o acompanhou. Rainha latiu duas vezes, mas não se atreveu a mergulhar, apesar da vontade que devia sentir. Brincaram e se divertiram um pouco, atirando água uns nos outros, abraçando-se, trocando beijos triplos. Mas não demoraram muito. Sabiam que não era uma boa ideia ficar até escurecer de uma vez, apesar de a caverna já estar bem perto.

Assim, lavaram-se e vestiram-se, depois seguiram em direção à barraca. O banho frio servira para reanimá-los, e eles chegaram no acampamento com um humor revigorado.

Acenderam a fogueira e tentaram cozinhar a raiz com um pouco de água numa leiteira de alumínio que sempre levavam consigo. Adriano tirou duas colheres de uma pasta esbranquiçada que eles costumavam preparar com insetos para Rainha, mas que muitas vezes tinha sido a solução para a fome pela qual eles mesmos passavam, e as jogou na tigela, *pléc!*. Rainha lambeu os beiços e começou a comer vorazmente, soltando alguns grunhidos.

Após cozinhar a raiz, eles dividiram por três e comeram.

"Continua uma merda", comentou João. "Agora tem gosto de mijo cozido."

"Ficaria melhor com um pouco de sal", disse Bia.

"Verdade. Precisamos de sal, inclusive. Tudo fica melhor com um pouco de sal."

Depois que terminaram de comer, limparam as coisas com um pedaço de trapo molhado, prenderam Rainha na estaca que haviam fixado na parte externa da barraca, tiraram as roupas e as dobraram do lado de fora.

Rainha deu dois latidos de boa noite. Entraram.

"Não sei por que sempre deixamos a Rainha presa", comentou João.

"Pra ela não fugir", respondeu Bia.

"Não acho que ela fugiria. Ela gosta de nós. Somos sua única família."

Bia não argumentou. No final das contas era apenas um hábito que eles mantinham desde que a haviam encontrado, ainda filhote. Naquele momento, Rainha estava destinada a ser o seu lanche, mas eles acabaram se apegando a ela e decidido criá-la, o que o tempo provara ter sido uma sábia decisão. Rainha crescera, tornara-se fiel, e ajudava muito a encontrarem comida. Bia achava que sem ela não era impossível que já tivessem morrido de fome.

"Estou com um sono fodido", disse Adriano após um bocejo.

Ele se acomodou em seu canto da barraca e João se acomodou na outra ponta. Bia ficou entre eles.

"Tão a fim de foder?", perguntou ela, mas Adriano já estava roncando.

"Eu tô", disse João, já segurando o pênis em uma semiereção.

Bia sorriu, virou o rabo em sua direção e abriu as nádegas com uma das mãos.

"Mete", disse. João se encaixou e a comeu devagar, por trás, de conchinha e quase com preguiça.

Teria feito com mais vigor se soubesse que aquela seria a última vez.

33

Pedro olhou para o céu tentando adivinhar quanto tempo mais teriam de luz, mas não chegou a nenhuma conclusão. Por enquanto, a lua estava ajudando, mas o céu estava começando a se encher de nuvens negras, em breve o tempo iria fechar.

"Acho melhor acamparmos", disse.

Samanta parou de andar e acompanhou seu olhar.

"Chuva?".

"Sim."

"Chuva negra? Odeio chuva negra."

"Eu também não gosto" disse. "Tem cheiro de pântano. Melhor procurarmos um lugar seguro pra montar a barraca. Hoje já deu."

Samanta deu um sorriso cansado.

"É, eu bem que preciso descansar mesmo. Meus pés e minha coluna estão me matando."

"Só mais alguns dias, Samanta."

"Eu sei."

"Só mais alguns dias e eu prometo que você vai descansar."

Eles caminharam mais um pouco. Chegaram numa área de mata aberta e Pedro achou que era melhor ficarem por ali mesmo. Seguir em frente para arriscar encontrar algo melhor era uma aposta que ele não estava disposto a fazer. Principalmente embaixo de chuva.

"Não é bem uma clareira, mas serve", comentou. "Posso montar a barraca ali, perto daqueles galhos."

Eles desmontaram as mochilas e começaram a montar a barraca. Samanta o ajudou a desdobrar a lona e a separar as ferramentas.

Enquanto ele estava agachado prendendo as estacas, ela percebeu que seus ombros estavam em carne viva. Discretamente, foi até a mochila, jogada de lado, e tentou levantá-la. Não afastou um milímetro do chão. Os olhos de Samanta lacrimejaram de tristeza.

Quando terminou de montar a barraca, Pedro pediu para que ela entrasse e deitasse.

"Ficou bom?"

"Sim", respondeu ela.

"Melhor você descansar."

Ele enfiou a cabeça dentro da barraca e lhe entregou uma faca de caça dentro de uma bainha de couro.

"Eu vou procurar comida", disse. "Mas não se preocupe, estou aqui por perto. Se você gritar, volto no mesmo instante."

Ela pegou a faca e assentiu.

"Se aparecer alguém, não hesite, Samanta. Nunca hesite, entendeu? Matamos antes, interrogamos depois."

Ela riu.

"Pode deixar, Pedro."

"Eu volto num instante. Espero que com comida."

Ele estava se afastando quando ela o chamou de volta.

"Pedro."

"Sim?"

"Obrigada."

Ele não perguntou por quê. Apenas assentiu. Sabia que a palavra mais difícil de ouvir da boca daqueles pelos quais nos sacrificamos era aquela, e a constância com a qual Samanta lhe agradecia só fazia ele sentir que todo aquele sacrifício valia mesmo a pena.

Pedro fechou o zíper da barraca, enfiou sua outra faca de caça na cintura, alongou as costas e foi explorar o local. Não tinha esperança de encontrar comida, mas queria, antes de tudo, verificar se estavam seguros. Andou, portanto, em uma circunferência em torno da barraca, tentando se familiarizar um pouco mais com as árvores e o cenário em geral. Calculou que, se tivessem sorte, dentro de mais alguns dias estariam fora da floresta. Devia haver alguma estrada ali em algum lugar, provavelmente uma rodovia.

Já estava voltando para a barraca quando tropeçou e caiu de cara no chão. Por sorte as folhas secas amorteceram sua queda. Ele levantou e procurou o que o havia derrubado. Era uma raiz em forma de alça. Ele lembrou de seus irmãos e teve uma súbita crise de risos. Zezinho também levara uma queda assim, exatamente daquele jeito, sabe deus quantos anos antes.

Ainda gargalhando, levantou-se e voltou pra barraca. Samanta dormia profundamente, a faca esquecida de lado. Seu sono era tão profundo que ela roncava. Pedro achava que ela não teria acordado nem que uma capivara gorda tivesse entrado na barraca e lhe abraçado para dormir de conchinha. Ele afastou a faca dela, retirou a sua e a colocou ao lado esquerdo da cabeça. Em seguida, respirou fundo e fechou os olhos. Pouco depois começou a ouvir o barulho da chuva caindo sobre o teto da barraca e um cheiro de merda terrível invadiu suas narinas. Pedro voltou a pensar nos irmãos e acabou pegando no sono.

34

Garoto subiu por uma escada portátil de metal e desatarraxou os parafusos que prendiam a grade de ventilação. Olhou a escuridão dentro daquele buraco retangular tentando imaginar se não acabaria perdido, e sorriu nervosamente.

"Não dá pra ver nada", disse, enfiando a chave de fenda no bolso distraidamente. "Mas tá cheio de areia."

"Não deve ser nenhum labirinto, Garoto", disse o velho. "Apenas siga em frente e acima. Em frente e acima."

"Eu sei. Só estou comentando."

Deu um impulso e jogou o corpo pra dentro da passagem de ar, as pernas pendendo para o lado de fora. Camargo se aproximou e empurrou suas pernas. Ele agradeceu mentalmente por isso. Não sabia como, mas sabia que havia sido Camargo. Com o corpo todo lá dentro, Garoto rastejou lentamente por conta do pouco espaço. Rastejou como uma minhoca, seu corpo mirrado e flexível não teve dificuldades com isso. Aos poucos, foi pegando o jeito. Vangloriou-se mentalmente por seu plano estar dando certo. Daquele modo, certamente ganharia o respeito de Camargo. O líder passaria a vê-lo como um homem, talvez até lhe desse uma arma, como os outros. Aquela era a oportunidade pela qual ele tanto havia esperado, não podia desapontá-lo.

Duas missões em tão pouco tempo, pensou, na escuridão. *Primeiro, os baús. Agora, o resgate.*

E continuou a rastejar, imaginando-se nos braços do seu povo, todos lhe agradecendo por ter lhes salvado a vida. Imaginou Camargo colocando a mão em seu ombro e dizendo "Muito obrigado, Garoto. Você agora é um homem.", e promovendo-o a seu braço direito.

Após rastejar pelo que pareceu uma eternidade, o garoto deu de cara com uma bifurcação. Velho tinha dito à frente e acima, mas não tinha falado nada sobre bifurcações. Para piorar, as duas iam em sentido ascendente. Garoto tentou imaginar qual seria a direção mais lógica considerando a arquitetura do Palácio, e optou pelo caminho da esquerda, mais por intuição do que por lógica propriamente dita. Após mais uma reta, outra bifurcação seguida por outra reta. No meio desta, uma abertura aparafusada. Ele vibrou e, se tivesse espaço suficiente, teria feito uma dancinha comemorativa. Pegou a chave de fenda, desaparafusou a grade e subiu pela abertura. No nível superior, continuou rastejando. Pouco depois, começou a distinguir um pouco mais de luz e seguiu naquela direção. Deu com o lado de dentro de uma grade e quase gritou de alegria.

Ele começou a socar e empurrar a grade com força até quebrá-la o suficiente para poder passar o braço. Com a chave de fenda, enfiou o braço para fora da grade e, lentamente, conseguiu desaparafusar os dois parafusos do seu lado esquerdo. Empurrou a grade e a abertura foi suficiente para que ele pudesse passar. Botou a cabeça para fora da abertura e viu boquiaberto que não estava no piso superior do abrigo. Estava, na verdade, em uma espécie de quarto amplo e cheio de coisas, um lugar que ele não conhecia. Só então se deu conta. Aquele era *o quarto*! O lugar que Camargo usava pra dormir e onde passava boa parte do tempo. Como muitos, Garoto nunca havia entrado ali. Só conhecia a parte externa. Com o coração acelerado, ele olhou em volta, procurando uma forma de descer sem quebrar o pescoço. A cama de Camargo ficava próxima da abertura, mas ele não imaginou como conseguiria pular até ela com tão pouco espaço para pegar impulso. Desistiu da ideia tão logo pensou a respeito. Teria que dar um jeito de virar, de modo que a cabeça ficasse para a parte de dentro do duto, e as pernas pra fora. Ele se afastou um pouco e virou de lado, encolhendo os joelhos até ficar em posição fetal, e usou as pontas dos pés para girar. Não foi tão difícil como ele achou que seria. Agradeceu mais uma vez por ser pequeno, magro, flexível, do contrário talvez a velha tivesse razão e eles fossem mesmo morrer naquele lugar.

Com as pernas viradas em direção à abertura, ele conseguiu descer sem problemas. Estava todo sujo, mas nem se deu conta disso. Olhou em volta, fascinado, tentando descobrir mais alguma coisa sobre Camargo. O quarto era enorme e cheio de coisas curiosas, como um piano esburacado e com teclas faltando — ele lembrava de quando Camargo trouxe aquele piano para o Palácio —, um mapa na parede com algumas áreas pintadas de preto, uma estátua de um cara barbudo, e um pedaço de violão sem cordas encostado numa das paredes, toda riscada com golpes de faca.

O quarto também estava todo sujo de areia, provavelmente por causa da tempestade. Ele não podia perder tempo, mas não conseguiu resistir à tentação de ir até o armário metálico do cômodo e dar uma espiada. Achou que estaria trancada, mas não estava. Seu queixo quase caiu. Armas de fogo, algumas facas quase do tamanho do seu braço, algemas, algumas coisas que ele não fazia a menor ideia do que fossem, mas que também deviam ser alguma espécie de arma. Fascinado, fechou o armário e abriu as portas seguintes: garrafas de uísque, copos, ferramentas, uma foto de um homem de bigode segurando um bebê estava colada no fundo. Garoto aproximou o rosto e viu que aquele homem de bigode era Camargo. Estava bem diferente sem a barba e com o cabelo curto, mas não teve dúvidas de que era ele. Olhou para o bebê, imaginando se aquele havia sido o seu filho, provavelmente sim, e o que teria acontecido com ele. Era estranho ver um bebê. Garoto sabia o que era, mas nunca tinha visto um. Fechou a porta e abriu a seguinte, a última, que estava meio afundada com uma marca que parecia ser de soco, ou de muitos deles. A porta abriu com um pouco mais de dificuldade, mas abriu. Dentro, três pilhas de livros de capa dura. Garoto franziu o cenho e coçou a cabeça. Ele não sabia ler então nem tentou, mas conseguiu perceber que vários livros pareciam repetidos, pois traziam a mesma palavra na lombada. Ou talvez aquela palavra significasse apenas livro, vai saber. Ele deu de ombros e fechou a porta. Sabia que Camargo gostava de ler porque o velho lhe contara, mas nunca o tinha visto lendo nada. Ele não lia na frente dos outros.

Melhor andar logo, eles estão esperando.

Ele olhou em volta e viu uma mesa num canto. Sobre ela, uma arma, uma garrafa de uísque pela metade e um copo vazio. Havia cacos de vidro no chão próximo à mesa e uma cadeira metálica desdobrada. Garoto desistiu de tentar entender do que se tratava e foi até a porta. Estava trancada pela parte de fora.

Voltou para o armário das ferramentas e procurou algo que pudesse usar. Na dúvida, pegou uma marreta e um pé de cabra. Suas mãos estavam ardendo e haviam voltado a sangrar por causa do esforço na grade e por causa da areia, mas ele não se importou. Pensou no que Camargo faria com ele por causa disso, mas preferiu acreditar que o perdoaria. Apoiou a ponta bifurcada do pé de cabra na extremidade da porta onde ficava a maçaneta e jogou a força de todo o seu corpo contra ela. A porta não cedeu, mas ele achou que cederia se ele continuasse forçando, e foi exatamente o que aconteceu. Jogou o pé de cabra no chão e respirou fundo.

O Palácio inteiro estava sujo de areia. A tempestade invadira a porra toda. Garoto foi para a garagem e viu, horrorizado, que tudo em volta estava parecendo um deserto. As picapes estavam cobertas de areia até a altura da suspensão, as motos tinham sido arrastadas e estavam cobertas. Ele pegou uma pá na caçamba, sacudiu a areia e seguiu de volta para o abrigo pela parte externa. Já estava escuro, e Garoto calculou que aquela era a segunda noite deles presos no abrigo. Caso ele não tivesse tido esse plano, bem como as condições para executá-lo, quanto tempo mais ficariam? Se os gêmeos estivessem vivos, eles voltariam e talvez os resgatassem a tempo, mas e se tivessem morrido?

Do lado de fora do salão externo do abrigo, ele viu que o portão, um enorme portão de metal verde musgo descascado, havia sido arrancado e estava jogado contra um canto da parede interna do salão. Tudo estava cheio de areia. Garoto se dirigiu até onde lembrava ser o acesso para o abrigo e viu com alívio que não precisaria cavar tanto assim. O corredor da escadaria de fato estava cheio de areia, mas era bem menos do que ele imaginara. O que estava prendendo a porta era uma coluna de ferro que tinha caído exatamente ali, entre a porta e a parede. Desceu três degraus e começou a puxá-la. Era pesada, mas aos poucos ele conseguiu desencaixá-la.

Ouviu ou achou ter ouvido eles gritarem do lado de dentro, em comemoração, talvez por terem ouvido o barulho dos metais se chocando, mas não se deixou distrair. Já havia perdido muito tempo.

35

Samuel acordou com o som de dois latidos, e pensou brevemente que eles faziam parte de um sonho. Foi apenas depois de abrir os olhos e lembrar onde estava — e o que estava fazendo — que ele pensou:

Peraí, que porra é essa?

Não foi um sonho. Os desgraçados tinham um cachorro. Uma porra dum cachorro. Ele não sabia se ficava feliz ou puto com isso. Comida era comida, mas...

Merda. A porra do cachorro vai estragar a surpresa.

Pensou em sair do esconderijo e procurar Nêgo Ju, mas mudou de ideia na mesma hora. Nêgo Ju fora bem claro quanto a não sair dali. Ele também devia ter ouvido os latidos, isso se não estivesse dormindo em sono profundo. Se fosse pra sair, ele mesmo já teria saído e vindo até ali.

Um cachorro. Puta que pariu. Um cachorro.

Seu coração batia acelerado. Até mesmo a fome havia parado de incomodá-lo.

E se ele vier até aqui? Vai me descobrir...

Mas sua voz interior o acalmou logo em seguida:

A estaca, lembre da estaca. Eles provavelmente o prendem na estaca. O cachorro está preso.

Será?
E pra quê mais eles prenderiam aquela estaca no chão, seu arrombado burro?!
Ele reconheceu em sua mente a voz de Nêgo Ju e se acalmou um pouco.
Verdade, Nêgo. Deve estar preso.
E a seguir tentou imaginar qual seria sua raça. Algo com a força e a agressividade de um pitbull seria um problema e tanto, mas era pouco provável. A maioria dos cachorros, depois que trocou o status de melhor amigo do homem pelo de churrasco, acabou se miscigenando e começou a se comportar de forma estranha, mais parecida com lobos. Eles andavam em bando e fugiam para dentro das florestas, e às vezes atacavam humanos sem nenhum motivo. Quer dizer, o motivo era óbvio (alimentação e defesa), mas eles pareciam ter combinado entre si que o ataque era a melhor defesa possível. *Se é apenas um, e está preso, só pode significar que é um dos pequenos...*

Então sua mente teve uma iluminação súbita, e seu coração pareceu parar no peito por alguns segundos. Samuel abriu a boca e murmurou na escuridão úmida do esconderijo:
Caralho...
Tudo fazia sentido. Dentro da barraca havia três colchonetes. Três pessoas, portanto. Três pessoas. Três pessoas... e um cachorro!
Caralho, caralho, caralho...
Ele estava se segurando para não sair dali correndo e contar sua descoberta para Nêgo Ju. Não eram apenas três sujeitos quaisquer, eram o mesmo trio que eles haviam encontrado na Paulista, sabe lá quanto tempo atrás, um grupo composto por três pessoas e um cachorro, sendo que uma daquelas pessoas era... *uma mulher!*

Samuel fechou o punho com força, numa espécie contida de comemoração.
Caralho, filho da puta, pensou, *nós somos os caras mais sortudos da porra do universo inteiro!*
A voz sóbria de Nêgo Ju murmurou em sua mente que talvez fosse outro trio e outro cachorro, mas Samuel perguntou de forma retórica: *Qual é a chance, Nêgo? Qual é a porra da chance de ser outro trio e outro cachorro?*, e a voz de Nêgo Ju se calou.

Samuel estava com vontade de cantar, embora não conhecesse nenhuma música e não soubesse que era essa a vontade que tinha, e chegou até mesmo a ter uma ereção pensando que, se tudo desse certo, eles em breve conseguiriam a realização de seus desejos mais intensos: *churrasco e bucetinha, churrasco e bucetinha, churrasco e bucetinha*, repetiu loucamente em pensamento. Ficou nesse estado de espírito por um tempo que lhe pareceu uma eternidade. Já não sentia fome, não sentia sede, não sentia sono ou cansaço. Tudo o que sentia era uma ansiedade que fazia seu corpo tremer, as pupilas dilatadas num combo de escuridão, excitação e ansiedade. Só voltou a si quando viu uma silhueta escura se aproximando da fenda. Era Nêgo Ju.

"Que susto, porra", murmurou. "Nêgo, eles..."

Mas não completou a frase. Nêgo Ju cobriu sua boca com a palma da mão e murmurou:

"Eu sei."

Fazia já algum tempo que não ouviam nenhum barulho na caverna.

"Como vamos fazer com o cachorro?", perguntou Samuel.

Nêgo Ju levantou a barra de ferro. Depois mostrou o facão preso em sua cintura.

"Eu pego ele", sussurrou pausadamente. "Vai fazer barulho. Eles vão acordar. Vão sair da barraca. Provavelmente armados."

Uma possibilidade terrível passou pela cabeça de Samuel.

"E se tiverem arma de fogo?"

"Não terão. Precisamos agir rápido. Faca. Pescoço. Coração."

Samuel assentiu, retirando sua faca da bainha.

"Cuidado. Pra não. Atingir. A mulher."

Samuel tornou a assentir. Nêgo Ju retirou os sapatos e mandou Samuel fazer o mesmo.

"Vamos", disse.

E foram em direção à saída da caverna, onde a barraca estava montada, caminhando devagar e silenciosamente. Quando já estavam a cerca de dez metros, Nêgo Ju olhou pra Samuel, fez um sinal e começou a correr com uma leveza que Samuel não ousaria arriscar. Limitou-se a acelerar os passos e prender a respiração.

Rainha chegou a abrir os olhos, mas não teve tempo de latir ou se defender. A pancada que Nêgo Ju lhe deu com a barra de ferro caiu precisa e poderosa como um relâmpago, fazendo seu crânio afundar e um som metálico, *panc!*, ecoar pela caverna. Nêgo Ju se abaixou e rasgou seu pescoço com o facão, largando a barra de ferro de lado. O corpo de Rainha permaneceu trêmulo enquanto uma mancha de sangue cada vez maior se formava embaixo dela.

Ao lado da barraca, Samuel viu quando alguém se levantou agitado bem à sua frente. Ia dar uma facada precisa bem em sua cabeça por ali mesmo, mas teve receio de que a cabeça em questão pertencesse à mulher, e resolveu deslizar a lâmina pela lateral da barraca num movimento amplo em forma de parábola côncava. A parede de lona da barraca deslizou pro lado de fora como se fosse uma casca de banana, revelando uma imagem que deixou Samuel e Nêgo Ju, que se posicionara ao seu lado segurando o facão, extasiados.

Dentro da barraca, João e Bia haviam se jogado pelados e abraçados na direção em que Adriano dormia, e naquele momento ele estava exatamente se levantando aparentemente sem fazer a menor ideia do que estava acontecendo. Os três estavam pelados.

"Boa noite", disse Nêgo Ju, abrindo um sorriso e bloqueando a abertura.

Samuel deu a volta para o lado oposto da barraca e apontou pelo lado externo para onde estava a cabeça de João. Nêgo Ju confirmou. Samuel ergueu a faca e a desceu com toda a sua força. A faca atravessou o nylon da barraca e entrou quatro centímetros na lateral da cabeça de João. Ele fez um barulho parecido com "gluói" e inclinou o pescoço na direção oposta, duro, o olho direito virado pra baixo, como se estivesse preso a um cordão subitamente cortado.

Finalmente se dando conta do que estava acontecendo, Adriano se acocorou de um salto, a mão tateando por alguma arma. Lembrou que havia deixado o seu pau-com-pregos do lado de fora, apoiado na parede da gruta, mas havia uma faca em algum...

Sua mão segurou o cabo da faca. Do lado de fora da barraca, Samuel tentava puxar sua própria faca de volta, mas a lâmina estava presa na cabeça de João através do nylon e ele oscilava falando "gluói" ou algo que o valha enquanto seu ombro esquerdo fazia pequenos movimentos convulsivos e um filete de baba caía de sua boca. Bia olhava em volta aterrorizada, à procura de algo que pudesse usar como arma, ao mesmo tempo em que seu corpo parecia indeciso entre lutar ou fugir.

Com uma agilidade que surpreendeu até mesmo Nêgo Ju, Adriano tirou a faca da bainha e pulou como um tigre em direção a ele. Nêgo Ju deu um passo pra trás e por pouco não teve seu peito rasgado ao meio. Adriano gritou "Bia, foge!", e continuou girando o braço com a faca, atacando Nêgo Ju, que agora percebia que não devia ter subestimado o seu oponente.

"Bia, foge!"

"Bia, foge!"

"Bia, foge!"

O eco do grito de Adriano naquela caverna foi o que fez o seu corpo se decidir. Sem saber de onde nem como reunia forças para fazer o que ele mandava, Bia saiu da barraca correndo em direção à floresta. Por alguns segundos de loucura, teve o pensamento mais absurdo possível diante do que estava acontecendo: não pensou que João, seu amado e querido João, provavelmente estava morto, tampouco que Adriano ficara sozinho na caverna com aqueles dois sujeitos e que, para piorar, apenas um deles era quase o dobro do seu tamanho, nem que Rainha estava morta ou que todos eles, exceto, provavelmente, ela, em breve virariam merda atravessando o cu daqueles dois. Não. Naquele cenário absurdo, de pesadelo, enquanto ela fugia em direção à floresta, o pensamento inexplicável que surgiu de relance em sua mente foi que estava pelada.

"A mulher, porra, a mulher!", gritou Nêgo Ju para Samuel, ainda desviando das facadas de Adriano.

Samuel parou de tentar puxar a faca de volta e correu atrás dela.

Adriano pulou em sua direção e Nêgo Ju pulou pra trás, posicionando-se meio de lado, o facão erguido na expectativa de qualquer abertura de guarda do seu oponente.

"Pode vir, branquelão", provocou Nêgo Ju, fazendo passinhos de dança. "Carne de bicho brabo é mais gostosa. Pula aqui, pula aqui, mizera!"

Adriano deu um novo salto em direção a ele e dessa vez Nêgo Ju se desviou e conseguiu deslizar a ponta do facão pelo seu peito, abrindo um talho na diagonal, uma boca vermelha, por onde o sangue morno logo começou a escorrer.

"Opa, opa, opa", gritou Nêgo Ju, lambendo os beiços. "Pula aqui, galego mizera, pula aqui!" Nêgo Ju gargalhava e suas risadas ecoavam na caverna.

Adriano trincou os dentes e recuou, pensando no que fazer. Seu peito estava quente, ardia.

"É isso?", perguntou Nêgo Ju, abrindo os braços. "Vai recuar? Tu num era brabo? Hã? Tu num era o fodão?"

Ele deu um passo à frente, erguendo o facão. Adriano recuou mais um pouco e olhou pro lado. Seu pau-com-pregos estava ali, no mesmo lugar em que havia deixado. Ele jogou a faca e o pegou.

"Uh", provocou Nêgo Ju. "Ele tem um pau."

Adriano ofegava como um cão. Tentou não pensar no ferimento e voltou a avançar para cima de Nêgo Ju, girando o pau com força em sua direção.

Nêgo Ju deu um pulo de lado, desviando por pouco, e tentou contra-atacá-lo com o facão. Adriano se esquivou.

"Covarde do caralho!", gritou, avançando com o pau-com-pregos com toda a força que tinha.

Nêgo Ju desviou e Adriano acabou se desequilibrando. Precisou de dois passos para recuperar o equilíbrio. Foi sua ruína.

Quando firmou os dois pés no chão, a última coisa que viu foi o facão de Nêgo Ju cravado até a metade em seu ombro. Suas pernas amoleceram, ensaiaram um breve passo de dança, e ele caiu sentado.

"Foi mais fácil do que pensei", disse Nêgo Ju. Ia completar dizendo "Nem um arranhãozinho", mas só então percebeu que as porras dos pregos haviam conseguido lhe rasgar o peito. Ele ficou olhando para aquele rasgo por um tempo, tentando ver se era profundo. O rasgo dividia o seu peito em dois e descia até metade da barriga. Parecia uma boca gargalhante. Sangrava. Nêgo Ju deu de ombros.

"Foda-se."

Voltou para o lado aberto da barraca para ver o que acontecera com o outro. João estava caído de lado, o corpo tremendo e ainda vivo, mas incapaz de reagir a qualquer coisa. Adriano, sentado, respirava com dificuldade, o tórax banhado de sangue, os olhos virando nas órbitas. Rainha era a única totalmente morta.

"Falta a mulher", ofegou ele para Adriano. "Mas ela nós queremos viva."

Os olhos de Adriano giraram nas órbitas e uma golfada de sangue jorrou de sua boca.

Bia corria sem se preocupar com a direção. Apenas corria, o mais rápido possível, com uma torrente de pensamentos se atropelando em sua cabeça. Um dos mais insistentes era que talvez fosse melhor parar e se entregar, ou então parar e, de alguma maneira reagir. Não sabia por quanto tempo mais conseguiria continuar correndo. Ouvia o homem ainda em seu encalço, parecia somente um deles. Talvez, com muita sorte, ele se cansasse primeiro.

Quando não conseguiu mais ouvi-lo, ela se escondeu dentro da raiz morta de uma árvore ressecada e tateou o chão à procura de algo que pudesse usar como arma. Seu coração parecia ter sido transferido para os ouvidos, o tum-tum-tum soando tão alto que ela chegou a imaginar que o homem talvez pudesse ouvi-lo.

Vou me matar! É isso, vou me matar!

Era, concluiu desesperadamente, a solução mais segura. Caso fosse capturada com vida, puta merda, puta merda, putamerda, sabe lá o que fariam com ela. Em sua mente vieram imagens de estupro e ela soltou um "ai meu deus" baixinho. Fazia quase sua vida inteira que não pensava em deus, mas tinha certeza de que se havia um bom momento para tudo, o momento de deus era aquele.

Ouviu passos pisando nas folhas secas perto de onde estava.

"Gatinha? Cadê você?"

Ela prendeu a respiração, o corpo tremendo de forma descontrolada.

"Não se preocupe", disse a voz do homem, "nós não queremos te machucar."

Bia ergueu as mãos lentamente e as colocou sobre a boca. Todo o seu corpo tremia. Um pouco ao lado do lugar de onde estava, o homem a procurava, virando a cabeça de um lado pro outro.

"Nós queremos você viva, gatinha", disse o homem, olhando na direção oposta em que ela estava. "Bem viva."

Bia tateou à procura de algo que pudesse fazer de arma. Encontrou uma pedra e tentou segurá-la com firmeza, apesar das mãos trêmulas e molhadas de suor.

Só tenho uma chance, ai-meu-deus, só tenho uma chance.

Prendendo a respiração, ela mirou na cabeça dele e atirou com toda a força que conseguiu reunir.

Fup!

A pedra atingiu a orelha dele com um barulho seco, e ele deu um grito. Um grito que era mais de susto que de dor, percebeu Bia, desapontada.

Chegou a ver o homem se virando através da sua visão periférica, a mão sobre a orelha, mas não perdeu tempo olhando pra ele. Com um salto, Bia se levantou e correu na direção oposta o mais rápido que conseguia.

Mas não conseguiu ir muito longe. Enquanto corria, seu pé deslizou num pequeno pedaço de tronco meio solto e ela rolou sobre o próprio ombro, desabando com um grito incontido de dor. Ainda tentou se levantar e continuar correndo, mas ao apoiar o pé direito no chão, a dor se irradiou por todo o seu corpo, do tornozelo até a base do pescoço, e Bia voltou a gritar.

Um pouco atrás dela, Samuel se aproximava devagar, sorrindo. Bia percebeu que ele carregava uma pedra que preenchia toda a sua mão.

"Acho que você quebrou alguma coisa, Gatinha. É melhor deixar a gente dar uma olhada nisso."

Foi a última coisa que Bia ouviu antes de algo se desligar em sua cabeça, e ela apagar completamente.

36

Ele acordou cedo. Alongou-se, catou o seu estilingue dentro da mochila, firmou a empunhadura e esticou os elásticos algumas vezes para testá-lo. A seguir, abriu o botão de uma bolsinha de couro cheia de esferas de aço que levava presa ao cinto, retirou uma delas, fechou o botão e a colocou na malha, segurando-a com firmeza entre o indicador e o polegar da mão direita. Voltou a puxar o elástico, testou a mira em volta, os olhos sempre atentos, e conteve a vontade de atirar ao longe, onde um pedaço poeirento de vidro quebrado despontava no que em outros tempos havia sido sua base de madeira. Desperdiçar munição era uma péssima ideia. Além da bolsa de couro que levava ao cinto, havia mais dois sacos de esferas, cada um contendo pouco mais de duzentas unidades, o que pelos seus cálculos, se fosse bastante econômico e preciso em seus tiros, duraria um bom tempo.

Satisfeito, ele relaxou os braços, desarmou o estilingue e guardou a esfera na bolsa. A seguir, pegou o skate e a garrafa de água, e saiu pela cidade. Não se preocupou em esconder a mochila, nem em guardar seu colchonete e edredom. A cidade estava vazia e ele não planejava demorar. Caçar uma ratazana não lhe tomaria muito tempo, desde, é claro, que encontrasse uma. E estava certo de que encontraria.

Deslizou observando os prédios vazios, dessa vez não imaginando a que coisas de Antes eles haviam servido, mas analisando quais pareciam mais acolhedores, caso você fosse uma ratazana da cidade grande. Sua mão esquerda segurava o cabo do estilingue com firmeza, a direita pendia solta, porém atenta, caso precisasse pegar uma munição com rapidez.

Após algum tempo vagando, e marcando o caminho apenas de cabeça, como costumava fazer, parou em frente a um prédio cuja arquitetura lhe chamou a atenção. Estava velho e sujo, e parecia ainda mais antigo que os demais, mas era bonito e tinha várias estátuas no alto. Ele adorava estátuas e parava sempre que encontrava uma, tentando entender quem eram aqueles homens, e o que haviam feito para se tornarem estátuas. Era curioso. Já vira muitas delas, a maioria de pessoas parecidas com ele, mas ficava confuso sempre que aparecia uma ou outra de homens com asas. O que aquilo significava ele não fazia ideia, e tinha alguma relutância em acreditar que os homens de Antes tivessem asas como aqueles pássaros negros que se alimentavam dos mortos espalhados pelas ruas quando ele era criança. Ele não lembrava o nome dos pássaros negros, mas lembrava que eles o aterrorizavam, e que estavam por toda parte.

Admirou o prédio, leu devagar as palavras escritas no alto — MVSICA - THEATRO MVNICIPAL - DRAMA —, e coçou a cabeça, intrigado. Não ia nem tentar entender. Na dúvida se entrava ou não para ver o prédio por dentro, decidiu continuar sua caça. Colocou o skate embaixo do braço e caminhou até o outro lado da rua, onde viu com indiferença ossos humanos rachados espalhados pelo chão, como se fossem pedaços de madeira de diferentes formas e tamanhos. Havia visto muitas ossadas na vida, e no começo costumava achar fascinante o quanto elas variavam em forma, tamanho e estado. Até mesmo sua expressão variava, ele percebera, algumas sendo mais sorridentes do que outras, ou mesmo trazendo uma expressão mais introspectiva que outras, apesar de todas lhe parecerem, de algum modo, solitárias. Mesmo quando estavam em dupla. Ou em grupo.

Poderia ser algo naqueles buracos vazios onde costumavam ficar os olhos, ou nos dentes, mas já havia desistido de refletir a respeito. Se parasse para investigar e admirar cada ossada que via pelo caminho, ainda estaria em Buenos Aires.

Com as carcaças, por outro lado, não conseguia ser indiferente. Fazia um bom tempo que ele não via nenhuma. Mais precisamente, desde que atravessara aquelas cidades congeladas ao sul. Chegara a ver centenas, muitas delas em estado tão perfeitos quanto aquelas estátuas que ele tanto admirava. Mortos tão perfeitos que pareciam apenas dormir.

Estava lembrando daqueles mortos congelados quando viu, ao longe, uma ratazana bem no meio da rua. Parou de súbito, o coração acelerando e o sangue se enchendo de adrenalina. Ela estava longe e distraída, e ainda não o tinha visto. Ele calculou mentalmente se conseguiria atingi-la com o estilingue. Achava que sim, era possível, mas àquela distância também era mais fácil errar. Ainda sem se mexer e quase sem respirar, calculou as chances com sua segunda alternativa: apoiar o skate no chão e dar um impulso grande, seguido por um tiro em movimento. Quando a ratazana ouvisse o barulho das rodas do skate, fugiria, mas ele teria tempo para atirar. Problema: não tinha como prever que direção ela tomaria, e isso certamente atrasaria sua mira.

Ele respirou fundo e pegou uma esfera na bolsinha de couro. Armou o estilingue e o empunhou, esticou o elástico com firmeza, mirou na barriga (se estivesse em situação mais segura ou um pouco mais próximo teria mirado na cabeça) e atirou. A esfera cortou o vento com precisão, assobiou e atingiu a barriga da ratazana, atravessando suas costelas e seus intestinos e saindo pelo outro lado. A ratazana pulou alguns centímetros no sentido oposto e, sem perceber que já estava morta, correu. Não chegou a dois metros.

Ele sorriu satisfeito, apoiou o skate no chão e deslizou até ela. A boca se enchendo de saliva e o estômago roncando, ansiosos pela carne que já imaginava fritando na fogueira.

"Desculpe", disse enquanto apanhava o cadáver pelo rabo. E como achava que lhe devia alguma explicação, acrescentou: "Eu sou Espanhol."

37

Pedro abriu os olhos, ainda sonolento, e deu de cara com Samanta sorrindo pra ele. Fora da barraca, o mundo inteiro fedia a merda.

"Faz tempo que não te vejo dormir tão bem", disse.

"Acho que faz tempo que eu não dormia tão bem mesmo. Deve ser o cheiro de merda."

Samanta sorriu.

"Parou de chover", disse.

"Já é de manhã?"

"Cedinho."

Ele sentou e esticou os braços. Samanta admirou seus músculos firmes em contraste com os pelos grisalhos que já cobriam todo o seu tórax.

"Sonhei com meus irmãos. Eles tinham chegado na Europa. Tinham conseguido."

Samanta conhecia aquela história. Era uma das obsessões de Pedro. Ele parecia ter alguma esperança, mas Samanta não acreditava que os dois tivessem chegado lá.

"No sonho as coisas estavam mais organizadas. Havia leis e as pessoas viviam em paz. Eles estavam bem. Pareciam... pareciam felizes."

Samanta colocou a mão em sua nuca e a acariciou.

"Pedro..."

"Então eu pensei, Samanta, e se isso for um sinal? Se as coisas de fato estiverem melhor do lado de lá?"

Ela desviou os olhos, entristecida. Sabia onde ele queria chegar.

"Eu poderia conseguir um barco. Iríamos pra lá. Eu sei navegar, nosso pai era pescador, nós praticamente nascemos no mar e..."

"Pedro", interrompeu Samanta. A seguir, respirou fundo e continuou: "Você sabe que a Europa está congelada, não sabe? Todo mundo sabe. Todo o hemisfério norte congelou. Quase cem graus abaixo de zero. A Europa virou um...", ela procurou a expressão, "cemitério de gelo."

Pedro baixou a cabeça e suspirou, sem fazer muito barulho.

"Já faz muito tempo. Talvez as coisas estejam diferentes agora."

Provavelmente estão piores, pensou ela, mas não verbalizou o pensamento.

"Vai dar tudo certo. Nós só precisamos um do outro. De mais ninguém."

Agora Pedro pensava nos irmãos chegando na Europa e dando de cara com um continente congelado.

"Vamos", disse Samanta, "é melhor desmontarmos as coisas e sairmos daqui cedo. Eu coloquei a leiteira do lado de fora quando você saiu, deve ter água de bosta pra gente beber."

Eles desmontaram a barraca em silêncio. Pedro, que acordara de bom humor, voltara a ficar silencioso e exibia uma expressão sombria em seu rosto.

Samanta se arrependeu de ter comentado sobre o congelamento do hemisfério norte. Ela sabia que Pedro sabia disso, todo mundo sabia, e se esquecia era tão somente porque fazia questão de não lembrar. Era um ato consciente da parte dele. Pedro queria, se obrigava a ter, esperanças. E era difícil ter esperanças ali, numa terra onde não se podia contar com nada além de si mesmo. Uma terra onde a presença de uma criança representava um perigo mortal para os seus pais e, é claro, para a própria criança. As pessoas agora não costumavam fazer distinção. Carne é carne, dizia o senso comum, e desde que sirva pra matar a fome, tudo bem.

A esperança de dias melhores de Samanta era baseada em algo mais sólido: ela acreditava que havia muito menos gente no mundo agora e, portanto, menos perigo. É verdade que havia o pessoal do tal carro, mas tirando essa parte, quanto tempo fazia que eles não cruzavam com ninguém? Pouco mais de um ano, a julgar pelo tempo que estavam juntos desde que fugiram aterrorizados no meio da noite, com medo de que Bento e seus seguidores malucos os seguissem.

"No que você está pensando?", perguntou ele, se esforçando para parecer bem-humorado.

"Nada importante. Só que estamos numa situação muito melhor agora do que estaríamos se não tivéssemos fugido."

Samanta viu o seu semblante voltar a se dissolver numa expressão cheia de mágoa, e achou que daquela vez ele não fosse se recuperar por um bom tempo.

Ela tinha razão, pensava Pedro, principalmente no que dizia respeito à sua própria condição. Ele, por outro lado, estaria na mesma situação em que estivera durante anos desde que entrara para o bando de São Bento, aquele maluco desgraçado.

Pensar em Bento o fez trincar os dentes sem se dar conta. Odiava aquele filho da puta.

"Será que eles ainda estão vivos?", perguntou Samanta, de certa forma adivinhando seus pensamentos.

"Tudo é possível", respondeu. "Mas eu torço para que eles tenham encontrado um grupo de caminheiros fortemente armados."

Apesar de não ser tão forte, o grupo liderado por Bento reunia praticamente todos os malucos que haviam sobrevivido desde o Marco Zero, e alguns que nasceram ou enlouqueceram depois. Era necessário ser maluco, doido de pedra, na verdade, para acreditar na abobrinha de que aquele baixinho albino e com voz de princesa era o último representante de um deus antigo, e que tinha alguma ideia do que estava fazendo com aquele papo lunático de guiar o povo de deus para a Nova Terra para aguardar O Homem Que Virá.

"Você nunca me contou como encontrou eles", disse Samanta.

Pedro sorriu com o canto dos lábios, contrariado.

"Eu estava sozinho. Eles me encontraram."

"Só isso?"

"Eles eram quinze. Eu era um. Pensei que fossem me transformar no prato do dia, mas isso só acontecia com os que não aceitavam a santidade de Bento. Quando me fizeram essa proposta irrecusável, eu aceitei. Eu não tenho vocação nenhuma pra virar churrasco. Prefiro ser um hipócrita vivo que um idealista morto."

"E você passou todos aqueles anos fingindo que acreditava nele?"

"Só até você aparecer."

Voltaram a ficar em silêncio. Os dois conheciam o resto da história. O grupo de Bento não aceitava mulheres. O autointitulado santo acreditava que elas eram impuras e de certa maneira responsáveis pelo que havia acontecido ao planeta, de modo que as mulheres que capturavam pelo caminho, enquanto seguiam em direção ao Amazonas, eram colocadas na Grade — uma espécie de cela-sobre-rodas que eles haviam construído e que arrastavam consigo — e servidas, aos poucos, como comida.

Ao contrário dos outros grupos dos quais Pedro já ouvira falar, que matavam suas vítimas e salgavam sua carne ou a conservava em gelo, o grupo de Bento tinha o costume de comê-las aos poucos, mantendo as vítimas vivas por quanto tempo conseguissem. Num dia, serviam um braço; no outro, uma perna. E assim por diante, até não restar mais nada. A boa notícia, para as prisioneiras, é que a ninguém era permitido copular com o corpo feminino, assim como também não era permitido copular com animais — o corpo masculino, dizia Bento, era o único permitido aos olhos de deus —, e portanto ali as mulheres não precisavam se preocupar com estupro. Qualquer seguidor de Bento que violasse essa lei era punido com a morte por crucificação.

Samanta, que havia sido encontrada pelo grupo de Bento vagando na rua sozinha, em frangalhos, suja de sangue e com olhar vidrado, sorrindo em meio ao que parecia ser um estado de surto, roubara o coração do até então casto Pedro Pereira. E ele, um dos responsáveis pela vigília da Grade, não suportando a perspectiva de dentro de alguns dias vê-la desmembrada, mastigada e digerida por aquele grupo de lunáticos, a libertou no meio da noite, e fugiu com ela.

Isso já devia fazer quase dois anos, calculou ele, confusamente, e se ainda não haviam sido encontrados isso só podia significar que, como ele havia previsto, Bento e seus seguidores não alteraram sua jornada em direção ao Amazonas para perseguir um infiel e uma impura sabe lá pra onde.

Agora estavam ali, fugindo novamente, dessa vez com a esperança de não encontrarem um grupo pior do que aquele do qual haviam fugido.

38

Quando as travas da porta finalmente se soltaram, foi Velho quem o recebeu primeiro. De braços abertos e com seu sorriso desdentado, ele o aplaudiu satisfeito e disse com orgulho:

"Bom trabalho, Garoto."

Camargo vinha mais atrás, e atrás dele, posicionados numa fila desordenada, os outros. Todos o agradeceram, todos o parabenizaram com apertos de mão e tapinhas nas costas, mas foi o tapinha no ombro dado por seu líder que mais o deixou feliz.

"Eu, é..."

Garoto hesitou, os olhos desviando dos de Camargo em direção ao chão por alguns segundos e depois voltando a encará-lo.

"Errei o caminho. Acabei saindo no quarto."

O sorriso de Camargo não se alterou um único milímetro.

"E como conseguiu sair? O quarto estava trancado por fora."

"Tive que usar as ferramentas", disse Garoto, voltando a olhar pro chão. "Desculpe."

Velho e Amanda observavam Camargo com alguma apreensão.

"Maravilha, Garoto", disse. "Fez muito bem. Todos nós lhe devemos uma", ele olhou em volta. "Não devemos?"

Todos assentiram e felicitaram Garoto.

"Dois dias presos nessa merda", continuou Camargo, olhando para a parte externa e observando a luz alaranjada da manhã atravessando o lugar onde o portão havia sido arrancado. "Pareceu uma eternidade."

"Será que os carros ainda estão funcionando?", perguntou Cabeça, chegando mais perto dele.

Camargo olhou em volta. Areia por toda parte.

"Essa merda de lugar já era", comentou.

"O que vamos fazer agora?", perguntou Amanda.

Camargo não lhe respondeu diretamente. Ainda estava olhando a areia, pensativo. Não havia mais o que protelar, era preciso agir.

"Verifiquem suas coisas. Vejam se estão inteiras e escolham o que dá pra levar. Levem apenas o que for essencial ou dê algum sentido à sua existência. Sairemos daqui ainda hoje. Dentro de algumas horas, se os carros não estiverem fodidos por causa da tempestade."

Ele se virou para Velho.

"Discutiremos o melhor destino, Velho. Venha comigo. Você também, Garoto."

Garoto arregalou os olhos e obedeceu.

"César, Cabeça, vocês vão com Mago conferir os carros e as motos. Vejam se estão funcionando e quantos galões ainda temos. Nos encontrem lá no quarto."

Eles assentiram.

"Mais uma coisa. Mochilas. Uma mochila para cada um e o que nela couber. E só. Não quero ninguém com as mãos ocupadas segurando qualquer coisa que não seja capaz de matar. Nas picapes a prioridade será combustível, comida e armas. Repito: combustível, comida e armas. Cada uma levará um pouco de cada. E temos que dar um jeito de encontrar os gêmeos. Eles estão com uma das picapes."

Eles saíram e caminharam em direção ao quarto. Quando chegaram à porta, Camargo parou e observou o estrago que Garoto fizera para abri-la.

"Eu achava que essa merda era mais segura", disse.

"É antigo", comentou Velho.

Entraram no quarto e Camargo passou os olhos em volta, analisando. As pegadas de Garoto marcadas no chão sujo de areia denunciavam toda a sua movimentação. Camargo sorriu.

"Sabe atirar, Garoto?", perguntou.

"Sei sim. Velho me ensinou."

"Já matou?"

"Gente ainda não. Só bicho."

Camargo encarou o velho, depois se dirigiu até o armário de armas e pegou uma pistola Taurus 9 mm oxidada. Voltou com ela estendida para Garoto.

"São dezessete tiros mais um. Está limpa, lubrificada, funcionando perfeitamente. Temos menos munição do que gostaríamos e algumas estão falhando, portanto, use com sabedoria." Ele coçou a barba. "A gente só descobre quando a munição tá funcionando na hora de atirar."

Garoto pegou a arma, boquiaberto. Não sabia o que responder.

"É sua, Garoto. Um presente pelo que fez hoje."

"Ob-obrigado", disse Garoto, admirando a arma.

"Você está prestes a conhecer o que restou da vida lá fora", ele sorriu. "É bom estar armado. Apenas os que matam primeiro sobrevivem. Lembre-se disso."

Garoto assentiu, sentindo o peso do ferro em sua mão, encaixando os dedos em volta do cabo.

Camargo olhou para o velho.

"E como vai a sua, Velho?"

"Boa o bastante", disse Velho.

"Vocês vão precisar voltar aos baús. Eu vou com vocês."

"Eu sei."

Garoto ouvia com atenção.

"E depois?", perguntou Velho. "Pra onde está pensando ir?"

Camargo foi até a parede, arrancou o mapa do Brasil e usou sua arma e os copos e garrafas sobre a mesa para mantê-lo estendido.

"A maioria das pessoas costumava seguir para o litoral. Lembra disso, Velho?"

"Sim."

"Mas a porra do nível do mar subiu, as cidades do litoral foram sendo inundadas, a água avançou pra caralho..."

Velho se aproximou do mapa forçando a vista e estendeu o dedo indicador sobre ele.

"Aqui. Rio de Janeiro, Espírito Santo, subindo em direção ao Nordeste. Até onde sei, tudo inundado ou parcialmente inundado."

Ele desceu o dedo.

"São Paulo pra baixo, gelo. Pelo menos era o que se dizia um tempo atrás. Mesmo se não estiver congelado, deve estar frio para caralho".

Ele sorriu para Garoto, que olhava para o mapa intrigado.

"Rio Grande do Sul, totalmente congelado. Santa Catarina e Paraná um pouco menos."

O dedo do velho se moveu até o centro do mapa e fez um círculo amplo na região centro-oeste.

"Toda essa área aqui já estava sofrendo com a seca e a desertificação antes do Marco Zero, mas depois piorou."

Camargo assentiu.

"Bastante."

"Pelo tempo que faz, hoje em dia deve ser tudo isso só que pior."

"Não temos gasolina para rodar o país inteiro procurando um lugar perfeito, Velho. Nem dá pra refinar mais."

Velho contraiu os lábios, pensativo.

"Podemos montar um novo laboratório quando encontrarmos um lugar seguro", disse, "começar tudo de novo. Acho que ainda lembro bem do que aprendi com o Químico."

Camargo fez uma expressão de desagrado.

"O ideal seria não precisar mais dessa porra."

Velho percebeu para onde os olhos de Camargo se dirigiram.

"Amazonas?", perguntou. "As coisas também estavam morrendo pros lados de lá, mas é um lugar grande e verde."

"Nossa gasolina não chega a tanto. Além disso..."

Camargo apontou para o local onde ficava o Amazonas no mapa.

"É mais provável que tenha outros grupos aqui. Talvez até grupos grandes. Maiores que o nosso. Sabe por que, Velho? Porque é uma decisão óbvia. A mais óbvia de todas."

"Mas será que eles têm armas?", perguntou o velho.

Camargo coçou a barba.

"Por que não teriam? Não é impossível."

"Acho pouco provável", disse Velho. "Nem todo mundo era precavido como o seu pai."

Camargo e o velho se encararam em silêncio por um tempo que pareceu demasiado longo a Garoto. O velho falou primeiro.

"Esses anos todos... Você lembra de já ter encontrado alguém com armas que funcionassem? As pessoas que cruzaram nosso caminho de um tempo pra cá se dividem entre aquelas sem armas de fogo, aquelas com armas de fogo sem munição, e aquelas com armas de fogo com munição vencida que não pipocavam. Houve muitos tiros nos primeiros anos, Camargo, mas isso faz tempo. Eu tinha dezenove anos quando aconteceu o Marco Zero. Olhe para mim agora."

O velho abriu os braços, exibindo o corpo enrugado, cheio de manchas e meio curvado, o olho esquerdo com uma nuvem cinzenta cobrindo a íris azul.

Camargo massageou a testa, indeciso. Então um burburinho de vozes se aproximou e o devolveu ao estado de alerta. Eram Mago e os gêmeos. Eles entraram apressados. Os gêmeos pareciam assustados.

Camargo, após todos aqueles anos, ainda tinha alguma dificuldade para distingui-los de longe. De perto não tinha problema, porque o Dirceu havia perdido o olho esquerdo muitos anos antes, e preferia não usar tapa-olho. No lugar onde deveria haver seu olho esquerdo havia apenas um buraco murcho.

Os irmãos traziam as máscaras nas mãos.

"Porra, seus filhos da puta!", gritou Camargo, feliz em vê-los.

Abraçaram-se e cumprimentaram-se.

"Chegaram bem na hora. Vamos cair fora", disse Camargo, ficando sério. "Como está a picape?"

"Tá perfeita", disse Dirley. "Estávamos longe quando a tempestade começou. Quando chegamos no Rito tivemos que parar e procurar um lugar pra ficar, não dava pra seguir."

"Esperamos a tempestade passar", disse Dirceu, "conforme suas orientações."

Camargo deu uma risada aliviada.

"Maravilha, seus putos. Agora se preparem pra voltar pra estrada. Falem com Amanda, ela vai repassar minhas orientações."

Os três foram saindo.

"Mago, você fica. Como estão as outras?"

"Uma tá funcionando, chefe", Mago disse, mastigando gengibre. "Mas a D-20 deu pau. As motos também tão fodidas."

"Puta que o pariu."

"Acho que dá pra ajeitar", disse Mago. "Mas vai levar tempo."

"Quanto tempo?"

"Umas cinco, seis horas, talvez um pouco mais. As motos vai ser mais rápido, mas o motor da D-20 tá todo cheio de areia e eu não sei o que mais tem de errado. Vou ter que descobrir."

"E a gasolina?"

"Oito galões de vinte litros, três de dez."

Camargo olhou pro velho.

"Três picapes e duas motos. Quantos quilômetros a gente faz com isso?"

Velho deu de ombros.

"Dá pra calcular, mas não sei fazer de cabeça. E as picapes vão pesadas, isso aumenta o gasto. Sem falar que nossa gasolina é uma bela merda. Não dá pra alcançar uma estimativa muito exata."

Ele assentiu, preocupado.

"Mago, acelera com isso. Mande César e Cabeça te ajudarem."

Camargo esperou Mago sair e disse, estendendo o dedo indicador sobre o mapa.

"Cruzaremos Minas. Aqui pelo interior. Em direção a São Paulo."

"São Paulo?", perguntou Velho, surpreso.

Camargo confirmou.

"Se estiver tudo congelado, provavelmente ainda teremos gasolina para subir até o Mato Grosso do Sul. Com sorte até Mato Grosso."

"E depois?"

"Seguiremos a pé até o Amazonas."

"Por que não vamos direto para o Amazonas?", se intrometeu Garoto com uma expressão intrigada.

Camargo o encarou.

"Se o único problema de São Paulo for o frio, ficaremos em São Paulo mesmo. É um lugar grande."

Garoto olhou para o velho, depois voltou a olhar para Camargo.

"Meu instinto me diz que há problemas bem maiores que o frio na direção do Amazonas", disse Camargo.

"Problemas tipo pessoas?", perguntou Velho.

"Um pouco de comida não seria um problema", brincou Garoto.

"Mas talvez muita comida se torne um", respondeu Camargo.

Eles ficaram em silêncio.

"Seja como for, está decidido", disse Camargo, ficando ereto. "Agora vamos desenterrar aquelas caixas."

Ele foi até os armários ao fundo e pegou um cinto tático já montado com duas algemas, uma faca de caça e um coldre com uma pistola glock 9 mm semiautomática. Afivelou na cintura. A seguir, pensou mais um pouco e puxou uma caixa metálica do fundo, girou os códigos para destravar a senha, e retirou um revólver grande e com um cano longo. Ficou olhando para ele por um tempo, depois sorriu.

"Essa gatinha aqui", disse, dirigindo-se para Garoto, "é a Raging Hunter, da Taurus", ele a segurou com o cano apontado para o teto. "Cano de pouco mais de oito polegadas. Calibre três cinco sete Magnum", ele se aproximou da mesa, segurando a arma com as duas mãos. "Compensador, trilho, trava dupla, acabamento em carbono...", ele parecia falar mais para si mesmo. "Sete tiros. Na maioria das vezes basta um pra resolver qualquer problema", ele sorriu e encarou o garoto. "Era uma arma de caça. A favorita de papai. Eu nunca gostei muito de revólveres, mas adorava essa garota...", ele deu um sorriso melancólico e a ergueu pensativo, apertando as duas travas para abrir o tambor. "Ela cava um belo buraco", disse, olhando através dos buracos vazios do tambor enquanto o girava.

"Deve dar um coice do caralho", disse Velho.

"Quase não dá pra sentir", respondeu.

Camargo voltou para o armário, catou algumas balas dentro da mesma caixa onde a arma estava guardada e as enfiou no tambor. A seguir, pegou outro coldre mais aos fundos e a enfiou dentro. Prendeu o coldre com a arma no cinto.

"Você dirige, Velho", disse, ajeitando o chapéu na cabeça

39

Bia recuperou a consciência primeiro através do olfato, depois através do estômago. Abriu os olhos ainda grogue, com a sensação de que estava dentro de um sonho.

"Bom dia, gatinha", disse Samuel.

Ele estava chupando os ossos de alguma coisa, ela percebeu, e fosse lá o que fosse devia ser muito gostoso, pois ele chupava, lambia, estalava a língua e às vezes até chegava a gemer enquanto comia. Ao seu lado, Nêgo Ju fazia o mesmo em um silêncio concentrado. Bia girou os olhos ao redor e viu que havia amanhecido, e que ainda estava na caverna. A lembrança do que acontecera de madrugada veio toda de uma vez. Ela tentou se mover e percebeu que estava toda amarrada. Começou a chorar em silêncio.

"Você deve estar com fome", comentou Nêgo Ju. "Temos bastante comida aqui."

Ela olhou em volta, procurando Adriano e João, até mesmo Rainha, mas só conseguiu ver marcas de sangue por toda parte. Seu choro se intensificou.

"Tadinha. Deve estar pensando nos amigos."

Nêgo Ju virou-se pra ela e a encarou por alguns segundos. Depois voltou a focar em sua comida.

"Daqui a pouco ela esquece", disse, com a boca cheia.

Samuel se levantou e esticou as costas.

"Vou dar uma mijada."

Ele foi para a parte de fora da caverna, e Bia conseguiu ouvir o barulho de sua urina caindo sobre folhas. Teve vontade de vomitar.

"Aquele seu amigo deu um puta trabalho", disse Nêgo Ju, sem tirar os olhos da comida. "Não o franguinho. O outro. Por pouco não me fodeu."

O choro de Bia se intensificou ainda mais.

"Mas já está tudo bem agora".

Ele terminou de chupar um pedaço de osso e depois o atirou longe com um peteleco. Samuel voltou subindo as calças.

"O que vamos fazer com o resto da carne?", perguntou. "Não temos sal."

Nêgo Ju apontou para Bia com a cabeça.

"Você precisa comer alguma coisa", disse Samuel, sentando-se e pegando um pedaço de bife sobre a brasa da fogueira.

Ele se aproximou do rosto de Bia, quase à altura do nariz e disse:

"Tome, coma."

O cheiro da carne entrou com força em suas narinas, e seu estômago roncou. Ela desviou os olhos. Samuel soltou o pedaço de carne em seu rosto e ela se afastou, assustada por causa da temperatura. O pedaço de carne caiu no chão e sujou de terra.

"Olha só o que você fez, sua puta!", gritou Samuel, dando-lhe dois tapas com força. Sua cabeça bateu no chão as duas vezes.

Samuel a pegou pelos cabelos e esfregou o seu rosto na carne.

"Coma! Coma, sua puta. Você vai comer!"

Bia chorava. O pedaço de carne quente e sujo de areia colou em sua bochecha. Samuel puxou e o enfiou em sua boca.

"Vamos. Mastigue."

Nêgo Ju olhava a cena com bom humor, ainda focado em sua comida.

"Coma, sua piranha, coma!"

Samuel sacudiu a cabeça de Bia com as duas mãos.

"Coma..."

Ela, chorando, começou a mastigar. A areia arranhando os dentes, a carne macia derretendo em sua boca apesar disso.

"Isso. Mastigue. Engula. Isso."

Ela engoliu com dificuldade. A carne desceu arranhando sua garganta. Ele aplaudiu satisfeito.

"Muito bem. E nunca mais desperdice comida perto de mim!"

Samuel riu, buscando a aprovação de Nêgo Ju. O outro se limitou a menear a cabeça em meio a um esgar de boca, e voltou a focar na comida.

"O que vamos fazer com o resto da carne?", voltou a perguntar Samuel. "Eles vão apodrecer lá fora se a gente não fizer alguma coisa."

Nêgo Ju não parecia preocupado com isso.

"Sério, Nêgo, o que porra a gente vai fazer? Tem muita carne, vai apodrecer tudo. Não temos sal nem gelo."

Nêgo Ju o encarou e apontou para Bia com os olhos. Samuel pegou mais um pedaço de carne e estendeu pra ela, observando com uma expressão fechada enquanto ela soprava o pedaço de carne e comia devagar. As lágrimas caindo pelo seu rosto.

"E então?"

Nêgo Ju deu de ombros.

"Me deixa comer, porra."

Samuel ficou em silêncio.

Nêgo Ju engoliu o pedaço de carne que tinha na boca. Procurou um fiapo de carne preso nos dentes com os dedos e ficou cutucando com as unhas, tentando tirá-lo. Samuel pegou outro pedaço e deu para Bia.

Nêgo Ju resgatou o fiapo e o engoliu de volta, a seguir se levantou, esticando as costas. Bia viu que havia um rasgo bem feio em seu peito. Ele olhou para ela e seguiu a direção de seus olhos.

"Presente daquele seu amigo fodido."

Ele pegou a faca de caça, que estava enfiada no chão, limpou a lâmina com a mão e foi lá fora. Depois de um tempo voltou segurando algo sujo de sangue e jogou pra ela. Bia tentou se desviar, mas com a pouca mobilidade a coisa lhe bateu na altura do ombro e deslizou sobre sua barriga, deixando uma mancha de sangue em sua pele.

"Reconhece isso?", perguntou Nêgo Ju.

Bia olhou aquilo em silêncio, e dessa vez tentou segurar as lágrimas.

"É o pau dele. Até que ele tinha uma bela ferramenta. Não tão boa quanto a minha, mas bem melhor que a do Samuca aqui."

Samuel riu.

"Vê isso aqui?", Nêgo Ju apontou para o corte em seu peito. "Isso tá doendo para caralho. Tá latejando. E o corte foi fundo, tá vendo?", ele fez os dedos de pinça e os deslizou pelo corte.

"Por pouco ele não te fodeu", comentou Samuel, pegando outro pedaço de carne e enfiando na boca. "Devia costurar isso aí."

"Eu queria ressuscitar o filho da puta só para matá-lo de novo", disse Nêgo Ju.

Bia fechou os olhos e lágrimas escorreram pelo seu rosto.

"Você tem sorte de ser mulher. Do contrário, já que não tenho o poder de ressuscitar ninguém, você serviria."

Samuel pegou outro pedaço de carne e o estendeu para Bia.

"Aqui. Coma."

Ela abriu a boca e começou a mastigar. Samuel olhava com orgulho para esse comportamento, como alguém que vê o seu cãozinho repetindo um truque novo que lhe foi ensinado com bastante esforço. Ele gargalhou alto.

"Você é muito sortuda, Gatinha. Muito. Veja como a vida é engraçada. Você perdeu dois amigos, até aí tudo bem. Normal. As pessoas perdem amigos o tempo inteiro, certo? Isso quando têm a sorte de ter um. Você perdeu dois. Três, se contarmos o cachorro. Beleza. Mas o que aconteceu em seguida? Você ganhou dois novos amigos, veja só isso, e ainda por cima encheu a barriga! Dois novos amigos, comida por alguns dias, isso é o que eu chamo de sorte."

Bia ouvia em silêncio.

"E nós vamos proteger você melhor do que eles, pode ter certeza. Eles não deram conta do recado, mas pode ter certeza que nós daremos. Ninguém além de nós vai encostar um dedo em você."

Ao terminar a frase, Samuel pegou outro pedaço de carne e enfiou na boca.

"Ou o pau", concluiu com a boca cheia.

40

Camargo e Garoto foram na caçamba da picape. Por causa da tempestade, o mundo em volta deles estava coberto de areia. No horizonte, o sol vermelho no céu alaranjado anunciava que já estavam entrando na primeira metade da manhã.

O garoto observava com admiração aquele brutamontes à sua frente. Camargo havia retirado o chapéu por causa do vento, e seus cabelos e sua barba esvoaçavam. Ele observava o horizonte com atenção.

"Você precisava ter visto as coisas como eram antes", disse Camargo, tendo que gritar por causa do vento. "Eu não cheguei a ver muita coisa pessoalmente, mas li um monte."

Garoto lembrou dos livros, e se deu conta de que Camargo sabia que ele os tinha visto. Camargo o encarou como se soubesse exatamente o que ele estava pensando.

"Eu gosto de ler, Garoto. É uma das poucas coisas que gosto de fazer além de foder e encher a cara. Gosto mais de livros do que de comida e, se o mundo ainda fosse como antes, eu provavelmente seria um cara cuja vida se resume a ler, beber uísque e meter a pica em algum buraco quente e molhado de vez em quando."

O garoto concordava timidamente. Há muito pouco tempo teria duvidado se alguém lhe dissesse que estaria tendo aquela conversa com Camargo.

"Eu já gostava de ler antes do Marco Zero. Papai achava que era um puta desperdício de tempo, mas eu era o seu filho e se eu achava que ler era importante, então ele também acharia importante."

Garoto pensou em falar, perguntar alguma coisa, quebrar o gelo. Mas não fazia a menor ideia de por onde começar.

"Você já deve ter percebido que papai foi um homem importante pra mim", comentou Camargo, voltando a prestar atenção à estrada.

Fazia algumas horas que eles tinham saído do Palácio. Agora estavam passando por um campo aberto, sem o menor sinal de que um dia tivesse havido ali prédios, casas ou qualquer outro tipo de construção. O solo era seco e quase totalmente arenoso. A única coisa que se destacava na paisagem eram algumas árvores mortas, tombadas e entrelaçadas, quase um cemitério de árvores.

Camargo bateu duas vezes no teto da cabine. Velho diminuiu a velocidade e parou.

"Venham", disse ele, saltando e chamando Garoto. "Vou mostrar uma coisa."

Garoto e Velho o acompanharam. Camargo retirou o revólver .357 do coldre e o apontou para o tronco grosso e cinzento de uma das árvores caídas. Mirou e atirou. Nada. Atirou de novo. Nada. De novo, nada. No quarto tiro, a arma pipocou, dando um coice de leve, e a árvore lá longe explodiu em pedaços.

Camargo deu mais dois tiros e nada. No terceiro a arma voltou a disparar, fazendo com que a árvore estourasse e soltasse fragmentos mais uma vez.

"Hoje em dia precisamos ter a consciência de que o primeiro tiro nem sempre é o último.

Ele apalpou o cano da arma, sentindo a temperatura, e voltou a colocá-la no coldre.

"Sua vez", disse para Garoto.

Garoto hesitou, sem saber o que fazer.

"Pegue a arma e atire", instruiu Velho.

Garoto sacou sua pistola e mirou em outra árvore. Atirou. Nada.

Camargo olhou para o velho, preocupado.

"De novo", disse.

Garoto voltou a puxar o gatilho e dessa vez a arma disparou, mas não atingiu o alvo.

"De novo", repetiu Camargo.

Garoto puxou o gatilho várias vezes, puxando o ferrolho a cada tentativa para eliminar o projétil na câmara, mas não conseguiu fazer nenhum disparo. Camargo deu um tapinha em seu ombro.

"E isso nos leva ao nosso atual objetivo. Vamos, Velho."

Voltaram para o carro e seguiram viagem.

41

Era, ele concluiu finalmente, La Ciudad de los Ratones, A Cidade dos Ratos. E se você estivesse mesmo disposto a comer ratos, não dava pra passar fome naquele lugar. Ratos, baratas, escorpiões e, ele tinha certeza que encontraria, se procurasse o bastante, capivaras, ou como dizia: cerdos-ratones. Ele havia encontrado duas no caminho até ali, quando atravessava pelo interior, mas já fazia algum tempo. Ele as teria matado, mas pareciam um casal e, naquele momento específico, tinha acabado de comer algumas raízes e não estava com fome. Deixou-as passar, com a certeza de que encontraria novos cerdos-ratones se estivesse mesmo disposto a procurá-los.

Mas não estava. Ele estava cansado de ratos, baratas, escorpiões e até mesmo de cerdos-ratones, e queria sair dali.

Decidiu que aquele seria seu último dia naquele lugar. Já havia explorado o suficiente, visto o que tinha pra ver. Hora de dar o fora, procurar lugares mais quentes, com mais variedade de comida. Ele decidiu isso enquanto estava de cócoras, com as calças arriadas, encarando uma ratazana que o observava com um ansioso interesse.

Ele se limpou com um pedaço de tecido, subiu as calças, voltou para o interior do prédio onde estabelecera acampamento e dispôs os achados de suas explorações sobre um lençol esticado no chão. Havia conseguido botas de couro endurecidas e meio rachadas, mas boas o suficiente para usar por algum tempo, alguns tecidos ressecados e mofados que ele cortou em tiras com a faca — serviriam pra fazer fogo, se precisasse —, um casaco em muito bom estado e um pacote grande que ele encheu com kits de rodas e rolamentos para skate, duas pranchas reserva, que ele amarrou juntas e prendeu na mochila, e um mapa, que ele encontrara quase sem a cor original de tão desbotado, mas ainda legível, numa pilha de mapas em um prédio em cuja fachada se lia quatro letras que, pelo menos para ele, não significavam nada, mas que diante da quantidade de mapas disponíveis devia ser um lugar onde se fabricava mapas.

Em suas explorações pela cidade dos ratos, vira muitas coisas mofadas, apodrecidas ou simplesmente inutilizáveis. Também vira muitas netflixes, e muitas coisas que podiam servir, mas que ele preferiu deixar pra lá. Ferramentas, por exemplo. Ele já tinha as que precisava para consertar o skate, e era sempre melhor viajar o mais leve possível. Caso chegasse em algum lugar onde precisasse de algo específico, achava que havia uma grande probabilidade de encontrar o que precisava ali mesmo, de modo que sim, era melhor poupar a coluna, a energia, e as rodas do seu skate.

Ele respirou fundo, percebendo o quanto aquela cidade o entristecia, mas alegrou-se lembrando que em poucas horas estaria fora dali. Sentou-se e começou a trocar as rodas do skate, o que não levou muito tempo. Quando terminou, foi para o lado de fora e deu algumas voltas para amaciá-lo.

Ótimo, pensou. *Hora de desmantelar el campamento.*

E foi o que fez, sem pressa, mas com a rapidez de que quem já repetira aquilo centenas de vezes. Quando terminou, abriu o mapa desbotado e apoiou a ponta do dedo em cima do nome São Paulo, refazendo mentalmente os caminhos que o levaram até ali. Subir de novo era sua única opção, mas não mais pela cidade do homem sem braços, não, aquilo fora um erro. Precisava ir em direção ao coração daquele país. Seu dedo se moveu até a parte oeste de Minas Gerais, seguiu até Goiás e parou.

"Goiás", leu, em voz baixa. "Goiás", repetiu, saboreando o som daquela palavra.

Era isso. Ele voltaria pelo interior em direção a Goiás.

Ficou olhando o mapa, pensativo. Aquele era um país grande, como era possível? Ainda faltava um mundo a ser explorado indo na direção noroeste, e ele achava que, de fato, era provável que houvesse mesmo outras pessoas naquela direção. Talvez os sobreviventes no Brasil tivessem apenas fugido da parte mais fria e congelada à procura de um lugar onde pudessem viver, longe do mar e das inundações. Não era possível que ele fosse mesmo o último homem vivo.

De jeito nenhum.

Esse pensamento o fez sentir uma alegria diferente de tudo o que já lembrava de ter sentido. Se conhecesse o conceito, teria dito que seu coração se enchia de esperanças: de encontrar outras pessoas, de talvez encontrar até mesmo um grupo organizado de pessoas vivendo bem em uma região provida de comida, água, coisas assim.

Quem sabe até formar uma família. Ele gostaria de ter uma família.

Com um sorriso, ele dobrou o mapa e o enfiou no bolso de trás da calça, pegou o skate e seguiu em direção ao interior. Certo, pela primeira vez em um longo tempo, de que encontraria outras pessoas, e ansioso para fazê-lo.

42

"Acho que mais dois dias e estaremos fora da floresta", disse Pedro, cortando um galho à sua frente com o facão.

Samanta estava com dores na região da barriga, pontadas, talvez o bebê estivesse com o pé apoiado em uma de suas costelas, mas não falou nada a respeito.

"Aí vamos procurar uma casa ou algo assim, tá bem? Vamos ficar por alguns dias enquanto pensamos melhor no que fazer."

Ele olhou para ela, sempre preocupado.

"Com o bebê prestes a nascer nós não temos muitas opções", forçou um sorriso cansado.

Samanta abriu a boca para falar e soltou um gemido baixinho e doloroso. Pedro estacou na mesma hora. Observou as gotas de suor na testa dela, as olheiras fundas, a mandíbula trêmula. Retirou a mochila e a deixou no chão.

"Venha", disse ele, segurando-a pelos braços. "Aqui. Sente aqui."

Ele a encostou em um tronco seco, pegou o cantil e a ofereceu.

"Aqui, beba um pouco de água."

Ela deu um gole e expirou fundo. Ele enfiou a lâmina do facão no chão ao lado dela.

"Estou sentindo umas pontadas", ela explicou. O calafrio o atravessou como um raio de gelo.

"Você acha que..."

"Não sei", disse ela. "Nunca passei por isso antes."

"Puta que o pariu", disse ele.

Olhou em volta, preocupado. Era um péssimo lugar até mesmo para descansar um pouco, quem dirá para fazer um parto sem a menor ideia do que se está fazendo.

"Acho que não é hora", disse ela para tranquilizá-lo. "Está passando. Vai passar. Deve ser a posição do bebê."

Ele queria acreditar naquelas palavras mais do que qualquer coisa.

"Samanta... você acha que consegue aguentar por mais dois dias? Só até a gente encontrar um lugar fora dessa... floresta?"

Ela pensou em dizer que não dependia dela, que o bebê iria sair no seu próprio tempo, mas não queria estender aquela conversa. Precisava que ele se acalmasse, nada a deixava tão apreensiva quanto vê-lo preocupado.

"Tudo bem", disse, "acho que consigo segurar por mais dois dias."

Ele assentiu. Mas seus olhos continuaram esbugalhados, carregados de uma espécie de desespero.

"Aqui, beba mais um gole."

"E você?", perguntou ela.

"Eu estou bem", disse. "Temos bastante. Beba."

Ela bebeu, tentando não sentir o cheiro daquela água fedorenta, com medo de vomitar e ficar desidratada.

"Quer descansar um pouco?", perguntou ele, ficando de pé. "Descanse um pouco aqui enquanto eu dou um..."

Mas nunca chegou a terminar aquela frase. Sua voz foi abafada por um barulho parecido com *zzzziu*, seguido por uma interrupção súbita: fu-p. Pedro deu um passinho desajeitado pro lado e fez um barulho de engasgo, os olhos esbugalhados olhando pra ela, a mão desajeitada aparentemente indecisa sobre para onde ir e sobre o que fazer. Samanta viu com horror a haste da flecha que saía de seu pescoço.

"Pe?"

Foi o único som que ela conseguiu emitir antes de ser interrompida por outro zzzziu...fu-p. Dessa vez a flecha o atingiu no ombro e ele se ajoelhou, como se estivesse prestes a pedi-la em casamento.

Pedro tentou dizer "Fuja", mas tudo o que saiu de sua garganta foi um som de engasgo e uma golfada de sangue. Samanta olhou em volta, sem enxergar nada nem ninguém, e segurou o seu rosto entre as mãos. Sangue descia numa pequena torrente de seu pescoço, banhando toda a camisa de vermelho.

"Pedro? Ai, meu deus, Pedro, aimeudeus! Socorro! Socorrooooo!", ela gritou. "Por favor!"

Sua barriga deu uma pontada que lhe tirou o fôlego.

Pedro tentou colocar a mão sobre a boca dela para que ela silenciasse, tentou levantar, mas seus pés se desequilibraram e ele girou sobre si mesmo e caiu sentado.

"Ai-meu-deus-ai-meu-deus-não!"

Samanta levantou e sentiu uma quantidade enorme de líquido morno escorrendo por suas pernas. Pensou que havia se mijado.

"Pedro-Pedro-ai-meu-deus-Pedro!"

A boca dele estava suja de sangue e seus lábios tremiam.

Ela viu e ouviu claramente, como se o tempo estivesse correndo num ritmo bem abaixo do normal: o vermelho-vivo do sangue nos lábios dele, enquanto eles se abriam tentando dizer alguma coisa, um farfalhar de folhas secas, o som de engasgo que saía de sua boca no lugar das palavras.

Outra pontada lhe atravessou a barriga e ela se curvou, sem fôlego. Seus olhos giraram em volta. Sua mão, quase agindo por conta própria e sem que ela se desse conta, pegou o facão que ele havia enfiado no chão e o puxou, empunhando-o com a mão trêmula. Seu corpo inteiro tremia.

"Por favor, por favor."

Seus olhos enxergaram um homem negro e forte, um pouco mais alto que ela. Segurava o arco em sua direção, já pronto para atirar outra flecha.

"Por favor, por favor."

O agressor desarmou o arco, guardou a flecha.

"Acho melhor você guardar isso, mana", disse, e só então Samanta percebeu que não era um homem, mas uma mulher. Tinha a cabeça raspada e um porte bastante másculo.

Samanta olhou para sua mão, como se só agora percebesse que empunhava o facão, e o soltou de lado, chorando. Várias sombras pareceram se mover ao redor dela. Samanta olhou em volta e viu que várias mulheres a cercavam: todas com a cabeça raspada e vestindo roupas masculinas, todas empunhando arcos armados em sua direção.

"Não se preocupe, mana", tornou a falar a mulher negra, aproximando-se. "Você está salva agora."

43

Eles desenterraram o primeiro baú com bastante facilidade. Camargo e Garoto trabalhando juntos conseguiam cavar numa velocidade muito maior do que quando o garoto fizera o mesmo com o velho. As mãos de ambos estavam machucadas e doloridas, a de Garoto estava até mesmo inflamada, mas eles ignoraram aquilo com indiferença. Quando retiraram o primeiro baú, Camargo limpou as mãos na calça, deixando uma mancha de sangue. A chave ficava no seu coldre, ele a usou para abrir o baú. O garoto olhou boquiaberto para aquela quantidade de munição.

"Caralho", disse.

Camargo fechou a tampa com força e tornou a trancar o baú.

"Vamos, ainda faltam duas."

Eles colocaram a primeira caixa na caçamba e seguiram em direção à segunda. Quando a desenterraram, Camargo repetiu o que fez da primeira vez: abriu a caixa e a observou, fechando-a em seguida. Na segunda também havia munição, e Garoto também disse "Caralho" quando a viu aberta.

Na terceira caixa estavam as armas.

Garoto olhava para aquilo embasbacado. Várias armas e coisas que ele imaginou serem peças de armas, ou partes de armas desmontadas ou mesmo armas desconhecidas. Estavam não apenas na parte de dentro do baú, mas até mesmo na tampa, presas por um suporte cheio de ganchos. Era a caixa mais pesada de todas. A caixa que, dias antes, fizera o garoto perguntar ao velho o que diabos havia nela. Parecia uma eternidade, mas fazia bem pouco tempo.

Sabia que o céu já foi azul?

Ele lembrava bem daquela conversa. "Dinheiro, ricos... Leblon."

Caso tivesse tido tempo, teria se aprofundado naqueles assuntos com o velho. Havia muito que ele queria lhe perguntar, e Velho tinha a mania de ir soltando as informações aos poucos, como se quisesse manter a porra do suspense ou sei lá o quê. Garoto queria saber mais sobre como eram as coisas Antes, e ainda esperava o dia em que Velho, ou Camargo, ou qualquer um dos mais velhos do grupo lhe contariam algo sobre ele mesmo. Quem eram seus pais? O que acontecera com eles? Por que, ao contrário das outras pessoas do grupo, ele era o único que não tinha um nome? Essas e outras perguntas atormentavam sua vida, mas ele havia se resignado a só respondê-las quando Velho bem entendesse, afinal ele era, de todo o grupo, aquele que parecia ter o maior número de informações sobre tudo e todos.

"Simbora", disse Camargo. "Agora podemos viajar."

No caminho de volta, Garoto se encheu de coragem e perguntou:

"Então aquele homem na foto é o seu pai?"

A picape seguia de volta para o Palácio com a poeira em seu rastro. Camargo e Garoto agora dividiam o espaço com os três baús.

"Sim", respondeu sem olhar pro garoto. Seus olhos fitavam o horizonte vermelho.

"Eu até pensei que fosse você", disse. "Vocês se parecem. E ele também usava chapéu."

Camargo olhou para o chapéu seguro em sua mão e sorriu.

"É o mesmo."

Garoto fez um "ah" inaudível e ficou em silêncio, juntando coragem para fazer a pergunta que ele de fato queria fazer.

"E o meu?"

Camargo tirou os olhos da estrada e encarou Garoto.

"O seu chapéu?"

"Não. O meu pai. Quem é o meu pai?"

"Ah, isso."

Camargo ficou sério, cauteloso, como costumava ficar quando analisava a linguagem corporal de alguém com quem conversava.

"Velho é o seu pai. Ele criou você."

Era como se com aquilo ele encerrasse a conversa, mas Garoto não se deu por satisfeito. Respirou fundo.

"O meu pai de verdade. E minha mãe. Quem são?"

Camargo havia voltado a prestar atenção ao horizonte. Não respondeu.

Garoto achou que ele não responderia mesmo, ninguém nunca respondia, de modo que não insistiu. Não queria que Camargo se indispusesse com ele. Era a primeira vez que o tinha tão próximo, que ele falava consigo como se falasse de homem pra homem. Não queria estragar tudo.

Depois de alguns minutos em silêncio, Camargo falou:

"Você devia conversar com o velho. Só ele tem o direito de contar."

A seguir, e após refletir um pouco mais, acrescentou:

"É um mundo cruel, Garoto. Duro. Fodido."

Garoto já sabia disso, estava cansado de ouvir aquela história, mas não entendia por que ele estava falando isso naquele contexto.

"É preciso ser", ele procurou uma palavra, "selvagem. Tão cruel, duro e fodido quanto o mundo."

Camargo tirou os olhos da estrada e observou Garoto.

"E nunca hesitar. Apenas os que não hesitam sobrevivem. Um segundo de hesitação pode ser a diferença entre a vida e a morte. Sua ou dos seus. Era o que papai dizia, e é assim que as coisas são."

Apenas para comentar alguma coisa, Garoto disse:

"Mas já não há tantas pessoas no mundo, né?"

Camargo o olhava com seriedade.

"Talvez. E as que restaram não vão continuar aqui por muito tempo."

De onde estavam, já conseguiam ver o Palácio no horizonte. Camargo tensionou os lábios e franziu o cenho. Depois, disse:

"Em breve vamos conhecer o mundo, Garoto. Esteja preparado."

Quando chegaram, foram recebidos por Amanda. Ela estava com as mãos e a testa sujas de graxa.

"Está tudo pronto", ela disse.

"O Mago consertou a D-20 e as motos?"

"Sim, nós ajudamos. Deu menos trabalho do que ele imaginava. Já separamos e abastecemos as duas picapes e as motos, só falta abastecer essa daí."

Ela apontou com o queixo para a picape estacionada e toda coberta de poeira.

"Priorizamos a comida", continuou Amanda, observando sua reação. "Dividimos nas duas caçambas, com os galões que sobraram. Não sobrou mais espaço nenhum."

Camargo meneou a cabeça.

"Negativo. Mande diminuir a comida e abrir espaço nas caçambas."

Amanda recuou, boquiaberta.

"O quê?"

Camargo respirou fundo, coçando a cicatriz.

"Isso mesmo que você ouviu."

"Por quê?"

"Trouxemos armas e munições, e vamos distribuí-las nas três picapes, como eu falei mais cedo. Comida, gasolina, armas e munições, divididos nas três picapes."

"E o que faremos com o resto da comida?"

Camargo deu de ombros.

"Joguem fora, comam, deixem aí, pra mim pouco importa."

Ele deu um tapa no ombro do velho e começou a entrar. Amanda correu atrás dele e se posicionou à sua frente.

"Mas... Camargo, e se faltar comida?"

Ele sorriu.

"Não vai faltar."

E a afastou com o braço, delicadamente.

"Convoque todos para uma reunião no salão. Agora. Já estamos de saída."

Amanda permanecia contrariada.

"Tudo bem", ela disse, e saiu.

Camargo olhou para o velho com um sorriso irônico, meneando a cabeça.

"Vê?"

O velho apenas assentiu.

"Vou pegar minhas coisas", disse, puxando Garoto pelo braço.

"Assim que terminarem: salão", disse Camargo, indo para o quarto organizar sua própria mochila.

Entrou cabisbaixo, olhou em volta com certa melancolia, lamentava que tivessem mesmo que partir. Aquele fora o seu lar durante tanto tempo que ele até chegou a pensar que envelheceria e morreria bem ali.

Foi até o baú do fundo e o abriu com a senha. Recolheu uma velha mochila militar, um cantil e mais alguns itens pessoais. Começou a recolher e organizar seu material na mochila, dando prioridade ao que considerava mais essencial à sobrevivência. De roupa, separou apenas as de frio extremo. Não havia muitas opções, afinal aquele congelamento fodido pegara o bravo povo brasileiro de calças curtas, e eles tiveram que se virar com o que tinham. Ele estendeu uma parka verde-musgo sobre a cama.

Camargo a observou com incredulidade. Era difícil acreditar que em apenas alguns estados ao sul as coisas estavam congeladas ou congelando, enquanto ali não havia nenhum sinal de neve, apesar daquele frio fodido.

Apenas porra de areia por toda parte.

Ele respirou fundo e vestiu a parka.

"Que se foda", murmurou.

Recolheu todas as armas — incluindo facas, canivetes e facões — que conseguiu, e as prendeu ao cinto. Também enfiou uma faca tática na lateral da bota. Ajeitou o chapéu na cabeça e foi até o espelho coberto de poeira. Passou a mão sobre a superfície, e analisou o pedaço do seu reflexo que conseguia enxergar.

"Como nos velhos tempos", disse, em seguida sorrindo sem o menor sinal de alegria e se posicionando de perfil. Colocou as mãos sobre a pança.

"Exceto por essa gravidez não planejada", disse, caindo na gargalhada.

Ainda rindo, dirigiu-se até o armário dos fundos, pegou duas garrafas de uísque e as enfiou na mochila. Pensou um pouco, tirou a calça extra pra liberar espaço e enfiou mais duas garrafas. Amaldiçoou aquela partida. Assim que pudessem ficar bem alojados e em um lugar seguro, iriam começar tudo de novo: limpeza do perímetro, busca por mantimentos, coleta e refino artesanal de combustível, a porra toda.

Ele esfregou a testa, amaldiçoou o planeta inteiro e fechou a mochila. Depois voltou-se para o armário e recolheu sua foto com o pai. Olhou por um tempo, analisando os sentimentos que ela evocava. Qual seria a idade de seu pai naquela foto? Qual seria sua idade agora, se estivesse vivo? Qual era sua própria idade? Estaria com a mesma idade que o pai tem na foto? Mais velho?

Camargo segurou o retrato com os dedos em pinça e o rasgou. Depois juntou as partes e rasgou de novo. E de novo. E de novo até só restarem migalhas. Jogou para o alto, como confete. Depois pegou a mochila e saiu em direção ao salão.

Ele passou os olhos pelo grupo reunido e tenso. Estavam silenciosos, como sempre ficavam quando ele convocava uma reunião. Velho e Garoto ainda não haviam chegado. Não começaria sem eles. Camargo foi até o amplo sofá escangalhado no canto e se sentou, cruzando as pernas e colocando o chapéu sobre o joelho. Amanda se aproximou.

"Pensou melhor sobre a comida?"

Ele a observou sem dizer palavra. Estava cansado e não queria conversar com ninguém, muito menos sobre decisões que no seu entendimento pareciam óbvias e até mesmo inquestionáveis. Estava abrindo a boca para lhe dizer que queria ficar sozinho um pouco quando viu Velho e Garoto se aproximando com suas mochilas, as máscaras dependuradas no cinto. Ele se levantou e foi até o centro do mesão, os outros se posicionaram em volta dele, apreensivos. Ele pigarreou e começou a falar.

"Ninguém faz a menor ideia de quanto tempo estamos aqui. Faz tanto tempo que as pessoas pararam de contar os anos, os dias, e nossa percepção sobre o tempo acabou se individualizando. Já não temos um tempo coletivo, digamos assim. Já não fazemos a menor ideia de que ano é. Quanto mais jovem você é, menos diferença isso faz", ele olhou para Velho e Garoto, "mas para aqueles que, como eu, pertencem a uma geração de transição entre o Antes e o Agora, as coisas tendem a uma certa confusão de vez em quando."

Ele sorriu ao perceber que aquele discurso seria mais longo do que imaginara.

"Uma coisa eu asseguro. Faz um bom tempo que estamos aqui. E esse tempo é mensurado por ele."

Camargo ergueu a mão e apontou para Garoto. As pessoas olharam para ele, depois voltaram a olhar para Camargo.

"Quando chegou aqui, Garoto era um pedaço de carne que cabia na minha mão. Olhem para ele agora. Já é um homem. O caso é que faz tempo, e isso aqui acabou se tornando o nosso lar. Quem diria, hã? O lar dos antigos donos do Brasil virou o lar de um grupo de maltrapilhos."

Ele coçou a cicatriz, pensativo.

"Alguns que chegaram conosco já morreram, outros partiram à procura de qualquer coisa melhor e nunca mais deram notícias, e durante todo esse tempo nós protegemos esse lugar, nós cuidamos disso aqui, e acredito que aprendemos até mesmo a amar isso aqui. Eu pelo menos amei."

Ele respirou fundo.

"Vocês devem lembrar: vasculhamos e raspamos tudo o que podia nos servir num raio de cem quilômetros. Matamos todas as ameaças que encontramos, e até comemos algumas delas."

Um riso se espalhou pelo grupo.

"Recolhemos peças, montamos nossos carros e nossas motos, refinamos a porra da gasolina, quase enlouquecemos com as baterias, e a custo muito alto conseguimos colocá-los pra funcionar. Mas não foi só isso: graças a Dona Maria nós também conservamos comida, e tivemos nossa medicina rudimentar com seu vasto conhecimento sobre plantas. Todos nós em algum momento precisamos da Dona Maria."

Velho assobiou alto e aplaudiu.

"Viva Dona Maria!", gritou Cabeça.

Eles aplaudiram longamente. Quando pararam, Camargo apontou para o peito e disse:

"E graças a mim, criamos leis."

Ele apoiou as mãos sobre a mesa e se curvou.

"Aqui o estupro nunca foi tolerado, ter filhos sempre foi proibido, a comida sempre foi dividida igualmente, cada um tendo a sua e cumprindo o seu papel. Todos vocês aprenderam como deveriam se comportar se quisessem que esse grupo funcionasse, se quisesse que esse grupo sobrevivesse, e aprenderam tão bem que ainda estamos de pé. Todos vocês aprenderam desde o momento que colocamos nossos pés aqui, que deveríamos nos manter preparados para sair de uma hora para outra. A qualquer momento, pá!", ele estalou os dedos. "E esse momento chegou. Se vamos sair, não é porque algum outro grupo nos ameaça, é apenas porque a mãe Terra já está de saco cheio de nosso monopólio na área, e as únicas opções que ela nos deu foi um enterro precoce ou o êxodo."

Seu punho se fechou sobre a mesa, as veias saltaram em seus braços.

"E isso nos leva, naturalmente, ao êxodo. Para onde ir?, essa era a grande questão. Pensamos no óbvio, é claro: Pará, Amapá, Amazonas, lugares onde é provável que ainda exista alguma coisa. Não sabemos. O problema...", ele coçou a cicatriz, "o problema é que meus instintos me dizem que também há perigo nesses lugares. Pessoas. Talvez até grupos maiores que o nosso. Talvez até mesmo", ele olhou para Velho, "grupos tão bem armados quanto o nosso."

Voltou a ficar ereto e socou o punho fechado devagar na palma da outra mão.

"Eu não gostaria de arriscar a não ser que essa fosse nossa única alternativa. E felizmente não é. Iremos para o sentido oposto. São Paulo. Até onde sabemos a inundação não chegou a atingi-la, e o congelamento não chegou a extremos por lá. É verdade que isso são informações bastante desatualizadas. Eu sei. Talvez São Paulo nem exista mais. Talvez ir para o norte seja mesmo nossa única opção. A guerra, única opção."

Camargo sentia que muitos deles queriam interrompê-lo com objeções, mas não abriu espaço.

"E estamos armados para a guerra. Graças a papai, temos armas e munição suficientes para cuidarmos das nossas coisas, e para que nunca nos falte comida. É por isso que deixaremos tanta comida para trás, mas levaremos as armas. Alguns de vocês podem discordar, achar absurdo, questionar essa decisão, mas vocês sabem, como eu sempre faço questão de repetir, que o ouro sempre pertencerá a quem tiver mais ferro", ele fez uma pausa. "Creio que todos aqui saibam atirar. Todos sabem que na dúvida devem matar. Que todo estranho é potencialmente um inimigo se estiver vivo, e comida se estiver morto. E o mais importante: não há traidores aqui, eles estão mortos."

Ele retirou uma das facas laterais do seu cinto e a exibiu.

"Não confiem apenas em suas armas de fogo. Elas são velhas, as munições são falhas, tenha sempre sua faca ao alcance da mão. Os romanos de antigamente diziam, '*si vis pascem, para bellum*', o que significa que devemos nos manter fortes o bastante para que ninguém nos encha o saco. Jamais se esqueçam disso: o forte sempre será deixado em paz. Vale para um homem, vale para um grupo."

Ele guardou a faca.

"Vamos nos dividir nas três picapes. Mago e Dirceu vão de batedores à frente, nas motos. Amanda, Velho e Dirley vão dirigindo as picapes. O resto de nós vai nas caçambas, armados. Revezaremos na direção se for necessário. E faremos duas pausas curtas por dia. Aproveitem essas pausas para comer, cagar, dormir, esse tipo de coisa, e não se afastem do grupo. Em caso de afastamento, não vamos esperar por ninguém, que fique claro: nin-guém. E quem não estiver disposto a seguir conosco, bom, fique à vontade para ir aonde bem entender."

Ele passou os olhos um a um, lendo com vagar suas expressões.

"Em relação à estrada, vamos repassar nossos códigos de comunicação. Isso vale principalmente para os motoristas, mas quero que todos estejam familiarizados com eles. Todos. Eles devem ser seguidos es-tri-ta-men--te: sem dúvidas, sem crises de consciência, sem hesitação. Fui claro?"

Eles olharam uns para os outros. Ninguém falou nada.

"Lá fora, é provável que encontremos pessoas", ele olhou para Garoto. "Lembrem-se dos nossos códigos de comunicação. E agora vamos cair fora daqui."

P2

CONVERGÊNCIAS

Esta é a terra morta
Esta é a terra do cacto
Aqui as imagens de pedra
Estão eretas, elas recebem
A súplica da mão de um morto
Sob o lampejo de uma estrela agonizante
"Os Homens Ocos", T.S. Eliot

1

Um sonho dentro de um sonho dentro de um sonho. Primeiro, ela reviveu os dias que passou no porão: boa parte de sua infância, com exceção de quando sua mãe lhe permitia sair para brincar na parte de trás da fazenda de seu Osmar, ou usar a latrina, sempre sob seus olhos vigilantes. No campo, brincava sozinha e por pouco tempo, o corpo repleto de movimentos desajeitados, típicos de quem não tinha muita prática em se mover, os olhos cheios de curiosidade e deslumbramento: o céu vermelho lá no alto, as nuvens negras no horizonte, as frutas podres no chão ou atrofiadas nas árvores ressequidas, tudo lhe fascinava. A mãe observava cada movimento com os lábios contraídos e a cara fechada. Segurava um facão de lâmina envelhecida, o braço magro tremendo e uma expressão de horror estampada no rosto. Se alguém as observasse de longe, teria a falsa impressão de que aquela mulher suja, despenteada, precocemente envelhecida e de postura tensa estava querendo matar aquela criança desengonçada que não sabia bem o que fazer com as próprias pernas, quando na verdade era o oposto: a mulher na verdade estava tentando protegê-la.

Então, noite. Assim de repente o sonho cortava: o quintal, o céu, a brincadeira. E lá novamente o porão.

"Não faça barulho. Nenhum barulho. Psiu."

Ela sentia o medo frio da mãe, e obedecia sem questionar.

Na escuridão, sentia o cheiro do corpo dela, há muito sem banho, ouvia sua respiração sibilante, o choro que tentava esconder. Fazia alguns dias que seu Osmar havia desaparecido. Desde então, dormiam na cama. Ela, sua mãe e o facão.

O sonho era um retrato fiel de sua infância, à exceção de uns poucos detalhes. No sonho, ela conhecia os medos da mãe, sabia o que ela temia. No sonho, ela sabia o que havia acontecido com seu Osmar. No sonho, sua mãe o havia assassinado.

Pobre homem. Havia perdido a família inteira, a esposa para uma das doenças sem nome, os filhos para outros homens, a filha para caminheiros. Eles o espancaram com sua própria arma, o imobilizaram no chão e o fizeram assistir ao estupro covarde da garota. Onze anos. Estupro coletivo. Rodinha de homens sujos e sorridentes, risos de bocas enormes e apodrecidas, cada um aguardando sua vez.

Criança berrando de dor, de medo, de horror.

Ele gritando por favor, parem. Implorando que o matassem com a filha. Que os poupassem daquilo.

Eram ouvidos moucos. Depois de saciados, levaram consigo para suas caminhadas sem destino aquele pequeno corpo que mais parecia um pedaço de carne trêmula.

Também levaram a comida, também escarraram em seu rosto, mijaram sobre seu corpo estendido no chão, sobre aquela coisa que já não era ele, que já não era nada, depois guardaram seus paus e discutiram brevemente sobre o que fazer com ele.

"Deixa vivo", disse um deles. "É mais divertido."

Pobre homem, que as recebera com uma espingarda trêmula de cano duplo, que baixara a espingarda e chorara ao ver sua mãe com uma criança de apenas três anos e tão magrinha. Que vira na chance de ajudá-las sua última oportunidade de redenção.

Não fora capaz de proteger sua família, protegeria aquelas duas.

Abriu todas as portas, lhes abrigou no porão que construíra com as próprias mãos trabalhando incessantemente dia após dia depois da invasão, do roubo, do estupro, do sequestro. Com seu andar doloroso, mancava o dia inteiro para lá e para cá, espingarda na mão, providenciando o que comer, protegendo a casa de coisas que pareciam existir apenas em sua imaginação.

E o sonho cortava para seu Osmar bebendo. Sentado na poltrona tarde da noite, no escuro, bebendo. Copo atrás de copo, garrafa atrás de garrafa, até dormir sentado ali mesmo e acordar de manhã fedendo a mijo e cachaça. Um dia seu Osmar sumiu e sua mãe nunca lhe explicou como nem por quê. Depois disso, seu comportamento havia mudado, a comida havia mudado, até mesmo algo em seu jeito de andar havia mudado. E foram anos assim, anos, as duas, apenas as duas, vivendo cada dia como se esperassem a visita do diabo. A elas e à fazenda se resumia o mundo. E as plantas cada dia mais mortas, as frutas cada dia mais atrofiadas, amargas, secas.

Até que um dia enfim chegara o diabo.

E o sonho cortava para aquele homem magro, maltrapilho e despenteado, que dizia estar morrendo de fome, que ajoelhou diante da porta chorando, implorando por ajuda. Comida, chorava ele, comida ou um pouco de água, pelo amor de deus. Estava sozinho, berrava, não representava perigo para ninguém, pois era uma das últimas pessoas boas. E aquela aparência vulnerável, aquele corpo enfraquecido e meio louco, aquela solidão de um homem que se recusara a viver em bandos de fato teria convencido qualquer um que parasse para pensar a respeito.

"Eu sou uma pessoa boa", gritava ele entre lágrimas, ajoelhado diante da espingarda de seu Osmar que sua mãe segurava desajeitada, porém com firmeza.

Ele primeiro a sensibilizou, depois a convenceu de que era uma boa ideia ter um homem por perto para protegê-las, caso aparecessem pessoas más, e para ajudar na colheita das raízes cada vez menores e mais amargas, das frutas cada vez mais secas e escassas, e que depois, de repente, de forma gratuita, a estuprou e a sufocou no chão da sala, sobre o tapete manchado de cachaça e mijo de seu Osmar.

Então o sonho cortava para o seu próprio estupro, para a surra cotidiana, suas próprias mãos sujas de sangue a segurar o mesmo facão com a mesma firmeza trêmula com que outrora o segurara sua mãe, do homem se arrastando com o rasgo em seu pescoço no mesmo tapete agora sujo não apenas de cachaça e mijo, mas também de sangue, o de sua mãe, o dele, o seu próprio.

Cortava para dias de caminhada silenciosa e sem rumo, o vestido sujo e rasgado, as coxas riscadas de sangue.

Cortava para noites de pés inchados e doloridos, tremedeiras e gritos sem fim.

Cortava para o salto decidido que buscava a morte num rio sujo.

Cortava para a correnteza que a arrastara até um local raso e seguro.

Cortava para dias de frio, fome, loucura, solidão.

Para o barulho ritmado e estranho que um grupo de homens fazia com a voz no meio da noite.

Para o encontro com Bento.

A surra, a prisão na Grade.

As outras mulheres. Mutiladas.

O encontro com seu salvador.

Pedro.

Ela emergiu do mundo dos sonhos, das lembranças, para um estado de semiconsciência, mas era como se algo não a quisesse ali. Seu corpo, febril, suava.

Zzzziu... fu-p.

Deus do céu, Pedro.

Zzzziu... fu-p.

Só pode ter sido um sonho. Só posso ter sonhado.

Não se preocupe, mana. Você está salva agora.

O coração acelerou em seu peito com a súbita certeza de que fora tudo real, e só então lembrou do bebê.

Ela abriu os olhos, atordoada, o coração acelerado. Seus olhos giraram nas órbitas sem reconhecer onde estava. Seu corpo doía. Sentia que estava deitada em uma cama, ensopada de suor, seu corpo como se não lhe pertencesse, mas a uma outra pessoa. Sua cabeça parecia mais leve, gelada, apesar da febre. Estava sozinha, tudo doía, tantas dores diferentes ao mesmo tempo. Sede. Tentou falar, mas a garganta estava tão seca que não saiu palavra alguma. Movimentou a mão para acariciar a barriga e ela parou no meio do caminho com um súbito som metálico, téc. O mesmo se repetiu quando tentou com a outra mão, téc. Estava presa. Movimentos limitados. Tentou mover a cabeça para olhar a barriga, nada. Sua cabeça também estava presa. Havia algo estranho com seu corpo. Algo muito, muito estranho. Doía, tudo doía. *Ai, meu deus, por favor, me mate.* Duas gotas de lágrimas correram pela lateral de seus olhos. Ela respirou fundo, respirar também doía, algo em seu estômago, em sua garganta, seus pulmões.

Tentou falar mais uma vez e sua voz saiu rouca, quase inaudível. A palavra quase chegava a fazer sentido.

"Pedro?"

Então, como se respondessem, os ecos de passos tranquilos cada vez mais próximos, a presença de alguém, silenciosa a não ser por seus movimentos. Uma mulher, ela conseguiu perceber, uma mulher de cabeça raspada, observou de repente se dando conta de que sua própria cabeça também estava raspada. Teve vontade de rir, uma vontade louca, irracional, de rir e se ver num espelho, de acariciar a sua cabeça pra sentir a textura, de perguntar a Pedro se ele gostara de seu novo visual.

Ai meu deus, Pedro.

A mulher se posicionou atrás de sua cama e começou a empurrá-la. As molas do colchão guincharam, as rodinhas as acompanharam, a cama foi sendo deslocada em direção à porta, depois por um corredor e então outra porta, dupla, que a mulher abriu com as costas após ter segurado a cama pelo lado oposto.

Na nova sala, ou novo quarto, mais presenças. Uma mulher de cabelo curto. Idosa.

"Vai ficar tudo bem, querida. Apenas durma."

E a sufocou com algo úmido, forte, ardente. O mundo se apagou subitamente.

Dessa vez, Samanta não sonhou.

2

Bia fechou os olhos e chorou em silêncio enquanto Nêgo Ju a estuprava pela quarta ou quinta vez nos últimos dois dias. O único som que emitia eram os pequenos gemidos de dor que escapavam de sua garganta quando aquela coisa entrava nela com violência, arregaçando todo o seu ventre, lhe causando uma dor aguda e terrível, seguida por um alívio desesperado sempre que ele se retirava. Enquanto a estocava com um sádico e crescente frenesi — Bia percebeu morbidamente que ele estava prestes a gozar —, ele apertava a sua cabeça contra o chão com aquela sua mão gigantesca, e torcia os seus pulsos por trás com a outra. Ela sentia ânsia de vômito, o cheiro dele — um cheiro horroroso, podre — violando suas narinas com a mesma violência com que aquele pênis violava seu corpo.

Um filete de saliva saía de sua boca, lágrimas saíam de seus olhos, sua cabeça raspando na areia. Ela sentiu que ele estocava cada vez mais rápido e ofegante, gritando — "QUE DELÍCIA! QUE DELÍCIA DO CARALHO! QUE DELÍCIA!" — até que finalmente gozou, urrando extasiado algo que ela não entendeu ou não quis entender. Quando retirou o pênis de seu corpo, toda sua carne tremia.

Bia abriu os olhos e deu de cara com o sorriso lerdo do outro. Ele havia descido as calças e estimulava o seu pênis rosado devagar.

"Porra, que delícia comer uma bucetinha!", ofegou Nêgo Ju. "Puta que pariu! Podia ficar fodendo essa bucetinha o dia inteiro."

Ele parecia feliz, como alguém que havia acabado de alcançar uma grande conquista.

"Minha vez", disse Samuel, lambendo os lábios e abrindo ainda mais o sorriso.

Bia voltou a fechar os olhos e esperou resignada que ele fizesse o que queria fazer. Dessa vez, conseguiu se ausentar a ponto de não sentir nada. Seu corpo estava ali, e ela sentia ainda o cheiro de cinzas e carne, o fedor daqueles homens, até mesmo o odor característico de Rainha ela sentia em algum nível, mas sua mente conseguiu se afastar o suficiente para que ela, por alguns segundos sagrados, se ausentasse enquanto o seu corpo era repugnantemente violado mais uma vez. Pensou numa forma de se matar e se encheu de esperanças ao raciocinar, de um modo um tanto incoerente, que se aqueles homens queriam mantê-la viva, o seu suicídio seria a vingança perfeita. E ela não esperaria muito, não hesitaria: na primeira oportunidade, se atiraria de algum lugar alto, se jogaria contra a ponta de uma faca, qualquer coisa, qualquer coisa para não ter que passar mais por aquilo.

Quando voltou a abrir os olhos, viu que Nêgo Ju estava sentado mais à frente, cutucando distraído o ferimento que Adriano lhe fizera. Aquilo estava feio, cheio de pus e inchado, e parecia incomodá-lo, o que lhe causou algum prazer. Sobre ela, Samuel resfolegava e babava, um fio de saliva morno desprendendo-se de sua boca e caindo sobre suas costas. Pouco depois, ele gozou, também ejaculando dentro dela, também gritando algo que ela não ouviu ou não quis ouvir.

"Aquele filho da puta me fodeu", comentou Nêgo Ju sem que ninguém perguntasse.

"Cara, como é gostoso, como é gostoso", ofegou Samuel, rastejando de costas para perto dele.

Por alguns segundos, o único barulho na caverna foi o de sua respiração ofegante.

"Vai de novo?", perguntou ele, dirigindo-se a Nêgo Ju, mas olhando para o corpo de Bia de bruços no chão.

"Mais tarde", respondeu Nêgo Ju, indiferente. "Temos que organizar as coisas e cair fora."

"Cair fora? Por que não ficamos aqui?", Samuel estendeu o braço, apontando a parte externa da caverna. "Aqui é um ótimo lugar."

Nêgo Ju considerou aquilo por alguns minutos.

"Precisamos pegar sal ou vamos perder toda a carne. Já tá começando a ficar esquisita."

"Mas você já tirou os intestinos e todas aquelas merdas, e tá bastante frio aqui. O frio conserva."

"E você acha que a carne vai durar mais quanto tempo?"

Samuel deu de ombros.

"Não faço ideia."

"Ela já tá ficando azul e com cheiro esquisito. Nossa sorte é que aqui é frio e não tem moscas. Precisamos de sal. E de uns potes de plástico."

Samuel pensou por uns minutos, observando a mulher trêmula à sua frente. Depois olhou para os potes onde eles haviam colocado tiras de carne. Elas estavam mesmo ficando azuis.

Samuel teve uma ideia.

"Você não sabe defumar?"

"Não. Nós sempre conservávamos a carne com sal lá no Tobias. Eles nunca ficavam sem sal."

Samuel deu uma gargalhada.

"Você é o corpo, eu sou o cérebro", disse de modo triunfal.

"Como é?"

"Onde caralhos vamos conseguir sal? Estamos no meio da floresta!"

Nêgo Ju olhou para Bia, pensativo, depois olhou para Samuel.

"Se formos em direção à cidade..."

"Se formos em direção à porra da cidade, vamos levar dias, DIAS pra chegar lá. Talvez semanas! Inda mais arrastando essa vagabunda."

Ambos olharam para Bia e depois se encararam.

"Mas pra nossa sorte", concluiu Samuel, "mesmo tendo sido do grupo do Tobias, eu sei montar um defumador."

3

Ela abriu os olhos, a garganta terrivelmente seca, os lábios rachados, o corpo sem energia. Estava com menos dores que antes, mas a cabeça ainda doía. E os olhos, a luz amarelada que entrava através das janelas machucava seus olhos.

Pedro, pensou.

Moveu a cabeça instintivamente para baixo, para a barriga. Dessa vez a cabeça baixou.

Nada. Não havia barriga ali. Pelo menos não a barriga que deveria estar ali: grande, redonda, dura.

Meu filho... cadê meu filho?

Seu coração acelerou. Ela olhou para as mãos. Ainda estavam algemadas. O tórax todo enfaixado. O volume dos seus peitos havia sumido.

Ela tentou gritar, mas se engasgou e começou a tossir.

"Não se preocupe, querida", disse uma voz feminina e delicada em algum lugar atrás dela. Ela tentou virar a cabeça, mas não conseguiu. A voz vinha de trás da cama. Ela conseguia sentir alguém se movendo. "Logo você entenderá tudo."

Era uma voz calma, mas também cansada.

A dona da voz deu a volta por trás da cama e colocou um copo de vidro com água turva diante de seus lábios. Samanta viu que era uma mulher. Ela não tinha a cabeça raspada, mas usava os cabelos bem curtos e parecia mais velha que as demais. Era quase uma idosa.

"Beba devagar, querida", ela disse. "E não se preocupe, a água tá limpa."

Ela, tremendo, deu um gole. Devagar.

"Isso. Devagar. Assim. Um golinho. Agora outro. Isso. Muito bem."

Ela recolheu o copo e o colocou numa mesa ao lado.

"Ca...", murmurou Samanta. "Ca..."

"Não se preocupe", repetiu a dona da voz. "Logo você vai tirar todas as suas dúvidas. Você está bem agora, não se preocupe. Não corre perigo nenhum. Está tuuudo bem agora."

Samanta teve vontade de perguntar do que ela achava que estava falando, mas não conseguiu. Mordeu o lábio inferior segurando mais uma torrente de lágrimas que ameaçava cair.

A mulher disse:

"Meu nome é Anita Vogler. Ou pelo menos era antes...", ela sorriu e completou de forma vaga. "...de toda essa loucura. Sou médica. E, modéstia à parte, sou muito boa no que faço. Não se preocupe. Você está em boas mãos."

Samanta abriu a boca e tornou a fechá-la.

"Eu cuidei de você. Mas não sou eu quem dá as explicações por aqui. Meu trabalho é garantir que você fique bem. O resto é com Diana. Ela é quem explica. Vocês já se conheceram."

"Pe-pedro...", murmurou Samanta, a voz rouca. "Ele está..."

"Morto?", Anita riu. "Claro que não, querida. Como eu disse, sou muito boa no que faço."

Samanta achou que estava, novamente, sonhando. Pensou em perguntar de novo, dizer que não havia entendido direito, que ela vira com seus próprios olhos o Pedro cair ajoelhado, sangrando engasgado com uma flecha enfiada no pescoço e outra no ombro. Mas não conseguiu falar mais nada. As lágrimas finalmente começaram a cair em torrentes por seus olhos, o corpo numa quase convulsão.

Como assim vivo?, se perguntava. *Que brincadeira era aquela?*

Cadê o meu filho?
Cadê meu bebê?
A doutora Anita pegou o copo de água novamente e a ofereceu.
"Tome. Beba mais um pouco. Chorar não é bom pra você. Isso. Beba devagar. É melhor você se acalmar. Diana vai explicar tuuudo direitinho. Sem pressa, sem pressa. Isso."
Samanta tossiu, engasgada com a água. Anita inclinou sua cabeça e ela foi parando de tossir aos poucos.
"Se você prometer se acalmar, trago algo para você comer. Uma sopinha leve, mas com sustância; carne, com ossos e tutano. Vai ser ótimo pra você."
Samanta respirava com força.
"Vivo?", perguntou por fim, a voz ainda trêmula. "Vivo?"
A doutora assentiu.
"Sim. Mas não vamos falar disso agora. Primeiro a comida. Você está fraca. Precisa comer alguma coisa."
"Vivo..."
"Promete se acalmar? Vou pegar uma sopinha. Diana vai explicar tudo o que você precisa saber"
Samanta assentiu, as lágrimas voltando a cair por seu rosto.
A doutora Anita pareceu satisfeita com aquela resposta. Saiu levando o copo e voltou depois de algum tempo, trazendo uma tigela com sopa e acompanhada por outra mulher de cabeça raspada, também mais velha. A mulher apenas a olhou sem falar nada, e colocou umas almofadas embaixo do colchão, na parte superior de sua cama, para que ela ficasse inclinada, quase sentada. Colocaram uma bandeja com pernas sobre seu colo e Samanta pensou que tirariam as algemas, mas a doutora Anita sentou-se numa cadeira ao seu lado e começou a mexer a sopa com a colher.
"Eu mesma já provei. Tá uma delícia. Tenho certeza que você vai adorar. Aqui, tome."
Ela pegou uma colher, soprou delicadamente, e colocou em sua boca, como se estivesse dando comida para uma criança. Samanta engoliu o líquido grosso, quente, e uma onda de prazer que se iniciava ali, em suas papilas gustativas, se espalhou por todo seu corpo.

4

Enquanto Nêgo Ju cutucava sua ferida numa espécie de transe, sentindo-se cansado demais para ajudar, Samuel construía um defumador. Primeiro, usou alguns galhos para fazer uma espécie de pirâmide sobre a fogueira, amarrando suas hastes com tiras dos intestinos que Nêgo Ju havia limpado e deixado secar. No centro da pirâmide, prendeu uma base em formato triangular e sobrepôs vários galhos menores para formar uma grade e, sobre ela, estendeu as tiras de carne azuladas e as cobriu com os galhos e as folhas menos secas que conseguiu encontrar. A seguir, cobriu o topo da pirâmide com um dos cobertores, e o cobertor com a lona da barraca, de modo que a fumaça não se espalhasse. Quando terminou, afastou-se admirando o resultado do seu trabalho.

"Ficou uma merda", disse Nêgo Ju ao seu lado. O rosto coberto de suor.

"Uma merda que vai funcionar."

"Isso se não pegar fogo na porra toda."

"É o melhor que dá pra fazer com o que temos", respondeu Samuel.

Ele olhou para Bia, como se buscasse sua aprovação. Ela os observava do chão, em silêncio.

Nêgo Ju se levantou e cambaleou apoiado na parede até a parte de fora da caverna, olhou em volta, voltou-se para Samuel e disse:

"Agora é melhor você ir pegar água."

Samuel levou a mão ao peito, indignado.

"Eu? Por que eu? Eu acabei de fazer o defumador!"

"E eu matei e desossei aqueles arrombados, porra! Isso pra não falar na quantidade de merda que eu tirei daquelas tripas!"

Samuel abriu a boca para contestar, mas não falou nada. Seu amigo parecia mais nervoso que o normal. Olhou para Bia.

"Tá olhando o quê, puta?", perguntou.

Ela desviou os olhos para o chão, sem responder.

Samuel resmungou alguma coisa e começou a juntar os cantis.

"O que você vai fazer enquanto pego água?"

"Vigiar a piranha", disse Nêgo Ju, voltando a sentar.

"Além disso?"

Nêgo Ju fez um gesto impaciente.

"Isso é problema meu, porra. Se eu quiser meter nela de novo, qual o problema?"

"Não é sobre isso que eu tô falando", ele olhou para Bia mais uma vez, desconfiado. "Apenas tome cuidado. Não gosto do jeito que ela olha pra gente."

Samuel parecia hesitante, mas não falou mais nada. Em vez disso seguiu para o rio resmungando mais palavras inaudíveis.

Quando ficaram a sós, Nêgo Ju puxou o canivete e começou a cutucar a ferida com a ponta da lâmina. A ferida estava horrível, e ele tinha a impressão de que estava começando a feder. Talvez fosse psicológico, pensou, verificando as bordas roxas e inchadas do corte, o pus. Aquela merda estava mesmo feia. Ele já vira acontecer inúmeras vezes: uma bosta de ferida começava a feder e ia apodrecendo o cara inteiro por dentro. Alguns dias depois você simplesmente estava morto. Mortinho da silva.

"Precisa limpar e fechar isso", disse Bia, em tom neutro.

Nêgo Ju olhou para ela com uma expressão desconfiada.

"Ninguém te perguntou nada, puta", disse.

Ela ficou calada. Ele voltou a cutucar a ferida, afastando as bordas amareladas com um gemido baixinho. Depois de um tempo observando, ela disse:

"Se me soltar eu posso fazer isso pra você. Tem... material de primeiros socorros na minha mochila. E agulha. E linha. Posso limpar e costurar pra você."

Nêgo Ju deu uma gargalhada.

"E você acha que eu vou deixar você fazer isso? Você acha que eu sou burro?"

Bia não respondeu. Ficaram um longo tempo em silêncio enquanto ele voltava a cutucar a ferida. Parecia preocupado.

"Quantos anos você tem, garota?", perguntou de repente. "Você pode até ter nascido ontem, porra", ele apontou a lâmina do canivete para ela, depois apontou pra si. "Mas eu não. Eu tenho idade suficiente para saber das coisas".

Ele se levantou.

"É por isso que estamos comendo teus amigos e não o contrário."

Ele foi até as mochilas e as observou.

"Qual é a sua?"

"Verde", disse ela. "Verde com preto."

Ele a localizou, abriu e a virou de cabeça para baixo, espalhando tudo no chão.

"O que posso usar pra limpar essa merda?", perguntou.

Bia murmurou.

"A garrafinha azul."

Ele pegou a garrafinha azul do tamanho de um punho, chacoalhou, abriu a tampa e, sem pestanejar, despejou todo o líquido sobre as feridas abertas. Em seguida a encarou por menos de dois segundos antes de começar a gritar.

"Caralho, caralho, CARALHO-FILHA-DA-PUTA!"

Nêgo Ju desferiu vários socos no ar, deu uns pulos giratórios e depois, como se recobrasse alguma consciência, se ajoelhou e começou a jogar areia em cima das feridas. Ainda gritando "Caralho, caralho, aaaaahh!", ele rolou no chão, estapeou o corpo, esmurrou a parede da caverna, e depois sentou gemendo e se contorcendo. Todo o seu corpo estava encharcado de suor. Tudo isso acontecera enquanto Bia o observava friamente, sem piscar.

"O que tem nessa merda, caralho?", perguntou, a voz trêmula e gritante, quase chorosa. Todo o seu corpo tremia. "O que tem nessa merda?! Caralho! Tomar no cu!"

A pele por onde o líquido escorrera parecia enrugar e amarelar.

"O que tem nessa merda? Fala, porra!"

"Ácido sulfúrico", respondeu Bia, com neutralidade.

Nêgo Ju a encarou com olhos homicidas. Sua pele queimava desesperadamente.

"O que tá acontecendo aqui?", perguntou Samuel, segurando os cantis com água e olhando de um para o outro com atenção.

"A puta me fodeu", disse Nêgo Ju com a voz chorosa, ridícula num homem daquele tamanho. "Água. Me dá essa porra. Me dá, porra."

Samuel jogou um cantil pra ele. Ele o destampou e derramou sobre a pele, fazendo com que saísse uma fumacinha dela. Seus olhos estavam cheio de lágrimas e sua boca tremia.

"Outro, me dá outro."

"O que você tá faz..."

"ME DÁ OUTRO, PORRA!"

Samuel se aproximou dele e entregou outro cantil.

"Você que vai encher essas merdas ago..."

Só então ele percebeu a pele de Nêgo Ju, e o cheiro.

"Que porra é essa?"

Ele olhou para Bia, olhou para toda aquela bagunça no chão, olhou para Nêgo Ju tremendo e quase chorando, e começou a rir descontroladamente.

"FILHO DA PUTA BURRO!"

Samuel riu até perder o fôlego. Riu tanto que seu abdômen chegou a doer. Quando parou, lágrimas saltavam de seus olhos. Nêgo Ju o observava em silêncio.

"Caralho, tu é muito burro!"

Nêgo Ju se levantou, ainda tremendo.

"Eu vou pro rio", disse, com um tom que Samuel nunca vira em sua voz: um tom choroso.

Saiu sem olhar pra trás. Samuel apanhou a garrafinha azul.

"O que tá escrito aqui?", perguntou.

Bia deu de ombros.

"Não sei", mentiu.

"Como não sabe?"

"O único de nós que sabia ler era o João", mentiu novamente.

"Mas o que tinha aqui dentro?"

"Ácido", disse.

Samuel recomeçou a rir.

"E ele jogou na ferida?"

"Sim."

"Caralho, como é burro!"

Nêgo Ju tirou a calça e afundou até o pescoço na água gelada e turva do rio. Fechou os olhos, sentindo a água correr através de seu corpo, sua respiração lentamente voltando ao ritmo normal.

Aquela piranha desgraçada vai se arrepender pro resto da vida, pensou.

Seu corpo ainda tremia, mas a pele já não queimava tanto. Quando ele voltasse, ah, quando ele voltasse. Ela iria ver só uma coisa. Ela nunca mais iria induzir ninguém ao erro. Aquelas queimaduras iriam parecer uma punhetinha perto do que ele iria fazer com ela.

Você vai ver, puta manipuladora. Quando eu voltar, você vai ver.

Imaginou o que ela teria feito se ele a tivesse soltado e lhe deixado cuidar do machucado. Provavelmente teria jogado em seus olhos.

Cobra traiçoeira desgraçada, você tá muito fodida. Muito, muito fodida. Puta que pariu, como você tá fodida.

Não iria matá-la. Não *podia* matá-la. Uma mulher viva era algo raro e valioso para se ter por perto. Não apenas por causa da bucetinha, mas porque servia de moeda de troca, caso fossem emboscados por algum grupo de caminheiros armados. Além disso, no último dos últimos casos, ela era comida, certo?

Certo.

Matar antecipadamente, portanto, estava fora de questão.

Com o corpo dormente por causa da água gelada, ele se levantou e saiu do rio, analisando a pele. O local atingido pelo ácido agora estava esticado, com uma aparência lisa e amarelada. As extremidades do corte haviam se enrugado e ele, agora, parecia menor, quase fechado, apesar de feio e inchado. Ele vestiu a roupa devagar, as pernas meio bambas e voltou lentamente para a caverna. Deu de cara com Samuel revirando as fatias de carne no defumador, e a piranha traiçoeira sentada no mesmo lugar. Encarando-o com atenção.

"Samuel", disse Nêgo Ju sombriamente. "Abre a boca da piranha."

Samuel pareceu não ter entendido.

"Quê?"

"Abre a boca da piranha, porra!"

Samuel olhou para Bia, depois olhou pra ele.

"Por quê?"

"Eu vou arrancar a língua dessa mizera", disse ele, pegando sua faca de caça e se dirigindo para a Bia. "Abre a boca dela, porra!"

Bia ouviu o que ele disse e mordeu o lábio inferior. Estava tensa, com medo, mas ele reagira exatamente como ela havia previsto. Ela queria que ele a matasse. Seu plano ia dar certo.

Samuel hesitou.

"Arrancar a língua dela? E como ela vai chupar nossas picas?"

Nêgo Ju sustentou o olhar, como se olhasse para alguém sem qualquer vestígio de inteligência.

"Você teria coragem de enfiar o pau na boca dessa piranha?"

"Mas e se ela morrer?!"

"Ela não vai morrer."

"Mas E SE ela morrer, Nêgo? Hã? E SE? Ela é uma mulher, caralho!"

"Ela não vai morrer, porra! Vamos fazer um curativo. Porra! Caralho!"

Samuel ficou em silêncio. Contrariado, porém vencido. Nêgo Ju já havia decidido, e nesses casos não havia nada que ele pudesse fazer. Entre eles, era um consenso tácito de que, na dúvida, prevalecia a vontade do mais forte, e este era Nêgo Ju. Indiscutivelmente.

"Tudo bem", disse. "Mas vamos limpar a faca, e eu vou fazer o curativo."

Bia observava tudo atentamente e pela primeira vez teve medo de que seu plano falhasse. Se eles estavam tão decididos a não deixá-la morrer, ela talvez não tivesse tanta facilidade para fazer com que eles a matassem. Era a coisa que ela mais desejava naquele momento, dentre todas as coisas que o universo poderia lhe oferecer, Bia queria que eles a matassem.

Samuel pediu a faca e a segurou sobre o fogo, virando a lâmina de um lado para o outro. Quando achou que ela estava quente o suficiente, disse, olhando para Bia:

"Se você não colaborar, podemos errar o corte e arrancar o seu nariz. Ou cortar a sua mandíbula."

Nêgo Ju se posicionou por trás dela e a segurou com firmeza, uma mão em seu pescoço, a outra em sua testa. Apertou de leve os dedos em pinça no seu pescoço.

"Abra a boca e estique a língua, puta", disse.

O corpo inteiro de Bia tremia. Ela tentou dar cabeçadas para trás, mas as mãos dele a seguravam com tanta firmeza que sua cabeça quase não se moveu.

"A língua pra fora, porra. Agora."

Bia tentou travar a mandíbula, mas ele a segurou com força e apertou, puxando para baixo. Suas mãos pareciam feitas de ferro.

"Eu consigo quebrar sua mandíbula como se fosse um graveto. É isso o que você quer? Por que se você não abrir a porra da sua boca é exatamente o que vou fazer."

Samuel voltou a esquentar a lâmina.

"Podemos arrancar uma orelha dela", disse, observando a lâmina com atenção. "Dá menos trabalho."

"Eu quero a língua", disse Nêgo Ju. "A língua. Foi a língua dela que me fodeu, não a orelha."

Bia começou a ter convulsões de nervosismo.

"A língua ou vou quebrar sua mandíbula", insistiu Nêgo Ju. "E você vai ficar sem língua depois! E com a mandíbula quebrada."

Bia estendeu a língua hesitante, o corpo inteiro tremendo. Nêgo Ju pinçou a ponta da língua com o indicador e o polegar da mão direita, prendendo-a com firmeza, e disse para Samuel.

"Agora. Rápido."

Samuel se aproximou e deslizou a lâmina quente pela língua de Bia em um único golpe. O braço de Nêgo Ju, que a puxava com tanta força, voou na direção oposta, soltando o pedaço da língua, que deslizou no chão da caverna, sujando de terra, enquanto Bia gritava e tossia engasgada no próprio sangue. Nêgo Ju a curvou para frente para desengasgá-la.

"Espero que esse tecido esteja limpo", disse Samuel, puxando umas das tiras de pano que Bia guardava na mochila para quando estivesse menstruada e rasgando-a em dois pedaços menores. "Abra a boca, gatinha."

Bia já não ouvia nada do que eles diziam, sua boca pendia frouxa, amolecida, o sangue escorrendo por seu queixo. Samuel abriu sua boca delicadamente e enfiou um chumaço de pano.

"Pra ajudar a estancar", disse.

5

Garoto observava o céu em silêncio. Os últimos dias haviam sido, ao menos para ele, uma aventura interminável. Nunca havia se distanciado tanto do Palácio, não imaginava que um dia teria oportunidade de ver algumas das coisas sobre as quais só tinha ouvido falar, coisas que só pertenciam a Antes, mesmo que algumas delas não passassem de ruínas. Ao seu lado, Dona Maria mastigava umas bolinhas escuras.

"Licuri?", perguntou ela, estendendo um pote de plástico cheio daquelas coisas.

Garoto olhou aqueles caroços murchos e deu de ombros.

"Não estou com fome".

Dona Maria sorriu com desdém.

"Você não sabe o que é fome, menino. Nasceu na era de ouro. Houve uma época em que as pessoas estavam em vias de comer os próprios membros apenas para aguentar mais um dia."

Garoto assentiu com indiferença.

"É, eu sei, eu sei. Já ouvi falar disso."

Certificou-se que a pistola continuava no coldre e voltou a olhar pro céu. Queria ter ido na cabine, com Velho, mas na hora de dividirem os grupos Camargo havia dito que nas cabines iriam apenas os motoristas. Garoto não entendia certas orientações do seu líder, mas achava que ele devia saber o que estava fazendo.

"Eu estou mastigando praticamente desde que saímos", disse Dona Maria. "Quando fico nervosa me dá vontade de comer. O que é uma merda em tempos de escassez e nervosismo excessivo."

Garoto olhou pra ela novamente.

Velha chata do caralho, pensou. Ela agora provavelmente estava a fim de *conversar*. E quando a velha abria a boca pra *conversar*, falava pra caralho com qualquer um que tivesse o azar de estar por perto. Se estivessem em outro lugar, ele simplesmente cairia fora e a deixaria falando sozinha. Mas era impossível fazer isso estando ali, na caçamba de uma picape em movimento.

"Eu não tenho mais energia pra essas coisas", continuou Dona Maria. "Achei que ia morrer no Palácio e agora começamos tudo de novo."

Garoto lamentou não ter algo pra beber.

"Tudo de novo", repetiu Dona Maria.

Garoto olhou para as outras picapes. Na da frente, viu Camargo e César sentados nas laterais da caçamba, cada um segurando uma carabina, aparentemente em silêncio; na de trás, viu Dirley dirigindo e, na caçamba, o retardado do Cabeça, também segurando uma carabina. Olhava em volta com sua característica estupidez. Garoto achava que era mais inteligente e melhor de tiro do que Cabeça. Era ele quem deveria estar naquela caçamba sozinho com uma carabina.

Mas lamentava bem mais não estar na picape da frente, com Camargo e César.

Por que diabos sempre me colocam perto da velha?, pensou. Era algo que ele já havia percebido antes. Camargo sempre o jogava para perto da velha, talvez por achar que ambos eram inúteis e só precisavam de proteção. Que não podiam, jamais, estar na linha de frente, atacando, nem na de trás, dando guarda. Isso talvez fosse verdade em relação à velha, mas não era verdade em relação a ele.

Ele era um homem agora.

Era por causa dele que todos estavam vivos, afinal.

Dele.

Ele segurou o cabo da pistola mais uma vez.

"Você ainda não tinha nascido", disse Dona Maria, e os ouvidos do garoto subitamente ficaram atentos. Ele tinha um fascínio e uma curiosidade excessiva pelas coisas de Antes. "Mas já passamos por tudo isso. Não me entenda mal. Eu sou grata ao Camargo e ao pai dele por tudo o que fizeram por mim. Por *nós*. Eu sou. Mas estou cansada, rapaz, muito cansada."

Ela enfiou um punhado de licuris na boca.

"Às vezes penso se não seria melhor me matar", declarou com a boca cheia.

Garoto pensou em pegar a arma em seu coldre e entregar pra ela. Dizer: Aí, velha, pode se matar. Qualquer coisa pra você calar a porra da sua matraca.

Mas ao invés disso, falou:

"Se matar pra quê?"

Dona Maria continuou mastigando. Garoto achava que ela lhe devia uma explicação, e como ela não deu, ele mesmo o fez.

"Se matar pra quê? Pra virar churrasco? Dá pra mim não, Dona Maria. Eu quero é ver o mundo, ficar mais forte..."

Dona Maria riu e ele achou que havia algum vestígio de desprezo em seu riso.

"Talvez Antes tivesse algo pra ver. Não hoje, rapaz. Não. O mundo é isso aí, ó..."

Ela estendeu a mão, apontando em volta. Garoto seguiu a direção que ela apontava com os olhos, observando os prédios abandonados ou em ruínas, alguns cobertos de areia, ossadas aqui e ali, largadas como se fossem pedras. Lixo.

"O mundo", continuou ela, "é uma ruína, e não vai durar muito mais. Está morrendo. Você precisava ter visto as coisas como eram Antes."

Ela o encarou com olhos lacrimejantes e sorriu com tristeza.

"Nós provavelmente somos os últimos humanos do planeta", disse.

Garoto olhou para a picape atrás deles, pensativo. Cabeça cutucava o nariz distraidamente, parando de vez em quando para observar o que quer que tivesse guinchado das narinas, e jogá-las longe com um peteleco.

"Camargo diz que há outros. Velho também acha isso."

"Ah, sim. Deve haver alguns tantos gatos pingados por aí, mas eu tava falando deles também. Estava me referindo a todos nós, os vivos."

Garoto pensou a respeito.

"Meu filho costumava dizer que o planeta havia entrado em um estado crescente e incontrolável de entropia que inevitavelmente resultaria em colapso. E que isso ficaria cada vez mais óbvio quanto mais perto estivéssemos do fim."

Garoto não entendeu nada, mas ficou surpreso ao saber que dona Maria tinha um filho.

"E cadê ele?"

"Meu filho?", ela sorriu. "Ele teve sorte. Morreu logo no início."

Ela voltou a apontar para as ruínas em volta.

"Mas adoraria saber o que ele teria a dizer sobre isso."

Ficaram um tempo calados. A picape balançando sobre o asfalto rachado e cheio de buracos. Após algumas horas, entraram por uma rodovia cercada por um deserto. A terra em volta estava seca, cinzenta, quase preta e se estendia por quilômetros à frente deles. No céu ao longe, fuligens dançavam no ar, caíam sobre o asfalto.

"Tudo isso aqui costumava ser uma floresta", disse Dona Maria.

Garoto ficou olhando para aquele deserto, pensativo. Era difícil imaginar que já havia tido alguma coisa diferente de areia naquele lugar.

"O que aconteceu?"

Ele já havia feito aquela pergunta muitas vezes a várias pessoas, e nunca lhe davam a mesma resposta.

"Deus deve ter se cansado de nós."

"O que é isso?"

"Deus?", ela pegou mais alguns coquinhos e enfiou na boca. "Às vezes eu esqueço que você nasceu num mundo onde ninguém mais fala dele..."

"É como se fosse o Camargo?"

Dona Maria sorriu.

"Mais ou menos. Deus era como chamavam o criador de todas as coisas. Diziam que ele havia criado tudo que existe, e que nós tínhamos que amá-lo, e que seríamos recompensadas por isso."

"Com dinheiro?", perguntou Garoto.

"Você não sabe o que é deus, mas sabe o que é dinheiro?", perguntou ela, surpresa.

Ele estendeu a mão e pegou um punhado de coquinhos.

"Velho me explicou sobre dinheiro outro dia", disse, enfiando alguns coquinhos na boca. "Então esse deus aí dava dinheiro pras pessoas?"

Dona Maria não pôde deixar de soltar uma gargalhada.

"Algo assim", disse ela. "Algo assim, rapaz."

"E onde ele está agora, o deus?"

Dona Maria parou de rir.

"No mesmo lugar em que sempre esteve, eu acho. Antes, quando alguém queria provar a existência de deus, costumava dizer: Olhe só as criancinhas..."

Ela olhou para Garoto com cautela.

"Mas onde estão as criancinhas agora, não é mesmo? Eu seria capaz de jurar que você foi a última. E tem sorte de ter sobrevivido."

Voltaram a ficar em silêncio. Garoto teve então uma ideia. Não custava nada tentar.

"A senhora sabe quem são meus pais?"

Dona Maria meneou a cabeça, depois acrescentou.

"Rodrigo é o seu pai. Ele criou você."

Garoto gargalhou.

"É estranho ouvir alguém chamando ele assim."

"Não consigo chamá-lo de Velho, e ele deve ter a mesma idade que eu. Deveriam me chamar de velha também."

Mas eu já chamo, pensou Garoto, segurando o riso. A seguir, disse:

"Mas eu tava falando dos meus pais de verdade."

Ela voltou a menear a cabeça.

"Não é assunto meu, você sabe."

"A senhora não acha que tenho o direito de saber?"

"Acho. Mas eu não tenho o direito de contar."

O velho papo furado de sempre, pensou Garoto. Todo mundo o mandava falar com Velho, e quando ele ia o velho falava que ainda não era a hora de conversar sobre isso. Ele decidiu que tentaria de novo naquela noite, assim que parassem para acampar. Ele já estava de saco cheio e já era mais que hora de saber. Afinal ele não era mais um garoto desde que ganhara sua própria arma, independente do que o velho pensasse sobre isso.

"Fale com ele", repetiu Dona Maria. "Talvez seja um bom momento."

6

Ela acordou com uma voz cantarolando ao seu lado. Viu que era a mesma mulher que ajudara a mudar a posição de sua cama e pigarreou.

"Água", disse, mas a mulher não respondeu. Continuou cantarolando, depois saiu e sumiu por um bom tempo. Quando voltou, trazia outra mulher consigo. Era uma mulher negra, alta, com um corpo forte e uma postura ereta, cheia de segurança e autoridade. Samanta achava que a reconhecia de algum lugar, quando de repente lembrou.

Foi ela, pensou. *Foi ela na floresta. Com as flechas.*

(*Você está salva agora, mana.*)

Samanta se inclinou para observá-la melhor. A mulher trazia uma faca presa à cintura, se vestia como um homem e havia uma cicatriz hipertrófica em seu pescoço. Ela sinalizou para que a outra as deixasse a sós.

"Bom dia, mana", disse, sentando-se na cadeira ao seu lado.

"Cadê meu marido?", perguntou Samanta.

Ela se sentia melhor que na véspera, graças provavelmente à sopa. A doutora Anita tinha razão, aquela sopa a reergueu. A mulher ignorou a pergunta.

"Bom dia, mana", repetiu. "Espero que a sopa tenha sido do seu agrado."

Sua voz era firme, fria, quase sem nuances. Assim como seu rosto.

"Meu marido. Quero vê-lo."

"Meu nome é Diana", disse a mulher. "Eu sou a líder aqui. O seu é..."

"Samanta", disse ela. "Quero ver meu marido. E meu filho. Cadê meu marido e meu filho?"

Diana a encarava com indiferença.

"Samanta. É um nome incomum. Nunca conheci nenhuma Samanta."

"Por favor, eu preciso ver meu marido. Meu filho. O que vocês fizeram com..."

"Nós somos trinta e uma aqui. Trinta e duas agora, com você."

"Quê? Não, eu só quero que vocês nos deixem ir embora. A doutora. A doutora Anita disse que ele tá vivo!"

Diana permanecia com uma expressão absurdamente neutra e, sem alterá-la, disse:

"Somos uma comunidade de mulheres. Só aceitamos mulheres aqui. Nós as resgatamos e as trazemos pra cá, onde as alimentamos, protegemos e ensinamos a se proteger. Nós chamamos nossa pequena comunidade de Atenas."

Samanta tentava encaixar toda aquela quantidade de informações em sua cabeça.

"Resgatar? Eu não estava sequestrada. O Pedro é meu marido. Ele estava me protegendo. Ele..."

"Protegendo?", pela primeira vez Diana sorriu, e com desdém. "Pelo visto o seu macho não era muito bom nisso."

Samanta calou de repente. Conseguiu identificar a primeira alteração na voz dela. Ódio. Ela havia pronunciado a palavra "macho" com verdadeiro ódio.

"Mana, você precisa entender algumas coisas antes de começar a participar ativamente de nossa pequena comunidade."

"Quê? Mas eu não quero entrar pra comunidade de vocês... eu não quero nada disso."

"A primeira coisa é que os machos são nossos inimigos. Sem exceção. Não podemos confiar em nenhum deles. Nenhum. Isso, é óbvio, inclui o seu."

Samanta a interrompeu.

"Olha... é, Diana, eu entendo. Juro que entendo. Mas o Pedro é uma boa pe..."

"Cale-se. Diana fala."

Aquilo a pegou de surpresa. Por um momento, Samanta questionou sua própria sanidade. Sua boca ficou paralisada, aberta com o "pe" se derretendo numa perplexidade muda. Jurava ter ouvido Diana falar de si mesma na terceira pessoa.

"A segunda é que em nossa comunidade somos todas irmãs, e cuidamos umas das outras. Aqui só tem porta da entrada, mana. A única porta de saída é a morte, exceção que confirma a regra."

Diana voltara a usar um tom neutro.

"A terceira é que você pode escolher como vai participar de nossa comunidade: pelo amor ou pela dor, como diziam os antigos. Todas aqui temos funções, e todas já matamos um macho com nossas próprias mãos. Caso não tenha feito isso ainda, você terá sua vez quando estiver pronta."

Samanta estava começando a se sentir tonta novamente. Queria que Diana fosse embora. Que aquela conversa se interrompesse ali mesmo.

"A quarta é que apenas crianças do sexo feminino são permitidas aqui. O que nos leva à quinta."

A tontura se aprofundou. Samanta teve a sensação de que algo em sua cabeça havia saído ligeiramente do lugar. Um zumbido começou a se pronunciar em seu ouvido direito.

"A quinta é que nós fizemos o seu parto, e infelizmente o que havia em seu ventre era um macho."

A boca de Samanta parecia ter perdido os músculos que a mantinham sustentada.

"A sexta é que nesses casos nós matamos o macho."

As inflexões em sua voz eram absolutamente invariáveis, mas Diana fez uma breve pausa e então continuou:

"A sétima é que jamais desperdiçamos comida em nossa comunidade."

Uma ânsia de vômito começou a se pronunciar em sua garganta. Diana percebeu.

"A oitava é que desperdício inclui vômito e que se você vomitar, mana, nós recolheremos tudo numa cumbuca, cada gota, e você terá que comer tudo de novo."

Tudo no quarto começou a rodar.

"A nona é que a única coisa que dá pra fazer com um bebê quando temos tantas irmãs para alimentar é sopa. E ainda precisamos de... *complementos*."

Ela fez uma ênfase na palavra complementos que não passou despercebida a Samanta.

"A décima e última coisa, mana, é que você vai ver o seu macho apenas mais duas vezes. A primeira, agora. E a segunda, antes de sair do quartinho."

Samanta sentia que estava prestes a desmaiar, mas algo ainda a segurava ali, agarrada à consciência. O vômito jorrou de sua garganta, amargo, espumoso, marrom, sujando todo o curativo que cobria seu tórax. Diana continuava imperturbável.

"Tragam o macho", gritou ela.

Duas mulheres entraram empurrando um homem pelado. Ele andava com insegurança, dando pequenos passos desorientados, a cabeça metade tremendo, metade se movendo em direções aleatórias. Samanta não o reconheceu.

"Aí está o seu macho", disse Diana. "Olhe bem para ele. Você só o verá mais uma vez."

"Pedro?", perguntou Samanta, lágrimas descendo pelo rosto ao encontro do vômito que secava em seu queixo, o gosto azedo na boca. "Pedro?"

A cabeça dele continuava movendo em direções aleatórias. Sua boca semiaberta soltava alguns "ah" com tom interrogativo e quase inaudíveis. Seus olhos estavam cheios do que parecia ser algodão, ou gaze; pedaços brancos de tecido.

"Ele não pode escutar", disse Diana. "Nem ver. Nem responder."

Samanta percebeu que no lugar onde deveria estar o seu pênis, havia apenas um tufo crescido de cabelos.

"A doutora Anita cuidou bem dele. A cicatrização está indo muito bem."

Samanta conseguiu murmurar:

"O que, o que vocês fi-fizeram com ele?"

A voz de Diana não se alterou.

"O que fazemos quando trazemos um macho para Atenas. Nós tiramos tudo o que os torna perigosos: sua capacidade de enxergar, falar, ouvir, aquela coisa repugnante que eles carregam entre as pernas. Tudo acaba virando *complemento*", ela sorriu, satisfeita. "Depois de ajustados, eles acabam ficando dóceis e submissos. Nunca nenhum fugiu daqui."

Havia certa vaidade na forma como ela falava.

"Quer dizer, teve um que nós mesmas libertamos há alguns dias porque estava apodrecendo vivo e eu achei que aquele era um destino melhor que a morte para um macho. Adoro ver machos sofrendo. Mas acho que ele não conta."

Ela sorriu.

"No momento, temos onze aqui. Mas já chegamos a ter quinze. É o nosso recorde."

Diana apontou para uma das mulheres.

"Mana, leve ele de volta. Peça pra Carminha vir aqui recolher esse vômito. Diga pra ela trazer uma cumbuca e uma colher."

Ela se levantou.

"E chame a doutora também."

Samanta já não conseguia controlar o choro. Lágrimas caíam por sua face em torrentes.

"Você ainda vai me agradecer, mana", disse Diana. "Eu não tenho pressa. Tenho trinta irmãs aqui que me provam isso todos os dias. Você só precisa de um tempo. A maioria precisa, e eu entendo. O que eles fazem conosco lá fora, o que eles sempre fizeram desde tempos antigos, é nos escravizar de todas as formas possíveis. E é difícil quebrar essas correntes, mana. São correntes imaginárias, é claro, como numa história que minha mãe contava quando eu era criança. Ela dizia que a maioria de nós permanecia escravizada graças não às correntes reais, mas às correntes imaginárias. As reais, dizia ela, eram mais fáceis de romper. As imaginárias, se você não tomar cuidado, podem te escravizar por toda a vida. Mas minha mãe me ensinou a quebrar correntes, mana, e eu não só quebrei minhas próprias correntes como me tornei uma quebradora das correntes alheias. Você verá. Nunca falhei. Eu não falho. É por isso que sou a líder desse lugar. E é por isso que Diana libertará todas as irmãs que encontrar pelo caminho. Essa é a minha missão, mana. Você não será exceção."

A mesma mulher que antes estava cantarolando entrou trazendo uma cumbuca de plástico e uma colher. A doutora Anita Vogler vinha logo atrás.

"Doutora", disse Diana, "quanto tempo até ela poder ir para o quartinho?"

A médica olhou para Samanta com tranquilidade.

"Preciso retirar as faixas e ver como está a cicatrização. Provavelmente daqui uns dois dias, três no máximo."

7

"Eu odeio o frio", comentou César.

Camargo não respondeu. Continuou segurando a carabina com as mãos firmes, os olhos atentos à estrada. César também segurava uma, mas o fazia frouxamente.

"Esfriou pra caralho. Se aqui tá assim, imagina São Paulo."

Fazia quase oito horas desde a última parada, e havia esfriado bastante desde que deixaram Brasília para trás. Camargo observou o céu vermelho escuro e as fuligens com apreensão. Sabia o que aquilo significava. Para piorar, em pouco tempo iria escurecer, o que exigia encontrarem um bom lugar para acampar o mais rápido possível. Camargo se levantou, deu dois socos na cabine, e sinalizou para a picape de trás erguendo a carabina. Amanda freou.

"Que porra é essa?", perguntou César, ficando em pé.

As outras picapes pararam. Velho desceu e veio até eles.

"Tem uma queimada à frente", disse Camargo.

"Por que os batedores não voltaram para avisar?", perguntou Velho.

Camargo deu de ombros e um silêncio apreensivo se espalhou entre eles.

"Pegamos um desvio?", perguntou Velho.

Camargo esfregou a testa.

"Não podemos atravessar uma queimada. Estamos cheios de gaso..."

"Eu sei, Velho."

Os mais próximos a Camargo ficaram em silêncio, aguardando as orientações. Os demais já haviam descido e se posicionavam em volta deles. Camargo olhava em volta, pensativo.

Que se foda, pensou. Em seguida, aumentou o tom de voz para que todos ouvissem:

"Vamos nos afastar da estrada e acamparemos naquele descampado", ele apontou para um dos lados da estrada. "Ainda temos algumas horas antes de escurecer. Vamos."

"E os batedores?", perguntou Velho, chamando-o à parte.

"Se não voltarem até terminarmos de montar o acampamento, farei o sinal."

Velho empalideceu.

"Você acha mesmo uma boa ideia?"

"Não. Mas o Mago é o nosso principal mecânico. Ele vale o risco."

Eles voltaram para os carros e saíram da rodovia, afastando-se apenas o suficiente para não a perderem de vista. Estacionaram os carros em um semicírculo e começaram a montar as barracas.

"Sem fogueira essa noite", disse Camargo. "Não temos lenha e, mesmo que tivéssemos, esse lugar é muito aberto. Se quiserem se aquecer, bebam uísque."

Depois que terminaram de montar as barracas, Garoto se aproximou de Velho e disse:

"Quero falar com você."

"Agora? Estou cansado, dirigi o dia inteiro."

"Tem que ser agora."

Velho pegou uma tira de carne seca e borrachuda dentro de um recipiente de plástico, enfiou na boca e começou a mascar.

"Diga."

Garoto olhou em volta. Camargo estava dando alguma orientação a um dos gêmeos e Amanda. Dona Maria continuava mastigando alguma coisa, enrolada numa manta e olhando pra eles de longe. Cabeça e César dividiam meia garrafa de uísque.

"Aqui não. Vamos até aquelas pedras lá."

Velho olhou, analisando a distância, e assentiu. Assobiou para Camargo e sinalizou que ia até a pedra.

"Eu acho que já tá na hora de saber sobre meus pais", disse Garoto, tão logo chegaram. "Já sou um homem. Já tenho minha própria arma."

Velho se sentou na pedra, com uma expressão fechada.

"E você acha que ter sua própria arma é o que faz de você um homem?"

"Se não é isso é o quê?"

"Em outros tempos eu daria outra resposta, mas nos dias de hoje você só se torna um homem depois que mata outro homem."

"Nunca apareceu ninguém pra eu matar", justificou-se Garoto. "Quando aparecer eu mato."

Velho sorriu.

"Sei que sim."

"Velho, por favor. Eu preciso saber."

Velho o analisou atentamente. Sabia que chegaria uma hora que não daria mais pra escapar, mas não esperava que fosse tão cedo, nem naquele contexto de desterro, acampados no meio do nada.

"Você quer mesmo saber, certo? Só fique ciente de que não é uma história bonita."

Garoto deu de ombros.

"E isso existe, histórias bonitas?"

"É, eu acho que não. Não mais."

Ele tirou um dos seus cigarros enrolados e o cheirou.

"Preciso acender isso aqui."

Velho desenroscou uma espécie de palito metálico do cabo de seu canivete e o esfregou na lâmina, fazendo fogo. Deu um trago pensativo e disse:

"Bom, eu não sei precisar quanto tempo faz. Como você sabe, isso é confuso pra todo mundo. Mas fazia pouco tempo que tínhamos tomado o Palácio. Nós o tomamos de um grupo de caminheiros, acho que já te contei essa história. Três deles fugiram e Camargo e eu os caçamos por um bom tempo, mas nunca conseguimos encontrá-los". Ele fez uma pausa, pensativo. "Quer dizer, encontramos um deles depois, com a cabeça esmagada, mas os outros dois já tinham ido embora. Isso faz muito tempo."

Velho soltou uma baforada.

"Mas estou tergiversando, Garoto. Na minha idade precisamos de um ponto de partida para contar qualquer história. O caso é que éramos um grupo maior do que somos agora. Maior e mais... complexo, digamos assim. Depois que tomamos o Palácio, Camargo estabeleceu que, para nossa própria segurança, deveríamos limpar todo o perímetro em volta, em todos os sentidos, como se fosse um círculo imaginário de cem quilômetros", ele deu uma risada. "Demorou anos pra conseguirmos limpar tudo, mas isso nos garantiu conforto e segurança por todo esse tempo."

"Limpar? O que é isso?"

Velho respirou fundo.

"Limpar, Garoto, é a operação que fazemos para assegurar que não há ninguém vivo se escondendo na área. Se tiver alguém, matamos. E também serve pra pegarmos tudo o que ainda dá pra aproveitar. Foi assim que conseguimos muitas das nossas coisas. Não as armas, as armas são outra história. Mas comida, por exemplo, e até mesmo roupas e todas aquelas garrafas de uísque."

Garoto fez um "ah" e esqueceu de fechar a boca. Velho continuou.

"Durante muito tempo não encontramos ninguém vivo no perímetro que ele havia estabelecido, exceto, bom, exceto duas pessoas. Camargo tinha o hábito de fazer as incursões dele sozinho e numa delas acabou encontrando um sujeito e entrando em luta corporal com ele. Foi o sujeito que lhe deu aquela cicatriz em forma de C."

"E o que aconteceu com ele?"

Velho deu uns tapinhas na barriga. Garoto sorriu.

"Ótimo. Ninguém fode com o Camargo."

"Esse foi o vivo número um."

Garoto achava que sabia onde ele queria chegar.

"O vivo número dois foi você, Garoto. Um bebê. Largado numa lata de lixo e todo coberto de baratas. Mais um pouco teria sido comido vivo por ratazanas ou qualquer coisa do tipo."

Os olhos de Velho ficaram úmidos. Garoto olhava para o chão.

"Fui eu que encontrei você. E Ayana. Você provavelmente não deve se lembrar dela."

Garoto permaneceu em silêncio.

"Ayana era, como dizer, uma pessoa com a qual eu me importava bastante. Ela era de outro país. Uma ilha que não existe mais. Veio para o Brasil como refugiada porque tinha essa guerra civil estúpida lá."

Garoto percebeu que recordar aquela mulher era doloroso para o velho.

"Ayana era uma mulher forte, e já havia passado por muita coisa."

Ele ficou em silêncio por um longo tempo, fumando, pensativo, como se tivesse esquecido que tinha alguém ali.

"Coitada", disse por fim, meneando a cabeça. "Estávamos em dupla, avançando a limpeza do perímetro leste quando ela ouviu seu choro. Pensamos, naturalmente, que havia uma família ali, então empunhamos nossas armas e seguimos naquela direção. Mas não havia ninguém, não havia nada. Só uma velha lata de lixo. Com lixo, e você dentro dela. Foi sorte sua não ter sido comido, sorte encontrarmos você."

Velho o observou. Garoto permanecia olhando para o chão.

"Você precisa entender que naquela época ter uma criança recém-nascida por perto era praticamente uma sentença de morte. Havia grupos de caminheiros, caçadores especializados em encontrar pessoas mais vulneráveis. Eles as encontravam, matavam e comiam. Estupravam as mulheres, às vezes as escravizavam. Um bebê muitas vezes era uma espécie de sinalizador para esses grupos, era como se dissessem: Venham, tem alguém aqui!"

"E o que eles faziam com os bebês?", perguntou Garoto. Sua voz estava firme, e Velho gostou que estivesse assim.

"Comiam também. Seus pais tiveram que ter muita coragem para te abandonar. Não deve ter sido uma decisão fácil. Eles poderiam ter te matado, mas optaram por não fazer isso. É possível que fossem pessoas de Antes."

Garoto meneou a cabeça.

"Dava no mesmo."

"Não. Não dava não. Se tivessem te matado, você não estaria aqui agora, Garoto."

Garoto se levantou, deu alguns passos à frente e apanhou uma pedra. Ficou passando ela de uma mão para outra.

"A ideia era deixar você lá. Era o que eu queria. Não achava que Camargo, ou o grupo, fosse aprovar a presença de uma criança. Além disso, pensei que talvez Camargo decidisse que você nada mais era que um lanche, e seu destino estaria selado. A coisa me incomodava, você sabe, incomoda mais a quem viveu no mundo como era antes. Foi Ayana quem bateu o pé e disse: Nem pensar, nem fodendo vamos deixar ele aqui. Vamos levá-lo."

"Eu disse que aquilo era loucura, que não podíamos ter um bebê no Palácio, mas ela foi implacável. Se é assim, disse ela, é melhor deixarmos o Camargo decidir. Ele é o líder."

"Levamos você para o Palácio e tivemos talvez a maior discussão de que consigo lembrar. Ninguém queria que você ficasse, exceto eu, Maria e Ayana. Alguns achavam que devíamos matar você, outros que devíamos comê-lo, apesar de não terem coragem para expor esse pensamento. Já naquela época Camargo dividia o mundo entre amigos e comida, e uma criança não parecia ter capacidade para se enquadrar em nada disso."

"E o que ele fez?", perguntou Garoto.

Velho sorriu.

"Ele disse que éramos um grupo forte, e isso nos dava o direito de arriscar ter uma criança por perto. Que aceitaria que você ficasse, desde que nós dois, Ayana e eu, nos comprometêssemos a cuidar de você. Ele também disse que não queria nenhuma criança enchendo o saco quando ele estivesse lendo. Nós aceitamos."

O velho se levantou.

"Ayana morreu em um acidente na antiga fábrica de baterias. Você era muito novo quando aconteceu, mas já conseguia falar o nome dela."

Garoto o encarou.

"Às vezes eu sonho com uma mulher de pele escura me dizendo que vai ficar tudo bem."

"Era ela. Ela me pediu para cuidar de você pouco antes de morrer. Me fez prometer que cuidaria."

"Por que vocês nunca me deram um nome?"

Velho deu um peteleco no resto do cigarro, atirando-o pra longe.

"Ninguém achou que você fosse sobreviver por muito tempo. Não te dar um nome foi uma forma de nos blindarmos emocionalmente, caso acontecesse alguma coisa. As pessoas do grupo se referiam a você como o garoto, o garoto, o garoto. Acabou pegando."

Velho virou as costas e começou a andar.

"Preciso descansar. Você sabe de tudo agora."

Garoto não respondeu.

8

Nêgo Ju estava tremendo de febre.

Ele percebeu isso com horror, sabendo bem o que significava. Abriu os olhos no meio da noite, trêmulo, e procurou a ferida com a ponta dos dedos. Tocou-a delicadamente, sentindo sua textura endurecida com preocupação. Sua respiração estava esquisita, o coração acelerado. As coisas à sua volta tinham adquirido um aspecto esquisito, como se estivessem desconectadas da realidade. Era uma sensação parecida com a de quando ele ficava muito bêbado, tão bêbado que as coisas pareciam irreais, como num sonho. À sua frente, Bia permanecia deitada, mãos e pernas amarradas, a cabeça virada de lado, numa posição desconfortável. O sangue havia secado em seu queixo e seu tórax, e seus olhos estavam abertos numa expressão de choque.

Samuel dormia usando as mochilas como travesseiro. Roncava.

Nêgo Ju voltou a olhar para Bia, aqueles olhos parados e sem brilho. Será que ela havia morrido?

Ele tentou chamar Samuel, mas nenhum som saiu de sua garganta. O ronco dele parecia entrar por seus ouvidos e ecoar dentro de sua cabeça.

Sentiu algumas sombras farfalhando e voando sobre eles, como se estivessem dentro do teto da caverna.

Asinhas, pensou. *Essa caverna tá cheia de asinhas!*

Seus dentes começaram a ranger. Estava com frio.

Muito frio.

Em sua mente, achou ter pedido um cobertor. E alguém sentado ao seu lado sorriu.

Quem é você?, perguntou mentalmente.

Não me reconhece? Nem faz tanto tempo assim...

Era o desgraçado que lhe fizera aquele corte.

Você me fodeu, porra.

É, eu fodi sim. Sabia que eu vivia esfregando o meu pau cheio de pregos enferrujados na merda? Merda e qualquer outro tipo de porcaria que encontrasse pelo caminho. Pois é. Você se fodeu, negão.

"Eu vou te matar, seu filho da puta", murmurou Nêgo Ju confusamente. *Vou te matar de novo.*

A voz ao seu lado riu.

Todo mundo tem seus truques, negão. E você se fodeu.

Nêgo Ju se sentou, o corpo inteiro molhado de suor, os olhos revirando nas órbitas, o coração e a respiração acelerados. Seu braço se moveu fazendo um arco no ar, como se espantasse uma mosca invisível. Seu coração nunca estivera tão acelerado, ele pelo menos não se lembrava disso. Fazendo um esforço imenso, tentou levantar, mas caiu sentado de novo.

Que porra é essa? Será que me drogaram?, pensou. *Foi ela, foi a puta. Ela me drogou.*

De repente uma voz ecoou pela caverna. Uma voz feminina.

Julianooooooo!

Ele reconheceu imediatamente a voz de sua mãe.

Eu vou te esfolar vivo se você não sair daí agooooora.

"Mãe? Já vou, mãe. Já vou."

Julianooooooo!

"Já vou, mãe."

Ele tentou se levantar de novo, mas dessa vez sequer conseguiu erguer o corpo.

Nós somos cheios de pequenos truques, negão.

Vou dormir. Vou dormir. Amanhã vou estar melhor. Eu só preciso descansar, eu só preciso

Eu disse que ia chegar tua vez, Nêgo, disse outra voz.

Quê? Quê? Quem é?

Ah, se esforça aí. Você vai lembrar.

E ele lembrou. Sim. Num estalo repentino:

(*A única coisa que me consola é que um dia vai ser a sua vez, Nêgo. A sua e a desse outro mizera.*)

Era a voz de Bidia.

"Bidia?", ele murmurou. "Porra, Bidia."

Quanto tempo fazia? Parecia um século. Eles haviam matado Bidia. E Bidia era parte do trio. Bidia era amigo.

"Porra, Bidia..."

Mas a voz de Bidia já não falou mais nada.

9

Os batedores voltaram horas depois que eles montaram o acampamento. Arrastavam um sujeito magro e trêmulo preso com uma corda de nylon e o atiraram aos pés de Camargo, que mastigava um pedaço de carne seca sentado na mesma pedra onde, horas antes, Velho e Garoto haviam conversado. Amanda estava com ele. O sujeito caiu com um baque surdo, gemendo de dor. Seu corpo estava nu e cheio de feridas purulentas. Algumas larvas fervilhavam numa abertura onde antes havia uma orelha, e um caroço do tamanho de uma manga saltava em seu pescoço, tão pesado que a cabeça do homem ficava virada de lado. O homem se contorcia. Camargo percebeu que o pênis dele havia sido arrancado e fez uma careta bem-humorada.

"Foi por isso que não recuaram para avisar das queimadas?", perguntou Camargo.

Eles se desculparam, falaram que estavam justamente recuando quando avistaram o sujeito andando no meio da pista, totalmente desorientado.

"Ele parecia enlouquecido", disse Mago. "Não falava nada, só gritava. E não dava pra trazer ele na moto. Não desse jeito..."

"Tivemos que prender o infeliz e escoltá-lo até aqui", completou Dirceu. Camargo deu uma gargalhada.

"E vocês acharam que dava pra comer isso? Não viram que os vermes chegaram primeiro?"

Mago fez uma expressão de cansaço.

"Talvez ele tivesse alguma informação sobre a região, sei lá."

Amanda se levantou, puxou a faca e abriu a boca do homem com a ponta da lâmina.

"A língua dele foi arrancada", disse ela, encarando Mago e Dirceu com um sorriso no canto dos lábios. "Acho que ele não é de falar muito."

"Tirem essa sujeira daqui", disse Camargo. "Está estragando o meu apetite.

Dirceu e Mago levantaram o sujeito.

"Ele está ardendo em febre", comentou Mago.

"Matem ele ali do outro lado da rodovia", disse Camargo. "Não aqui. E usem a faca, não gastem munição com essa merda".

Eles estavam se retirando quando Camargo os chamou de volta.

"Outra coisa, quando avistarem a porra de uma queimada, a prioridade é recuar pra nos avisar. Foda-se se vocês encontraram um morto-vivo no meio da estrada. De agora em diante, vocês vão viajar colado nas picapes. Agora vão. Quando terminarem, abasteçam as motos e descansem um pouco. Sairemos dentro de algumas horas."

Um pouco arrependidos pela cagada, os dois foram arrastando o moribundo.

"O que você acha?", perguntou Amanda assim que eles saíram.

Camargo cortou um pedaço de sua carne seca e deu pra ela. Ela a enfiou na boca.

"Um fugitivo", disse ele. "Só isso. Não devem ter achado que valia a pena correr atrás dele."

"Qual será sua história?"

Camargo mordeu mais um naco de carne.

"Deve ser mesma de quase todo mundo que se fode no final: em algum momento baixou a guarda, cometeu um erro, deu mole, esse tipo de coisa."

Amanda concordou em silêncio.

"Isso me leva a questionar o porquê de ainda insistirmos nisso, sabe? Na vida. Talvez os que já morreram é que estejam em melhores condições no final das contas."

Camargo enfiou a unha entre os dentes pra tirar um fiapo de carne e cuspiu.

"Não sei qual é o seu caso, mas eu gosto de uísque", disse, espreguiçando-se. "E infelizmente a vida, até onde sei, é o único lugar onde dá pra conseguir um bom uísque."

"Por enquanto..."

"É, por enquanto. Daqui a pouco tudo vai ficar insustentável."

"E o que você pretende fazer quando acabar o uísque?"

Ele deu de ombros.

"Vou tentar a cachaça. Ainda deve ter cachaça por aí."

Amanda sorriu e se encolheu em seus braços. Nunca deixava de se surpreender com o tamanho dele quando fazia isso. Sua mão procurou o seu pau por cima da calça e o apertou.

"Acha que podemos?"

Camargo olhou para as picapes e o acampamento.

"Por que não?"

Amanda baixou a calça e virou de costas. Camargo abriu o zíper e se encaixou por trás dela.

"Adoro esse cuzinho macio", disse, começando a mexer o quadril.

Dentro de uma das barracas, Garoto pensava.

É foda.

O velho dormia pesado ao seu lado, roncando.

É, acho que é isso. Não tem outro jeito.

Levantou-se com cautela, saiu da barraca, prendeu a mochila nas costas e calçou as botas. Enfiou o coldre com a pistola na calça, e prendeu a faca e a máscara no cinto. Olhou em volta sem ver ninguém, depois olhou mais uma vez pro velho. Ele continuava roncando.

Talvez todos estejam dormindo, pensou.

Em seguida acrescentou:

Não, não estão. Camargo não deixa a noite sem ninguém de vigília.

Ele andou sorrateiramente pelas barracas, procurando. Viu Camargo e Amanda na pedra, um pouco afastados, ela de costas pra ele, movendo-se devagar. Não dava para ver o que estavam fazendo, talvez apenas se aquecendo naquele frio do diabo.

Se eles estão ali...

Ele tinha ouvido quando os batedores chegaram. Se tinha uma coisa que aquelas motos não eram, essa coisa era silenciosas.

Seus olhos as encontraram por trás de uma das picapes.

Ele havia planejado fugir a pé, sozinho, mas seria muito mais fácil se...

É isso.

Ele olhou em volta mais uma vez, certificando-se de que não havia ninguém por perto, aproximou-se das motos. Uma delas estava com a chave, a outra, não. Ele pegou a que tinha chave, subiu o descanso e saiu empurrando o mais rápido que pôde. Tinha certeza de que, se parasse ou olhasse para trás, ouviria Camargo chamando: Ei, Garoto, que porra você pensa que está fazendo?

Seu corpo gelou, mas ele respirou fundo e continuou andando rápido, empurrando a moto, segurando-a com firmeza. A escuridão da noite e o fato de não terem feito fogueira ajudava.

Quando já havia se distanciado o bastante, olhou pra trás e não conseguiu mais enxergar o acampamento. Respirou fundo, subiu o capuz de sua jaqueta, montou na moto, deu partida e foi embora.

Espero que eles não venham atrás de mim, pensou, disposto a nunca mais ser encontrado.

Pouco depois de ter ligado a moto, um tiro ecoou na noite, mas Garoto nem chegou a ouvi-lo.

Dirceu e Mago haviam levado o sujeito até o outro lado da rodovia, conforme Camargo ordenara. Ficaram um tempo discutindo quem iria segurá-lo para que o outro cortasse sua garganta, até que Mago cedeu.

"Beleza, dessa vez eu seguro. Mas o próximo é meu."

Mago deitou aquele corpo podre e febril no chão e o segurou. Dirceu o degolou devagar enquanto ele gorgolejava e convulsionava, o sangue saindo em torrentes pelo corte em seu pescoço, que ia de um lado ao outro, atravessando o caroço do tamanho de uma manga que saltava do lado esquerdo.

"Caralho, Di, isso tudo era um ninho de vermes!", disse Mago, rindo. "Meu irmão, que merda do caralho!"

A carne dentro do pescoço do sujeito, na região do caroço, estava carcomida, purulenta e esverdeada. Os dois contemplaram com fascínio as larvas se contorcendo sobre o corte, alguns até deslizando pelas beiradas e surfando no sangue.

"Eu realmente ia preferir que alguém me matasse se chegasse a esse ponto", disse Mago. Ia acrescentar mais alguma coisa quando um pipoco explodiu bem à sua frente e ele se levantou de um salto.

Dirceu segurava o revólver apontando pro morto. Um filete de fumaça saía do cano.

"Caralho, filha da puta, tu quase me atingiu! Tá maluco? Não ouviu Camargo, porra?"

Dirceu olhava fascinado para o furo na cabeça do morto.

"Faz tempo que não atiro em ninguém", disse. "Precisava saber se minha arma ainda tá funcionando."

"Ah, vai se foder", respondeu Mago.

Eles caminharam de volta, devagar. Quando chegaram ao acampamento, acenaram para Camargo e Amanda de longe. O plano era tentar explicar o tiro, mas, ao perceberem que eles estavam transando, mudaram de ideia. Pegaram um galão numa das picapes e seguiram conversando e rindo para as motos quando viram, com verdadeiro terror, que uma delas havia sumido.

"Cadê a porra da moto?", perguntou Mago, arregalando os olhos.

"Sei lá, porra... caralho. Será que alguém pegou?"

"É óbvio que alguém pegou, caralho."

"Tô falando algum de nós..."

"Melhor avisar o chefe", disse Mago, sem esperar resposta e se dirigindo pra lá.

Dirceu apressou o passo para ficar ao seu lado.

"Estamos fodidos."

"Não temos culpa", disse, "quem tava na vigília eram eles dois."

Quando se aproximaram, Camargo e Amanda já haviam terminado. Conversavam animadamente. Camargo estava abrindo a boca para perguntar que porra de tiro tinha sido aquele quando Mago se adiantou.

"Chefe, uma das motos sumiu."

Um meio sorriso morreu nos lábios dele.

"Quê?"

"Uma das motos. Sumiu", repetiu Mago. "Matamos o cara, voltamos e fomos abastecer e uma das motos tinha sumido."

"Taqueopariu".

Camargo tirou o revólver do coldre e sinalizou para que todos fizessem o mesmo e o seguissem.

Foram até onde ficavam as motos. Camargo olhou por um instante, analisando o rastro do pneu no chão, e das botas ao lado.

"Filho da puta", disse Camargo.

"Quem foi, chefe?"

"Acordem o velho", disse Camargo, guardando o revólver. "Melhor. Acordem todo mundo. Reunião. Aqui. Agora."

Eles fizeram o que ele mandou.

Quando voltaram, todos estavam armados e com uma expressão confusa.

Camargo falou a todos, mas olhando pro Velho:

"O Garoto fugiu. Pegou uma das motos, arrastou ela em silêncio naquela direção e caiu fora."

"Quê?", perguntou Velho, confuso.

Camargo acariciou a testa. *Filho da puta*, pensou.

"Ele cometeu uma burrice do tamanho do meu pau", disse, "mas isso não altera em nada os nossos planos. Seguiremos viagem assim que clarear. Ele que se foda."

"Eu posso ir atrás dele", propôs Mago. "Ele não deve estar muito longe..."

"Não", disse Camargo. "Ele tomou uma decisão. Pior que isso, nos roubou. Está fora do grupo."

"Ele não tem muita gasolina", comentou Dirceu, "deve dar pra mais uns trinta quilômetros forçando muito. Poderíamos ir atrás pra pegar a moto de volta."

Camargo considerou.

"A moto, não o Garoto", esclareceu Dirceu, procurando apoio do Mago.

"Eu acho uma boa ideia, chefe", disse Mago. "Não vamos ter condições de restaurar outra moto tão cedo. Levou anos pra restaurar aquela, e ainda tem as peças e..."

Camargo o interrompeu.

"Tudo bem. A moto, não o Garoto."

Camargo olhou para o velho.

"Sinto muito, Velho."

"Ele que se foda", respondeu Velho. "Ele nos deve a vida e retribui assim? Que se foda!"

Camargo percebeu a mágoa e o tremor em sua voz, mas fez de conta que não tinha percebido nada.

"Vão agora", disse para Mago e Dirceu. "Vai amanhecer em algumas horas. Vamos esperar vocês voltarem antes de desmontarmos o acampamento, mas não enrolem. E não me cheguem aqui sem as duas motos. Trinta quilômetros, você disse, não deve demorar muito. Abasteçam essa daí, e levem um galão de dez pra abastecer a outra. Voltem rápido. E que se foda o Garoto. Certo, Velho?"

O velho desviou os olhos.

"Que se foda", disse.

"Pronto, agora vou dormir por umas duas horas. César e Cabeça, a próxima vigília é com vocês. Os demais, podem voltar a dormir."

Eles assentiram.

Ele apoiou a mão no ombro do velho e disse:

"Vai dormir, Velho. Amanhã vai ser um dia tão longo quanto hoje."

Velho respirou fundo e obedeceu. Ao se deitarem na barraca, Amanda encostou a cabeça em seu peito e disse:

"A culpa foi nossa".

"Eu sei", respondeu ele. "Demos mole."

10

Garoto seguiu em direção às queimadas certo de que, se pretendessem segui-lo, mudariam de ideia assim que descobrissem o caminho que ele tomou. Não sabia se a gasolina seria suficiente para chegar muito longe, mas já estava decidido a largar a moto e seguir a pé assim que ela tossisse. Não tinha um plano, não escolhera um destino. Ele não sabia muita coisa do país em que nascera — durante toda a sua vida o entorno do Palácio e o DF foram o seu único mundo —, mas, apesar disso, já havia juntado algumas partes do quebra-cabeças que lhe chegara de modo fragmentado, ao longo dos anos. Por exemplo, sabia que era um país imenso, sabia que os outros sobreviventes, se houvessem, em sua maior parte tinham se embrenhado no interior do país, com medo das inundações que se seguiram ao Marco Zero, sabia que as florestas, mesmo com o risco de incêndio por conta de qualquer faísca, eram em geral mais seguras que os campos ou até mesmo as cidades, salvo poucas exceções. E sabia que em direção ao sul as coisas estavam todas congeladas. Velho havia dito certa vez que depois do Marco Zero a temperatura do planeta tinha ficado maluca e imprevisível e que houve um congelamento súbito na região sul do país, e um esfriamento considerável em todo o resto. Piorava na região costeira, segundo conseguia lembrar.

Garoto viu a queimada se aproximando do seu campo de visão, iluminando de laranja aquela noite absurda, soltando faíscas para todos os lados. Era muito fogo. Tanto que mesmo àquela distância já conseguia sentir o calor aumentando.

"Merda", murmurou Garoto, diminuindo a velocidade e parando a moto.

Faíscas dançavam no ar, galhos e folhas secas crepitavam, a fumaça e o calor turvavam o horizonte. Às vezes alguma árvore caía, fazendo com que mais faíscas voassem por todos os lados. Chegava a ser bonito, hipnotizante. Por alguns segundos Garoto esqueceu do que fazia ali e ficou apenas admirando as chamas.

As florestas estão secas, havia dito o velho em certa ocasião. *Jamais faça fogueira dentro de uma floresta ou vai incendiar a porra toda. Se precisar, procure uma gruta ou algo que o valha.*

Lembrava bem das lições que recebera sobre o mundo de Antes, e sobre "a vida lá fora" por causa do fascínio que esses assuntos lhe causavam, mas ninguém havia dito que um incêndio pudesse ser tão bonito. Seus olhos começaram a arder e lacrimejar. Ele abriu a bolsa, retirou a máscara de gás — *Obrigado, Camargo!* — e a prendeu bem à cabeça. Subiu o capuz do seu casaco e voltou a ligar a moto.

Velocidade máxima. Sem hesitar, pensou, reavivando a moto e acelerando.

"Velocidade máxima. Sem hesitar."

E seguiu pela pista que atravessava a floresta em chamas a toda velocidade. Seu coração estava acelerado com a adrenalina, mas ele gostava daquela sensação. Nunca havia sentido nada parecido. Com a visibilidade comprometida, pilotou o mais próximo possível do centro da pista, com receio de que algum pedaço de tronco pudesse derrubá-lo. A extensão do incêndio parecia não ter fim. Torcendo para a gasolina não acabar, ele acelerou mais e mais, com a consciência de que se a moto porventura batesse em alguma coisa, ele seria arremessado como um projétil de arma de fogo, e sua história acabaria ali mesmo.

Essa merda não termina nunca, pensou, temendo que a gasolina acabasse antes do fim das queimadas e sem conseguir enxergar direito. Faíscas e fuligens voavam em todas as direções, ele teve a sensação de que uma árvore caiu ali perto, em algum lugar daquele fogo. Não poderia imaginar que o barulho das árvores crepitando e até mesmo estourando de vez em quando seria tão alto. Mesmo o calor insuportável estava além dos limites de sua imaginação.

Vamos, vamos... acaba, porra!

A moto roncava a toda velocidade. Ele conseguiu ver um tronco em chamas e explodindo faíscas rolando em direção à pista a tempo de se desviar, e quase perdeu o equilíbrio. Finalmente, avistou a parte cinzenta da floresta que o fogo ainda não conseguira alcançar.

"PUTA QUE PARIU! HAHA!"

Gritou de felicidade, saindo pouco depois dos limites daquele inferno. Continuou pilotando por mais alguns minutos, agora cercado por uma floresta de árvores cinzentas e ressequidas, visitada por uma ou outra árvore mais amarelada. Se tivesse um parâmetro para compará-las com as coisas como eram antes, diria que toda aquela vegetação parecia morta e atrofiada, mas como não tinha, chegou a achá-las inacreditavelmente saudáveis comparada à parte que estava em chamas.

Quando sentiu que estava distante o suficiente, parou a moto e olhou para trás. O coração ainda acelerado, as pernas ainda trêmulas.

"É isso!", gritou, "é isso, porra!"

Estava feliz, satisfeito consigo, com a sensação de que tomara a decisão correta. Repetia para si mesmo que veria o mundo, que exploraria aquela ruína e que se tornaria um homem forte. Mas a verdade pura e simples é que ele ainda não sabia o que buscava. Voltou a dar partida na moto e seguiu mais devagar por vários quilômetros. Quando ela começou a perder velocidade, parou. Ele ainda insistiu mais um pouco, lamentando não poder contar com ela para ir aonde quer que quisesse ir, e em seguida a largou ali mesmo, deitada no meio da pista.

Ainda sem fazer a menor ideia de para onde ia, simplesmente segurou as alças da mochila e seguiu em frente, admirando o sol vermelho que começava a nascer no horizonte à frente.

Essa merda não termina nunca, pensou, temendo que a gasolina acabasse antes do fim das queimadas e sem conseguir enxergar direito. Faíscas e fuligens voavam em todas as direções, ele teve a sensação de que uma árvore caiu ali perto, em algum lugar daquele fogo. Não poderia imaginar que o barulho das árvores crepitando e até mesmo estourando de vez em quando seria tão alto. Mesmo o calor insuportável estava além dos limites de sua imaginação.

Vamos, vamos... acaba, porra!

A moto roncava a toda velocidade. Ele conseguiu ver um tronco em chamas e explodindo faíscas rolando em direção à pista a tempo de se desviar, e quase perdeu o equilíbrio. Finalmente, avistou a parte cinzenta da floresta que o fogo ainda não conseguira alcançar.

"PUTA QUE PARIU! HAHA!"

Gritou de felicidade, saindo pouco depois dos limites daquele inferno. Continuou pilotando por mais alguns minutos, agora cercado por uma floresta de árvores cinzentas e ressequidas, visitada por uma ou outra árvore mais amarelada. Se tivesse um parâmetro para compará-las com as coisas como eram antes, diria que toda aquela vegetação parecia morta e atrofiada, mas como não tinha, chegou a achá-las inacreditavelmente saudáveis comparada à parte que estava em chamas.

Quando sentiu que estava distante o suficiente, parou a moto e olhou para trás. O coração ainda acelerado, as pernas ainda trêmulas.

"É isso!", gritou, "é isso, porra!"

Estava feliz, satisfeito consigo, com a sensação de que tomara a decisão correta. Repetia para si mesmo que veria o mundo, que exploraria aquela ruína e que se tornaria um homem forte. Mas a verdade pura e simples é que ele ainda não sabia o que buscava. Voltou a dar partida na moto e seguiu mais devagar por vários quilômetros. Quando ela começou a perder velocidade, parou. Ele ainda insistiu mais um pouco, lamentando não poder contar com ela para ir aonde quer que quisesse ir, e em seguida a largou ali mesmo, deitada no meio da pista.

Ainda sem fazer a menor ideia de para onde ia, simplesmente segurou as alças da mochila e seguiu em frente, admirando o sol vermelho que começava a nascer no horizonte à frente.

11

Diana fazia a última sequência de abdominais do seu treino matinal em seu quarto quando doutora Anita se aproximou.

"Preciso falar com você", disse.

Diana continuou concentrada em seu exercício. Quando terminou a série, levantou-se e pegou um pano encardido que estava estendido ao seu lado. Começou a enxugar o suor com ele. Doutora Anita admirou em silêncio aquele corpo forte, bem definido, imaginando-o numa aula de anatomia e rindo do bizarro que era sua imaginação de vez em quando. Diana percebeu o riso.

"O que tem pra falar é engraçado, doutora?", perguntou, cruzando as mãos e alongando os braços sobre a cabeça.

"Só imaginei o seu corpo numa aula de anatomia. É um belo corpo."

"É um corpo forte", respondeu ela, indiferente. "Pouco importa a aparência que tem."

"Verdade."

"O que você quer comigo?"

"É sobre a novata. A cicatrização está excelente. Desde que se tome algum cuidado com os pontos, acho que ela está pronta para o quartinho."

Diana pegou um copo de água turva sobre uma mesinha e bebeu tudo de um único gole.

"Excelente notícia, doutora. Pode pedir pra Carminha encaminhar." Anita assentiu.

"Quem vai fazer a reconstrução?", perguntou.

"Eu mesma."

A doutora inclinou levemente a cabeça.

"Você? Faz muito tempo que..."

"Sim. Eu. Com ela não vai ser tão simples, doutora. Aquele macho cuidava dela. Ela tinha... *sentimentos* por ele. Provavelmente imaginava que continuariam juntos e felizes para sempre, e todas essas porcarias em que os machos tentam fazer você acreditar. E ainda tem a questão do feto."

A doutora riu.

"Já era um bebê, Diana."

"Era um feto, doutora. Um feto macho."

Diana assumiu uma expressão sombria.

"Não sei que peso a perda do feto pode ter sobre ela. Tem que ser eu."

"Entendo", respondeu a doutora, encostando-se na parede.

"Você acha que vai conseguir?"

"Sei que vou."

"E se não conseguir?"

"Eu sempre consigo, doutora. Sempre. Não tem nenhuma exceção aqui. Nunca vai ter."

"Eu sou exceção." Anita abriu um sorriso desafiador. Diana não alterou a expressão.

"Não, doutora. Você não é exceção. Você apenas tem alguns privilégios, que eu concedo, porque é a única aqui que sabe manusear um bisturi, e porque ainda cumpre bem o seu papel. Você não precisou passar pela reconstrução e até onde sei não precisa. Porque você entende o que estamos construindo aqui. Mas você também sabe que não é a única. A maioria das irmãs também não precisou. Elas só precisaram nascer mulher e viver mulher nesse mundo para compreender, em toda a sua integridade, o que fazemos aqui. A mana novata, ela... bem... digamos que ela só precisa de um pequeno ajuste. No momento ela deve nos culpar por causa do que fizemos com os seus machos, e nos odeia por isso, mas isso é fácil de consertar. Em poucas semanas você testemunhará o resultado."

Anita desviou os olhos.

"Sei que não gosta das reconstruções", disse Diana. "Você é de Antes. Tem uma percepção diferente das coisas. Mas algumas manas precisam disso. Não tem outro jeito."

Anita não respondeu. Contraiu os lábios e baixou a cabeça, concordando calada com essa última afirmação.

"Agora me dá licença", disse ela, "as irmãs estão me esperando para o treino com arco. Avisa a Carminha para encaminhar a novata pro quartinho. Diz que eu vou visitá-la depois do treino."

Doutora Anita confirmou com a cabeça e se retirou. Diana apanhou o arco com a aljava de couro cheia de flechas e se dirigiu para a parte externa do casarão, onde o grupo de mulheres a aguardava.

12.

Dirceu e Mago seguiram o rastro de Garoto até o trecho em que avistaram as queimadas.

"Fodeu", disse Mago.

"Você acha que ele se enfiou aí dentro?"

"Não tem outro caminho, tem?"

"Atravessar aí é pedir pra morrer", Dirceu disse. "Mas eu também não quero deixar o Camargo mais puto do que ele já tá. Já basta termos perdido a moto."

"A gente não perdeu nada. Era o Camargo e a Amanda que tavam na vigília. Eles preferiram meter, deu no que deu."

Dirceu o olhou com reservas.

"Tá, mas o que vamos fazer?"

Mago pensou um pouco.

"Um de nós vai ter que entrar, o outro fica aqui esperando com o galão. Não dá pra levar o galão, sacou? É fogo na certa."

"E como caralhos vai ser isso, Mago? Como um de nós vai trazer duas motos ao mesmo tempo? Ficou maluco?"

Mago respirou fundo.

"Escuta. Eu vou, você fica aqui com o galão. Pega tua arma e fica aí vigiando essa merda. Você não vai saber fazer, sacou? Tem que ser eu. Eu tenho uma bomba manual aqui na bolsa, aquela de borracha, sabe qual é? Vou lá, acho a moto, transfiro um pouco de gasolina do tanque dessa pro tanque da outra, volto com a outra aqui e nós terminamos de encher o tanque. Daí seguimos juntos nela até onde deixei a outra e cada um volta numa. Sacou?"

"Caralho, Magão", disse Dirceu, "tu é um gênio! Caralho!"

Ele tentou cutucar Mago, mas Mago se afastou.

"Só espero que a gasolina não tenha acabado muito longe."

"Pelos meus cálculos pode até ter acabado antes do fim da queimada."

O Mago prendeu a máscara na cabeça e deu partida na moto.

Seguiu a toda velocidade, sem conseguir enxergar quase nada à sua frente, com receio de bater em qualquer coisa que o derrubasse no meio daquele inferno. O coração ainda palpitava adrenalina destilada quando chegou do outro lado sem nenhum dano. Alguns quilômetros à frente, encontrou a moto jogada no meio da pista.

"Moleque filho da puta", amaldiçoou Mago, parando ao lado da moto e baixando o descanso.

A seguir, ergueu a outra moto e usou a bombinha de borracha para transferir uma boa quantidade de gasolina de um tanque para o outro. Depois, montou nela e olhou novamente para as queimadas.

"E lá vamos nós de novo, puta merda."

Deu partida e seguiu. Quando chegou do outro lado, Dirceu o aguardava com uma grande cara de cu.

"Demora do caralho, Mago! Porra!"

O Mago parou ao lado dele e tirou a máscara.

"Quê?"

"Demora do caralho!"

"Ah, vai tomar no cu, porra."

Ele desligou a moto, e despejou o resto do galão no tanque.

"Põe a máscara."

Dirceu vestiu a máscara.

"Agora já era. Simbora. Montaí."

Dirceu montou na garupa e eles seguiram, mais uma vez pelo túnel de fumaça no qual aquele trecho da rodovia havia se transformado. Quando chegaram do outro lado, Dirceu montou na outra moto e eles fizeram o caminho de volta até o acampamento. Quando chegaram, o grupo parecia ter a mesma cara de cu expressada há pouco por Dirceu.

"Que maravilha", disse Camargo, ao ver as duas motos se aproximando. Estava terminando de beber uma garrafa de uísque. "Agora podemos seguir nosso caminho."

Em pouco tempo, desmontaram acampamento, recuaram alguns quilômetros e pegaram um desvio que, até onde conseguiam entender, passava longe da região das queimadas.

13

Samuel acordou, esticou-se e esfregou o rosto com preguiça. Seus olhos cruzaram com os de Nêgo Ju. Ele estava sentado e olhando pra frente, com a mesma cara de bobo que sustentava horas antes.

"Tá viajando, Nêgo?", perguntou, sorrindo.

Sem resposta, Samuel olhou na direção em que ele olhava e viu Bia deitada, os olhos semicerrados.

"Tá olhando o quê, Nêgo?", perguntou, levantando-se e esticando as costas com um gemido. "Responde, caralho."

Voltou a olhar para Nêgo Ju, agora mais intrigado. Ele não se movera nem mudara um único milímetro de sua expressão.

"Nêgo? Que porra é essa, irmão?"

Samuel se agachou à frente dele e balançou seu ombro. Sua pele estava gelada e pegajosa. Nêgo Ju deslizou devagar no sentido oposto.

"Nêgo? Caralho, Nêgo! Porra, Nêgo!"

Samuel o segurou com as duas mãos e o balançou. Seu corpo estava enrijecido.

Nêgo Ju estava morto.

"Não", gemeu Samuel, os olhos enchendo de lágrimas. "Não, porra!"

Começou a chorar, socando o peito ferido do morto, dando-lhe um tapa no rosto.

"Não, não não não não, porra!"

Ele se levantou indignado, chutando areia e girando como se estivesse indeciso sobre que direção tomar. Seu amigo. Morto. Morto de uma forma estúpida e repentina. Aquilo não podia estar acontecendo. Ajoelhou-se e gritou.

"PUTA QUE PARIIIIIIIU!"

O grito ecoou pela caverna. Ele não se importou. Pouco se fodia se dava pra ser ouvido da lua. Ainda chorando, olhou para Bia, lembrando de repente de sua existência. Ela continuava deitada na mesma posição, mas seus olhos estavam abertos agora, e o observavam com atenção. Samuel achava que havia uma nesga de satisfação neles e teve vontade de matá-la. Conseguiu conter o impulso no último instante.

"Sua piranha, tudo isso é culpa sua e daquele seu amigo. Vocês mataram o Nêgo. VOCÊS MATARAM O NÊGO, PORRA!"

E ele tinha razão, pensou Bia com a primeira faísca de alegria que sentia desde que aqueles desgraçados cruzaram o seu destino e o de seus amigos. Adriano continuava cuidando dela, mesmo depois de morto, e ela o agradeceu do fundo do coração por isso.

Obrigada, Adriano, pensou, e lágrimas silenciosas começaram a escorrer por seu rosto.

14

Seu coração pululava de felicidade genuína sempre que encontrava uma rodovia relativamente livre. Nesses momentos, ele apoiava o pé no skate com entusiasmo, dava impulsos generosos, e seguia reforçando-os à medida em que a velocidade aumentava até superar os seus próprios limites. Adorava a sensação de atravessar o vento gelado, ouvindo apenas o chiado das rodas no asfalto, sentindo o leve oscilar da prancha sobre os eixos. Era um dos poucos momentos de plenitude que vivenciava no dia a dia, e o fazia de forma tão imersiva que entrava numa espécie de catarse, em que esquecia até mesmo de que existia como uma entidade autônoma. Naqueles momentos, ele e o skate tornavam-se um só.

Às vezes precisava se desviar de carcaças de automóveis enferrujados largados pelo caminho, lixos de todo tipo, ossadas e galhos, árvores, e até animais assustados, embora isso fosse mais raro — e dependendo de como estivesse seu estômago e suas intenções, o animal em questão levava um belo tiro de estilingue e virava o almoço. Mas no geral as rodovias estavam livres o bastante para que ele pudesse viajar a uma velocidade agradável.

Era desse modo que ele deslizava tranquilamente em direção ao noroeste. Mantinha a algum tempo um estado de otimismo crescente, que começara quando se decidira por sair da Cidade dos Ratos, e se ampliara quando encontrou um rio enorme ao lado de uma rodovia, com água limpa o suficiente para que pudesse bebê-la em grandes quantidades. Havia uma fina camada de gelo sobre a superfície, mas ele a quebrou com o canivete, bebeu até ficar com a barriga dura, e encheu suas duas garrafinhas.

Apesar de não ter muito volume, o rio parecia ser grande, concluiu, e se caminhasse ao lado dele provavelmente água não seria um problema por um bom tempo. Era o que estava fazendo desde que saíra da Cidade dos Ratos, e o que pretendia continuar fazendo enquanto fosse possível. Às vezes, o rio começava a perder volume e ele achava que iria simplesmente sumir, mas nunca chegava a acontecer. Em alguns trechos, precisava descer do skate e ir andando, e esses trechos eram longos e cansativos. Quando encontrava lugares que pareciam ser trechos mais ou menos centrais de cidades, parava para olhar o mapa e descobrir onde estava, comparando a informação nas placas ou estabelecimentos com os nomes que via no mapa. Era exaustivo, às vezes levava horas para descobrir onde estava, e muitas vezes só o descobria graças a alguma ruína de estabelecimento cuja placa ou letreiro levava o nome do lugar.

Na medida em que seguia em direção ao interior, a vegetação se tornava mais densa, uma densidade disforme, moribunda, ressequida, com frutas precocemente murchas e amargas, atrofiadas em suas árvores. Era uma imagem triste, como se uma força invisível impedisse que as coisas se tornassem boas. Parecia uma maldição. Para comer, o que encontrava com mais frequência eram pequenos tubérculos arroxeados e rançosos, e houve uma noite em que ele conseguiu derrubar um morcego. Ele o estripou e cozinhou bem sua carne, depois comeu.

As cidades às margens do rio eram cada vez menores, cada vez mais arruinadas, abandonadas, ridículas.

E dias depois de iniciada a viagem, quando parou para ver onde estava, percebeu que se subisse em direção ao norte chegaria a uma cidade chamada São José do Rio Preto. Pelo menos era o que o mapa dizia. Se fosse mesmo o que parecia ser, naquela cidade ele encontraria algum lugar para passar a noite antes de continuar subindo.

15

Samuel não sabia o que fazer com o corpo de Nêgo Ju, mas acabou decidindo jogá-lo no rio. Não tinha certeza se a correnteza teria força suficiente para levá-lo, mas as outras opções eram deixá-lo na caverna e ir embora, ou deixá-lo largado em algum lugar da floresta. Ambas estavam fora de cogitação. A primeira porque ele não pretendia sair da caverna enquanto tivesse carne, água e buceta em abundância. A segunda porque o corpo de Nêgo Ju era pesado para um caralho, e ele não iria sair nem fodendo arrastando aquele galalau até o outro lado da floresta. O rio pelo menos estava perto e ficava ao final de uma descida, e se a correnteza fizesse sua parte arrastando-o para a puta que o pariu, bom, não contaminaria a água.

O único problema é deixar a piranha sozinha enquanto faço isso, pensou, analisando se ela estava em condições de aprontar alguma tentativa de fuga mesmo amarrada daquele jeito.

Ela não pode chegar muito longe, pensou, *não com as pernas amarradas. E se ela conseguisse se desamarrar? Sim, ela é uma piranha engenhosa, ela fez o Nêgo jogar ácido na própria ferida.*

"Bicho pesado do caralho", murmurou enquanto ajeitava o corpo do Nêgo Ju sobre um lençol que ele havia estirado no chão da caverna.

Tinha dúvidas se conseguiria arrastá-lo até o rio, mas não via outro jeito.

Ele limpou as mãos uma na outra e olhou para Bia. Ela estava deitada perto da parede, um filete de saliva rajado de sangue escorrendo de sua boca. Parecia em choque.

"Sabe, não dá pra confiar em você", disse ele.

Os olhos dela não se moveram.

"E isso aqui provavelmente vai demorar um tempo", ele apontou para o corpo com o queixo.

Os olhos dela giraram nas órbitas e olharam para ele.

"Fico me perguntando que tipo de merda você esconde aí nessa cabeça".

Ele se aproximou dela e a ergueu pelas axilas, posicionando-a sentada com as costas apoiadas na parede.

"E você realmente precisa de um banho", disse, olhando com nojo para o sangue escuro e seco em seu tórax. E acrescentou: "Sabia que as mulheres de Antes tiravam todo o pelo do corpo? Talvez você devesse fazer algum dia".

Ele se agachou, seus olhos procurando os dela.

"Como eu ia dizendo, não confio em você. E isso é um problema. Um graaaande problema."

Ele coçou a testa.

"Veja só: eu preciso levar o corpo do Nêgo até o rio. Vou jogar lá pra ver se a correnteza leva ele pra onde bem entender. Mas como você sabe bem, o Nêgo é um homem grande e eu sou um homem pequeno, o que me leva a crer que isso vai me gastar um puta tempo, e uma puta energia."

Bia percebeu que ele parecia impaciente, e que algo havia mudado em seus olhos.

"E a soma do tempo que vou levar mais a energia que vou perder pra fazer isso nos traz a você, gatinha. Isso mesmo: você. Nada me garante, nem mesmo essas cordas do caralho, que você vai ficar aí deitadinha bonitinha esperando eu voltar lindamente", ele respirou fundo, "então eu vou precisar fazer uma pequena cirurgia pra garantir que isso aconteça."

Os olhos de Bia desceram em direção à faca. Samuel acompanhou seu olhar com um sorriso.

"Não se preocupe. Vai doer menos que a língua. Prometo que vai ser rapidão."

Em seguida a arrastou e virou de bruços com violência, fazendo seu corpo levantar um pouco de poeira com o impacto. O corpo dela inteiro tremia.

"Ei, puta! Calminha. Não vai demorar. É só um cortezinho. Só um cortezinho."

Ela tentou lutar, dar cabeçadas para trás e até mesmo dobrar as pernas, mas com os pés amarrados e as mãos presas às costas não conseguiu impor muita resistência. Samuel sentou sobre suas panturrilhas para que as pernas esticassem, e puxou as cordas que prendiam seus tornozelos, para liberar a área. Em seguida, pegou a faca e cortou seus dois tendões de Aquiles, um após o outro. O corpo se contorceu e um grito grave, horroroso, uma sequência desesperada e estridente de "oah oah oah" saiu pela garganta e virou eco na caverna.

"Prontinho", disse ele. "Eu falei que ia ser rápido, não falei?"

Depois se levantou e pegou um pano para limpar a lâmina.

"Agora você vai ficar aí deitadinha enquanto eu faço o que eu preciso fazer."

Ele se dirigiu para a extremidade do lençol onde o corpo de Nêgo Ju estava deitado e segurou as pontas com firmeza. Bia ainda chorava de dor na mesma posição. Seus pés formigavam.

"Vou confessar uma coisa", ele disse, dando um puxão no lençol para testar a firmeza. "Eu fiquei com um tesão da porra enquanto fazia isso. Loucura, né? Pois é. Se eu não tivesse esse compromisso urgente com o Nêgo, ia te foder pra caralho. Mas não se preocupe, quando eu voltar você ainda vai estar aí, certo? Agora eu tenho certeza que sim."

E, com um imenso sorriso de satisfação, Samuel começou a puxar o corpo de Nêgo Ju para fora da caverna.

16

Samanta foi levada para um quarto escuro onde só havia um penico e nada mais. Estava nua, e Carminha havia retirado suas ataduras. No lugar onde antes estavam seus seios, um tórax seco, sem mamas e sem mamilos, apenas dois cortes horizontais costurados de cada lado. Um pouco acima do púbis, outro corte horizontal, também costurado, este um pouco maior.

Com andar inseguro e o corpo tremendo de frio, Samanta entrou no quartinho e deu voltas confusas em torno de si mesma. Ouviu Carminha dizer algo como:

"Adeus, irmã. Bom renascimento."

E a porta se fechou com um estrondo.

Horas mais tarde, a porta voltou a abrir. Diana entrou sozinha, trancando-a em seguida, e observando a prisioneira com curiosidade. Samanta também a observou e percebeu que ela estava desarmada.

"Ficou muito melhor assim, mana", Diana disse, apontando para os seus seios extirpados com um gesto da cabeça. "A doutora Anita é mesmo magnífica. Você precisava ter visto os milagres que ela já fez aqui em Atenas. É uma pena que não consiga fazer mastectomia nela mesma. Você deve ter reparado que ela é a única em Atenas com seios."

Diana sentou-se no chão, de frente para ela e estendeu a mão, sinalizando para que fizesse o mesmo.

"Hoje o nosso encontro será apenas uma conversa. Eu vou contar uma história e vou deixar você refletindo a respeito. A partir dos próximos dias, o que vai acontecer só vai depender de você. Meu palpite é que você estará pronta em três semanas no máximo, talvez um pouco menos."

Samanta a encarava com gravidade.

"Do que você está falando?"

"Não se preocupe com isso agora, mana. Amanhã você entenderá melhor. Tudo o que você precisa fazer hoje é ouvir. Preparada?"

Samanta não se moveu. Observava aquela mulher com todo o ódio que conseguia reunir. Por um momento pensou em partir pra cima dela, segurá-la pelo pescoço, mas tinha certeza de que seria destroçada em questão de segundos. Ela parecia ser uma mulher capaz de encher qualquer homem de porrada sem a menor dificuldade. Como se adivinhasse os pensamentos que passavam por sua cabeça, Diana sorriu com desdém e disse:

"A última pessoa que tentou foi um macho, mana, e ele tinha pelo menos três vezes o seu tamanho. Sabe onde ele está agora?"

Samanta apenas desviou os olhos.

"No mesmo lugar para onde levaremos os seus dejetos", ela apontou o penico no canto da parede com o queixo. "Eu não mataria uma irmã por qualquer besteira, mas você ficaria surpresa com as coisas que consigo fazer. Sou uma mulher criativa, mana. Num mundo perfeito, eu talvez me tornasse uma artista."

Samanta permanecia olhando para o chão. Diana cruzou as pernas em posição de lótus.

"Bom, vamos à história. E peço que não me interrompa. Se tiver algo a dizer, espere eu terminar. Certo? Vamos a ela."

Diana respirou fundo e continuou a falar.

"Era uma vez um grupo de caminheiros. O líder deles era um macho repugnante chamado Baleia. Você não deve saber disso, mas baleias eram uns animais marinhos enormes. Estão extintos agora, como a maior parte dos animais marinhos. Ele tinha esse apelido porque era gordo.

Você sabe o que é um gordo, mana? Já viu algum? Gordos são, como dizer, pessoas grandes. Penso que elas eram grandes porque comiam mais do que precisavam, mas segundo a doutora Anita, havia algo de errado com o metabolismo delas e seus corpos não processavam a comida direito. O caso é que ainda havia desses gordos naquela época. Com as pessoas morrendo como moscas em todas as esquinas, os primeiros anos depois do Marco Zero foram de abundância em se tratando de comida, tanto para os humanos, quanto para os animais que se alimentavam das podridões dos humanos. Mas Baleia não continuou gordo por muito tempo. Espera, estou tropeçando, me desculpe. Eu sou uma péssima contadora de histórias... Bom, o apelido era de Antes, porque ele era gordo Antes, e continuou gordo nos primeiros anos após o Marco Zero, mas quando virou líder de um grupo de caminheiros ele já havia emagrecido bastante, mas continuava sendo chamado de Baleia. Estou explicando a justificativa do apelido dele, porque muita gente não entendia, quando o encontrava, que um homem magro fosse chamado de Baleia... Bom, Baleia acabou se tornando líder de um grupo de caminheiros bastante violento e inescrupuloso. Naquela época, os grupos de caminheiros não eram tão violentos quanto se tornaram depois, a maior parte deles era mais ou menos organizada e se dedicava a encontrar comida, e não a caçá-las. Há uma diferença substancial aqui. Porque durante muitos anos... entenda, as mudanças entre o que o mundo era Antes e o que ele é hoje não aconteceram de uma hora pra outra. Nos primeiros anos, havia, sim, comida. O que não havia era gente. As pessoas morriam assim, pá!, de uma hora pra outra, morriam enquanto dormiam, morriam enquanto tomavam banho, morriam quando andavam na rua. Elas começavam a passar mal, ficavam meio aéreas, então perdiam as energias. Algumas sentavam pra descansar, achavam que pegavam no sono e simplesmente morriam. Outras se arrastavam até morrer. E isso foi só o começo. Quando o mundo começou a esfriar, digo, a esfriar de verdade como dizem que aconteceu lá pros lados dos hemisférios, as pessoas congelavam e morriam. Literalmente. E depois que veio a fome, a fome de verdade, mana, e as pessoas começaram a comer o que não deviam, bom, vieram também as doenças. Você não deve fazer ideia do que foi aquilo. Quando eu nasci, era exatamente o período das doenças. Minha mãe dizia que havia tanta doença nova surgindo ao mesmo tempo que os cientistas não tinham nem tempo de nomeá-las. O que aconteceu, mana, foi que as epidemias mataram outro bocado de gente, e animais também, principalmente mamíferos. Algumas doenças atacavam a pele, outras atacavam os intestinos, algumas te apodreciam de dentro pra fora, outras corroíam teus ossos, deixando-os frágeis como vidro. Tinha doença para todos os gostos, mana. Vírus você sabe o que é. Todo mundo sabe. E por falar em vírus, a menção honrosa fica pro tal do Leviatã. Você já deve ter ouvido falar dele. É impossível que não. Ele atacava os pulmões, mana, e todo mundo já tava com os pulmões em frangalhos. Não é como hoje. Respirar ardia, doía. As pessoas cambaleavam bêbadas pelas ruas, desmaiavam. O nível de oxigênio de alguém no nível do mar era menor do que o de alguém no topo de uma montanha altíssima. Surgiram áreas chamadas de zonas mortas, onde a oxigenação era tão baixa que a vida se tornava impossível. Migração e extinção em massa de várias espécies. Tava todo mundo sufocando naquela época, mana. A atmosfera estava destruída, as pessoas andavam nas ruas tossindo e puxando o ar, bebendo corticoides como se fossem suco, famílias inteiras cometendo suicídio, enfim, uma sandice generalizada. Quando a situação amenizou um pouco, quem sobreviveu ficou, digamos, com o mundo inteiro pra si. Então surgiram os caminheiros, grupos de sobreviventes que simplesmente andavam por aí procurando comida. Com os anos, a escassez aumentou, afinal ninguém estava conseguindo produzir alimentos, e a terra do mundo todo estava aparentemente podre, nada germinava ou às vezes, quando germinava, germinava mal: as frutas já nasciam podres, amargas, atrofiadas... Bom, quando a escassez chegou, os caminheiros mais violentos se tornaram caçadores, e a princípio caçavam apenas animais, mas em pouco tempo estavam roubando de outros grupos e em pouco tempo depois disso estavam comendo carne humana. Não pense que um grupo disse *ei, vamos comer a carne de fulano*. Isso, antes, era um tabu. Depois, bom, virou uma prática comum que parece ter surgido em vários lugares ao mesmo tempo. Hoje em dia ninguém questiona isso, ninguém tem crise de consciência comendo carne humana. Em português simplório: os mais velhos tiveram que primeiro aceitar, depois se acostumar; os mais jovens já nasceram aceitando. Achariam estranho alguém se recusar a comer a carne de outro, por exemplo, ao contrário do que acontecia Antes. Bom, o nosso Baleia era o líder de um desses grupos de caminheiros, talvez um dos mais violentos de todos, e por onde eles passavam levavam terror e sofrimento a quem quer que encontrassem pelo caminho."

Diana fez uma pausa e observou Samanta com atenção.

"Um desses grupos foi o de uma professora de história antiga chamada Jamyle. Deixe-me contar sobre Jamyle antes de fazer as duas histórias se encontrarem; a do grupo de Baleia e a do grupo de Jamyle. Seguinte: Jamyle nos dias de sua juventude teve um encontro fortuito com um macho, que a engravidou e puf, sumiu do mapa. Jamyle decidiu manter a gravidez, mesmo que todo o contexto da época deixasse claro que aquilo era uma péssima ideia. Mas Jamyle foi, aos trancos e barrancos, até o fim daquela insanidade e deu à luz uma garotinha. Quando a criança nasceu, as coisas não estavam tão caóticas como ficariam dez anos depois, mas já estavam começando a ficar bem ruins. Mesmo assim, Jamyle era uma mulher forte e determinada, e foi tentando viver e educar aquela criança da melhor forma que as circunstâncias permitiam. Jamyle trabalhou, Jamyle educou, Jamyle protegeu, Jamyle cuidou. Os anos passaram, o caos já havia se instaurado, e no contexto daquele caos, bom, Jamyle foi estuprada por um sujeito que cruzou seu caminho, e engravidou desse sujeito. E de novo Jamyle decidiu manter a gravidez. Qual era o problema, certo? Ela já havia dado conta uma vez, conseguia dar conta de novo. A criança, afinal, não tinha culpa se o pai era um macho escroto estuprador e esse tipo de coisa, de modo que Jamyle, uma mulher admirável, resolveu manter a gravidez e, bom, os meses se passaram. Quando estava em vias do seu novo bebê nascer, o grupo de Baleia cruzou o seu caminho. Na época, o bebê de Jamyle podia nascer a qualquer momento. E a filha de Jamyle era uma garota de nove ou dez anos, talvez até mesmo onze, que ajudava a cuidar das coisas do seu pequeno, mas bem protegido grupo. O grupo em questão havia construído uma pequena comunidade no que antes havia sido uma vila numa cidade do interior, e por ser bastante isolada, e por ainda ter recursos, eles se achavam protegidos o suficiente para não cuidar da segurança de uma forma que, hoje, consideraríamos apropriada. Quando o grupo de Baleia invadiu a vila do grupo de Jamyle, os machos que faziam parte do grupo de Jamyle foram eliminados como pulgas, e as mulheres foram separadas e amarradas à parte. O grupo de Baleia era formado apenas por machos, como você já deve ter entendido, e eles achavam que tinham o direito de escravizar quantas mulheres quisessem para alimentar suas necessidades animalescas. Enquanto comemoravam bebendo a bebida e comendo a comida do grupo de Jamyle, veja só como são as coisas, Jamyle entrou em trabalho de parto, provavelmente em virtude de toda aquela tensão, e os homens de Baleia, vendo que tinha 'uma puta buchuda, uma puta buchuda' ali, resolveram fazer uma aposta. Um dos machos do grupo propôs a seguinte questão: o que aconteceria se uma mulher, na hora do parto, não conseguisse abrir as pernas para que a criança pudesse sair? Será que a criança sairia pela barriga, cavando à força sua liberdade? Ou será que ela, não conseguindo sair, morreria sufocada dentro da mãe? A discussão sobre o tema se tornou acirrada, e eles resolveram apostar algumas das coisas que haviam roubado. Uns apostaram que o bebê faria um buraco na barriga e sairia, outros que sufocaria ali dentro. Para tirar às hipóteses à prova, eles pegaram Jamyle e a prenderam de cabeça para baixo em uma árvore com as pernas bem presas uma na outra, amarradinhas, de modo que Jamyle sequer pudesse sonhar em tentar abri-las. Os machos do grupo de Baleia, e até o próprio Baleia, passaram horas bebendo e comendo em volta daquela árvore, esperando o resultado de suas apostas, enquanto Jamyle se contorcia e tremia de dor, enquanto ela urrava de dor, enquanto ela implorava de todo o coração que a matassem. Jamyle, uma mulher forte, uma mulher guerreira, uma mulher que conseguira cuidar sozinha de uma criança naquele contexto, implorando para morrer, pois não aguentava mais, não aguentava mais aquilo que estavam fazendo com ela. Mas Baleia e seus machos precisavam tirar a termo suas apostas e, bom, não iam ceder aos apelos de 'uma puta buchuda' só porque ela estava sentindo uma dorzinha na região das costelas. Bom, estava anoitecendo quando Jamyle parou de gritar. O bebê em sua barriga havia morrido, ela morria em seguida. Os vencedores da aposta comemoraram o feito bebendo e estuprando as mulheres mais uma vez, inclusive a filha de Jamyle, uma criança, que foi obrigada a suportar resignada o corpo fétido e repugnante de vários machos daquela corja, que se revezaram e se lambuzaram no seu corpo magro e trêmulo. O grupo de Baleia, depois de satisfeito, consumiu tudo o que ali havia, e partiu levando todas as mulheres consigo. Elas iam amarradas umas nas outras, vestindo apenas trapos, com sangue secando entre suas pernas, resignadas ao destino que se impunham sobre elas e, pasme, mana, algumas até agradecidas por ainda permanecerem vivas. Isso é algo que me escandaliza até hoje, veja: aquelas manas foram espancadas, estupradas, humilhadas, violentadas de todas as formas possíveis, e ainda assim se sentiam gratas por estarem vivas. Ah, as coisas das quais o instinto de sobrevivência consegue te convencer, mana. São incríveis mesmo. A natureza é mesmo uma coisa poderosa. Bom, como eu disse, entre as mulheres que iam amarradas, descalças, descabeladas como prisioneiras do grupo de Baleia, ia também a filha de Jamyle. A filha de Jamyle, mana, era arrastada com uma hemorragia em sua vagina, algo dentro dela havia estourado e o sangue não parava de escorrer por entre suas pernas finas. Seu ânus, mana, estava dilacerado, e ela passou dias defecando sangue. A filha de Jamyle, mana, sobreviveu, e depois de um tempo acabou caindo nas graças do próprio Baleia. Sabe por que, mana? Porque Baleia gostava de garotinhas. Baleia era um macho adulto, quase velho, que gostava de garotinhas que ainda não haviam sequer menstruado. E sabe o que mais? Baleia tinha um apetite sexual fora do comum, de modo que a filha de Jamyle se tornou sua concubina de estimação. Todos os dias, todas as horas que lhe davam na telha, a filha de Jamyle era estuprada e espancada e depois estuprada de novo. Não importava se ele tinha que enfiar aquela coisa repugnante na filha de Jamyle enquanto ela ainda sangrava, não importava se ela estava suja de merda, não importava se ela chorava e gritava de dor ou desespero. Não, mana. Baleia a estuprava todos os dias. E veja, mana, como são as coisas. A filha de Jamyle, que vira tudo o que fora feito com sua mãe e suportara com um pouco de resignação tudo o que era feito a si e às mulheres que durante um bom tempo foram a sua família, acabou se convencendo de que estava morta. Ela entrou em uma espécie de torpor, tomada por uma passividade doentia, e a partir de determinado momento era como se nada daquelas coisas acontecesse com ela. Apesar disso, em seu coração, algo surgia, uma voz que dizia 'ei, filha de Jamyle, eu sou o que você precisa. Se você me alimentar e cuidar de mim, eu irei te salvar, eu irei te proteger, eu irei proteger todas as irmãs, irei impedir que isso volte a acontecer em algum momento'. E a filha de Jamyle, mana, não tendo nada mais a que se agarrar, agarrou-se a essa coisa que... bom, cresceu. A filha de Jamyle a alimentou e a cultivou todos os dias, todas as horas, e continua alimentando hoje, e a coisa cresceu e se tornou sua força, seu norte. E foi essa coisa que trouxe a filha de Jamyle até aqui, mana. Foi essa coisa que trouxe a filha de Jamyle até você."

Samanta olhava para Diana com uma expressão aterrorizada.

"A filha de Jamyle, mana", disse Diana, "cortou a garganta de Baleia, mas não sem antes arrancar e o fazer comer aquela coisa repugnante com a qual ele tanto a estuprara. A filha de Jamyle, mana, matou cada um dos membros do grupo de Baleia. A filha de Jamyle, mana, libertou todas as irmãs escravizadas. A filha de Jamyle prometeu que nunca mais deixaria uma irmã passar pelo que ela passou. A filha de Jamyle, mana, sou eu."

17

Bia tentou mover os pés e não conseguiu. Uma dor aguda percorria todo o seu corpo a partir dos tornozelos, chegando à lombar e se espalhando em todas as direções a partir dali. Sentia as amígdalas inchadas, doloridas, uma pressão nas têmporas passava a sensação de que sua cabeça iria explodir a qualquer momento. Apesar disso, Bia reuniu todas as forças que ainda lhe restavam, e tentou fugir.

A primeira ideia de fuga foi novamente o suicídio. Ela tinha ouvido histórias de mulheres que haviam sido feitas prisioneiras por caminheiros e que conseguiram se matar comendo areia em grande quantidade. Não sabia se isso era verdade. Estava disposta a tentar descobrir, mas com a boca cheia de tecido e firmemente vendada, era impossível comer coisa alguma, e mesmo que estivesse com a boca livre, ela não estava tão certa de que conseguiria engolir naquela posição e com a garganta inchada daquele jeito. Após descartar a primeira ideia, pensou que poderia se arrastar até a saída da caverna e, só talvez, esconder-se. Com os pulsos e tornozelos amarrados, e os tendões de Aquiles cortados, ela não podia contar com o impulso dos pés, nem tampouco das mãos. Ela levantou a cabeça o mais alto que pôde e calculou mentalmente a distância entre o ponto em que estava e a saída da caverna. Sim, era possível. Se ela conseguisse se arrastar, era possível. Resolveu tentar.

Combinando os movimentos dos joelhos, quadris e ombros, ela conseguiu se arrastar devagar, como se fosse uma minhoca extremamente lenta e ferida. Rugindo de dor, Bia rastejou, os seios doloridos raspando contra o chão, gotas de suor brotando em sua testa e escorrendo vagarosamente pelo seu rosto, suas costas. Ela continuou se arrastando — parava sempre que parecia impossível continuar, chorava de dor e desespero por alguns segundos, e então voltava a se arrastar. Teria, com sorte, um bom tempo antes que o monstro voltasse. Se conseguisse sair da gruta, se conseguisse encontrar um lugar para se esconder — um buraco, um tronco oco, uma fenda, uma pedra, qualquer coisa.

Se eu conseguir me esconder do monstro...

Lágrimas forçavam a descida através de seus olhos, grãos de areia rasgavam sua pele, seus joelhos, mas ela continuava a rastejar a despeito disso.

Ei, Bia, e se ele voltar?, murmurou uma voz em sua cabeça. Ela a reconheceu como sendo a voz sensata de seu querido João.

E daí, porra? Se ele me matar estará me fazendo um imenso favor.

Mas, Bia, Bia... me escuta, Bia. Você acha mesmo que ele vai te matar?

Mais lágrimas caíram por seus olhos. Ela queria gritar, queria ter a boca livre para gritar com todas as forças, extinguir-se num grito. O maior grito já registrado naquele mundo.

A voz de João continuou:

Nãnãninã-não, Bia, meu amor. Ele não vai te matar.

Ela continuava rastejando. Todo o seu corpo tremia. O fôlego lhe faltava, o ar entrava em seus pulmões através de golfadas intermitentes.

Ele vai te foder ainda mais, Bia. Ele vai arrancar teus olhos ou algo assim.

Ela queria gritar para que ele calasse a boca. Dizer que não estava ajudando em nada.

Ele vai acabar com tudo até só restar tua boceta, Bia.

Ela rastejava cega, em frente, sempre em frente, em frente a qualquer custo. A fricção contra o chão fazia sua pele arder.

Bia-Bia-Bia-doce-Bia. Para ele você é só uma boceta, Bia.

Sua visão estava começando a turvar e ela pensou que fosse apagar mais uma vez. Parou por alguns segundos, tentando conseguir fôlego. Respirar.

Bia-Bia-Bia-doce-Bia, ele não precisa, por exemplo, que você tenha olhos. Viu o que eles fizeram com a sua língua?

Viu o que ele fez com seus tornozelos?

O que mais ele vai fazer, Bia?

Cala a boca, João. Pelo amor de deus, cala a porra da boca.

E a voz obedeceu, coincidindo com a luz do sol que adentrava a boca da caverna, aquele raio de luz aquecendo seu rosto sujo, clareando a visão turva de lágrimas.

Eu vou conseguir, oh-meu-deus, eu vou conseguir.

Parecia que estava rastejando há uma eternidade. Horas. Ela não sabia quanto tempo fazia. Sabia apenas que estava saindo, que se conseguisse chegar alguns metros à frente, apenas um ou dois metros, ela podia tentar rolar no declive que dava para o outro lado da floresta. Não era grande coisa, rolaria ladeira abaixo alguns metros, procuraria um lugar para se esconder, se cobriria de folhas, encontraria um buraco, uma fenda, qualquer coisa, e ficaria ali. Nem que fosse apenas para morrer. De frio, de fome, de sede, de qualquer coisa. Morrer. Libertar-se. Ficar livre dele. Livre do monstro. Voltar para a companhia segura e tranquila de seus amigos. Voltar a ter pequenos momentos cotidianos de felicidade e alegria ao lado deles. Como naquele dia no rio, como naquele dia em que tomaram banho pelados e brincaram e jogaram água um no outro e deram boas gargalhadas enquanto Rainha latia à margem, compartilhando daquela alegria deles, correndo e pulando à margem, latindo como se dissesse ei, isso é muito divertido, eu adoro estar com vocês, muito obrigada por me escolherem como família, obrigada por...

"Mas que porra é essa?", a voz de Samuel disse acima dela.

Ela viu a bota suja dele bem à sua frente, a poucos centímetros de seus olhos. As lágrimas em seus olhos finalmente soltaram o freio, largaram toda a hesitação e começaram a cair quase em torrentes. Por mais incrível que pudesse parecer, a presença daquele ser grotesco tirou um peso, uma pressão de cima dela, e o seu corpo desabou com uma estranha leveza.

"Eu estava certo", disse ele. "Você é uma puta astuta e traiçoeira. Não dá pra confiar em você."

Ele a virou de costas e a ergueu pelas axilas. Seu corpo inteiro estava arranhado, sujo de sangue e de terra.

"Mas eu vou transformar você numa puta obediente, se vou. Você não entende que agora estou sozinho e não posso correr o risco de você cortar meu pescoço enquanto tiro uma soneca. Não posso correr o risco de você se matar ou se mandar. O Nêgo se foi, eu agora estou sozinho, puta. Eu agora estou sozinho, pela primeira vez em anos. E vou te confessar uma coisa, puta. Eu me sinto bem com isso. De verdade. Pela primeira vez em anos não vou ter mais ninguém impondo a vontade pra cima de mim. Nem o Nêgo, nem o Bidia. Ninguém. E eu posso fazer o que bem entender. Eu posso fazer o que eu quiser, entendeu? Por exemplo, agora mesmo. Sabe o que vou fazer? Eu vou te ensinar uma coisa que você ainda não aprendeu."

Ele a arrastou até o local onde a havia deixado antes de sair.

"Espero que essa seja a última lição que eu vou precisar te ensinar, puta. Pro seu próprio bem."

Ele pegou a faca e cortou as cordas que prendiam seus pulsos, depois a espetou no chão. Seu corpo estava tão cansado que seus braços simplesmente penderam moles ao seu lado. Samuel se ajoelhou e amarrou o pedaço de corda em seu braço, um pouco acima do pulso. Bia assistia àqueles movimentos com distanciamento, como se não estivessem ocorrendo com ela, mas com uma terceira pessoa que sequer sabia quem era. Uma parte de sua mente, talvez a voz de Adriano, gritava para que ela pegasse a faca e o esfaqueasse, que pegasse a faca e o esfaqueasse, mas ao tentar mover a mão na direção da faca ela simplesmente não lhe obedeceu.

"Eu sei no que você está pensando", disse Samuel, prendendo a corda em seu outro braço, também um pouco acima do punho. "Mas você não vai fazer isso."

Ele se levantou e recolocou a faca na bainha. Depois foi até a bolsa de Nêgo Ju e retirou de dentro dela uma machadinha.

"Agora estique a mão ali naquela pedra."

Bia o encarou aterrorizada. A expressão de Samuel não se alterou.

"Vamos. Primeiro uma, depois a outra. Vou usar a machadinha, mas se você der trabalho eu pego a porra do canivete. Tá entendendo? Com o canivete a coisa vai ser beeem mais lenta."

Bia não se moveu. Era como se ela tivesse se tornado uma boneca inarticulada, sem ossos, mole. Samuel pegou sua mão e a estendeu sobre a pedra.

Tuc!

"Agora a outra, puta. A outra."

Os olhos dela foram de sua mão amputada ao rosto impassível de Samuel, então sua visão periférica começou a fechar. Samuel segurou a sua outra mão com força e ergueu novamente a machadinha. Só então ela desmaiou.

18

Garoto havia seguido pela floresta. Antes de decidir sobre que caminho pegar, lembrara sobretudo do velho dizendo: *Escute, Garoto, se algum dia estiver lá fora por conta própria, prefira o caminho das florestas. Nelas é mais provável que você encontre água, e também é mais provável que consiga algo pra comer, nem que seja alguma porcaria de morcego. A propósito, tome cuidado com morcegos. Você precisa jogar os intestinos fora, da mesma forma como fazemos com as ratazanas, lembra? Exatamente do mesmo jeito. Depois você tira a pele e cozinha bem a carne. Escalda, joga a água fora, escalda de novo. Só então cozinha e come. Lembre-se bem disso, porque aqueles safados estão cheios de doenças esquisitas, você não faz ideia. Voltando. Florestas, Garoto, sempre prefira as florestas. Corte caminho através delas. Fique nelas quando precisar de um tempo para descansar ou se recuperar de algum ferimento. Tem uma raiz roxa, é amarga feito o diabo, mas elas se tornaram comuns e você pode comer, tanto crua quanto cozida. Só tome cuidado com uma coisa, Garoto, preste muita atenção: jamais acenda uma fogueira dentro de uma floresta. Repita: jamais vou acender uma fogueira dentro de uma floresta. Jamais faça isso, Garoto. Se você realmente precisar de fogo, procure uma gruta ou um lugar aberto, longe de árvores e folhas ou coisas do tipo. As florestas andam tão secas que uma simples faísca pode gerar quilômetros e mais quilômetros de inferno.*

E agora que ele caminhava sozinho, muito do que o velho havia lhe dito ao longo dos anos subitamente voltava à mente. Na época era algo improvável, distante, ele não conseguia se imaginar longe do grupo, mas agora entendia que o que eles haviam feito com ele, na verdade, era quase como uma espécie de treinamento. Eles já tinham visto muita coisa, eles já tinham visto muita gente cair fora simplesmente porque achavam que podiam encontrar algo melhor "do lado de lá", seja lá aonde isso fosse, e muitos jamais voltaram, de modo que talvez algum dia o garoto fosse apenas mais um a ir embora. E tinham razão, quem diria, agora ele estava ali, apenas mais um, e nem sabia bem por que fazia aquilo. Assim que entrara pela floresta e as coisas começaram a escurecer à sua volta, seu primeiro pensamento foi que cometera um grande erro. Era a mais perfeita burrice deixar um grupo forte e experiente para sair por aí sozinho sem fazer a menor ideia do que se estava procurando ou para onde estava indo, como era agora o seu caso. Em contrapartida, o simples sabor da aventura, as mil possibilidades que o desconhecido lhe oferecia, tudo isso o estimulava de um modo como nunca havia sentido antes. Nasceu do lixo, mas não terminaria seus dias como um. Ele respirou fundo e disse em voz alta:

"Nem um único passo para trás."

A primeira noite após ter deixado o grupo de Camargo, passou enrolado na sua manta, entre as raízes de uma árvore morta e cheia de folhas secas. Havia tantas folhas que no final das contas o buraco se tornara uma espécie de cama macia, e ele dormiu tão logo se deitou, sonhando que Camargo e Velho vinham atrás dele putos da vida por causa do atraso que ele provocara.

Quando acordou, afastou-se de sua cama improvisada, imaginando que talvez voltasse a precisar dela novamente naquela noite, e mijou longe dali. Estava com sede, com fome, sujo, e fazia apenas uma vaga ideia de onde estava, mas sem saber o que aquilo significava exatamente. Quando terminou de mijar, balançou o pau no vento frio e o guardou dentro da calça.

Preciso comer, pensou, *talvez aquelas raízes que o Velho falava. Como era mesmo o nome...*

Ele se esforçou para lembrar, mas desistiu rápido. Pouco importava o nome daquele negócio. Velho dizia que era comestível e abundante, então ele encontraria alguma, era a única coisa que importava.

Ele caminhou cautelosamente, sempre apurando os ouvidos e atento à sua visão periférica. Quando chegou a uma clareira, encontrou umas plantas com caule roxo, de folhas cinzentas ou amareladas. Pensou: *deve ser isso*, e começou a desenterrá-las. A raiz da planta era uma coisa bulbosa e escura, amarronzada, com uma casca grossa e rachada. Ele a espetou com a ponta da faca e um sumo roxo começou a escorrer pelo bulbo. Seu estômago roncou. Ele encostou a língua na lâmina e um sabor amargo, arrepiante, se espalhou por toda a sua boca a partir da língua. Seu rosto se contraiu.

"Vai você mesmo", disse. E a voz do Velho respondeu: *Tome cuidado, Garoto, tem muita coisa venenosa por aí. Antes dava pra identificá-las porque eram coloridas e espalhafatosas, mas agora qualquer coisa pode estar cheia de veneno, vírus, um monte de merda.*

Ele cortou a raiz e começou a comer. Mastigava sem pressa, o amargo da coisa forçando caretas que nada mais eram que um reflexo, o sumo quase ácido aliviando a fome em seu estômago.

"Não é tão ruim", disse, mastigando cada vez com mais convicção, "cozido deve ficar melhor."

E assim ele continuou comendo. Comeu uma, desenterrou e descascou outra, continuou comendo. Quando estava farto, levantou-se e guardou a faca na bainha que levava à cintura.

O que fazer agora? Suas tripas rosnaram em resposta. Ele entendeu a mensagem.

"Porra", disse, procurando em volta algum lugar apropriado.

Nunca cague de costas para o aberto, Garoto. Cague com as costas voltadas para algo sólido. Quanto mais sólido, melhor. Você não vai querer ser morto enquanto solta um barro. Ninguém quer morrer de cu sujo, Garoto. E outra coisa: sempre cague de arma na mão. Jamais se esqueça disso, Garoto: sempre cague de arma na mão.

"Sempre cague de arma na mão", murmurou Garoto, lembrando as palavras do Velho.

Ele retirou a pistola da cintura e a segurou com firmeza. Procurou uma árvore grande o suficiente, baixou as calças e se acocorou de costas pra ela. A arma nas mãos, os olhos e ouvidos atentos a qualquer movimento, qualquer barulho. Ele fez um pouco de pressão com a barriga e a merda desceu suavemente, levando-o a pensar que aquelas raízes roxas do caralho eram realmente muito boas para limpar as tripas.

E estava assim, admirado com a maciez com que sua merda era expelida, quando viu que poucos metros à sua frente havia um rio.

A porra de um rio!

Garoto segurou o impulso de sair correndo e pular naquela água. Ele via agora com toda a clareza, e seus ouvidos, como se quisessem confirmar a informação, passaram a informá-lo, através do barulho da correnteza, que era de fato um rio o que tinha à sua frente.

Quando terminou de cagar, Garoto limpou o rabo com algumas folhas secas e seguiu para a água.

Surpreendeu-se ao constatar que era um rio um tanto volumoso, apesar da água turva e amarronzada.

Quando fora a última vez que tomara um banho? Ele não fazia a menor ideia.

Olhou em volta, por precaução, só então tirou a roupa e mergulhou. A água estava fria, quase gelada, mas aos poucos o seu corpo foi se acostumando a ela.

Mantenha os olhos abertos, Garoto, sempre mantenha os olhos abertos.

"Que nada, Velho!", disse Garoto em resposta àquela voz insistente em sua cabeça. "Me deixa curtir!"

E ele nadou, desajeitado, da melhor forma que podia considerando que nunca tivera oportunidade de praticar o nado em lugar nenhum. Quando finalmente se cansou, foi até a margem e deitou o corpo sobre os seixos.

A vida, afinal de contas, era uma coisa maravilhosa. A água fria, como se fosse mágica, o havia revigorado, e até melhorado o seu humor. Sentia-se mais forte agora, menos cansado, e talvez o velho não estivesse certo em tudo, como ele pensara a princípio. É, o Velho certamente ficaria puto. Camargo também. *Diriam que fiquei vulnerável, que qualquer pato armado poderia me fritar e coisas assim.* Nada mais fora da realidade. Ele era apenas um cara sozinho curtindo tudo o que o mundo tinha a oferecer.

Sentou-se e ficou observando o rio com satisfação. A água turva e fria, a correnteza arrastando restos de lixo e galhos de árvore com determinação, um tronco grosso preso numa pedra do outro lado da margem.

Garoto sentiu o corpo inteiro se arrepiar e ficou em pé subitamente. Não era um tronco, não de árvore.

Ele atravessou o rio, sem tirar os olhos daquela coisa grande e escura, que meio que boiava presa às pedras, e percebeu que de fato aquilo não era um tronco coisa nenhuma. Era um corpo.

O corpo de um homem grande e negro.

Estava inchado, com a pele trincada, e tinha um corte feio e profundo no lado esquerdo do peito.

Provavelmente foi isso que matou ele, pensou Garoto.

Ele o arrastou para a margem, com esforço, e analisou aquele ferimento por algum tempo, imaginando como algo tão pequeno, se comparado àquele corpo, fora capaz de matar um homem tão grande. Ele era apenas um pouco menor que Camargo, aparentemente.

Garoto cuspiu e voltou a empurrar o corpo para o rio.

"É, amigo, é assim que as coisas são. Quem não mata, morre. Você não deveria ter hesitado. Apenas quem hesita morre."

O corpo boiou e rolou, e em seguida foi embalado e carregado pela correnteza.

Garoto fez o caminho inverso até suas roupas e se vestiu.

Ele veio descendo a correnteza, pensou. *Ele ainda não tá muito apodrecido, então não deve fazer muito tempo que morreu.*

Enquanto vestia a roupa, os pensamentos se completavam.

O que quer que tenha matado aquele cara está ou estava rio acima. É melhor evitar essa direção.

Mas uma outra voz interior, um pouco mais excitada, disse:

Mas e se você subir rio acima e descobrir o que foi? Talvez tenha comida lá. Lembra do que Camargo dizia? Aquele que tiver mais ferro...

"Tomará todo o ouro", disse Garoto, em voz alta, terminando de se vestir.

Ele pegou a pistola e a segurou na mão gelada. Olhou na direção de onde o corpo viera.

"Tá bom. Vamos ver o que tem lá."

E seguiu rio acima.

19

Agora, o grupo seguia pela estrada, desviando de lixos, buracos e árvores caídas. Camargo fumava seu cachimbo e pensava em Garoto. O que teria acontecido pro moleque cair fora assim de repente? O velho talvez tivesse falado mais do que deveria. Velho e sua boca grande e sem filtro. Agora o garoto estava por aí por conta própria, e provavelmente não duraria muito.

Vai acabar virando churrasco, se é que já não virou, pensou ele.

Era seu pensamento recorrente nos últimos dias. Durante o acampamento da noite anterior, chegou a pensar em chamar o velho pra conversar a respeito, mas depois mudou de ideia. Velho já tinha passado por muita merda, podia lidar com um pouco de peido.

Ele deu umas baforadas e olhou para César, que ia silencioso e atento à sua frente. Um cara durão, o César. Talvez um cara como ele conseguisse se salvar naquele mundo, mas não Garoto. O que o pirralho sabia da vida? Porra nenhuma. Fora criado praticamente dentro da porra do Palácio, ouvindo histórias e teorias sobre como era a vida lá fora e sobre como se devia agir do lado de lá. Camargo esperava que ele tivesse aprendido as lições. Pelo menos as principais. A maior delas sendo: não hesite. Primeiro você atira, depois você se apresenta. Exceção: se estiver em grande vantagem, você pode se dar ao luxo de se apresentar primeiro, de repente até trocar uma ideia.

Mas nunca em desvantagem, nunca de igual pra igual.

Era uma pena. Camargo havia de algum modo se afeiçoado ao garoto. Pensava em treiná-lo, torná-lo, quem sabe, o seu sucessor. Isso, é claro, se houvesse tempo. Agora não tinha mais jeito. Restava voltar para o plano original, continuar orientando e treinando Amanda para que ela tomasse o seu lugar. A desculpa que ele dava era que não duraria para sempre, que a morte era imprevisível e não poupava ninguém, mas a verdade mais simples era que ele estava de saco cheio. Simples assim: saco cheio. Queria dar um jeito de se livrar de toda aquela aporrinhação, isolar-se, morrer em paz.

Já faz muito tempo, pensou melancolicamente. *Estou de saco cheio dessa merda.*

E algumas lembranças lhe vieram à mente. Seu pai lhe ensinando a nunca hesitar, dizendo que ele o havia educado e treinado para que jamais fosse dobrado por ninguém.

Olhe só pra você, dizia a voz de seu pai, *grande e forte como eu, só que melhor porque eu estou ficando velho e você está caminhando para o auge de sua força. Ninguém vai dobrar você, meu filho. Ninguém vai transformar você em churrasco.*

Seu pai também lhe ensinara a se distanciar emocionalmente de qualquer coisa, uma lição que, para ele, fora um pouco mais difícil de aprender.

Nunca se apegue a porra nenhuma, filho. Nem a mim. Nada, nem mesmo à vida. Se algo lhe abandonar, seja porque foi embora, seja porque morreu, foda-se, entendeu? Foda-se. Se você ficar ferido e perceber que está morrendo, foda-se também. Todo mundo morre. Todas as coisas morrem. A própria Terra está morrendo. Então foda-se. Foda-se, entendeu? O importante é não hesitar, viver um dia atrás do outro até que isso não seja mais possível. A gente vive, a gente morre. O resto, ó: foda-se.

Sábio papai.

Camargo sorriu e soltou uma baforada do cachimbo. César olhou para ele.

"O que você acha de toda essa merda, chefe?"

Ele apontou com o queixo para a paisagem cinzenta e seca, coberta de lixo e fuligem.

"O planeta tá mesmo fodido, né?"

Camargo continuou fumando. Soltou outra baforada e então disse:

"Nós é que estamos. Não vai demorar muito mais."

César voltou a ficar em silêncio. Camargo não quis alimentar aquela conversa e ficou em silêncio também. Voltou-se novamente para as suas reflexões.

A Terra, dizem, já havia sido um belo planeta. Um planeta cheio de cor, cheio de vida. Uma pena que ele tivesse visto muito pouco disso. Céu azul, florestas verdes, águas cristalinas, vida vicejando por todos os lados. Tudo isso agora parecia fantasia, e se era assim para ele, que em sua infância havia testemunhado pelo menos alguma coisa do Antes, como seria então para Garoto? Camargo achava que ele não tinha como cultivar o mesmo sentimento de inadequação e perda que ele experimentava. Não. Para o garoto, o mundo era o que era e pronto. Para Camargo, o mundo era outra coisa, algo que se perdeu.

"Talvez lá pros lados do Amazonas as coisas estejam melhores", disse César.

Camargo achava que não, mas não disse nada. Todos pareciam acreditar naquela abobrinha de que pros lados do Amazonas as coisas estavam melhores. Para ele, tudo não passava de um arroubo de seus instintos de sobrevivência. Algo em suas cabeças os obrigava a ter esperança, claro, como se somente assim fosse possível seguir em frente. Uma bobagem. A verdade era um pouco mais difícil de engolir, mas era o que tinham de certo: em qualquer lugar, restava pouca vida agora, e dentro de alguns anos não restaria nada. Camargo achava que a Terra se recuperaria, a vida seguiria em frente. Não a dos homens, não a dos mamíferos. Não. Provavelmente insetos ou bactérias seriam os próximos donos do mundo, se é que já não o fossem. O planeta em si acabaria por dar a volta por cima. A vida seguiria em frente do seu jeito, sem precisar dos homens. Não mais. A era dos homens havia passado. Era o fim do Antropoceno. Recolham suas coisas e caiam fora, seus merdinhas, é o que o planeta diria se pudesse falar. Se havia sido bom enquanto durou ele não saberia dizer. Sabia apenas que o fim tivera lá seus momentos, como a época dos saques e das guerrilhas, grupo caçando grupo, caminheiros covardes caçando pobres solitários e grupos vulneráveis... aquilo tinha sido, Camargo relutava em admitir, mas era a mais pura verdade, aquilo tinha sido... divertido. Ele já havia matado muita gente, não saberia jamais especificar um número, e durante muito tempo obteve um verdadeiro prazer nisso, com a certeza de que cada vida que ele apagava resultava em um filho da puta a menos no mundo. Depois a coisa deixou de ficar divertida e começou a ficar triste. As pessoas só queriam comer, afinal, e muitas das que morreram por suas mãos pareciam até agradecidas pelo ato, como se dissessem Ei, cara, obrigado por acabar com o que restava da minha vida, agora não vou precisar mais acordar todas as manhãs preocupado se vou conseguir alguma coisa para matar a fome, a minha ou a dos meus.

O trecho da BR pelo qual passavam se abria para um amplo deserto cinzento. Seca dos dois lados, a estrada cinza e rachada no meio. Camargo virou a cabeça de lado e cuspiu. *Puta merda.*

Uma pergunta que no entanto permanecia sem resposta era se sua vida havia sido uma benção ou uma maldição. Testemunhar o fim, que grande privilégio. Alguns de seus antepassados certamente adorariam essa oportunidade. Outros diriam Não mesmo, senhor, pode me deixar aqui no meu cantinho, vivendo o auge da civilização em toda a sua glória, em todo o seu manancial de merda.

"Chefe", chamou César, ficando em pé e apoiando o braço com a carabina sobre a cabine da picape.

Camargo saiu de seus pensamentos instantaneamente, e, rápido como um chicote, logo estava em pé, com o fuzil em mãos sobre a cabine, o corpo apoiado curvando-se pra frente.

"Que porra é essa?", perguntou César.

"Comida ou amigo", respondeu Camargo, dando duas batidas na cabine. "Já vamos descobrir."

20

Ele não acreditou em seus próprios olhos.

A princípio, quando viu a poeira subindo ao longe, pensou que fosse uma estranha tempestade de areia se formando, ou então alguma ilusão de ótica provocada pelo cansaço, uma alucinação causada pela fome. Apesar disso, e sentindo no peito uma estranha ansiedade, ignorou os alertas interiores e continuou seguindo em frente, em direção à nuvem de poeira. Ele deu mais impulso no skate, para acelerar, e seguiu adiante. Pouco tempo depois, percebeu que não era nem uma coisa nem outra. Era, ele constatou embasbacado, uma fileira de carros escoltados por duas motos. Seu coração saltou no peito. Era a primeira vez que via carros e motos em movimento em muitos, muitos anos. Aquilo significava, também, pessoas.

Ele não era o último ser humano vivo, afinal.

Com uma adrenalina crescente, ele se posicionou bem no meio da pista, de modo a se fazer ver, e ergueu os braços acima da cabeça.

"Ei", gritou acenando. "Ei!".

As motos e os carros foram parando lentamente e os homens, ele percebeu, sentindo medo de verdade pela primeira vez em muito tempo, carregavam armas de fogo, mesmo estando numa quantidade numerosa.

Os homens nas motos o cercaram, erguendo armas em sua direção. Ele, ainda com as mãos para cima, apoiou-se devagar em um dos joelhos.

Na picape à sua frente, um homem com o rosto bastante queimado, seguido pelo maior homem que ele já vira na vida, pularam da caçamba e caminharam em sua direção. O primeiro veio à frente, o segundo se deteve um pouco mais atrás enquanto ajeitava o chapéu na cabeça.

Ele olhava de um para o outro e continha o tremor das mãos. Eles o analisavam com curiosidade. Dos outros carros, mais pessoas saíram armadas e começaram a olhar em volta.

"Você está sozinho?", perguntou um dos homens na moto.

"Si", respondeu ele. "Sozinho."

Camargo se aproximou. Havia deixado a carabina na picape, estava com as mãos livres. Os outros abriram para que ele passasse. Velho vinha bem atrás dele.

"Ora, ora, veja só. Eu não vejo um desses desde que eu era criança", disse Camargo, apontando para o skate.

Ele sorria, e Espanhol sentiu medo daquele grandalhão sorridente e de chapéu. Não era só o tamanho nem o cinto cheio de armas, nem a barba e os cabelos longos. Tudo nele parecia ameaçador, inclusive aquele sorriso fixo onde faltava um dente.

"Como é mesmo o nome disso?", perguntou Camargo.

"Yo soy... Eu, eu sou espanhol", respondeu ele. Até a voz estava tremendo.

Camargo e os outros se entreolharam.

"Skate!", disse Camargo. "Acho que o nome disso é skate!"

Espanhol não respondeu.

César olhou para Camargo, pedindo com os olhos permissão para atirar, mas Camargo meneou a cabeça.

"Inofensivo", disse. E sorriu.

"Eu, eu sou Espanhol."

Camargo assentiu mais uma vez, e trocou olhares significativos com Velho.

"A Espanha ainda existe?", perguntou Velho. "Há outros lá? Como chegou aqui?"

Espanhol não entendeu aquelas perguntas.

"Eu sou... yo me llamo, me chamo, Espanhol. Soy de... Buenos Aires, mucho tiempo... quando niño, menino?"

Camargo abriu ainda mais o sorriso.

"Fascinante", disse, para Velho.

"Você vem daquele lado?", perguntou Velho. "Há um rio ali?"

"Si, si!", disse Espanhol. "Pero en la ciudad no hay nada."

"Levante-se, homem", disse Camargo. "Vocês, podem baixar as armas."

Os outros baixaram as armas. Espanhol se levantou.

"São Paulo?", perguntou Camargo, erguendo um dedo e apontando para a direção de onde ele viera. "Cidade grande..."

Espanhol fez um "Ah", entusiasmado, e colocou a mão no bolso de trás. Os outros voltaram a erguer suas armas, e Camargo voltou a sinalizar para que as baixassem. Espanhol retirou um pedaço de papel do bolso de trás e o desdobrou. Ao ver que era um mapa, Camargo sinalizou para que ele o desdobrasse sobre o capô da picape.

Espanhol estendeu um dedo sobre o mapa e disse:

"São Paulo, la ciudade de los ratones. Muchos ratones, muchos. Mucha água en lo rio que la atravessa", ele estalou os dedos procurando as palavras. "Hielo? Hielo, la água... congelada? Pronto, tal qual la ciudad. Vale?"

"Você entendeu alguma porra?", perguntou Camargo para Velho.

Velho deu de ombros.

"Entendi que tem ratos e água congelada em São Paulo. É isso?"

"Isso!", gritou espanhol.

"Isso eu também entendi", disse César.

"Outras pessoas?", perguntou Camargo.

"No hay nada. Solo ratones y hielo, e el todo resto", ele apontou em volta. "Restos", disse, voltando a colocar o dedo sobre o mapa e descendo com ele para o sul.

"Hielo, hielo, hielo", dizia, à medida que o dedo descia. "Todo esto", o dedo contornou a costa. "Água. El mar tomou tudo."

"Você andou por todos esses lugares?", perguntou Camargo, impressionado. "Sozinho?"

"Si, si! Todos."

"Outras pessoas?", repetiu Camargo.

"Nada."

Velho e Camargo se entreolharam. Camargo apontou com o dedo para o nordeste do mapa e fez um círculo imaginário amplo com ele.

"Você esteve por aqui?"

"Si. Poca cosa."

"Pessoas?"

"Nada."

"Gelo?"

Espanhol meneou a cabeça.

"Desierto. Muerte."

"Para onde você estava indo?", perguntou Camargo.

Espanhol processou aquela pergunta lentamente, então apontou para a região oeste.

"Aqui."

Camargo assentiu.

"E então?", perguntou Velho para Camargo.

"Amigo", disse ele. A seguir, para Espanhol: "Guarde o mapa, papito. Vamos lhe dar uma carona até lá."

21

Bia estava com febre.

    Seu corpo, subitamente emagrecido, havia adquirido uma palidez atípica. Seus lábios estavam roxos e rachados, e as pálpebras inchadas haviam ficado com suas bordas de um vermelho-vivo que lembrava sangue. Se pudesse se olhar no espelho, Bia não teria se reconhecido. Mas chegaria à mesma conclusão a que chegara sem conseguir visualizar seu reflexo: ela estava para morrer.

    Era apenas uma questão de tempo, no máximo alguns dias, e ela estava feliz com essa perspectiva. Logo iria reencontrar Adriano, João e Rainha. Logo voltaria a sorrir. Enquanto esse momento não chegava, ela se desligava e suportava em resignado silêncio a companhia do monstro. Depois que amputara suas mãos, ele se mostrara mais previsível do que ela imaginara, e em alguns momentos chegava até mesmo a ser dócil. Ele não tinha muita imaginação, mas Bia conseguiu perceber que ele seguia uma rotina mais ou menos disciplinada: acordava e a estuprava, comia umas tiras de carne e bebia água, depois picava uns pedaços de carne e colocava num prato de alumínio para que ela comesse. Ela sempre pensava em Rainha nessas horas. Na forma como ela se alegrava sempre que eles jogavam algum pedaço de carne pra ela. Não era o caso de Bia: obrigava-se a comer, mesmo com a garganta dolorida e o que restara da língua inchado, com a dificuldade para engolir, a vontade de vomitar tudo e chorar sobre o que saísse. Recusar-se a comer iria irritá-lo. Nesse caso, o que ele ainda poderia fazer?

Você ainda tem os olhos, disse a voz de João em sua cabeça. *Ele pode arrancar um, depois o outro. Sabe lá o que mais ele pode arrancar antes de você finalmente morrer.*

Em poucos dias ele vai poder arrancar o que bem entender, respondeu Bia. *Não vai fazer a menor diferença.*

Ela se forçava a comer, segurando a ânsia de vômito e suportando a dor, e a seguir bebia a água que ele tão prestativamente derramava em sua boca com o copo de alumínio que pertencera a Adriano. Ela lembrava de quando ele pegara aquele copo, numa das fazendas pelas quais haviam passado, um século atrás, quando ainda achavam, inocentemente, que não havia mesmo mais ninguém praqueles lados do país.

"Vejam, está novinho! Novinho!", dissera ele, entusiasmado, "é só lavar e dá pra usar e até ferver água nele!"

Por alguma razão, lembrar daquele momento específico, de todo aquele puro entusiasmo, fez com que algo se rompesse dentro dela, e ela começou a chorar. Não fez barulho, tinha medo de que o monstro voltasse subitamente e a encontrasse berrando. Medo de perder os olhos por causa disso.

Agora sim vou te dar um motivo pra chorar, puta, ela conseguiu ouvi-lo dizer em sua mente, e seus músculos se contraíram num reflexo.

As lágrimas, contudo, continuaram a cair em silêncio.

Seguindo com sua rotina, o monstro saía e voltava depois de alguns minutos com os cabelos molhados, quando então começava a falar. Falava sem interrupções, entrava por um assunto e saía por outro, como se ela tivesse algum interesse legítimo em conhecer os pormenores de sua vida de monstro, de como ele, o outro e um terceiro haviam fugido de uma emboscada que dizimara o antigo grupo de caminheiros ao qual pertenciam, e sobre como ele e o outro haviam matado o terceiro. Bia ouvia tudo emudecida, uma história repetida infinitas vezes, entrando por um ouvido e saindo por outro. Apenas uma daquelas histórias chamara sua atenção, a de como ele e o outro haviam encontrado o seu grupo antes. Bia achou a história inacreditável demais para ser verdade, mas depois acabou aceitando que o destino às vezes era um belo de um filho da puta. Ela lembrava de São Paulo, de como eles haviam se sentido péssimos naquela cidade que parecia observá-los do alto com uma dedicação sanguinária. Fora essa a impressão que aqueles prédios em ruínas, aquelas carcaças de carros, aquelas ratazanas — que tanto alegravam Rainha —, aquelas ossadas, haviam causado, e fora por isso que eles rapidamente saíram dali. Não imaginaram em nenhum momento que na verdade estavam sendo observados por dois monstros que mais tarde voltariam a cruzar o seu caminho. Bia lamentou que Rainha não os tivesse farejado.

Quando cansava de falar, o monstro comia e tirava um cochilo, roncando de forma repugnante, como um monstro, e quando acordava, a depender de como estava seu humor, a estuprava de novo, então ia dar uma olhada nas imediações da caverna ou simplesmente voltava a falar. Era essa a rotina previsível e bizarramente disciplinada que ele seguia. No momento, o monstro estava fora, e Bia se enchia de alegria por estar com febre, mas ele logo voltaria com os cabelos molhados e o universo inteiro de assuntos.

Pelo menos era o que ela pensava antes de ouvir os tiros.

22

Garoto andava rio acima fazia algumas horas quando deu de cara com um homem pelado enxugando a cabeça com um pedaço de trapo. O homem também o viu e tentou correr para pegar algo no chão, onde estavam suas roupas, mas Garoto ergueu rapidamente sua pistola e disse:

"Nem mais um passo, pato".

Era a gíria que o grupo de Camargo usava para se referir aos capturados em situação de vacilo, e Garoto viu com satisfação o homem ficar pálido e murchar bem à sua frente ao ouvir aquilo. Ele ergueu as palmas das mãos abertas, pra mostrar que estava desarmado, pelado, e não representava nenhum perigo. Suas bolas haviam encolhido e Garoto sabia que aquilo significava que ele estava com medo.

"Ele ficou com tanto medo que suas bolas foram parar na garganta", havia dito Camargo certa vez, e Garoto se lembrava disso.

Com a arma apontando bem para o peito do sujeito, Garoto passou os olhos em volta rapidamente. Ele devia estar acampado por perto, pensou, ao se dar conta de que aquele era mesmo um bom lugar. Havia, atrás do homem, um pequeno aclive, seguido por uma clareira.

"Tá sozinho, pato?", perguntou.

O homem mordeu o lábio inferior, sem responder. Após um momento, disse:

"Não", suas mãos permaneciam erguidas, mas ele as baixou alguns centímetros. "Meu pessoal está ali em cima", disse, devagar. "Eles já estão vindo pra cá. É um grupo grande."

Garoto não sabia se devia acreditar nele, mas essa teria sido a resposta que ele mesmo teria dado, se estivesse na mesma situação.

"Por que você veio nadar sozinho, pato?", perguntou Garoto. "Vocês são burros?"

O sujeito olhou para o local onde havia dito que estava o seu grupo. Deu de ombros.

"Nem todo mundo faz questão de tomar banho."

Garoto assentiu.

O sujeito apontou para a pistola com o queixo.

"Eu também tenho uma. Um revólver, não uma pistola."

Garoto olhava para ele sem alterar a expressão.

"Não tem balas nela", disse o homem. "Tem?"

Os braços do homem baixaram um pouco mais. Garoto posicionou melhor a pistola. Mirava no peito, apesar de acreditar que conseguiria atirar na cabeça àquela distância. O homem percebeu o movimento e voltou a morder os lábios.

"Aposto que não. E se tiver, provavelmente não valem um peido."

Garoto manteve a mesma e serena expressão.

"Se der um único passo ou mexer as mãos de novo, pato", disse Garoto, "você vai descobrir."

Garoto viu claramente o sujeito voltar a ficar indeciso.

"O que você quer?", perguntou por fim. "Não tenho comida. Tudo o que tenho está aqui e..."

"E o seu grupo, pato? Eles devem estar cheios de comida, certo? Afinal é um grupo grande."

O homem voltou a olhar naquela direção. Garoto percebeu que de fato era como se ele esperasse ver alguma coisa, alguém, e começou a pensar que talvez houvesse mesmo um grupo. Era apenas por causa disso que estava *hesitando*.

...nos dias que vivemos você talvez se torne homem apenas quando mata outro homem pela primeira vez, disse a voz do Velho em sua cabeça.

Que se foda, pensou Garoto. *Vou matar esse sujeito e se os outros vierem, mato também*.

Então puxou o gatilho.

E houve uma breve sequência de segundos onde tudo pareceu ficar em uma lentidão anormal. Garoto ouviu claramente a pistola fazer um pequeno barulho, *tic*, ao mesmo tempo em que o sujeito arregalou os olhos e, rápido como uma ratazana, abaixou-se para pegar alguma coisa no chão e correr com ela pra cima dele. Garoto viu que era uma faca antes de puxar o gatilho novamente e ouvir mais um *tic*, e viu que o sujeito formava as palavras SEU FI-LHO DA PU quando apertou o gatilho mais uma vez, agora para ouvir o pipoco pelo qual tanto ansiava.

A bala pegou no ombro do sujeito e ele girou, caindo de lado e largando a faca, que girou no chão uns dois metros longe dele. Rápido, Garoto se reposicionou e atirou mais vezes, agora mirando na cabeça à queima-roupa.

PEI. PEI. PEI. tic. PEI.

E o sujeito estava, finalmente, morto.

Só então Garoto sentiu o coração acelerar, o corpo se enchendo de adrenalina.

Então era isso. Ele finalmente havia matado um cara. Queria que o Camargo e o Velho pudessem ter visto.

Era, finalmente, um homem.

Matar um homem é nossa prova de maioridade, Garoto.

Ele ouviu claramente Camargo botar a mão em sua cabeça e dizer: *Muito bem, Garoto, é assim que se faz na nossa família.*

Ele viu o Velho sorrir orgulhoso, anuindo com satisfação.

Ele viu até mesmo a Dona Maria dizendo: Vamos ter que arrumar outro nome pra você, menino.

E enquanto gozava de sua pequena glória, Garoto se lembrou dos tiros, e do grupo ao qual o sujeito havia dito pertencer, e procurou, rápido, um lugar para se esconder. Achou uma árvore seca e se escondeu atrás dela, sem tirar os olhos do corpo do sujeito. Se houvesse mesmo um grupo, eles certamente desceriam aquele aclive empunhando suas armas, procurando por ele.

Bia ouviu os tiros e seu coração deu um salto dentro do peito. Ela sabia que eram tiros, já tinha ouvido aquele barulho antes, muito tempo atrás. Era um barulho não só inesquecível como também inconfundível. Ela sabia que o monstro tinha uma arma, mas não sabia se ele tinha munição ou se sua arma funcionava. Com o coração acelerado, ela esperou, desejando ardentemente que os tiros tivessem sido dados por outra pessoa, e que o monstro agora estivesse morto. Também esperava que, se fosse esse o caso, quem quer que tivesse matado aquele desgraçado passasse longe daquela caverna. Ela não tinha problema nenhum em morrer ali sozinha, até sonhava com isso.

A única coisa que podia fazer, contudo, era esperar. E ela esperou, por sabe lá quanto tempo. O monstro não voltou e aquela era uma mudança muito brusca em sua rotina. Bia teve certeza de que ele estava morto.

Depois de algum tempo, Garoto concluiu que ou o grupo do sujeito era extremamente covarde, ou simplesmente não existia. Saiu de trás da árvore e rastejou agachado até o aclive. Subiu devagar, tentando não fazer barulho, e o que viu assim que sua cabeça surgiu no topo foi que não tinha acampamento nem porra nenhuma naquela clareira, exceto...

Exceto por uma caverna bem ali na frente.

Garoto hesitou.

E se estiverem acampados dentro da caverna?, pensou.

Não seja estúpido, Garoto, disse a voz do Velho. *Se tivesse alguém aí, já teriam vindo ver que tiros foram esses. O sujeito estava tão só quanto você.*

Não satisfeito com esse argumento, Garoto pegou um galho e o jogou pra frente com força. Observou se aparecia alguém, se alguém dizia alguma coisa. Nada. Apenas o barulho do galho caindo fofo sobre umas folhas secas, seguidos pelas batidas de seu coração e sua respiração tensa. Ele se levantou e caminhou decidido até a caverna, a arma firme na mão, os olhos atentos a qualquer movimento, o ouvido buscando identificar qualquer som. A certa distância, avistou uma estrutura de pirâmide bem à entrada da caverna, que ele pensou se tratar de uma barraca, mas não havia nenhum sinal de outras pessoas. Quando se aproximou um pouco mais, viu que não era uma barraca, mas algo para cozinhar carne à distância ou algo assim. Ele viu aquelas tiras de carne seca penduradas ali e seu estômago roncou, mas ele não encostou nelas. Dentro da caverna, percebeu que, além do cheiro de merda e carniça, havia uma tremenda bagunça e sujeira, até mesmo de sangue, e quando seus olhos enfim se acostumaram com a escuridão, viu um corpo encostado numa das paredes.

É, pelo visto não há mesmo mais ninguém, pensou, afastando as coisas espalhadas pelo chão com os pés e aproximando-se daquele corpo minguado, ainda sem baixar a arma.

Então ouviu um barulho.

"Hum", disse o corpo. E a seguir: "Ah."

Garoto percebeu com horror que aquela coisa estava viva.

Era, percebeu, uma mulher. Estava nua, suja, mutilada e presa, mas ele conseguiu identificar um corpo feminino mesmo assim. Olhou para o fundo da caverna, voltou até a entrada e deu mais uma olhada na floresta, e então guardou a arma no coldre e voltou para onde estava a mulher. Era dela que vinha aquele cheiro de mijo e merda. Havia uma mancha úmida de mijo em volta dela, seu rabo estava sujo de merda, seus tornozelos estavam inchados e cheios de pus, os braços terminavam não em duas mãos, mas em dois cotos cobertos com tecido e amarrados. Havia, além disso, escoriações por todo o seu corpo magro, e ela tremia e chorava enquanto usava a força que ainda tinha para se afastar dele como se quisesse entrar na parede.

Garoto sentiu uma imensa tristeza por aquela mulher. Ele sabia que aquele tipo de coisa acontecia, todo mundo sabia disso, mas Camargo condenava estupro com uma pena de morte tão horrível que ninguém em seu grupo sequer sonhava em fazer alguma espécie de sexo que não fosse consensual. Aos homens do grupo, ele dizia: "Batam punheta, troquem o cu, façam o que bem entenderem, desde que seja consensual. O estupro será condenado com mutilação e empalamento"; e às mulheres: "Fodam com quem vocês quiserem, e com quantos vocês quiserem, mas quem engravidar vai ser deserdada de forma sumária", de modo que estupros e crianças eram coisas que não aconteciam em seu grupo.

Ele se abaixou e retirou o tecido que prendia a boca da mulher. Estava sujo de sangue.

"Tem mais alguém?", perguntou.

Ela não respondeu, continuava olhando pra ele com aqueles olhos aterrorizados, como se não o enxergasse de verdade, mas a algum monstro horrendo erguendo-se por trás dele. A imagem era tão convincente que Garoto chegou a olhar pra trás para se certificar que não havia mesmo alguma coisa horrível às suas costas.

"Não se preocupe. Ele está morto."

A mulher começou a berrar e Garoto percebeu que era um choro de alívio.

"Tem mais alguém?", voltou a perguntar, agora mais devagar.

A mulher meneou a cabeça lentamente. Seu choro parecia um berro. Garoto percebeu que sua língua havia sido arrancada e havia uma infecção ali, mas não saberia dizer se era grave.

Coitada, talvez eu devesse matá-la, talvez ela vá morrer de qualquer jeito, talvez matá-la seja um favor.

E com esse pensamento em mente, Garoto a observou por um longo tempo enquanto ela simplesmente continuava a chorar.

23

Samanta estava cuspindo e defecando sangue há dois dias. Algo provavelmente havia se rompido dentro dela, por mais que a doutora Anita dissesse que estava tudo bem. Todos os dias há mais ou menos uma semana e meia, Diana vinha lhe fazer visitas em momentos aleatórios, inclusive de madrugada, e lhe enchia de perguntas. Centenas, milhares de perguntas que ela precisava responder rápido com a primeira palavra que lhe viesse à mente. Para cada resposta errada ou insatisfatória que ela dava, Diana lhe enchia de porrada. E, céus, como ela era dura. Os seus socos mais leves pareciam verdadeiras pedradas, os tapas que ela desferia com a mão aberta eram tão fortes e precisos que a faziam cair sentada. Uma pergunta respondida corretamente levava à pergunta seguinte, mas se respondida de forma equivocada, Samanta levava outra chuva de porrada e, então, Diana recomeçava as perguntas. E assim por diante. Todo dia, várias vezes ao dia, inclusive de madrugada, centenas, milhares de perguntas. Samanta tinha certeza de que se não morresse de tanto apanhar, acabaria ficando louca.

"O que é um macho?", perguntava Diana. A resposta correta era: inimigo. Qualquer outra resposta que ela desse, mesmo que fosse um sinônimo ou tivesse um sentido parecido, fazia o punho de Diana voar em direção ao seu rosto com a velocidade de um chicote. Certa vez, ela conseguira atingi-la no olho antes mesmo que Samanta conseguisse terminar a palavra "homem", e o olho em questão ainda estava inchado e com dificuldade para abrir.

Assim, Samanta memorizara e internalizara algumas respostas. Respondia de forma automática, rápida, quase sem respirar. Não aguentava mais aquilo. Fazia alguns dias, inclusive, que começara a sonhar que estava respondendo às perguntas e levando porrada, respondendo e levando porrada, mesmo quando no seu entender a resposta dita era a correta.

"Para que serve um macho?"

Samanta havia respondido em momentos distintos que serviam para: abrigo, amor, proteção, força, amizade, parceria, comida, guerra, e por todas aquelas respostas recebera porrada atrás de porrada. A resposta que parecia ter tirado Diana do sério, contudo, fora "reprodução". Samanta não sabia mais por que aquela resposta viera à mente, mas viera, e Diana simplesmente perdera o controle. Com o punho fechado, ela lhe socou o nariz, que se espatifou, jorrando torrentes de sangue. A seguir, a segurou pelo pescoço e a jogou com força contra a parede. Samanta caiu sentada ainda tentando respirar, engolindo e se sentindo sufocada com o sangue, quando um tapa veio zunindo de algum lugar à sua esquerda e POF, quase estourou seu ouvido. Samanta não lembrava de já ter apanhado tanto em nenhum momento de sua vida.

Na visita seguinte, quando se viu diante da mesma pergunta, Samanta respondeu "matar", já se encolhendo instintivamente para receber a porrada, percebendo com surpresa que ela não veio e sim a próxima pergunta.

"O que você faria se eu colocasse um macho na sua frente?"

"Mataria", disse Samanta, quase automaticamente, e se encolhendo em seguida.

Diana se levantou e disse:

"Ótimo. Prove."

Ela abriu a porta e aquela coisa que um dia havia sido Pedro entrou com seus passos hesitantes, o andar inseguro e a cabeça oscilante. Ele fazia sons vocálicos com a boca, mas nada que saía dela chegava sequer perto de fazer sentido. No chão, Samanta tremia, o corpo inchado e dolorido. Ela sentiu pena de ver Pedro daquele jeito. Não achava que ele merecia aquilo, mesmo sendo um macho.

Mas todo macho tem que morrer, disse uma voz em sua cabeça. Uma voz que Samanta não reconheceu, mas que se parecia com sua própria voz.

Diana retirou um punhal da cintura e o girou na mão, entregando-o a Samanta.

"Prove", disse.

Samanta se levantou e ficou olhando para aquele punhal como se estivesse hipnotizada, depois o retirou da bainha e ficou admirando sua lâmina. A coisa-Pedro deu dois passos hesitantes para um lado, a cabeça pendendo naquela direção, oscilando. Samanta pensou em esfaquear Diana, mas o pensamento logo lhe fugiu. Diana a encarava com atenção e tranquilidade.

Todo macho tem que morrer.

Matar macho.

Matar.

Samanta se posicionou bem diante da coisa-Pedro e a observou. Lembrou-se da única vez em que matara alguém, *o diabo*,

(um macho)

aquilo fora um impulso, quase um reflexo, o que sentia agora era muito diferente.

Era diferente de tudo o que já havia sentido até então. Ela apertou a mão em volta do cabo do punhal e pressionou a ponta da lâmina contra a barriga do macho.

A barriga do coisa-Pedro soltou o ar acumulado, fazendo um barulho de coisa que se esvaziava. Ele fez um "OAH?" com a boca e seus braços se agitaram, tentando segurá-la pelos ombros. Samanta então segurou o cabo com as duas mãos e o moveu na direção oposta, rasgando uma boca enorme e vermelha na barriga do coisa-Pedro. Os intestinos, brilhantes e de um tom vermelho-pálido, quase um roxo desbotado, caíram como se estivessem no fundo de uma mochila que subitamente se rasgou, mas permaneceram colados ao corpo do coisa-Pedro, metade dentro, metade fora. Pendurados.

O coisa-Pedro se jogou para longe dela, caindo sentado próximo da parede, os braços ainda agitados sem saber o que buscavam exatamente. Samanta foi até ele e tornou a baixar o punhal, dessa vez em seu pescoço. Ela não sentia nada. Absolutamente nada. Seus movimentos eram como os de alguém que praticava uma coreografia, e ela sentia como se os estivesse assistindo de longe. A lâmina do punhal subiu e desceu, subiu e desceu, fazendo um barulho molhado que soava como tchic-tchic-chic, salpicando e jorrando sangue por toda parte. Por um breve momento, a coisa-Pedro ainda tentou lutar sem entender exatamente contra o quê, mas logo o seu corpo era apenas reflexo, e então, espasmos.

Samanta continuou a esfaqueá-lo na caixa torácica, esvaziando o ar dos pulmões dele como se tivesse furado uma bola, a lâmina rompendo tendões, cartilagens, desencaixando ossos das suas articulações. Esfaqueou o seu rosto, a lateral de sua cabeça, os seus ombros, e continuou esfaqueando por muito, muito tempo. Seus braços simplesmente não paravam de repetir aquele movimento — tchic tchic tchic —, ela se sentou sobre aquele corpo coberto de sangue e continuou esfaqueando-o até que uma mão firme segurou o seu pulso, impedindo que seu braço continuasse a descer — tchic tchic tchic.

"Já chega, mana", disse a voz de Diana atrás dela. "Já está provado."

P3

COLAPSO

Entre a ideia
E a realidade
Entre o movimento
E a ação
Tomba a Sombra
"Os Homens Ocos", T.S. Eliot

1

Alguns dias após Samanta terminar sua reconstrução, Diana mandou reunir todas as irmãs na parte externa do casarão de Atenas.

Ela nunca convocava aquelas reuniões, a não ser em casos de operações complexas, orientações gerais — como novas leis e reestruturação de funções —, e o que ela às vezes chamava de missão, às vezes de guerra: confronto direto com algum outro grupo com o propósito de resgatar irmãs cativas.

Por esse motivo, elas a aguardavam, como de costume, ansiosas.

O lugar que chamavam de Atenas nada mais era que uma antiga fazenda colonial reformada que, em outros tempos, a julgar pelo tamanho colossal daquela casa, pertencera a alguém muito rico e poderoso. Elas haviam transformado aquele lugar abandonado primeiro em um lar, cercando-o e restaurando-o, e depois em uma pequena sociedade com leis e regras rígidas — como a proibição de certas palavras —, onde cada uma tinha suas atribuições.

No princípio, eram apenas seis mulheres fugitivas e determinadas, que haviam, sob a liderança de Diana, chacinado o grupo de caminheiros liderados por Baleia, do qual eram mantidas cativas. Feridas e traumatizadas, buscavam apenas um lugar para se refugiar e se proteger, peregrinando para o interior, quando encontraram aquela fazenda que mais parecia um presente dos céus.

Foi com os olhos brilhando e cheios de ambição que Diana olhou para a fazenda e disse que era ali que elas se estabeleceriam. Seu sonho de construir um lugar seguro e à prova de machos, onde mulheres pudessem viver em relativa paz, e se fortalecer para que pudessem libertar outras irmãs, iria finalmente começar a ser realizado. Assim, elas cuidaram do lugar: recuperaram suas cercas, restauraram o celeiro e o estábulo, e aos poucos o transformaram em lar.

As irmãs obedeciam cegamente a liderança de Diana, gratas por ela as ter libertado, e sob seu comando fortaleciam o corpo dia a dia, e aprendiam a se proteger com qualquer coisa que tivessem por perto. Aprenderam a atirar pedras com a força e a direção certas, a se defender e a atacar com pedaços de pau, facas e facões, aprimoraram e compartilharam suas técnicas em combates corporais simulados. Foi graças a isso que, armadas de forma rudimentar, elas conseguiram defender a fazenda de um pequeno grupo de caminheiros que levavam consigo duas mulheres cativas. Elas mataram os homens e resgataram as mulheres e, dentre elas, aquele que foi, na opinião de sua fundadora, o maior presente que Atenas recebera em sua existência: a jovem índia Uiara.

Uiara havia crescido numa aldeia de indígenas sobreviventes lá pros lados do Mato Grosso, e tivera todo o seu povo exterminado em um ataque de caminheiros armados com armas de fogo. Levada cativa, tornou-se escrava sexual e aceitou com resignação aquela nova condição, alimentando em silêncio um ódio que a devorava por dentro. Em algum momento, o grupo que destruíra sua aldeia se dividiu numa guerra interna por causa de comando, e ela fora levada por aquele grupo menor que decidiu invadir a fazenda de Diana.

Uiara e Diana sentiram uma pela outra uma conexão instantânea, e a sabedoria de Uiara — uso de ervas medicinais, reconhecimento de plantas venenosas e comestíveis, construção e manejo de arco e flecha — foi determinante para a ascensão de Atenas. Com Uiara, elas aprenderam a atirar. Treinavam todas as manhãs e tardes por horas a fio, todos os dias, e com o passar dos anos foram se aperfeiçoando em pacientes caçadas que faziam pelas florestas sufocantes da região.

Diana foi uma das primeiras a se aprimorar no uso do arco, e treinava com tanta obstinação e disciplina que chegou a superar sua jovem professora. Quando sentiu segurança suficiente, convocou sua primeira reunião oficial para dizer que a partir daquele momento elas iriam construir uma cidade só de irmãs, que se chamaria Atenas, e que sua missão seria resgatar as irmãs que estivessem na mesma situação em que elas se encontraram um dia, e fazer com os machos que as mantinham prisioneiras não o mesmo que eles faziam com elas, mas muito, muito pior: iriam desumanizá-los, trazer à tona sua verdadeira natureza de monstros abjetos, transformá-los em animais, comida.

O ódio que compartilhavam foi o que selou aquela missão.

Assim, as Mulheres, ou Irmãs, de Atenas — como se chamavam por imposição de Diana —, ocupavam-se de explorar a região para garantir sua segurança, e eventualmente resgatar as irmãs que por ali estivessem. Aos poucos, Atenas cresceu, e graças a essa política, já passavam de trinta irmãs, com um celeiro cheio de machos semivivos (sem olhos, sem língua, sem audição e sem pênis) e alimentados com capim seco que elas recolhiam na região e chamavam de ração.

"Como os animais que são", dizia Diana.

O principal motivo pelo qual as irmãs os alimentavam era, naturalmente, suas carnes — a princípio Diana queria evitar que comessem carne de macho, mas a escassez de comida vinha piorando muito nos últimos anos, de modo que fora obrigada a reconsiderar —, mas outro motivo importante era seu sacrifício nos rituais de iniciação das novas irmãs. Diana só confiava em mulheres que já houvessem matado um macho.

As irmãs tinham algumas particularidades em comum. Todas elas haviam sido submetidas à extração das mamas pelas hábeis mãos da doutora Anita, todas haviam raspado as cabeças, todas haviam fortalecido o corpo em exercícios cotidianos, todas eram originárias de uma vida cheia de dor, perda e humilhação.

Todas elas odiavam machos.

Quando Diana saiu do casarão e se posicionou diante delas, as irmãs acertaram a postura e calaram os sussurros.

"Manas", disse ela, colocando as mãos atrás do corpo e dando alguns passos, como tinha o hábito de fazer sempre que professava um de seus discursos, "como vocês sabem, convoco essas reuniões apenas em casos muito específicos. Infelizmente a convocação de hoje é por causa de algo que pode vir a se tornar uma ameaça, talvez até mesmo uma guerra."

As irmãs se entreolharam, preocupadas. Sabiam que a guerra era uma condição permanente, e estavam preparadas para morrer antes de cair nas mãos de outro macho.

"Como vocês sabem, recebemos recentemente mais uma irmã para a nossa comunidade. Samanta."

Diana apontou para o canto do grupo, onde Samanta a observava com olhos vidrados.

"Vocês já sabem a história de como ela foi trazida pra cá, sabem que ela estava sob o sequestro de um macho e que algumas de nós a libertamos."

Diana observava com atenção o efeito de suas palavras.

"O que vocês não sabem, irmãs, é que ela me contou para onde iam e por que fugiam."

Diana respirou fundo.

"Ela e o macho, manas, ouviram um carro."

Um burburinho se espalhou pelo grupo de uma ponta a outra. Diana esperou que elas silenciassem.

"Isso mesmo que vocês ouviram. Um carro. Inacreditável, não acham? A última vez que vi um carro funcionando eu devia ter uns cinco anos."

A doutora Anita ergueu o braço.

"Sim, doutora?"

"Era mesmo um carro? Não pode ser outra coisa? Chegaram a vê-lo?"

Diana olhou para Samanta. Samanta deu um passo à frente.

"Era um carro", disse. "Estávamos abrigados em uma casa ao sul de Goiás, o carro seguia para o norte, em direção a Brasília."

A doutora Anita ia dizer mais alguma coisa, mas Diana ergueu o braço para que ela calasse.

"Vou explicar as consequências diretas disso para o nosso grupo. Primeiro, eu não entendo como eles conseguiram um carro, e entendo menos ainda como eles conseguiram fazê-lo funcionar. Mas isso não importa. Se existe mesmo um carro funcionando, isso significa que nosso grupo está ameaçado. Vocês podem pensar: ora, mas se eles estavam indo para o norte, provavelmente estão longe, não são uma ameaça. Ou que pode ser uma pessoa só. Manas, entendam. Um carro pode se deslocar até Atenas com rapidez e facilidade. Pensem, como uma pessoa sozinha conseguiria pôr um carro pra funcionar? E quanto a combustível? Carros precisam disso, certo? Não, manas, eu duvido muito que seja uma ou duas pessoas. Isso tem cheiro de grupo, fede como um. E não um grupo qualquer. Talvez de caminheiros, os primeiros caminheiros de carro de que já ouvi falar. Além disso, é muito mais provável que seja um grupo de machos, o que me causa ânsia de vômito."

As irmãs se agitaram, inquietas.

"O que vamos fazer?", perguntou Carminha. "Como vamos descobrir onde eles se escondem?"

Diana estendeu a mão.

"Nós vamos caçá-los. Atacá-los primeiro, manas, de surpresa, antes que eles nos ataquem. Eles não se escondem longe, pelo que Samanta contou. E eu não vou deixá-los andando por aí. Repito, são uma ameaça."

Diana esperou alguma reação.

"E nós não convivemos com o que nos ameaça", disseram quase em coro.

"São uma ameaça", repetiu Diana.

"E nós não convivemos com o que nos ameaça", repetiram.

"Muito bem, manas. Ainda vou acertar os detalhes, mas deixem suas armas preparadas. Minha ideia é que formemos uma expedição para acabar com esse grupo e roubar o tal carro. Alguma de vocês sabe dirigir?"

A doutora Anita ergueu o braço.

"Faz uma vida que não encosto num carro, mas talvez ainda consiga tirá-lo do lugar", disse.

Diana assentiu.

"Maravilha, doutora", disse. "Você vai na expedição."

Anita olhou em volta, confusa.

"Eu?", perguntou, apontando para o próprio peito

Diana, como se se justificasse, disse, para todas:

"É uma exceção, irmãs. Eu nunca deixo a doutora Anita sair por razões óbvias, mas quem mais conseguiria tirar o carro do lugar?"

Elas se entreolharam, imaginando se alguma responderia, mas elas permaneceram em silêncio.

"Eu também irei. E Samanta, para apontar o local onde ouviram o carro. Seremos quinze irmãs, no total. O resto fica aqui protegendo Atenas e aguardando a nossa volta. Vou fazer a lista das que irão conosco assim que terminarmos essa conversa. Restou alguma dúvida?"

Elas permaneceram em silêncio. A única dúvida era quando.

"Como você aprendeu a falar português?", perguntou Camargo.

Ainda olhava Espanhol com curiosidade. César permanecia de olhos atentos no horizonte. A picape balançando preguiçosamente sobre o asfalto rachado e cheio de buracos.

"Não sei mucho", respondeu Espanhol. "Misturo as palabras. Mi papá era brasilen...leiro. Era amigo. Não era mi verdadero papá."

Camargo continuava encarando-o, como se esperasse um complemento àquela resposta.

"Adoptivo", completou Espanhol, voltando a mastigar o pedaço de cenoura desidratada que Camargo havia oferecido. "Eso es muy bueno", disse ele, lembrando em seguida que seus interlocutores falavam português. "Muito bom. Gracias. Obrigado."

O grupo seguia fazendo o caminho de volta, planejando seguir para o noroeste em direção ao Amazonas. O tempo voltara a esfriar e nuvens negras começavam a se juntar no céu sobre eles, prometendo uma chuva negra para o final da tarde ou começo da noite. Camargo achou que seria uma boa ideia parar para montar acampamento, e só seguir viagem depois que a chuva passasse. Bateu na cabine três vezes para

Amanda, e ela buzinou três vezes em resposta. Era o sinal combinado para avisar que em breve fariam uma parada para descanso. Os outros repetiram o sinal, confirmando o recebimento da mensagem. Aquilo impressionou Espanhol, que não parava de se espantar desde que conhecera aquele grupo.

"Bravo!", disse ele. "Bravíssimo!"

Pelo que havia percebido, eles tinham desenvolvido uma forma de comunicação sem palavras, com base em troca de olhares e movimentos discretos e, quando estavam na estrada, através de batidas e buzinadas. Ele havia percebido, por exemplo, a forma como trocaram olhares quando encontraram com ele na estrada. Às vezes um olhar queria dizer baixe a arma, noutras queria dizer levante a arma, e ele achava que tinha conseguido identificar até mesmo um olhar que dizia claramente que não deveriam se preocupar, pois ele não representava perigo algum. Espanhol estava feliz por ter encontrado aqueles amigos.

Era recíproco. Camargo também estava feliz por ter encontrado Espanhol. Gostava dele não apenas porque o achava divertido, mas também porque enxergava nele certa pureza e ingenuidade, coroada por um espírito gentil e que cultivava alguma nobreza. Além disso, Espanhol estava andando sozinho há muito tempo, algo que o próprio Camargo adoraria poder fazer — já teria feito, se não tivesse sido eleito a babá suprema daquele grupo desde a morte de seu pai. Nesse sentido, Camargo chegava a invejá-lo.

"Coma mais um pouco, papito", disse ele, passando o pote de cenouras ressecadas para Espanhol e sorrindo.

Pararam algumas horas depois, quando o vento se tornou mais forte. Camargo reconhecia bem aquele cheiro de merda seca trazido pelo vento. Significava que seria uma chuva fodida, torrencial, que talvez durasse toda a noite. Estavam passando por uma pista estreita, com desertificação de ambos os lados e algumas casas afastadas da pista parcialmente soterradas pela areia. Camargo sinalizou com duas batidas para que parassem ali mesmo, e avisou que iriam fazer uma parada na cidade mais próxima.

"Honorópolis", disse, apontando para um desvio que resultava numa estrada lateral de terra batida. "Segundo o mapa, fica em algum lugar ali na frente. Deve ser uma dessas cidades pequenas onde não tem porra nenhuma. Segura, portanto. Não vamos montar barraca hoje, vamos procurar uma igreja. Igrejas costumam ser espaçosas e, se tivermos sorte, não estará tão arruinada nem cheia de goteiras. Assim que virem uma cruz assim", ele pegou seu revólver e o ergueu na vertical, cruzando o dedo indicador horizontalmente sobre o cano. "Isso é uma cruz. Significa igreja. Se virem uma dessas, vamos acampar por lá. Amanhã teremos que recuar um pouco pra seguir por ali", ele apontou para o lado em que a estrada continuava sendo uma rodovia, "mas vai valer a pena. Acho que todos nós precisamos descansar".

Eles assentiram e seguiram viagem, atentos a qualquer sinal de cruz pelo caminho. A cidade, que em outros tempos fora na verdade um distrito, era bem pequena, com algumas ruas largas na parte central e outras estreitas na parte periférica, todas parcialmente cobertas de areia e adornada com casas abandonadas ou em ruínas. Não havia edifícios, como na maioria das pequenas cidades do interior pelas quais haviam passado, o que causava a alguns deles certo estranhamento, como se tivessem muito espaço em torno de si e aquilo não fosse o certo. Uma antena de telecomunicações tombada bloqueava uma das ruas e eles tiveram que fazer a volta. Quando finalmente encontraram a igreja, estacionaram e forçaram a entrada pela porta.

"Não fosse pela areia, esse lugar não pareceria tão destruído", comentou Amanda, olhando para a igreja com desconfiança.

"Acho que isso vale para a maioria das cidades do interior. Certo, Espanhol?"

Espanhol assentiu.

"En ciudades costeras, agua, hielo. En ciudades del interior, arena, sequía. En todas, muerte."

"Terra, água, ar e fogo, os quatro elementos determinados a comer o nosso rabo", comentou Camargo.

"É seguro?", perguntou Dona Maria, aproximando-se dele.

"Totalmente seguro, Dona Maria. Não tem porra nenhuma nesse lugar. A única ameaça aqui é a escassez."

Acomodaram-se como puderam. Camargo estava tão seguro de que naquele lugar não havia nada nem ninguém, que dispensou todos da vigília noturna. Pela primeira vez desde que haviam deixado o Palácio, todos pareceram relaxar. Eles deixaram as picapes e as motos estacionadas do lado de fora, tiraram um pouco de comida e bebida para passar a noite, e depois cobriram a caçamba com uma lona "Pra não deixar tudo com cheiro de merda", orientara Camargo. Quando a chuva começou a cair lá fora, eles estavam bem alojados dentro da igreja, comendo tiras de carne seca com flocos de aveia rançosa e bebendo uísque. Espanhol quis saber como eles conseguiam aquele tipo de comida, e Camargo lhe explicou que Dona Maria era uma grande autoridade em conservação de alimentos a longo prazo, e que algumas daquelas coisas eram mesmo muito, muito velhas.

Quando a comida acabou, o grupo se dividiu entre os que foram dormir cedo e os que continuaram bebendo mais um pouco. Espanhol, após dois goles no uísque, arrastou-se para um canto e dormiu com a cabeça apoiada em sua mochila. Tinha no rosto uma expressão alegre e satisfeita. Sorria, parecia feliz.

"E então?", perguntou Velho, olhando para ele. "Amigo... ou comida?"

Camargo fumava seu cachimbo e bebia o uísque em silêncio.

"Gosto do papito", disse. Depois de pensar mais um pouco, acrescentou: "Ele me diverte."

"Ele também me passa uma boa impressão", o velho disse. "É um bom rapaz."

Camargo concordou em silêncio.

"Como ele pode ter sobrevivido sozinho todo esse tempo?", perguntou Amanda. Ela bebia o seu uísque em um copo de alumínio amassado e fosco.

O velho deu de ombros.

"Sorte, talvez", respondeu. "Ou então coincidência, sei lá. Não temos como saber."

"O que você acha, chefe?", perguntou Mago, que pela primeira vez passava a impressão de estar relaxado.

Camargo bebeu o resto do uísque em seu copo e pegou o resto da garrafa, que estava pela metade.

"Eu acho", disse, levantando-se, "que vou dar uma volta pela cidade. "E acho que vocês deviam ir dormir e recuperar as energias. Amanhã não vamos parar por um bom tempo."

"Quer companhia?", perguntou Amanda.

Camargo fez que não.

Ele subiu o capuz de sua parka e saiu na chuva, assobiando uma das músicas de Antes que conhecia de cor. O cheiro de merda se misturava ao cheiro de terra molhada enquanto a água preta banhava o chão, formando poças repugnantes onde quer que houvesse buraco. Camargo deu um longo gole no bico da garrafa e seguiu andando em direção a um antigo terminal rodoviário destruído que vira enquanto atravessavam a cidade. Ele parou embaixo do que restara da marquise, e sentou-se num pneu velho de trator que estava caído ali no canto.

Porra nenhuma, pensou, dando mais um gole, dessa vez bem generoso. Não tinha porra nenhuma naquele lugar.

Tentou imaginar que tipo de pessoas moravam ali nos tempos de Antes. Pessoas pacíficas, certamente. A principal *causa mortis* naquele lugar devia ser o tédio. Ele sorriu e continuou bebendo. Quisera não ter quebrado seu violão. Se não tivesse feito essa cagada e estivesse com ele ali, provavelmente tocaria alguma daquelas antigas canções sobre noites como aquela, mesmo que nunca houvesse existido uma noite como aquela nos dias de Antes. Decidiu que se um dia voltassem a construir um lar, ele daria um jeito de conseguir um novo violão.

Então pensou em Espanhol e nas coisas que ele lhe contara.

"Grande papito...", murmurou, dando mais um gole.

Não era nenhuma surpresa que todos estivessem mortos pelos lugares por onde ele passou, mas era surpreendente que ele tivesse simplesmente seguido em frente, indo de um lugar a outro simplesmente por ir, achando que era o último ser humano vivo do planeta. Em seu lugar, Camargo talvez já tivesse se matado. Não via nenhum propósito naquele tipo de vida, e se permanecia vivo, era apenas porque a vida de outros dependia, em parte, da sua sobrevivência.

"Minha missão é cuidar deles", murmurou, em seguida dando vários goles na boca da garrafa.

Estava começando a se sentir bêbado, o que não era muito comum. Talvez fosse culpa dos últimos dias de péssimo sono, alimentação precária e quase nenhum sossego. Sem seus instrumentos, sem seus livros, tudo o que lhe restava eram as armas e o álcool. Seus últimos refúgios.

"Não fosse vocês", olhou para a igreja, "acabaria com essa merda agora mesmo." A voz começando a ficar arrastada, a mão acariciando o cabo do revólver. "Pow, e estaria tudo resolvido. Sem mais dessa merda. Sem mais dessa porra de fim de mundo."

Um homem se aproximou e se sentou ao seu lado.

"Cadê o chapéu?", perguntou.

Ele virou a cabeça e viu o seu pai. Parecia mais fino, menor, mas era mesmo ele. Camargo sorriu.

"Oi, papai, o senhor tá mais magro", disse.

"A gente perde uns noventa quilos depois que morre", respondeu ele. "Não vai me oferecer um gole desse negócio? Tá frio pra caralho."

"Claro, claro. Desculpe."

Camargo ofereceu a garrafa e seu pai deu um gole demorado nela.

"Uma delícia", lhe devolveu a garrafa e enxugou a boca com as costas da mão. "Taí uma das coisas que eu sinto mais falta."

"Eu também vou sentir quando chegar minha vez."

Seu pai o observou com satisfação.

"Você cresceu pra caralho, filho. Tá maior que eu."

Camargo sorriu.

"É a dieta."

Seu pai continuava com ar satisfeito. Em seguida, assumiu uma expressão séria.

"Pensei que você seguraria bem as pontas", disse.

"Estou segurando, papai. Ainda estou... do lado de cá, como dá pra ver."

"Mas perdeu o entusiasmo, não?", ele remexia nos bolsos. "Puta merda, filho, você por acaso não teria um cigarro aí pro seu velho, hã?"

Camargo meneou a cabeça.

"Não tem mais cigarros, papai. A gente fuma um tabaco com gosto de merda que daqui a pouco vai acabar também."

"É foda", disse o seu pai.

"É, papai, é foda."

"Você não respondeu", ele continuava remexendo os bolsos.

"Qual era mesmo a pergunta?"

"O entusiasmo. Você perdeu."

"Acho que sim, papai. Perdi sim. A verdade é que pra mim tanto faz agora. Não vejo mais sentido nenhum a não ser por eles. Se eles morressem eu simplesmente terminaria o resto do uísque e depois apararia o topete pela parte interna da cabeça."

Seu pai conseguiu encontrar um maço de cigarros amassado num dos bolsos. Retirou um cigarro todo torto e o acendeu com um isqueiro em formato de pistola. Deu um trago e disse:

"Não se pode colocar a pasta de dente de volta ao tubo, filho. Lembra disso?"

"Como eu poderia esquecer? O senhor vivia repetindo essa merda."

"É, meu filho, não se pode colocar a pasta de dente de volta ao tubo", repetiu ele, como se naquela frase tivesse a mensagem mais importante do fim do mundo.

Camargo ficou refletindo sobre ela em silêncio.

"E então, cadê o chapéu?", perguntou seu pai depois de um tempo.

"Ficou na igreja", respondeu ele. "Não queria que ficasse fedendo a merda."

"Pelo visto, tudo fede a merda hoje em dia."

Camargo discordou.

"Exceto a merda, papai. A merda tem cheiro de sangue."

Ficaram em silêncio. Camargo bebendo o resto do uísque e seu pai fumando. Depois de um tempo assim, Camargo perguntou se por acaso ele não teria mais um cigarro, mas o seu pai não estava mais lá. Camargo o chamou algumas vezes, mas foi a voz de Amanda quem respondeu.

"Você estava sonhando, Camargo", disse ela.

Ele olhou em volta, viu a garrafa vazia jogada ao seu lado, o pneu velho no qual se sentara, a ruína do antigo terminal rodoviário.

"Eu vim atrás de você. Você tava demorando, fiquei preocupada. Você também precisa descansar."

Ele assentiu e se levantou com um gemido.

"Vamos lá, grandão", disse ela, acomodando-se embaixo do abraço dele. "Eu vou cuidar de você. Faz tempo que não te faço um boquete daqueles. Com bolas, do jeito que você gosta. Você tá merecendo."

3

Garoto havia cozinhado e amassado um pedaço daquela raiz amarga até transformá-la numa pasta. Agora, usava uma colher de madeira que ele mesmo havia confeccionado para alimentar a garota. Ela estava melhorando, ele percebia com satisfação, apesar de ainda estar muito fraca. Depois de dias com o corpo quente, suando e tremendo, a febre finalmente baixara aquela manhã, o que era um ótimo sinal.

Acho que ela não corre mais perigo, pensou, enfiando mais uma colherada na boca dela.

No dia em que a encontrara, ele havia ficado na dúvida se ela teria alguma chance de sobrevivência. Por fim, analisou as circunstâncias e concluiu que não custava nada tentar. Havia a carne do pato, água do rio, raízes e plantas da terra. E aquela caverna era um bom lugar pra ficar, no final das contas. O fator determinante em sua decisão, contudo, foi a barba-de-velho.

Talvez funcione, pensou Garoto.

Depois ele a desamarrou e disse:

"Não se preocupe, ele está morto. Vou cuidar de você."

E saiu da caverna. Voltou um tempo depois, arrastando o corpo estripado do pato.

Ele já tinha ajudado o pessoal de seu antigo grupo inúmeras vezes a preparar carne humana, mas nunca havia feito sozinho, de modo que foi repassando mentalmente o que devia fazer na medida em que fazia, com receio de esquecer alguma coisa. Depois que tirou a pele e cortou em tiras a carne mais macia, retirou as carnes velhas do defumador e colocou em uma pequena bolsa de couro que levava dobrada dentro da mochila. A seguir colocou as tiras da carne do pato sobre a grade do defumador, adicionou lenha na fogueira e atiçou o fogo com um graveto. Fez tudo isso enquanto a garota permanecia imóvel. Apesar de ter soltado as amarras, ela não havia se movido um único centímetro.

"Desculpe, eu tinha que cuidar da carne primeiro", falou. "Eles apodrecem muito rápido. Seria um desperdício deixar pra lá."

A garota não deu sinais de que o escutava.

"Já desperdicei bastante quando o desossei. Algumas partes não dão pra aproveitar aqui", ele apontou em volta. "Quero dizer, poderíamos aproveitar até os ossos se tivéssemos pessoal, instrumento e estrutura, né? Mas não temos, somos só nós dois", ele deu de ombros, "então peguei só a parte macia e mais fácil de defumar."

Ele se aproximou dela e a observou.

"Agora vou jogar o que restou dele lá no rio e volto aqui pra cuidar de você", disse.

E assim fez. Depois que jogou os restos de Samuel no rio, voltou para a caverna e procurou algo que pudesse usar daquelas tralhas. Entre os objetos pessoais de Bia, encontrou um pedaço ressecado de sabão artesanal e algumas tiras de tecido; também encontrou uma leiteira, desceu com ela até o rio, a encheu com água e a pôs na fogueira pra ferver. Com os panos molhados e mornos e o sabão, ele a limpou com delicadeza. Seu corpo sujo de sangue, lama e merda tremendo sob a textura grossa do tecido. Quando terminou de limpá-la, ele forrou um cobertor no chão um pouco mais pra dentro da caverna, num pedaço limpo e que não fedia tanto, colocou os colchonetes, e a levou nos braços até lá. A seguir, limpou a caverna como pôde, recolhendo toda a sujeira e tirando ela dali.

Organizou as coisas o melhor que pôde. Quando finalmente terminou, já havia escurecido, e ela tremia e delirava de febre. Garoto se aproximou dela, sentiu sua temperatura com preocupação, colocou um pano molhado em sua testa e disse:

"Agora que você tá limpa, tenho que procurar uma coisa que eu vi a caminho daqui. Tá um pouco longe, mas prometo que não vou demorar. Você vai ficar bem, não se preocupe."

E saiu apressado. Sentia-se sujo, queria tomar um banho, mas também não queria perder tempo. Um pouco antes do local onde encontrara o corpo do grandalhão, ele havia visto algumas árvores cobertas de barba-de-velho e até pensara em pegar um pouco, mas acabara deixando pra lá. Aquela planta era útil, mas Garoto não estava precisando no momento então simplesmente deixou pra lá. Pela quantidade, deduziu que, se precisasse, conseguiria encontrá-la sem muita dificuldade. Assim, refez o caminho de volta, usando o rio para se orientar, e quase gritou de alegria quando reencontrou a árvore. Como as demais, ela estava meio morta, meio ressecada, mas sobre seus galhos havia barba-de-velho suficiente para usar por alguns dias. E ele nem precisava de muito. Recolheu alguns ramos e voltou rápido para a caverna, avisando desde a entrada que havia voltado. Quando chegou perto da garota, achou que ela tivesse morrido, mas viu com alívio que apenas caíra no sono.

Com a barba-de-velho, preparou um chá e uma pasta. Acordou a moça, e pediu para que ela fizesse um bochecho devagar com aquele chá morno, depois engolisse um pouco. Com a pasta, ele emplastrou os cortes em seus tornozelos e braços, e os cobriu com os panos que havia fervido. Em seguida, pegou um chumaço da planta e pediu para que ela mesma colocasse um pouco na boca e mascasse, deixando o sumo escorrer.

"Uma vez um dente meu apodreceu, né?", comentou, enquanto a observava mascar. "Aí lá em casa, é, lá no lugar onde a gente morava, no Palácio. É, lá tinha essa velha que cuidava da gente. Dona Maria. Ela falava demais, mas entendia bastante de ervas e sobre conservação de alimentos, sobre o que dava pra comer e o que não dava e esse tipo de coisa. Camargo chamava ela de nossa mãezona", Garoto sorriu. "Camargo era o nosso líder. É, então, meu dente tinha apodrecido e o Velho...", ele hesitou e disse, "o

Velho era meu pai e, bom, ele arrancou meu dente com um alicate. Cara, aquilo doeu pra caralho. Eu urrei de dor, e olha que aguento porrada. É. Sou durão e chorei, imagina? E sangrei pra caralho também. Sangrei como se alguém tivesse cortado minha jugular. Pra piorar, o negócio inflamou de um jeito que todo mundo achou que eu ia morrer. Então eu tava ali com febre, cuspindo sangue o dia inteiro, com uma dor que parecia estar corroendo meus ossos por dentro começando aqui na mandíbula..."

Ele olhou pra ela e puxou o canto do lábio com a ponta do dedo mindinho.

"Aqui, ó: consegue ver? Ficou um buracão."

Bia permanecia em aparente choque, mascando devagar a planta em sua boca.

"Mas eu tô vivo, tá vendo? Eu fiquei bom. Tô vivo e forte, e um dente a mais outro a menos não faz tanta diferença."

Bia desviou os olhos. Brilhavam. Garoto voltou a ficar sério.

"Sabe por quê? Sabe por que eu sobrevivi, garota? Por causa disso aí."

Ele apontou para ela com o queixo.

"A velha fez comigo tudo isso que tô fazendo com você. Pegou barba-de-velho, fez chá e pomada, e eu fiquei uns dias bebendo chá e mascando essa planta. Ela dizia que era..." ele fez um esforço buscando a palavra, "...antibiótico e cicatrizante, entendeu? Você vai ficar boa. Agora vá descansar, durma, eu vou tomar um banho lá no rio e já volto, tá bom?"

Ela é engraçada, pensou Garoto a caminho do rio. Entendia que ela não falava nada porque aquele pato covarde tinha arrancado sua língua, mas não entendia por que ela não sinalizava sequer estar entendendo o que ele falava. Apenas ficava ali parada, olhando pro vazio e se mexendo só o que precisava. *Talvez o pato tivesse fritado a cabeça dela*, pensou.

No rio, tirou a roupa e tomou um banho gelado, esfregando-se com força com um pedaço de pedra e o sabão artesanal, depois voltou para a caverna, virou as tiras de carne no defumador e se acomodou num canto pra dormir.

Quando acordou, a garota ainda dormia. Ele verificou sua temperatura e teve a sensação de que havia baixado, então preparou mais um chá e a acordou.

"Aqui, beba mais um pouco", disse.

Ele teve a impressão de que ela o via pela primeira vez, e que seus lábios até se repuxaram um pouco no que parecia ser um sorriso. Ele disse:

"Eu vou sair pra pegar umas raízes. O gosto é ruim, mas acho que vai fazer bem pra você. Se quiser comer carne eu te dou também, mas acho melhor a gente ir devagar."

Ele saiu para catar raízes, e voltou depois de algumas horas sujo de terra, suado, e com a sacola de couro dela cheia. Parecia exultante.

"Esse lugar é perigoso", disse, mas parecia feliz. "Sério, esse lugar é muito perigoso. Às vezes me pergunto o que aconteceu aqui."

Ele virou a sacola e vários pedaços de raízes rolaram pelo chão.

"Vê? Comida", ele fez um movimento de cabeça em direção ao rio. "Água", apontou para a caverna, "abrigo. Esse lugar tem tudo o que importa. Só que a gente não pode ficar aqui por muito tempo. Eu não tenho ferro suficiente para proteger todo esse...", ele procurou a palavra em sua cabeça e estava quase desistindo quando ela finalmente surgiu, "... ouro! Você sabe o que é ouro? É isso aqui. Esse lugar, essas coisas. Tudo ouro. É preciso ter ferro pra ser dono do ouro, do contrário qualquer um que tiver mais ferro pode chegar e tomar o seu ouro, entendeu? Era o que Camargo dizia. É perigoso ficar aqui."

Ele observou se ela havia compreendido o que ele falara e achou que sim. Ou ela também podia ter sido invadida por alguma lembrança, pois baixou a cabeça e seus olhos se encheram de lágrimas. Garoto se aproximou e se sentou bem à sua frente.

"Você tem alguém?", perguntou.

Bia não respondeu.

"Tem algum lugar pra ir?"

Ela permaneceu em silêncio. Garoto coçou a cabeça.

"Se você tiver alguém ou algum lugar pra ir, eu posso levar você lá."

E então pensou na moto. Será que ainda estava lá? Ia depender, é claro, de Camargo, se ele tinha ou não enviado alguém para pegá-la, mas sem gasolina ela não serviria pra nada. Caso tivessem que ir a algum lugar, teria que ser a pé. A garota permanecia em silêncio. Garoto respirou fundo e se levantou.

"Vou cozinhar as raízes e preparar uma pasta pra você."

E assim vinha sendo mais ou menos a rotina deles dois até aquela manhã em que ele percebeu que a febre havia, finalmente, baixado de vez. O garoto limpava suas feridas e trocava seus curativos, preparava sua comida, a levava no colo até a parte externa da caverna quando ela sinalizava que precisava usar o banheiro, e a segurava no colo enquanto ela fazia suas necessidades. Quando terminava, ele a debruçava sobre o ombro e a limpava com uma tira de pano. Tinha receio de que apoiar o peso do corpo nos pés, principalmente em posição de agachamento, seria demais praqueles tornozelos fodidos, e no fundo tinha dúvidas se ela um dia voltaria a andar.

Suas forças aos poucos estavam voltando, ele percebia com alegria, e estava certo de que já não corria o risco de morrer, mas seu estado de espírito não havia mostrado nenhuma evolução. Ela permanecia fazendo as coisas mecanicamente, com uma expressão de choque no rosto, e só comia quando ele lhe dava na boca. No dia anterior, ele havia oferecido um pedaço de carne, pois acreditava que ela já estava em condições de comê-la, e disse, como que para quebrar aquele clima sombrio que era o seu normal, que aquela carne era especial, pois era carne do pato.

"Já comeu carne de pato?", perguntara. "Essa certamente vai ter um gostinho especial."

Mas ela não quis comer, o que ele achou estranho. No lugar dela, ele teria comido a carne daquele pato com satisfação, e sentiria um imenso prazer em vê-lo se transformar na merda que lhe sairia pelo cu.

4

Diana decidiu enviar duas batedoras, orientadas por Samanta e com Uiara no comando, para que fizessem uma expedição de reconhecimento até o local onde Samanta alegava ter ouvido o carro. Era relativamente longe e ia requerer alguns dias de viagem se fossem pelas florestas, então Diana decidiu que iriam pela estrada.

"Pela estrada é mais perigoso, mas vocês vão ganhar alguns dias", disse.

Uiara discordou.

"Pela floresta podemos encontrar comida e água, e eu sei rastrear. É mais seguro. Podemos compensar a perda de tempo com..."

"Não", disse Diana, dando um tapa na mesa.

Samanta olhou para Vitória, que fora escalada como batedora, surpresa com a reação de Diana.

"Não", repetiu Diana. "Eu preciso que vocês vão e voltem o mais rápido possível. Não podemos perder tempo. Vocês vão de bicicleta."

Uiara olhou para Samanta e então para Vitória.

"Diana, na estrada e de bicicleta nós seremos presas fáceis para qualquer grupo de caminheiro que..."

"Até onde sei", disse Diana, "faz bastante tempo que nenhum caminheiro se aventura por esses lados. Eu preciso que vocês voltem logo e o plano mais rápido que temos é esse. Está decidido. Eu não estou debatendo com vocês, não estou pedindo a opinião de ninguém. Eu estou afirmando que vocês vão de bicicleta, pela estrada, e amanhã. Preparem suas mochilas e seus arcos", disse para Uiara e Vitória.

E para Samanta:

"Você ainda não tá pronta pra usar o arco, seu papel é apenas o de guia. Quero que mostre exatamente onde viram o carro."

Samanta assentiu. Uiara revirou os olhos insatisfeita, e não disse mais nada.

"A reunião está encerrada. Tentem dormir cedo. Quando voltarem, se conseguirem encontrá-los, passamos para a segunda fase. Atacaremos de surpresa, salvaremos as manas que estiverem com eles, se houver alguma, e roubaremos o carro. Vamos deixar pra decidir por lá o que faremos com os machos. Vai ser difícil trazer eles até aqui, mas nós não desperdiçamos comida. Natália e Denise vão preparar as bicicletas."

Samanta ergueu a mão timidamente.

"Pode falar."

"Eu não sei andar de bicicleta, e não sei se posso ainda eu..."

Diana revirou os olhos.

"Vitória vai levar você montada, mana. Se cansar, ela reveza com a Uiara."

Mais tarde, a sós no quarto e após terem transado de forma um tanto agressiva, Diana disse para Uiara:

"Não quero que me questione na frente das outras irmãs, principalmente das novatas."

Uiara não respondeu.

"Eu me preocupo com você, Uiara. Amo você. Eu jamais colocaria sua vida em perigo. Sabe disso, não sabe?"

Uiara se aninhou em seus braços, os dedos deslizando delicadamente por sua barriga.

"Você precisa confiar em mim. Vai dar tudo certo. As estradas nesse trecho são seguras. Pela floresta nós perderíamos muito tempo. Cada dia a menos é uma vantagem a mais pra eles. Nossa grande vantagem é o elemento surpresa."

Uiara respirou fundo.

"Eu sei."

"Eu te amo", repetiu Diana.

"Eu te amo mais", respondeu Uiara.

No dia seguinte, Uiara e Vitória, com Samanta montada de lado no quadro da bicicleta desta, saíram pedalando pela estrada em direção à antiga casa onde Samanta havia se escondido com Pedro. Ela levava uma mochila com um pouco de água e comida, e Uiara e Vitória levavam apenas uma aljava atravessada com algumas flechas, e uma faca enfiada na bainha. Haviam decidido que iriam ainda mais rápido se viajassem o mais leve possível, e que, caso precisassem, procurariam comida e água suplementar pelo caminho.

No primeiro dia, pedalaram a manhã inteira pela estrada, desviando de buracos e eventuais pedras, pedaços de árvores, carcaças de carros abandonados que encontravam pelo caminho. Samanta gostava do vento açoitando o seu rosto, da velocidade com a qual a bicicleta se movia pelo asfalto, e decidiu que, quando aquilo acabasse, ela iria aprender a andar de bicicleta. No final das contas, achava que estava começando a gostar mesmo de Atenas, e até sentia um respeito e admiração crescente por sua líder. É verdade que Diana às vezes se comportava

(como um macho)

de forma agressiva, mas isso era pro bem da comunidade. Samanta compreendia isso.

Viajaram em silêncio, parando apenas para beber água, comer um pouco de carne seca, e descansar por alguns minutos. Depois, trocaram Samanta de bicicleta e seguiram viagem pedalando até o escurecer, quando pararam próximas do que antes havia sido um pedágio. Nenhuma delas sabia o que era aquilo.

"Vamos dormir aqui", disse Uiara. "Amanhã cedo continuamos."

Estavam cansadas e dormiram sem fazer vigília. Quando acordaram, alongaram-se, comeram umas batatas ressecadas e cruas, e seguiram em frente. No segundo dia, pouca coisa mudou. Pedalaram um pouco menos do que no dia anterior, e quase não trocaram palavras, à exceção de quando pararam para discutir algum detalhe do caminho, comparando o mapa com as orientações de Samanta, ou para fazer suas necessidades. Dormiram à beira da estrada mesmo, sob o céu vermelho, na areia.

No terceiro dia, mal tinham retomado a viagem quando começaram a cruzar uma floresta que cercava a estrada dos dois lados. Era uma área relativamente densa, se comparada às demais, mas como qualquer outra floresta que elas conheciam estava ressecada, pálida, moribunda. Pararam e discutiram por alguns minutos se deveriam entrar.

"Só temos água para mais dois dias. Isso se racionarmos", disse Uiara. "Vocês ficam aqui, eu vou. Se tiver água, eu vou encontrar."

E assim fez. E como era mesmo muito boa na floresta, voltou algumas horas depois com os cantis de couro abastecidos.

"Tem um rio nessa direção", disse ela, jogando os cantis no colo de Samanta e Vitória, que esperavam sentadas ao lado das bicicletas. "Um bom rio."

"E o que mais?", perguntou Vitória.

Uiara deu de ombros.

"Algumas raízes. Nabos, beterrabas, essas coisas. É uma boa floresta."

Vitória se levantou subitamente alarmada.

"Nesse caso é melhor a gente ir", disse.

"É sim", concordou Uiara.

Seguiram apressadas pela estrada. Após alguns quilômetros, pararam impressionadas com o que havia sido uma queimada das grandes, e seguiram em frente deixando marcas de pneus sobre a estrada coberta de cinzas e fuligens. Se não estivessem tão preocupadas em se distanciar dali, talvez tivessem percebido marcas parecidas, mas um pouco mais antigas deixadas pelas idas e vindas das duas motos do grupo de Camargo, mas elas não as perceberam e continuaram apenas pedalando em frente o mais rápido possível.

Após atravessarem, com alívio, a área das queimadas, seguiram por mais alguns quilômetros quando algo voltou a chamar a atenção de Uiara. Ela freou subitamente. Vitória freou ao seu lado. Estavam ofegantes.

"O que foi?"

Uiara apontou para o lado da estrada.

"Corpo", disse.

Elas se entreolharam, imediatamente preocupadas, e foram até lá. No chão, um corpo em avançado estado de decomposição. O corpo estava escurecido e cheio de larvas, a garganta aberta e carcomida, a barriga inchada.

"Execução", disse Vitória. "Cortaram a garganta."

Uiara retirou a faca da bainha, se abaixou e moveu a cabeça do homem com a ponta.

"Mana...", disse, para Vitória.

Vitória se abaixou para enxergar melhor, Uiara perdia a cor do rosto. Samanta olhava tudo com um misto de nojo e fascínio.

"Isso é..."

"Sim, mana. Era nosso. Levou um tiro."

Elas se encararam com uma expressão de horror. Vitória se levantou, a palma da mão estendida sobre a boca.

"Um tiro?", perguntou Samanta. "Como assim?"

"Deram um tiro com arma de fogo nele, e depois cortaram a garganta. Talvez tenha sido o contrário."

Vitória tinha voltado para o meio da estrada, olhando ao longe para várias direções, sem saber exatamente o que procurava. Acenou para Uiara e Samanta, que foram até lá.

"Aqui", ela apontou para a estrada. "Pneus. Vários pneus."

Uiara viu com horror as marcas de pneus sobre areia. Algumas estavam cobertas, mas tudo indicavam que eram relativamente recentes. Exploraram mais um pouco o lugar e encontraram uma bituca de cigarro artesanal, várias marcas de furo na terra, como se tivessem prendido estacas, e duas garrafas de uísque vazias.

"Mana..."

"Eu sei. Eu sei..."

"Precisamos voltar", disse Vitória.

Uiara a encarou pensativa.

"Precisamos voltar, Mana."

Uiara refletiu. Descumprir um plano estudado e elaborado por Diana, um plano cuja execução já fora iniciada e que já as fizera perder alguns dias, definitivamente não era uma boa ideia. Por outro lado... Os fatos eram demasiado graves, e havia uma chance, sim, havia uma chance de que aquele grupo, de que aqueles veículos... um zumbido na cabeça interrompeu seus pensamentos. Uiara sentiu-se tonta e quase caiu sentada ali mesmo, na areia fria. Estendeu o braço e apoiou-se no ombro de Vitória, que a segurou e perguntou alguma coisa. Sua voz vinha de longe.

"Mana, está tudo bem? Mana, você tá bem? Mana?"

Uiara olhava para ela. O medo estampado em seu rosto era convincente. Os fatos eram muito graves, os mais graves desde a fundação de Atenas, pelo que conseguia lembrar. O que elas haviam descoberto, basicamente, era a existência de um grupo grande, possuidor de veículos e armas de fogo funcionais, provavelmente formado por machos, que se sentiam seguros o bastante para não darem a mínima em deixar rastros. Era um pesadelo.

"Vamos voltar, mana. Agora.", repetiu Vitória.

Uiara assentiu. Samanta olhava para elas, desorientada.

Elas montaram nas bicicletas e começaram a percorrer o caminho de volta. Dessa vez, os rastros das motos não passaram despercebidos, mas elas não pararam para analisá-los. Pedalavam na maior velocidade que conseguiam, a despeito das forças estarem se esgotando. Dessa vez, pararam menos ainda que na ida, e evitaram dormir em locais mais abertos ou por períodos prolongados: dormiam por três horas, acordavam grogues de sono, enfiavam algo na boca e voltavam a pedalar. Em algum momento, Vitória parou para vomitar, passando mal, mas o trio retomou viagem assim que ela se recuperou. Quando chegaram a Atenas, foi a própria Diana quem veio, correndo, para recepcioná-las, seguida de perto por outras irmãs.

Ao vê-las, Diana pareceu impressionada que tivessem voltado tão rápido, mas um pressentimento terrível lhe cruzou o peito assim que bateu os olhos no rosto de Uiara e Vitória. Elas tremiam, ofegavam, não falavam coisa com coisa. Coube a Diana pedir que não falassem nada naquele momento. De certa forma, sabia que as notícias não seriam boas.

Quando elas finalmente terminaram de expor para Diana o que haviam encontrado, o rosto dela também estava tenso, com uma expressão levemente apreensiva, e igualmente concentrada. Ela cruzou os braços atrás das costas e caminhou, a cabeça baixa. Sobre a mesa, as provas: uma garrafa de uísque e uma bituca de cigarro.

"Carros e armas de fogo funcionais...", disse Diana, em tom reflexivo. "Grupo grande. Um corpo largado na estrada."

"Do macho que soltamos", interrompeu Uiara. "O corpo dele."

Diana olhou pra mesa com uma expressão introspectiva.

"Não faz muito tempo."

Uiara, Vitória e Samanta olhavam para ela com apreensão.

"Qual a chance de ser o mesmo carro da Samanta?", perguntou Diana. Mas ela mesma respondeu: "Todas. É impossível que tenha naquela mesma direção uma outra pessoa ou grupo de pessoas com carros funcionais."

Todas concordaram.

"O que é isso?", perguntou ela, sem se dirigir a ninguém em particular. "Um presente ou uma maldição?"

Uiara respirou fundo e repetiu o que já havia dito.

"Eles acamparam alguns quilômetros antes, no meio do nada."

"Você já disse isso", respondeu Diana. Uiara continuou.

"Sim, mas só agora me ocorreu por quê."

Diana esperou que ela continuasse.

"Talvez... talvez eles tenham chegado ali quando a floresta tava em chamas e não quiseram arriscar atravessar as queimadas, talvez tenham acampado para esperar passar."

Vitória a interrompeu.

"E as marcas de pneus atravessando a floresta?"

Uiara deu de ombros.

"Não sei, mas não eram pneus de carro. Não tinha marca de pneus de carro atravessando. Eles iam até o lugar onde eles acamparam e depois voltavam. Devem ter pegado algum desvio."

Diana afastou a garrafa e a bituca para um canto da mesa. Disse:

"O mapa. Abram o mapa aqui."

Elas abriram o mapa rodoviário e o estudaram. Uiara marcou o local da queimada.

"Eles acamparam mais ou menos aqui", disse. "Se desviaram mesmo", seu dedo recuou um pouco, "o único desvio disponível era por aqui".

Diana analisou.

"Pra onde eles estavam indo?", perguntou Vitória.

"São Paulo?", sugeriu Uiara.

"Mas não tem nada lá..."

Diana franziu o cenho e contraiu os lábios.

"Qual era o estado do corpo?"

Uiara olhou para Vitória.

"Não tava morto há tanto tempo assim... alguns pedaços do corpo ainda tinham carne, apesar da quantidade de larvas, mas ali é uma região fria e..."

"Se eles foram mesmo em direção a São Paulo, já chegaram lá. É provável que nunca mais vejamos esse grupo", concluiu Diana.

"Bem, isso depende, não?", perguntou Vitória.

Diana esperou que ela continuasse. Vitória se encheu de si e começou a falar:

"É pouco provável que tenham gasolina o bastante para seguir indefinidamente, certo? Uma hora a gasolina vai acabar, se é que já não acabou. Outra coisa: eles não vão ficar em São Paulo, não tem nada lá. Nada. Quando chegarem lá e constatarem que não tem nada, o que vão fazer? Não vão subir o Rio, tá tudo inundado lá. O sul? Congelado."

Diana a interrompeu.

"O que você tá sugerindo, mana?"

Vitória cruzou os braços.

"Eu acho que eles vão voltar. Sem os carros. Acho que a gasolina vai acabar no meio do caminho e eles vão acabar voltando."

Diana a encarou por um longo tempo antes de responder.

"E você acha, mana, que esse é um grupo burro?"

"É um grupo de machos", respondeu Vitória. "Claro que são burros."

Aquela resposta satisfez Diana. Samanta percebeu até uma leve sombra de bom humor nela.

"Eles recuaram a partir daqui", disse Diana, mas falava consigo mesma. "Se estavam indo mesmo para São Paulo, o que nesse sentido é o mais provável, eles perderam um bom tempo com esse desvio. Caso voltem", ela desceu o dedo para o lado oposto de onde terminavam as queimadas, "voltarão por aqui por razões óbvias. É provável que eles voltem? Sim, é provável. E sim, pode ser que voltem a pé. Se tiverem gasolina suficiente, o que eu duvido, voltarão em seus carros. Se não tiverem, voltarão a pé. Nos dois casos passarão por aqui."

Samanta e Vitória acompanhavam seu raciocínio observando o seu dedo se mover sobre o mapa.

"Não tem o que fazer", concluiu, "a não ser vigiar esse trecho da estrada."

"Vigiar?", perguntou Vitória.

"É, mana. Vamos montar vigília nesse trecho aqui", seu dedo apontou para um pedaço da estrada relativamente perto de Atenas. "Eles voltarão por aqui. Não tem outro caminho, a não ser que queiram perder tempo e gastar gasolina."

"E se eles aparecerem?", perguntou Uiara. "Caso eles apareçam vamos simplesmente nos posicionar na frente dos carros com nossos arcos?"

Diana descartou aquele comentário com um gesto impaciente.

"Caso eles voltem, uma mana vai correr sozinha e nua no meio da estrada, como se estivesse pedindo ajuda. Eles vão achar que tiraram a sorte grande e vão parar. 'Nossa, uma mulher sozinha no meio da estrada.' Quando eles pararem, nós os cercamos aqui, e aqui. Eles não vão ter como reagir."

"E as armas de fogo?"

Diana respirou fundo.

"Você acha que eles têm armas e munição em grande quantidade? Improvável."

"A gasolina também é."

Diana deu de ombros.

"Não terão tempo de reagir com uma flecha enfiada no pescoço."

Uiara concordou em silêncio.

"Vou reunir as irmãs. Começaremos a monitorar a estrada agora mesmo."

"Agora?"

"Sim. Não podemos perder tempo."

Assim, finalizaram aquela pequena reunião com Diana pedindo para que reunissem todas as irmãs. Todas receberam a notícia com estranhamento, perguntando-se intimamente o que poderia significar uma segunda assembleia geral em tão pouco tempo. Quando Diana as explicou o que estava acontecendo, e qual seria o plano que precisavam executar a partir daquele momento, compreenderam que talvez, só talvez, o futuro de Atenas dependesse do sucesso daquela empreitada.

"Estamos em guerra, manas", finalizou Diana, erguendo a voz para se sobrepor ao alvoroço. "Pode parecer bobagem falar desta forma, mas é o que é: guerra. O inimigo é desconhecido e não sabemos se virá, mas enfrentaremos essa guerra mesmo assim. E nossa vantagem, manas, nosso sucesso, depende exatamente disto: de nos antecíparmos, da surpresa."

5

Eles acabaram prolongando a estada em Honorópolis por alguns dias, até que finalmente se cansaram.

"Com os recursos necessários", disse Camargo na manhã em que decidiram ir embora, "eu ficaria por aqui até o fim."

O velho enfiou sua bolsa na caçamba e meneou a cabeça.

"Você fala como se ainda restasse tempo para ter uma vida."

Camargo estendeu o dedo médio.

"Não pra você, Velho. Você tá com o pé na cova. Mas eu", ele abriu os braços, "euzinho aqui ainda vou ver o próprio deus batendo o martelo enquanto manda nossos contemporâneos pra um dos seus infernos."

Velho meneou a cabeça, rindo. Amanda se aproximou deles. Disse:

"Essa parada foi mesmo boa. Me sinto renovada."

"Somos sobreviventes", disse Camargo. "Por isso sobrevivemos."

Espanhol se aproximou deles. Sorria como se tivesse acordado numa manhã após uma grande conquista.

"Yo... amo ustedes", disse. "Viva la vida."

Ele beijou a ponta dos dedos e saiu em direção a Dirceu e Dona Maria, provavelmente para dizer o mesmo. Camargo e Amanda se entreolharam com bom humor.

"Eu gosto desse desgraçado", disse Velho, depois que Espanhol saiu. "É um misto de animal de estimação com filho."

"Ele parece inofensivo", disse Amanda.

"Ainda existe alguém inofensivo nesse mundo?", perguntou Velho.

Amanda refletiu a respeito.

"Talvez ele seja a grande exceção", disse.

Camargo riu. Velho meneou a cabeça, contrariado.

"Sei lá", disse. "Já vi merda suficiente pra não cultivar certeza nenhuma."

Seguiram com a estrutura original, com as picapes organizadas da mesma forma de quando saíram do Palácio, acrescidas do detalhe Espanhol, que de algum modo substituía Garoto. Os motoqueiros seguiram nas laterais, como escolta.

"Amazônia é a cabeça da minha pica", disse Camargo, antes de darem partida. "Simbora, porra."

E foram embora.

Ninguém imaginaria, por exemplo, que por trás daquelas palavras houvesse uma crise existencial que se sintetizava em: *continuar com essa palhaçada pra quê mesmo? Todos morreremos no final, seus arrombados do caralho.*

Mas seguiram mesmo assim.

Recuaram de Honorópolis e pegaram a única alternativa disponível.

Sérios, cada um imerso em si mesmo, seguiram em direção ao que consideravam um destino a seu modo glorioso, mas que não passava, doa a quem doer, da consequência direta de uma decisão qualquer.

6

"Eu sei que você não fala", disse Garoto. "Mas você entende o que eu falo, certo? Sei que sim."

A garota o encarava com olhos tortos. Após refletir sobre aquela pergunta, meneou a cabeça afirmativamente.

"Ótimo", disse Garoto. "Se você entende o que eu falo, sabe que eu não quero fazer mal a você. Certo?"

Ela assentiu.

Garoto sorriu. Aquela resposta, no final das contas, era uma espécie de recompensa.

"Você não corre mais perigo", disse ele. "É, eu sei que seus pés estão fodidos e tal, mas você não vai morrer disso. Não mais. Vê? Tá cicatrizando bem."

Garoto apontou para os pés de Bia e enfiou um naco de carne na boca.

"Queria saber seu nome", disse. "O meu é... eu não tenho um."

Diante do espanto de Bia, Garoto sorriu e disse:

"Sempre me chamaram de garoto, então Garoto é como eu me chamo. Mas nunca tive um nome de verdade."

Bia rabiscou no chão, devagar, com a ponta do dedão do pé uma palavra. Garoto olhou com indiferença.

"Eu não sei ler."

Bia fez uma expressão de que lamentava.

"E você? Você provavelmente tem um nome de verdade, certo? Você tem cara de... Natália?"

Bia meneou a cabeça e apontou para a palavra no chão. Garoto contou quantas letras tinha.

"Sete letras. Vou continuar tentando. Quando acertar, você confirma."

Garoto fez algumas tentativas, mas não conhecia muitas opções de nomes e logo começou a tentar com nomes de coisas. Pela primeira vez desde o dia em que se banhara no rio com João e Adriano, Bia sorriu. Garoto percebeu e aquilo o deixou feliz.

Cansado de tentar, disse:

"Desisto, mas quando lembrar de mais algum nome eu falo."

Continuaram comendo em silêncio. Quando terminou de comer, o garoto deitou com a cabeça apoiada na mochila.

"Eu tinha um grupo, sabe? É, um grupo. Éramos um grupo grande. E forte. Nós tínhamos carros, motos, armas de fogo. Tínhamos comida em conserva, gasolina... a gasolina eles aprenderam a refinar artesanalmente, mas não era muito boa. Quer dizer, servia, mas não era grande coisa."

Ele olhava para o teto da caverna, Bia o escutava com atenção.

"O nome do nosso líder era Camargo. Um cara sinistro. Ninguém jamais chutaria suas bolas, era o que ele sempre dizia. Ele é um cara grandão. Bom de briga. Ele dizia que a única coisa essencial nos dias de hoje era a força, todo o resto era dispensável. Por causa dele que eu tento ser forte também. Quero ser como ele."

Garoto olhou para Bia, e talvez tenha percebido alguma mudança em seus olhos que o levou a dizer em seguida:

"Mas ele não é mau não... ele dizia umas coisas sobre o bem e o mal às vezes, mas eu nunca entendi direito o que significava. Mas, por exemplo, ele jamais faria ou permitiria que fizessem... o que aquele pato fez com você."

Garoto olhou para Bia com tristeza. Ela desviou os olhos.

"Ele punia estupro. Uma vez um dos nossos saiu pra fazer a ronda. Ele sempre mandava em dupla, sabe como é? Pra explorar o perímetro, ver se não tinha sido invadido por alguém de fora e tal. Então uma vez esse cara foi fazer a ronda, eu esqueci o nome dele, ele foi fazer a ronda com uma mulher, também não lembro o nome dela porque eu era muito pequeno ainda. Ele voltou no dia seguinte sozinho e chorando, dizendo que tinham sido atacados e que mataram a mulher, mas que ele tinha conseguido matar o sujeito, algo assim. Era tudo mentira, claro. Ele mesmo tinha matado a mulher. Matado e estuprado. Eu não entendo como ele pode ter pensado que enganaria o Camargo."

Garoto meneou a cabeça com desprezo. Sorriu.

"Assim que ele apareceu e contou a história, Camargo o algemou e reuniu os outros. Disse pra arrancarem a pele e o pau do cara e depois salgarem o corpo e empalarem ele pelo cu em uma estaca afiada e embebida em óleo e areia. Era assim: colocavam o sujeito de quatro, enfiavam a estaca no cu dele até ela sair pelo ombro direito. Faziam isso com todo cuidado pra não matar, pra não atingir nenhum órgão vital. Quando a estaca tinha atravessado, eles o suspendiam para que ficasse em pé a cerca de dois metros do chão, sabe como é? Pendurado e tal. O cara ficou vivo por três dias, acredita? Ele era durão, mas eu lembro dele gritando desesperado, implorando para que lhe matassem com um tiro na cabeça. Camargo às vezes ia lá dar uma mijada na base da estaca, sempre sorrindo."

Garoto observou a reação de Bia.

"Viu? Ele não é mau."

Bia desviou os olhos e fitou o chão. Suas sombras oscilavam na parede ao ritmo da fogueira. Garoto continuou.

"Então vivíamos bem, sabe? Acho que é o que se chamava de família antigamente. Eles cuidaram de mim, me ensinaram coisas. Mas um dia tivemos que sair do Palácio por causa das tempestades de areia. Estavam ficando mais frequentes e perigosas, e Camargo achou que devíamos procurar outro lugar. Foi quando eu decidi largar o grupo. Meu pai, o Velho, que foi um dos que cuidou de mim, me contou sobre como fui encontrado numa lixeira cheia de baratas, sobre como quase me jogaram de volta e sobre como acabaram decidindo ficar comigo. É por isso que eu não tenho nome. Eles achavam que eu não ia sobreviver então não me deram um nome para não criarem, como era mesmo... um vínculo afetivo... algo assim."

Garoto sorriu.

"Eu nem sei direito o que é isso."

Bia continuava olhando o chão, pensativa.

"Então eu roubei uma moto e caí fora. Eu não achava que fosse encontrar você e o pato. Achava até que não tinha ninguém por esses lados. Só achei vocês por causa do rio. Encontrei um cara morto lá embaixo e decidi subir. Só isso."

Bia ergueu a cabeça e o encarou.

"E agora depois que encontrei você eu não posso ir embora e deixar você assim, né? Não seria certo. Tava pensando em procurar o grupo de volta, pedir pra deixarem você ficar com a gente."

Garoto analisou sua expressão. Bia havia arregalado os olhos.

"Não precisa ter medo. Eles não fariam mal a você. Você tem algum lugar? Já pertenceu a algum grupo?"

Bia assentiu.

"Se formos até Camargo, você pode escrever seu nome no chão pra ele ler. Aí vou saber como você se chama."

Uma lágrima rolou por um dos olhos de Bia.

"Você tem algum lugar para onde voltar? Tem alguém que possa te acolher em segurança?"

Bia tornou a assentir.

"Se você explicar onde fica, posso te levar até lá."

Bia meneou a cabeça e fez um movimento com o braço que podia significar "Muito longe".

"Não seria um problema pra mim", disse ele. "Desde que não fosse pra você."

Voltaram a ficar em silêncio. Garoto esticou o braço para pegar um canivete e começou a limpar as unhas com ele.

"Não podemos ficar aqui muito tempo", disse, e não falou mais nada. Quando terminou de limpar as unhas, Garoto levantou e atiçou a fogueira, depois saiu da caverna e deu uma olhada em volta. Ele precisava fazer alguma coisa. A garota não estava em condições de andar, isso era óbvio, e talvez nunca mais andasse, pelo menos não como uma pessoa normal, mas eles também não podiam ficar ali. O que fazer?

Ele pensou que ela era leve, e ele conseguiria levá-la nas costas ou nos braços por algum tempo, desde que abrisse mão da mochila ou reduzisse ao mínimo possível a sua carga. Mas se fizessem mesmo dessa forma, eles viajariam muito lentamente, e estariam muito vulneráveis. Garoto precisava ter as mãos livres, para o caso de precisar usar a arma, do contrário ficariam mais vulneráveis ainda. Além disso, se Camargo seguiu para São Paulo, era provável que o grupo já tivesse chegado lá, e era impossível que eles os alcançassem. Garoto decidiu que não podia contar com isso. Não podia ser burro. Iriam sair dali, sim, e iriam seguir em frente até encontrarem um lugar mais seguro. Depois, quando ela tivesse forte o bastante, eles decidiriam o que fazer. Não havia outra opção.

7

Elas montaram dois acampamentos às margens da estrada, escondidos na parte interna da floresta o suficiente apenas para que não pudessem ser vistas, mas conseguissem ver e acessar a estrada com facilidade. Os acampamentos ficavam relativamente próximos, mas separados, de modo que um grupo pudesse vir em socorro do outro, se fosse necessário. Assim orientara Diana, acrescentando que o segundo grupo deveria ir em socorro do primeiro que sofresse um ataque ou emboscada, e que nunca deveriam atacar em conjunto. Chamava essa estratégia de elemento surpresa duplicado, era a mesma lógica de outros ataques menores que elas já haviam executado com sucesso.

Os grupos eram liderados por Uiara e Vitória, respectivamente, e contavam com cinco irmãs cada. Diana ia até os acampamentos todos os dias para ver como estavam as coisas. As respostas costumeiras para as perguntas que fazia davam conta de que não havia nenhum sinal de vida naquele trecho, exceto por uma capivara que apareceu serelepe no terceiro dia, e foi abatida com uma flechada certeira, para a alegria das irmãs.

Uiara desconfiava que toda aquela movimentação era absurda, inútil, e que não daria em nada, mas Diana insistia que uma única possibilidade já era uma justificativa à altura.

"Nós não convivemos com o que nos ameaça", repetia ela, sempre que o assunto vinha à tona.

Trocavam de pessoal uma vez a cada dois dias, exceto pelas líderes de cada grupo. Quando estas precisavam descansar, dormiam algumas horas ali mesmo, e logo estavam de volta. No anoitecer do sexto dia, Diana fez uma visita surpresa, levando consigo tiras de carne que ela mesma havia cortado de um dos prisioneiros que havia matado.

"Vamos fazer um churrasco, manas", disse ela. "Vou dividir a carne entre os grupos. Preparem a fogueira. E tomem cuidado pra não incendiarem a floresta."

Assim fizeram, prepararam as fogueiras, espetaram as carnes sobre elas e comeram com alegria. Diana foi de um grupo a outro, comendo e conversando um pouco com as irmãs de cada um deles. Antes de voltar para Atenas, chamou Uiara num canto e a beijou contra uma árvore.

"Estou com saudades."

"Eu também."

Diana segurou sua nuca e tornou a beijá-la com força, enfiando sua língua para que ela a chupasse. Estavam assim beijando quando Uiara a afastou delicadamente.

"Para, assim você acaba comigo."

"Mal posso esperar pra fazer isso", respondeu Diana, sorrindo. "Estou louca de vontade de te devorar inteira."

Ela se afastou e se despediu das irmãs.

Fez o caminho de volta pela beira da estrada, sorrindo com as lembranças de Uiara em sua cama, do sabor salgado de seu corpo. E estava caminhando há muito pouco tempo quando algo atravessou seus pensamentos, mudando a direção de sua atenção, e ela ergueu a cabeça, fazendo-a congelar. Luzes.

"São eles!", pensou, e no mesmo instante já estava correndo de volta. Entrou no primeiro acampamento gritando:

"São eles. Estão vindo, estão vindo! PEGUEM OS ARCOS AGORA! ESPEREM O MEU COMANDO NO OUTRO GRUPO!", correndo para o próximo acampamento.

"O que houve?", perguntou Uiara, assustada.

"Estão vindo. Arcos. Agora. TODAS VOCÊS, MANAS, ARCOS EM MÃOS. ELES TÃO VINDO!"

"O que vamos fazer?", perguntou Uiara.

"Eu assumo. Você vai pra estrada. Agora."

Uiara assentiu, tirou a roupa o mais rápido que pôde e correu pro meio da estrada. A cerca de trezentos metros, pôde ver várias luzes seguindo umas às outras e se aproximando. *Carros*. Ela correu em direção a eles estendendo os braços sobre a cabeça. Gritando.

"SOCORRO! SOCORRO!"

Camargo só precisou de três segundos para perceber que era uma armadilha. Ele deu dois socos na cabine, contou mentalmente até três, e deu mais dois socos. Dirceu e Mago encostaram lado a lado. Camargo engatilhou a carabina e ia sinalizar para César, mas este já se encontrava de arma engatilhada e atento.

"Que é isto?", perguntou Espanhol, de olhos arregalados.

"Isto, papito", respondeu Camargo, "é o que os antigos chamavam de rock and roll."

Uiara, no centro da pista, fingia desnorteamento, os braços erguidos gritando socorro, quando a picape dirigida por Amanda, levando Camargo, César e Espanhol na caçamba, passou a toda velocidade por cima dela, seguida com a mesma indiferença pela picape pilotada por Velho, e pela picape pilotada por Dirley. O corpo de Uiara foi esmagado três vezes, mas já estava morto desde a primeira. Pedaços de seus membros e órgãos rolaram pela pista fria.

Diana e as irmãs que a acompanhavam viram aquela cena com um horror incapacitante, e estavam preparadas para correr em direção ao corpo estraçalhado de Uiara no meio da pista quando viram que os carros e as motos estavam parando. Todo o grupo descia dos carros com armas em punho, olhando em volta, um deles chutando os pedaços do que pareciam ser os intestinos de Uiara para longe, com repugnância.

Diana engoliu em seco. No centro daquele grupo, o maior macho que ela já tivera oportunidade de ver até então, empunhava uma arma de fogo, andava com tranquilidade, tinha um chapéu enfiado na cabeça, e sorria.

Diana teve certeza de que, pela forma como os outros se movimentavam em volta dele, ele era o líder.

"O plano continua", falou Diana.

Sua voz parecia mecânica. Seu rosto estava úmido e, o que era raro, tremia.

"Ora, vejam só", disse Camargo, bem alto no meio da estrada, ainda rindo, os olhos atentos para as margens da floresta. "Pensei que fosse uma capivara."

Uma flecha zuniu perto de seu ouvido, não atingindo sua cabeça por uma questão de milímetros. E logo em seguida parecia chover flechas de todas as direções.

"Puta que..."

Camargo se abaixou e se escondeu ao lado da picape. Uma flecha voou em direção ao pescoço de Dirceu, e ele tombou de lado com a moto. Velho se jogou no chão. Mago ligou a moto e fugiu. César começou a atirar na direção da floresta sem mirar, acompanhado pelos demais. Tiros e cliques começaram a pipocar na noite, enquanto flechas zuniam por todos os lados.

Algumas vinham de cima, como chuva, pegando fogo.

O segundo grupo das irmãs se aproximou pelo outro lado, cercando-os ainda mais. Camargo gritou:

"Voltem para os carros. VOLTEM PARA OS CARROS, PORRA!"

Uma flecha atingiu Amanda no ombro e ela continuou atirando até as balas acabarem. Outra flecha atingiu sua perna. Ela caiu. Dona Maria estava agachada ao lado de uma das picapes. Camargo conseguiu ver de onde estavam vindo as flechas, mirou e atirou, mirou e atirou, mirou e atirou.

Tiros e gritos e, de repente, flechas de fogo cortavam a noite. Uma delas atingiu a caçamba da picape e o fogo começou a se espalhar.

"PUTA QUE PARIU!", gritou César, correndo para longe da picape.

Espanhol não havia conseguido sequer tirar o estilingue do bolso. Correu confuso sem entender o que estava acontecendo e se agachou ao lado de Camargo.

"CARRO!", gritou Camargo, sem parar de atirar.

Dirley correu para uma das picapes e deu partida, sem esperar por ninguém.

Velho se levantou e se juntou a eles. César avançou atirando, uma flecha cravou em seu ombro.

"Vai explodir!", gritou Velho, e como se a picape estivesse apenas esperando que alguém desse o aviso, explodiu, atirando todos os que estavam próximos dela a alguns metros de distância. O fogo iluminou a noite, espalhou-se pela outra picape e pela floresta. Mais explosões.

Logo parecia que havia amanhecido, e havia fogo e tiros por todos os lados.

Camargo levantou-se grogue, desistindo de apanhar a carabina e sacando o revólver. Viu várias silhuetas correndo em volta deles, ainda atirando flechas. Mirou para uma delas e atirou. A silhueta girou na noite e caiu inutilizada. Outra pulou na sua frente, com uma faca, ele se desviou e a girou no ar com facilidade, atirando-a a alguns metros. Correu até lá e pisou duas vezes em sua cabeça, com força, sentindo os ossos do crânio partirem sob sua bota. Uma picada em seu ombro esquerdo. Flecha. Ele girou na direção e atirou. Clique. Atirou de novo. Pow. A arqueira jazia morta e sem metade da cabeça.

Aquilo não parecia ter fim.

"A FLORESTA!", alguém gritou. "A FLORESTA!", repetiu.

E ele viu que a floresta havia se transformado em um inferno de fogo. Outra flecha zuniu perto dele, quase lhe arrancando um pedaço da barba.

"Você se move rápido demais para alguém tão grande", disse a voz que havia atirado. Camargo virou para ela apontando a arma, atirou, clique. Atirou de novo. Clique. A mulher já estava apoiando mais uma flecha no arco. Ele correu em sua direção. Ela chegou a erguer o arco alguns centímetros, mas Camargo foi mais rápido e a derrubou com uma coronhada. Ao cair, ela fez um barulho sufocado, "uhr", e Camargo a pisoteou com suas botas, primeiro na cabeça, depois no pescoço. A seguir, ergueu o revólver, procurando em quem atirar. Viu uma mulher correndo no meio do fogo e degolando Dirceu, viu Espanhol se agarrar com outra, que tentava atingi-lo com uma faca, viu Velho atirando numa outra à queima-roupa, o ombro direito com uma faca encravada. Viu alguém completamente em chamas correndo e dançando sem direção. Viu uma mulher negra surgir de dentro do fogo, e viu o ódio que ela trazia nos olhos. Camargo só vira tanto ódio assim uma vez, e foi nos olhos do seu pai.

Ele mirou o revólver em sua direção, ao mesmo tempo em que a mulher lhe apontava uma flecha.

"Sua arma vai falhar, macho", disse ela. "O meu arco, não."

Camargo sorriu e deu de ombros.

Em volta deles, tudo ardia. Havia gritos, tiros, explosões. Camargo atirou. Clique. Diana sorriu e estava quase soltando a flecha quando dois tiros a atingiram no braço e no ombro. Ela largou o arco e correu para dentro da floresta. Camargo olhou para a direção de onde tinham vindo os tiros e deu de cara com um mascarado sentado na garupa da moto do Mago, os olhos atentos e a arma erguida. Camargo reconheceu o garoto e assentiu em gratidão.

Eles olharam em volta. Viram duas mulheres arrastando o corpo de Amanda para dentro da floresta. Estavam fugindo.

Camargo apontou e atirou, clique. Mirou de novo, mas elas já haviam se embrenhado na floresta, estavam fora do alcance. Tão de repente quanto surgiram, sumiram floresta adentro.

Velho se aproximou deles sem falar nada. Ele e Garoto se cumprimentaram em silêncio, felizes de se reencontrarem.

"Odio el rock and roll", disse Espanhol, encostando ao lado deles. Ele estava com um corte na testa e o rosto coberto de sangue.

"Precisamos sair daqui", disse Velho, tossindo. "Ou a fumaça vai nos matar."

"Precisamos encontrar os outros", disse Camargo, e se moveu, ainda atento para o caso de alguma delas ter ficado pra trás. Viu o corpo degolado de Dirceu, o corpo caído de César.

"Alguém viu Dona Maria?", perguntou Camargo. "Dona Maria?", chamou. "Dona Maria?"

Velho gemeu ao lado dele.

"Vamos, Camargo. Precisamos sair daqui."

Camargo olhou em volta e viu o chapéu jogado no chão. Estava chamuscado. Ele o apanhou, o limpou com uns tapas e o enfiou na cabeça. Um pouco mais à frente, um corpo carbonizado jazia no chão.

"É o Cabeça", disse Velho. "Estão mortos. Vamos."

"Tem uma caverna perto daqui" disse Garoto. "Vamos pra lá."

Mago olhava praquele cenário com uma expressão de choro no rosto.

"Vai, Mago", disse Garoto, com uma autoridade até então inédita. "Leva o Velho até aquele ponto onde nos encontramos e volta pra pegar o Camargo."

"Não", disse Camargo. "Leve o Velho, fique lá com ele e espere por nós."

Garoto olhou para a flecha espetada em seu ombro.

"Isso aqui?", perguntou Camargo. "Não é nada."

Ele trincou os dentes e quebrou a haste da flecha bem perto da ponta.

Velho montou na garupa do Mago e seguiu com ele. Sua camisa estava empapada de sangue.

Camargo, Espanhol e Garoto seguiram andando na mesma direção.

"Eu sou Espanhol", disse Espanhol para o garoto.

"Eu sou Garoto", disse o garoto.

"E quem eram aquelas mulheres?", perguntou Camargo.

Garoto deu de ombros.

"Não importa", disse Camargo. "Seja lá quem forem, estão mortas."

8

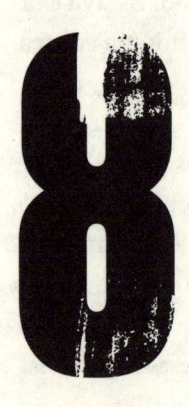

No caminho, Garoto contou tudo o que lhe passara e na sorte que tivera de ter encontrado uma garota, da qual estava cuidando, pois do contrário há muito já não estaria mais ali naquela região. Disse que estava se preparando para dormir quando teve a sensação de que tinha ouvido um tiro, seguido por outros tiros, e mais outros. Quando ouviu o primeiro, ficou preocupado, mas quando começou a perceber que na verdade se tratava de um tiroteio, se encheu de esperança de que fosse seu antigo grupo, visto que era o único grupo que conhecia que tinha armas em grande quantidade. Pediu para que a garota ficasse ali escondida, esperando ele voltar, carregou a arma e correu o mais rápido que pôde naquela direção. Estava no meio da floresta quando ouviu as explosões.

"Eu corri como o diabo. Pensei que fosse morrer. Quando cheguei na estrada, continuei correndo já sem fôlego. Foi quando vi o Mago de moto. Sorte que ele me reconheceu. Ele disse que o grupo tinha sido cercado por pessoas armadas com arco e flecha, e que tinha conseguido escapar. Montei na garupa e voltamos pra cá. Muita sorte."

"A minha", disse Camargo.

Ele deu um tapa no ombro do garoto, em agradecimento. Garoto percebeu que o costumeiro sorriso de Camargo havia sumido de seu rosto. No seu lugar havia um certo ar de perplexidade.

"Aquelas vadias do caralho sabiam que estávamos a caminho", disse ele depois de algum tempo. "E eu estou doido para descobrir como."

"Quem nós perdemos?", perguntou Garoto.

"Um dos gêmeos, Dirceu, o César, Cabeça, Amanda e Dona Maria. César lutou bravamente."

"E cadê o Dirley?"

"Fugiu na picape", disse Camargo. "Os motoristas tinham ordens expressas para não descerem todos ao mesmo tempo das picapes em caso de emboscada. Era pra fugir, caso a coisa ficasse feia. Por isso eu dividi armas, comida e gasolina igualmente."

Garoto ficou em silêncio, admirando e absorvendo aquela sabedoria de guerra. Ele nunca havia entendido muito bem que diferença aquilo podia fazer na prática quando Camargo enfatizava a necessidade de dividirem nas picapes exatamente os mesmos itens.

"Como vamos encontrar com ele?"

Camargo sorriu.

"Eles também tinham ordens para não se distanciarem muito, só até um local seguro. E para darem um tiro pro alto de vez em quando. Se em dez tiros não respondêssemos, quem quer que tivesse ficado podia seguir em frente."

Como se antecipasse a pergunta que Garoto iria lhe fazer, Camargo disse:

"Sim, é perigoso, mas não conseguimos fazer com que nenhum dos sinalizadores funcionasse. E no final das contas, concluí que o tiro funciona melhor porque é um código cifrado e ao mesmo tempo um aviso: estou armado, não se aproxime."

Garoto compreendia perfeitamente o seu raciocínio. Espanhol ouvia tudo em silêncio.

"Por que elas levaram os corpos de Amanda e Dona Maria?", perguntou Garoto, mudando subitamente de assunto

"Não sei", respondeu Camargo. "Comida, talvez."

"Eran mujeres. Por eso."

Camargo refletiu sobre aquelas palavras.

"Faz sentido, Espanhol. Não havia nenhum homem no grupo que nos atacou. Eu pelo menos não vi nenhum. Você viu?"

Espanhol meneou a cabeça.

"Mas elas não levaram os corpos das mulheres de seu próprio grupo…"

O rosto de Camargo se iluminou. Ele voltou a sorrir.

"Amanda e Dona Maria estão vivas", concluiu. "Elas as levaram porque elas ainda estavam vivas! Que putinhas!"

Pela primeira vez desde o reencontro, Garoto via aquela luz que ele tanto admirava em Camargo, uma luz que ele interpretava como um ímpeto e uma vontade de sangue.

"Elas eram lideradas por uma mulher também. Aquela na qual você acertou uns tiros, Garoto."

Garoto fez uma expressão de surpresa.

"Acho que não atingi nenhum órgão vital", disse ele. "Não dava pra ver direito."

"Melhor assim", respondeu Camargo sombriamente.

"Por quê?", perguntou Espanhol.

"Porque nós vamos devolver a gentileza, papito. Elas foderam com o grupo errado."

"Como?", perguntou Espanhol.

"Rock and roll", respondeu Camargo.

9

Todas as mulheres que haviam ficado em Atenas esperavam o retorno das irmãs ou um ataque do grupo inimigo com arcos empunhados e uma tensão crescente. Ouviram os tiros, as explosões, e agora aguardavam o resultado daquele confronto. Quando Diana e algumas outras irmãs surgiram, elas sentiram um misto de alegria e alívio, seguido por horror ao constatarem as condições em que elas se aproximavam. Do total das irmãs que estavam no acampamento, apenas um pequeno grupo voltava. Traziam consigo duas prisioneiras.

"Você está bem?", perguntou a doutora Anita para Diana assim que viu o seu braço.

Diana confirmou.

"Dois tiros. Besteira.", disse. "Cuide da Vitória".

Duas irmãs se aproximaram carregando Vitória nos braços. Anita viu com horror que metade da mandíbula dela havia sumido. Em seu lugar havia apenas um pedaço chamuscado da língua dependurado.

"Diana..."

"Cuide da Vitória, doutora", disse Diana. "E depois das outras."

A doutora Anita segurou seu braço com carinho.

"Ela está morta, querida."

Diana não pareceu entender.

"Que ótimo", disse Diana. "Então logo ela estará de volta."

Anita olhou para as outras. Estavam feridas, mas nenhuma delas em estado grave. Uma das prisioneiras estava com duas flechas enfiadas no corpo, mas nenhuma em órgão vital. A outra estava sem nenhum ferimento e parecia ser um pouco mais velha do que ela. *Uma pessoa de Antes, com certeza.*

"Cadê as outras?", perguntou Anita. "Uiara, Marcinha..."

"Estão vindo", disse Diana. "Cuide da Vitória, doutora. As outras manas já estão chegando."

Anita olhou para as outras irmãs e elas menearam a cabeça negativamente.

"Pro galpão", disse Anita, assumindo o comando da situação. "Vou cuidar de vocês."

Para as outras irmãs que haviam ficado em Atenas, disse:

"Levem Diana lá pra dentro. Peçam pra Carminha levar ela pra um dos quartos e aplicar o éter. Ela está em choque, precisa descansar."

Foram necessárias seis irmãs para segurar Diana e imobilizá-la, mas quando Carminha finalmente lhe aplicou no rosto um chumaço de pano embebido em éter, ela apagou quase como se tivesse levado uma pancada na cabeça.

O resto da noite a doutora Anita dedicou a cuidar das feridas. Enquanto trabalhava, não perguntou o que havia acontecido, mas depois que havia finalmente terminado e encaminhado as prisioneiras para a enfermaria, procurou Denise, uma das irmãs que estava no grupo da Uiara, para saber o que havia acontecido. A irmã estava cansada e aparentemente em choque, mas contou detalhadamente tudo o que havia acontecido desde a visita de Diana aos acampamentos: o churrasco, sua despedida e sua volta apressada, o atropelamento de Uiara, o grupo armado, o tiroteio, o incêndio. Anita quis saber se havia alguma chance do incêndio chegar até Atenas.

"Não", disse a irmã, "O vento tá indo pro outro lado."

"Eles sobreviveram?", perguntou ela.

"Alguns."

Aquilo era preocupante, pensou Anita, imaginando que dificilmente deixariam barato a morte e o sequestro de alguns dos seus. Quem deixaria? Atenas certamente não deixaria barato, se tivesse acontecido o contrário, e ela imaginava que a mesma lógica se aplicava a qualquer outro grupo. Ao que tudo indicava, dias sombrios estavam a caminho, talvez até mesmo já estivessem andando naquela direção, apesar de o vento bufar em sentido contrário.

"Muitos?", perguntou ela.

"Não sei. Alguns. Eles eram um grupo menor que o nosso, mas pareciam maior, sei lá. Foram muitos tiros. Eu vi um deles esmagar a cabeça da Marcinha", disse ela, começando a chorar. "A Marcinha, doutora, ele pisou várias vezes na cabeça dela com força."

Anita tentou afastar aquela imaginem mental.

"Calma, Denise. Numa batalha, numa guerra, em dias como esses... bem, é o que costuma acontecer. Nenhuma de nós está livre disso. Quer tomar alguma coisa?"

Denise meneou a cabeça.

"Não."

A doutora aconselhou que ela fosse descansar.

"Doutora", perguntou Denise antes de se despedir. "Eles vão nos atacar, não vão?"

A doutora contraiu os lábios, pensativa.

"Não sei, irmã. Mas espero que não."

Quando Denise se despediu, Anita foi até a enfermaria. As duas prisioneiras haviam sido algemadas nas camas, e estavam acordadas. Anita analisou seu estado geral. A que havia levado flechadas parecia uma irmã: tinha um corpo vigoroso e certamente era boa de briga. O ódio que ela emanava era tão forte que Anita podia cheirá-lo.

"Vocês estão muito fodidas", disse ao ver a doutora entrar. "Vocês mexeram com o grupo errado. Camargo vai empalar cada uma de vocês."

Anita sentiu um arrepio, mas se manteve impassível.

"Como está se sentindo?", perguntou. "Você deu sorte. As flechas não atingiram nenhum órgão vital."

"Vocês estão muito fodidas", repetiu Amanda, forçando as algemas. "Eu nunca vi um grupo de pessoas tão fodidas."

"Melhor você se acalmar, querida, do contrário vou pedir para lhe trazerem um sedativo."

"Muito, muito fodidas."

"E você", Anita voltou a atenção para Dona Maria. "É de Antes, não? Eu também. Está ferida?"

Dona Maria não respondeu. Pelo que Anita percebeu, estava em choque.

"Eu quero falar com a líder desse lugar enquanto ela ainda tá viva", disse Amanda.

Anita respirou fundo, puxou um banquinho de metal e sentou-se.

"Diana está descansando. Foi uma noite longa, não foi? Não se preocupe, ela virá falar com vocês assim que acordar."

"Acorda ela, porra!", gritou Amanda, o corpo se erguendo, os braços fazendo as algemas tilintarem contra a grade lateral da cama. "Preciso falar com ela enquanto esse lugar ainda existe!"

Anita se levantou.

"Economize suas forças. E se você não se acalmar, serei obrigada a mandar lhe doparem."

"Vou te contar uma coisa, doutora", disse Amanda, quase mordendo cada palavra. "Camargo, o líder do nosso grupo, é o *meu* homem! Você acha mesmo que ele vai abandonar a gente aqui? Já acabamos com grupos maiores que", ela girou a cabeça em volta, "esse chiqueiro."

Aquela informação era mesmo preocupante, pensou Anita, ficando com uma expressão sombria de repente, mas tentando não demonstrar o espanto.

"Diana virá falar com vocês quando achar que deve", disse Anita, afastando-se e saindo do quarto.

Lá fora, as irmãs estavam reunidas em um pequeno círculo, contando e recontando o que havia se passado.

"O que vamos fazer agora?", perguntava uma.

"Eles fugiram ou vão voltar?", perguntava outra.

"Não deveríamos ter trazido as prisioneiras..."

Anita se sentia cansada como nunca. Concordava melancolicamente com aquela irmã, mas o que estava feito estava feito, e o que restava agora era dar conta das consequências da melhor maneira possível.

"Calma, irmãs", disse, aproximando-se. "Diana vai nos orientar. Vocês confiam nela, não?"

Elas assentiram silenciosamente.

"Ela sempre sabe o que fazer. Agora voltem para seus respectivos postos. Não vão querer ser pegas de surpresa, caso eles voltem."

As irmãs se retiraram apressadas. Anita voltou pra dentro do casarão e sentou-se numa poltrona de madeira, cabisbaixa.

"Em que espécie de confusão elas haviam se enfiado?", perguntou-se, com Amanda em mente. "Se ela estiver falando a verdade, talvez eu deva começar a me preparar."

10

Quando reencontraram Mago e Velho na beira da estrada, a primeira coisa que Mago disse foi:

"Ele está mal."

E antes que alguém pudesse responder qualquer coisa, disse para Camargo:

"Dois tiros. Não respondi. Estava esperando vocês."

Camargo observou o velho sentado no chão. Ele era forte, mas estava pálido e respirando com dificuldade. A lâmina de uma faca estava espetada em seu ombro, próximo do pescoço. Todo o seu tronco estava empapado de sangue.

"Puta que pariu, Velho."

O velho olhou para ele e sorriu de leve, mas não disse nada. Garoto se agachou ao seu lado e disse:

"Tem barba-de-velho nessa floresta. Vamos levar você pra minha caverna e tirar a faca. Você vai ficar bem."

Espanhol também se agachou ao lado dele e disse algumas palavras que ninguém compreendeu ou não quis compreender, mas que pareciam uma espécie de consolo. Camargo puxou a pistola do cinto, engatilhou e atirou pra cima. Eles esperaram um pouco e logo outro tiro foi ouvido em resposta. Ele sorriu.

"Mago, pega a moto e encontra o Dirley. Seguindo nessa direção. Qualquer coisa atira pro alto. Mas não vai precisar, ele não está longe."

O Mago ligou a moto.

"Vamos esperar aqui."

O observaram dar partida e seguir ao encontro de Dirley. Camargo analisou o ferimento do velho.

"Tá fodido, Velho."

Velho sorriu.

"Eu sei."

"Vamos dar um jeito nisso."

Velho sorriu de novo.

"O que foi aquilo?", perguntou.

Espanhol ia abrir a boca pra dizer rock and roll, mas Camargo respondeu primeiro.

"Emboscada de putas."

Depois, acrescentou:

"Dona Maria e Amanda ainda estão vivas. Nós vamos pegá-las, mas precisamos de um bom plano."

Eles se entreolharam. Um pouco além, os faróis da moto e da picape surgiram. Todos se levantaram, exceto Velho. A moto e a picape pararam ao lado deles. Dirley desceu, estava pálido, seu queixo tremia.

"Dirceu?"

Camargo meneou a cabeça.

"Caiu, Dirley. Ele, Cabeça e César. Lutaram bravamente."

Lágrimas começaram a cair pelo rosto de Dirley. Ele socou a lataria da picape.

"Aquele vacilão..."

"E as putas levaram Dona Maria e Amanda. Somos só nós agora."

Garoto e Mago deram tapinhas nos ombros de Dirley.

"Nós vamos vingar seu irmão", disse Camargo. "Nós vamos virar todas as putas daquele bando do avesso e vamos fazer mochilas com suas tripas."

Dirley respirou fundo, engolindo o choro.

"Quando?"

"No momento certo", disse Camargo. "Antes precisamos de um plano."

"O que vamos fazer agora?"

"Vamos cuidar do Velho", ele apontou para o ombro. "E tirar essa porra de mim. Garoto, você disse que tem uma caverna aqui perto?"

"Sim. Rio acima, por aqui direto."

Ele ergueu o braço para apontar a direção.

"Tem uma garota lá, mais ou menos como eu. Está muito ferida, eu tô cuidando dela."

Camargo se dirigiu para Mago e Dirley:

"Vocês conseguem levar o arsenal?"

Eles assentiram.

"Garoto e Espanhol levam os mantimentos: comidas, bebidas. Eu levo o Velho. Vamos cobrir a moto e os galões ali dentro da floresta. Cubram com galhos e folhas. Certifiquem-se de que fiquem bem cobertos."

"E a picape?", perguntou Dirley.

"Pode deixar aí na beira da estrada mesmo, um pouco mais pra frente. Se alguém aparecer, vai pensar que é carcaça."

"E se forem elas?", perguntou Mago. "Elas vão reconhecer a picape!"

Camargo meneou a cabeça.

"Elas não virão atrás de nós. Não faz mais sentido. Elas perderam o efeito surpresa, não vão atacar sem isso. Era a única vantagem que tinham."

Todos o ouviam com atenção. Camargo olhou para Velho, preocupado.

"E mesmo que apareçam e encontrem a picape, o que eu sei que não acontecerá, o que elas fariam? Elas pareciam jovens, duvido que saibam dirigir, muito menos fazer ligação direta. Talvez concluam que a gasolina acabou e caímos fora."

"Faz sentido", disse Garoto. "Por isso a moto e os galões precisam ficar bem escondidos."

"Agora vamos agir", disse Camargo. "Precisamos tirar essa porra do Velho o quanto antes."

Ele foi até a caçamba e vasculhou entre as bagagens até encontrar uma garrafa de uísque. Tirou a tampa e estava se preparando para jogar no chão quando mudou de ideia e a guardou no bolso. Deu um gole demorado, e depois a entregou ao velho.

"Beba isso, Velho. Vai manter seu corpo aquecido."

Depois, para os demais:

"Simbora, seus putos, ainda estão me olhando por quê?"

Trabalharam rápido. Mago e Garoto foram cobrir a moto com folhas secas e galhos, enquanto Espanhol e Dirley descarregavam a picape. Depois, escolheram um lugar para esconder os galões e alguns dos mantimentos, já que não daria para levar tudo. Camargo retirou a caixa de metal com as armas e as munições com a ajuda de Dirley e a apoiou no chão.

"Vão mesmo conseguir levar isso rio acima?"

Dirley assentiu.

"Então vamos nessa".

Ele levantou Velho no colo como se fosse uma noiva, soltando apenas um leve grunhido com a pontada que sentiu no ombro ao fazer o movimento e a força. Garoto foi na frente, seguido por Espanhol e Camargo. Dirley e Mago foram mais atrás, um pouco mais lentos por causa do peso da caixa cheia de armas e munição. Em determinado trecho do caminho, Camargo parou perto de uma árvore e leu em voz alta:

"Todas as mulheres são irmãs em Atenas." Ele olhou para Garoto: "Que porra é essa?"

Garoto deu de ombros.

"Não sei. Já tava aí quando cheguei. Eu não sabia o que tava escrito."

"O quê?", perguntou Velho, como se saindo de um transe.

Espanhol parou ao lado deles e começou a ler a frase, devagar. Camargo se adiantou e repetiu:

"Todas as mulheres são irmãs em Atenas."

"Atenas?", perguntou Velho.

"Sim. Uma cidade-estado grega", disse Camargo.

Ficaram alguns segundos em silêncio, procurando mais alguma coisa escrita em algum lugar e, nada encontrando, continuaram seguindo em frente.

Quando finalmente chegaram na caverna, Garoto se adiantou gritando para Bia que havia chegado e trazido o pessoal do seu antigo grupo. Bia continuava sentada no mesmo lugar onde ele a deixara, e parecia mais assustada do que nunca. A fogueira estava quase apagada.

"Não se preocupe", disse Garoto. "Eles são amigos, são do meu antigo grupo."

Uma sombra enorme se ergueu por trás dele. Era Camargo.

"Esse é o Camargo. Te falei dele, lembra?"

Ele abriu seu habitual sorriso. Os olhos deles se encararam por um bom tempo, e ela sentiu um medo semelhante ao que sentira na presença de Nêgo Ju e Samuel.

"Sinto muito pelo que fizeram com você", disse Camargo, para quebrar o gelo. "Espero que tenham tido o que mereciam."

Bia assentiu com tristeza, os olhos enchendo de repente.

A seguir, Garoto a apresentou aos demais enquanto Camargo apoiava Velho sentado num lugar confortável. O velho intercalava gemidos com goles no uísque. Eles se organizaram na caverna com facilidade. Garoto colocou mais lenha na fogueira. Em seguida, catou agulha e linha na mochila de Bia e disse:

"Ela tinha material de primeiros socorros na mochila. Deve servir."

Velho estava branco-arroxeado. Camargo iniciou uma breve reunião com todos.

"Vamos arrancar a faca do Velho. Vai sangrar. Vai doer. Ele vai gritar. Mago e Dirley seguram. Eu puxo."

"E depois?", perguntou Mago.

"Depois vamos tentar costurar o corte e torcer pra que seja o suficiente. Dona Maria é melhor nesse tipo de coisa, mas já tive que costurar o meu próprio olho no lugar, então..." Camargo deu de ombros e sorriu.

"Preparado, Velho?"

O velho deu três goles profundos na garrafa de uísque e respirou fundo.

"Agora tô."

Camargo retirou a bainha de couro de uma das facas e colocou entre os dentes do velho.

"Trinca os dentes", avisou Mago, se aproximando e segurando-o de um lado. Dirley segurou de outro. Espanhol e Garoto assistiam com interesse.

Apoiando os pés firmemente no chão, Camargo segurou o cabo da faca com a mão direita e a puxou de uma vez, sem hesitar.

Um pequeno jato de sangue esguichou do corte. Camargo pegou um dos panos que Garoto lhe passou e fez pressão sobre o ferimento. Velho tremia e gritava, mas estava firmemente seguro. Camargo puxou a bainha de sua boca e lhe deu um gole de uísque. Gotas de suor haviam brotado em sua testa.

"FILHA DA PUTA!", gritou Velho.

Camargo pediu para que Garoto fizesse pressão no corte do velho, fechando as bordas, e começou a costurar. A carne do velho tremia. Quando Camargo terminou de costurar o corte, arrematou o ponto e cortou a linha com os dentes. Velho, suado, olhava para ele com atenção.

"Até que ficou bom, Velho".

Velho olhou em volta, respirando com dificuldade. Sua pele estava fria e pegajosa, as pupilas dilatadas.

"Perdi muito sangue", disse.

Camargo sinalizou para que lhe dessem um copo de água, mas Velho protestou:

"Uísque."

Depois de um longo trago, tomando fôlego a cada conjunto de palavras, o velho disse:

"Mulheres de Atenas. É. Uma música antiga. Fala. De como as mulheres. Eram. Submissas. Aos homens. Em Atenas."

Parou sem fôlego e girou os olhos nas órbitas.

"Não fale mais nada, Velho", disse Camargo. "Descanse."

O velho meneou a cabeça. O garoto agachou-se ao lado dele. Os demais o observavam com tristeza.

"Uma hora. Ia. Acontecer. Que bom que foi. Com vocês."

"Você vai sobreviver, Velho. Não tá mais sangrando. Vou fazer um chá de barba-de-velho e colocar um pouco no corte", disse Garoto. Seus olhos lacrimejavam.

O velho meneou a cabeça.

"Por favor", disse Velho, "acabem. Com."

E parou de falar.

Sua cabeça pendeu de repente e seu tronco deslizou pela parede. Camargo e Garoto o seguraram.

"Nós vamos, Velho", disse Camargo, a voz firme. "Pode crer que vamos."

Garoto se levantou e saiu de perto. Chorava. Não queria que o vissem assim. Mago deu um tapa em seu ombro. Dirley olhava para o velho melancolicamente. Espanhol foi atrás de Garoto.

"Meus sentimientos", disse. "Também perdi um pai assim."

Garoto não respondeu e ele voltou para a caverna.

No fundo da caverna, Bia assistia a tudo com atenção.

11

"Dona Maria?", chamou Amanda.

Como Dona Maria não respondeu de imediato, Amanda achou que ela estava dormindo. Depois de um tempo, Dona Maria disse:

"Sim."

"Eles vão vir", disse Amanda.

"Eu sei", disse Dona Maria.

"Eles vão acabar com esse lugar."

"Eu sei."

"E vão acabar com aquela escrota."

"Eu sei."

"Fique firme, Dona Maria. Precisamos de você."

Dona Maria voltou a ficar em silêncio. Amanda também não falou mais nada. Pensou em como estariam os outros. Será que estavam todos vivos? Durante a emboscada, ela chegara a ver Dirceu caindo com a moto e uma flecha enfiada no pescoço, mas será que havia morrido? Quanto aos demais, ela não fazia a menor ideia. Julgava que estivessem vivos, considerando o modo como elas haviam fugido, mas se era esse o caso, por que não tinham vindo atrás delas no mesmo instante?

Camargo tinha um jeito estranho de tomar decisões, e ela muitas vezes não conseguia compreendê-lo. Talvez fosse um desses casos. E apesar de não conseguir acompanhar seu raciocínio, tinha confiança suficiente para acreditar que suas soluções, por mais descabidas que fossem, geralmente resolviam os problemas. Eles vão vir, reafirmou para si mesma mentalmente. Vão vir.

Lembrou-se de quando fora aceita no grupo. Era jovem ainda, uma criança, havia sido encontrada pelo pai de Camargo escondida em um armário, com fome. Os pais apodrecendo na cama ao lado.

O pai de Camargo a descobrira e a levara para o abrigo que eles então ocupavam.

"Filho, o que acha que devemos fazer com ela? Vou fazer o que você decidir."

Camargo, apenas um pouco mais velho que ela, um garoto ainda, a observara com os olhos mais bonitos que ela já vira, olhos tão bonitos que a fizeram se encolher, e disse:

"Vamos deixar ela no grupo, papai. Treiná-la também, pra que fique forte."

O pai de Camargo olhou para ele e depois para ela, depois para ele de novo.

"Você tem certeza? É mais uma boca para alimentar. Ela não pode contribuir com grande coisa no momento?"

"Tenho certeza", dissera Camargo, sem hesitar.

Foi assim que Camargo tornara-se o seu salvador e aquela família tornara-se a sua própria. Eram amigos, amantes, e Amanda o conhecia o suficiente para ter a certeza de que ele jamais a abandonaria.

Estava concluindo esse pensamento quando a porta se abriu.

Diana entrou acompanhada de duas outras mulheres. Amanda se ergueu apoiada nos cotovelos. Dona Maria continuou na mesma posição.

"Manas", disse Diana. "Preciso que vocês me digam agora para onde o seu grupo fugiu e o que pretendem fazer."

Amanda percebeu que sua voz estava enrolada, como a de um bêbado — ela já vira aquela voz milhares de vezes no próprio Camargo —, e suas pernas não pareciam lá muito firmes. A doutora Anita entrou em seguida.

"Diana, você deveria estar dorm..."

"Cale-se", Diana disse a ela. A seguir, para Amanda: "Você entendeu o que eu falei, mana? Havia mais mulheres com vocês?"

Amanda fez uma expressão de desprezo e voltou a se deitar. Diana tirou uma faca da bainha, caminhou até Dona Maria e cravou a faca no ombro dela. Dona Maria gritou, um grito que era uma mistura de dor e surpresa, Amanda voltou a se erguer nos cotovelos.

"Sua..."

"CALADA!", Diana gritou.

O sangue jorrava do ombro de Dona Maria, sujando todo o colchão e os lençóis. Ela chorava.

"Havia mais mulheres com vocês?", perguntou Diana.

Amanda hesitou.

"A próxima vai ser no pescoço dela, mana", disse Diana.

Mesmo as outras irmãs olhavam a cena com perplexidade.

"Não", disse Amanda. "Somos as únicas."

Diana afastou-se da cama de Dona Maria e se aproximou de Amanda.

"Para onde eles foram?"

"Não sabemos", disse Amanda.

"Como não?"

"Não temos como saber. Foi uma emboscada, a floresta pegou fogo, morreu gente... eles fugiram."

"Para onde estavam indo antes?"

"Norte, noroeste", disse Amanda, seus olhos fitando Dona Maria, que continuava sangrando e chorando. "Íamos naquela direção, provavelmente para a região do Amazonas."

"Provavelmente?"

"Camargo tem o hábito de mudar de planos no meio do caminho."

"Camargo é o grandalhão de chapéu?", Diana se aproximou. Amanda percebeu o ódio no rosto dela se acender como uma fogueira alimentada com algum líquido inflamável.

"Por favor", respondeu Amanda, "façam alguma coisa, ela está sangrando muito."

Diana olhou para Anita. Anita foi até Dona Maria e começou a dar instruções baixinho para as outras irmãs.

"Quantos vocês eram no total?"

"Seis", mentiu Amanda, e como percebeu que Diana franzia as sobrancelhas, calculando, corrigiu a mentira com outra mentira: "Oito."

"Matamos três na estrada", disse Diana, "e trouxemos vocês duas. Sobrou o grandão, o mascarado que atirou em mim e quem mais?"

Era muita informação. Amanda segurou o choro tentando não pensar naquela frase, "...matamos três na estrada...", e não quis questionar o que ela queria dizer com "mascarado que atirou em mim". Ela não lembrava de ninguém que estivesse usando máscara, mas talvez fosse Mago. Amanda disse com a voz neutra:

"Um garoto que encontramos a caminho de São Paulo. Não fazia parte do nosso grupo. Ele era chileno ou algo assim."

Diana se aproximou ainda mais de Amanda.

"Três? E um deles não faz parte do grupo?"

Amanda assentiu. Diana expirou, parecendo aliviada. Amanda achou que ela chegara bem perto de soltar uma risada.

"São boas notícias, mana. Muito boas."

Ela olhou para Dona Maria, que gemia de dor na outra cama, enquanto doutora Anita lhe costurava o corte. Depois olhou para Amanda.

"Não atingi nada vital", disse. "Ela vai ficar bem".

Amanda estava com vontade de estrangulá-la. Não estivesse com os pulsos algemados nas laterais da cama, voaria naquele pescoço e só o largaria quando a carne não passasse de uma polpa escorrendo entre seus dedos.

"Quer falar mais alguma coisa, mana?", perguntou Diana, assumindo uma expressão sombria.

Amanda meneou a cabeça.

"Eles não vão voltar, mana", disse Diana. "E mesmo que voltem, nós somos um grupo grande e disciplinado, conseguiremos dar conta de dois ou três machos.

Agora sim, um sorrisinho de lado. Arrogante. Amanda trincou os dentes.

"Vocês a partir de hoje fazem parte de Atenas. Ainda não sabem bem o que isso significa, mas eu vou ensinar. Amanhã mesmo começaremos sua reconstrução."

Virou-se para a outra cama.

"Doutora?"

"Ela vai ficar bem", explicou Anita. Amanda percebeu que ela tentava usar um tom neutro, mas havia certa raiva contida em sua voz.

"Ótimo. Amanhã começaremos com ela também. Você fica responsável por ela. Eu vou cuidar dessa aqui."

Amanda não fazia a menor ideia do que ela estava falando, então limitou-se a observá-la com atenção.

Diana se dirigiu até a porta.

"Quando terminar aí, doutora, reunião."

"Não acha melhor descansar, Diana? Podemos discutir depois."

"Reunião, doutora. Assim que terminar aí", repetiu Diana.

12.

"Como você está?", Camargo perguntou a Garoto.

Garoto enxugou as lágrimas com as costas da mão e depois enfiou as mãos nos bolsos.

"Acho que ele era o meu pai, né? Foi ele quem me criou."

Camargo respirou fundo.

"É duro perder um pai, Garoto. Ninguém sabe disso melhor do que eu. Eu amava o meu pai mais do que qualquer outra coisa. Ele era tudo pra mim. Ele me ensinou tudo o que sei, me ensinou a sobreviver neste mundo, e depois enlouqueceu. Eu o perdi duas vezes."

Camargo lhe passou a garrafa de uísque, o garoto olhou pra ela com tristeza e deu um gole.

"O Velho era como meu segundo pai, mas era o seu primeiro. Dê vazão ao que sente, chore tudo o que tiver pra chorar, vingue sua morte para que sua alma possa descansar em paz, e depois siga em frente. É assim que as coisas são."

Camargo se retirou dizendo para que ele ficasse com a garrafa, depois se dirigiu até uma pedra mais afastada, do lado oposto à entrada da caverna, de modo que conseguia enxergar Dirley, Espanhol e Mago na parte externa. O corpo do velho já deitado próximo da fogueira, e a garota lá no fundo.

"Todas as mulheres são irmãs em Atenas... Mulheres de Atenas era uma música antiga sobre mulheres submissas", Camargo murmurou consigo mesmo, finalmente tendo a impressão de que conseguia compreender o que aquilo significava. Eles haviam sido atacados por um grupo de mulheres, um grupo que provavelmente chamava a si mesmo de Mulheres de Atenas. Um grupo que sequestrou suas mulheres porque "todas as mulheres são irmãs em Atenas."

Camargo sorriu. Lamentou que tivesse perdido o seu cachimbo no meio da confusão. Ele o ajudaria a organizar melhor as ideias. Mesmo assim, achava que havia chegado, sim, a algum lugar. Entendia que aquelas mulheres não planejavam matar Dona Maria e Amanda, pelo contrário: queriam transformá-las em irmãs de causa ou qualquer merda do tipo. Isso era uma ótima notícia. Uma notícia maravilhosa, na verdade. A melhor notícia possível.

Porque isso lhes dava tempo. Tempo para descobrir onde elas haviam se enfiado, descobrir os pontos fracos do lugar, e organizar um ataque quando elas menos esperassem. Abandonou os pensamentos quando viu que Espanhol se aproximava.

"Tenemos que sacar esto", disse, apontando para a ponta de flecha cravada em seu ombro. Camargo lembrou dela com surpresa. Sorriu.

"Verdade, papito. Verdade. Melhor fazer isso agora enquanto minhas veias estão cheias de adrenalina, certo?"

Espanhol não respondeu. Ele parecia preocupado, curioso, receoso e com ânsia de participar dos acontecimentos, tudo ao mesmo tempo. Camargo achava Espanhol uma verdadeira incógnita, mas certamente era um dos sujeitos mais interessantes que já haviam cruzado seu caminho.

"Estoy intrigado", disse Espanhol. "Por que passar por encima da mujer, pero não passar por encima de mi?"

Camargo sorriu.

"Não havia uma floresta em volta de você, papito, mas um deserto. O deserto salvou sua vida."

Camargo se levantou e coçou a barba.

"É um mundo estranho, papito. As consequências são resultados mais ou menos aleatórios de causas tão pequenas que às vezes sequer são percebidas ou compreendidas, mas elas estão lá, decidindo e determinando o destino de quem ainda vive. Compreendes?"

"Nada", disse Espanhol. "Porra nenhuma."

Camargo sorriu.

"É, eu também não estou certo se compreendo. Vamos, quero tirar isso logo e vou precisar da sua ajuda."

Camargo se dirigiu de volta para a caverna. Espanhol o acompanhou.

Após esterilizarem a lâmina de uma das facas de caça e a agulha que havia sido usada em Velho, Camargo pediu para que Dirley lhe fizesse um corte com a faca de caça no local onde a ponta da flecha ficara enfiada, enquanto ele se entupia de uísque e trincava os dentes.

"Filha da puta", gemeu Camargo.

"Farpada", disse Dirley, abrindo ainda mais o corte em volta da ponta. "Você deu muita sorte. Alguns centímetros pra cima e pegaria o pescoço."

Gotas de suor brotaram na testa de Camargo. Tremendo de dor, ele bebeu mais um gole de uísque.

"Pronto", disse Dirley, puxando a ponta suja de sangue e pedaços minúsculos de carne, e exibindo-a com orgulho. "Olha só que maravilha. De osso. Muito afiada. Acho que é indígena."

"Não vi nenhum índio naquele grupo", comentou Mago, que assistia a tudo com atenção. "Será que vai infeccionar?"

Camargo deu de ombros.

"Aperta essa merda. Eu mesmo vou fechar."

Dirley juntou as bordas do corte e Camargo o costurou com cuidado.

"Corta essa merda", disse.

Dirley cortou a linha.

"Filha da puta", repetiu Camargo.

"Como é levar uma flechada?", perguntou Dirley.

Camargo sorriu com o canto dos lábios.

"Tiro dói menos."

Garoto se aproximou deles e os observou por alguns segundos. Camargo assentiu compreensivo ao perceber que ele estava bêbado.

"E agora?", perguntou Garoto

"Agora é descansar, recuperar as energias e articular um plano."

"E se elas fugirem?"

"Não vão fugir."

"Como você sabe?"

Camargo deu de ombros.

"Não vão."

Garoto estava com uma expressão que era um misto de tristeza e ódio profundo. Ficou em silêncio e só então se lembrou de Bia, sentada um pouco mais afastada e os observando com olhos atentos e preocupados. Camargo também olhou para ela.

"Traz ela aqui", disse.

"Ela não consegue andar direito. Sente muita dor. O pato cortou os tendões dela."

Camargo se levantou e foi com Garoto até Bia. Ela se empertigou ao vê-los se aproximar. Camargo se agachou diante dela.

"Olá, moça. Você sabe escrever?"

Bia assentiu.

Camargo olhou para os tocos nos braços dela e mordeu o lábio inferior pensativo.

"Seguinte, moça. Eu vou fazer algumas perguntas e você vai desenhar no ar com o braço suas respostas. Letra por letra, fazendo uma pequena pausa entre elas. Entendeu?"

Bia assentiu.

"Ótimo. Primeiro, como é o seu nome?"

Bia olhou para Garoto e sorriu. Ergueu o toco no ar e desenhou um B, seguido por um E, um A, T, R, I, Z.

"Beatriz?", perguntou Camargo.

Ela assentiu sorrindo e desenhou: B, I, A.

"Mas as pessoas chamam de Bia."

Camargo olhou para Garoto. O seu semblante havia melhorado bastante.

"Bia, eu me chamo Camargo. Agora que nos apresentamos formalmente, veja, preciso fazer algumas perguntas. Quando a resposta for sim ou não, basta mover a cabeça. Quando precisar dar uma resposta mais ampla, desenhe apenas as palavras-chave da frase. Entendeu?"

Ela fez que sim.

"Ótimo. Você é de um lugar chamado Atenas?"
Bia negou.
"Conhece esse lugar?"
Ela voltou a negar.
"Já ouviu falar?"
Ela fez uma pausa e então assentiu.
A, R, V, O, R, E, desenhou no ar.
"É, nós vimos também."
Camargo respirou fundo. Sua cabeça estava doendo, a carne do ombro latejava, ele realmente precisava descansar.
"Nós fomos atacados por um grupo de mulheres na estrada, Bia. Elas mataram alguns dos nossos. E levaram duas das nossas mulheres."
Bia ouvia com atenção.
"Nós acreditamos que elas fazem parte de uma comunidade só de mulheres, que chamam de Atenas. Nós ainda não sabemos onde fica, mas vamos descobrir."
Bia assentiu.
"Eu tinha esperanças de que você soubesse alguma coisa desse grupo."
Ele se levantou.
"Nós vamos destruir Atenas e pegar nossas mulheres de volta."
Bia abaixou a cabeça, com tristeza.
"Uma última pergunta. De que lugar você é?"
Bia levantou a cabeça e respirou fundo. Ergueu o braço e desenhou:
A, M, A, Z, O, N, A, S.
Camargo sorriu e se afastou meneando a cabeça.

13

Todas as irmãs de Atenas estavam enfileiradas na parte externa da fazenda. Diana se colocou diante delas e as contou com os olhos.

"Como vocês sabem, hoje ocorreu a maior tragédia da história de nossa comunidade. Perdemos sete irmãs, sete guerreiras poderosas que sempre serão lembradas por sua bravura e pelo amor que nutriam por nossa querida Atenas. Eram mulheres amadas por todas nós, e acreditavam de verdade na nossa missão. Hoje, manas, quero gritar o nome de cada uma delas, e quero que vocês gritem comigo, para que elas saibam, lá do outro lado, que suas mortes não foram em vão. Que Atenas venceu essa batalha, e que continuará vencendo todas as outras, e que nós, manas, seguiremos com nossa missão de salvar todas as mulheres desses demônios que infestaram o que sobrou do nosso planeta!"

As irmãs se agitaram e começaram a dar gritos de aprovação. Algumas delas choravam. Anita observava aquela assembleia com preocupação.

"Uiara!", gritou Diana, seguida pelas irmãs. "Vitória! Carmonízia! Marcinha! Alana! Raquel! Aziza!"

Os gritos ecoavam na noite enquanto as irmãs repetiam os nomes daquelas que haviam perdido a vida na estrada. Diana ergueu o braço e fechou o punho.

"Irmãs!", gritou, e elas começaram a silenciar. "Também é preciso lembrar que hoje matamos a maior parte do grupo deles, e trouxemos duas conosco. Ainda não são nossas irmãs, mas em breve serão."

As irmãs começaram a gritar. Uma delas, que Diana não conseguiu identificar, gritou:

"Mate as duas!"

Diana estendeu as mãos abertas.

"Matá-las? Manas, quem disse isso não entendeu a nossa missão."

Ela parecia furiosa, mas continha sua raiva.

"NÓS NÃO MATAMOS MULHERES!, gritou por fim. Depois, acrescentou pausadamente: "Nós. As. Protegemos."

Um silêncio se espalhou pelo grupo.

"Vou fingir que essa sugestão equivocada nunca existiu, manas, e vou voltar ao que de fato importa."

Anita havia percebido quem fizera a sugestão, e aquilo a deixara intrigada.

Samanta, a novata. Que interessante, não?, pensou.

"Como eu ia dizendo, matamos a maior parte do grupo deles, e eles fugiram com o rabo entre as pernas", Diana cuspiu. "Não vão voltar. São covardes, como qualquer macho. Não atacam se não estiverem seguros de sua vantagem, seja pela força física, seja numérica. São, repito, CO-VARDES. E não vão voltar."

Anita observava Samanta com crescente curiosidade. No momento, ela se limitava a olhar para o chão, pensativa.

"Mas se por acaso, manas, se por acaso os dois ou três que sobreviveram resolverem nos atacar..."

Uma inquietação começou atravessá-las.

"Eles vão encontrar apenas a morte. A morte, manas! A morte!"

As irmãs começaram a gritar:

"Morte!"

"Por isso, a partir de hoje, vamos redobrar a segurança e a vigília em Atenas. Não quero nenhuma irmã desarmada nem pra dormir! Exceto você, doutora, e Carminha."

Anita contraiu os lábios e assentiu em meio aos gritos das irmãs.

"Estejam sempre com uma faca por perto. Agora, parem com a vigília na cerca externa, e redobrem na cerca interna. A partir de amanhã começaremos a fabricar mais flechas."

Entre gritos de louvores, Diana encerrou o seu discurso e se retirou triunfantemente. Anita continuava observando Samanta, que agora fazia coro aos gritos, observando as demais irmãs, como se com isso quisesse confirmar que agia da maneira correta. Anita esperou uma oportunidade e se aproximou dela, também gritando.

"Olá, querida", disse. "Como está se sentindo?"

Samanta parou de gritar "Morte" em coro com as demais e aproximou o ouvido da doutora.

"Eu perguntei como você está se sentindo..."

Samanta se afastou e, ainda sem parar de gritar, assentiu e fez sinal de positivo. Seus olhos estavam vidrados.

"Que ótimo", disse a doutora, afastando-se. "Que ótimo, querida."

Mas sabia que Samanta não estava nada bem. Nem de longe.

14

"O que vamos fazer com o Velho?"

Camargo coçou a cabeça. Seus pensamentos estavam em outro lugar.

"Chefe", insistiu Mago, "o que vamos fazer com o Velho?"

Camargo olhou para o corpo do velho estendido ao lado da fogueira. "*Pobre Velho, a jornada ao seu lado foi boa, parceiro.*

"Vamos ter que jogá-lo no rio, Mago. Não temos pá e não podemos deixá-lo apodrecendo aqui na caverna."

Mago concordou.

"Você e o Dirley. Garoto também, se ele quiser."

"Não vai fazer um discurso? Você sempre faz quando um dos nossos..."

Camargo sentia uma pressão nas têmporas. Sua cabeça parecia prestes a estourar a qualquer momento."

"Claro, Mago. Enrolem o corpo dele numa dessas lonas de barraca e o levem até lá. Encham com pedras e esperem por mim. Preciso dar uma mijada."

Ele saiu da caverna e se afastou até o outro lado, depois andou mais um pouco até ter certeza de que ninguém o veria e encostou a cabeça numa árvore caquética. O chapéu caiu aos seus pés.

"Puta que pariu, Velho."

Ele tentou chorar, mas nenhuma lágrima desceu dos olhos. Ainda não estava curado daquela doença que o impedia de chorar desde a morte do pai. As lágrimas simplesmente se recusavam a cair, não importava o que acontecesse, e isso só aumentava a sua dor, uma vez que a tristeza que sentia só não era maior que seu ódio, e a combinação desses sentimentos criavam uma sensação de estrangulamento em sua garganta que era impossível suportar sem pensar em suicídio. Ele fechou o punho com tanta força que as veias em seu braço saltaram e os nós dos dedos ficaram brancos.

"Talvez eu deva mesmo acabar logo com isso", murmurou, relaxando o punho. "Mas não agora. Não, não agora."

Apanhou o chapéu e foi até a margem do rio, onde Mago, Espanhol, Garoto e Dirley o esperavam com tristeza. Camargo se posicionou diante deles e disse:

"O Velho foi um dos maiores homens que já conheci. Tinha fibra, palavra, coragem. Com seu temperamento taciturno e sua sabedoria de vida, foi graças principalmente a ele que conseguimos viver em segurança por tanto tempo. Era fiel a papai quando eu ainda era criança, e continuou sendo fiel a mim quando me tornei o líder de nosso grupo. Era, como vocês sabem, meu segundo pai."

Camargo observava os rostos deles enquanto falava. Garoto era o único que não olhava para ele, mas para o chão.

"Eu cresci preparado para matar e para morrer, mas isso nem de longe foi o mais difícil: o mais difícil foi aprender a me preparar para a morte daqueles que eu amava."

Ele ficou um tempo cabisbaixo, refletindo sobre o que acabara de dizer.

"O amor é um sentimento há muito abandonado pela espécie humana, vocês talvez nem entendam com clareza o que significa amar alguém. Eu nunca esqueci. Mas é um negócio ridículo, o amor: só é verdadeiro quando a vida dos que amamos se torna mais importante que nossa própria vida, e só se prova através de sacrifícios. É por isso que os deuses de antigamente costumavam pedir para que os homens sacrificassem seus filhos."

Camargo fez uma longa pausa.

"Quando perdi mamãe da forma como perdi, prometi a mim mesmo que jamais voltaria a perder alguém que amasse. Que, antes disso, morreria eu mesmo, para evitar que acontecesse. Mas tive que quebrar essa promessa quando... quando matei papai."

Pela primeira vez desde que Camargo começara a falar, Garoto ergueu a cabeça, e Mago e Dirley a baixaram.

"E quebrei outras vezes, e quebrei de novo agora. Descobri que consigo fazer minha parte, mas isso não me garante nenhum controle sobre os resultados. Velho, Dirceu, César e Cabeça são os primeiros que perco em muito tempo. Não deveria ter sido eles, desde que tivesse sido eu. O amor se prova em sacrifícios."

Ele respirou fundo.

"Mas as coisas quebram como quebram, e só nos resta apanhar os cacos, colocá-los no lixo, e seguir em frente sem elas. Com a memória, sem a memória, cada um prestando homenagens à sua maneira. Eu tenho a minha, vocês têm as suas. E na forma como eu enxergo o mundo, meus amigos, ninguém fode um dos meus e sobrevive para conversar sobre isso."

Agora os três olhavam para ele. Os olhos de Camargo brilhavam com frieza.

"O único tributo possível àqueles que perdemos hoje é a queda de Atenas. E Atenas cairá, amigos. As vadias cairão com a certeza de que atacaram a porra do pior grupo que poderiam ter atacado. Podem jogar o Velho."

15

Uma luz alaranjada entrava pelas grades da pequena janela, lá no alto.

Amanda passara a noite em claro, e vira aquela luz surgir, iluminando rodopiantes partículas de poeira e fuligem. Uma das irmãs entrou no quarto onde estavam, e recolheu Dona Maria, empurrando a cama de rodinhas pela porta sem dizer nada. Algumas horas depois, Diana entrou. As chaves das algemas tilintavam em suas mãos.

"Eu vou soltar você, mana. E se você tentar alguma coisa, juro que te quebro em duas com a mesma facilidade com que quebraria um pau seco."

Amanda a encarou em silêncio, uma expressão inexpressiva no rosto.

"Eu não dormi nada desde ontem", disse Diana. "E estou com a paciência por aqui!"

Diana passou a mão pela testa, num movimento de corte. Amanda observou os curativos no ombro e no antebraço de Diana, se perguntando quão ferida ela estava. Diana viu a direção do seu olhar.

"Não me faça descontar toda a minha raiva e cansaço em você."

Amanda respirou fundo.

"Tiros?", perguntou.

"Não foi nada."

Diana se aproximou e retirou as algemas.

"Nós normalmente não atacamos mulheres", disse Diana, observando o ombro e a coxa enfaixados de Amanda. "Mas você estava atirando com muito entusiasmo. Se quiséssemos, teríamos te matado. Somos boas arqueiras."

Diana deu dois passos para trás e disse:

"Pode levantar."

Amanda se levantou. Seja lá o que a doutora tivesse feito, sua perna não doía, apenas incomodava um pouco. Bem de leve.

"Para onde levaram Dona Maria?"

"Não se preocupe. Vocês vão se reencontrar depois. Por enquanto vão ficar separadas por alguns dias. Ou semanas, talvez. Depende de vocês, não de mim. Ela provavelmente sairá mais rápido."

Amanda sorriu.

"Qual a graça, mana? Eu adoraria rir um pouco também."

"Você me lembra alguém. Só isso."

Diana observou Amanda de cima a baixo. Um corpo sólido, forte, seria bastante útil em Atenas.

"Hoje eu vim aqui apenas pra te contar uma história, mana. Eu vou falar, você vai ouvir. Em silêncio. Quando eu terminar, você..."

Mas não concluiu aquela frase. De algum modo que lhe escapou aos olhos, Amanda saltou da distância que as separava, e ergueu uma perna num chute duro e preciso que lhe acertou a boca do estômago, fazendo com que todo o ar saísse de seu corpo. Diana curvou-se, boquiaberta, sem fôlego, o braço que não estava ferido se estendendo à sua frente numa tentativa de agarrar alguma coisa enquanto o outro apertava a barriga.

O esforço desperdiçado no chute, que apoiou todo o seu impacto na perna ferida, fez com que uma dor lancinante atravessasse o corpo de Amanda da coxa até o pescoço, mas ela trincou os dentes e voou para cima de Diana sem se importar com isso. Com as duas mãos segurou sua cabeça e lhe deu uma joelhada com o intuito de lhe quebrar o nariz, mas Diana virou o rosto a tempo e o joelho apenas raspou em sua bochecha. Rápida, a mão de Diana segurou o tornozelo da perna de Amanda que continuava apoiada no chão e o puxou.

Amanda caiu de costas soltando um "uh" e erguendo os braços em defesa. Diana já havia recuperado o fôlego, voou sobre ela e começou a socá-la usando o punho como se fosse um martelo, enquanto Amanda tentava se desviar. As duas sangravam. Amanda tentou girar o corpo para ficar sobre Diana, mas não teve força suficiente. Aproveitando uma das aberturas da guarda de Diana, ela enfiou a mão em forma de pinça e segurou sua traqueia. Diana deu um pulo para trás, livrando-se, e ficou em pé. Amanda se levantou rápido e tentou correr pra cima dela, mas sua perna ferida falhou e Diana retribuiu o chute, mas desta vez, sem dar nenhuma chance para que Amanda recuperasse o fôlego, começou a socá-la seguidas vezes até o chão e os lençóis do quarto ficarem todo salpicados de sangue. Quando parou de bater, Amanda estava inconsciente. Diana ofegava.

Só então se deu conta de que alguém batia na porta com força. Diana abriu a porta e deu de cara com Titina e seus olhos arregalados movendo-se dela para o corpo de Amanda estirado no chão em meio a todo aquele sangue.

"O que aconteceu aqui? Precisa de ajuda?"

"Chame a doutora", disse Diana. "Peça pra ela trazer a Carminha."

Titina saiu correndo e Diana sentou-se. Tinha a sensação de que aquela desgraçada tinha lhe quebrado uma costela.

"Acho que vamos ter problemas de convivência, mana", disse Diana, entre golfadas de ar. "Mas eu sou ótima em resolver problemas."

16

Camargo dividiu duas duplas: a primeira, composta por Mago e Dirley, e a segunda, por Espanhol e o próprio Camargo. Garoto não gostou nem um pouco de ser deixado de fora.

"Eu tenho que fazer parte disso, Camargo. Pelo Velho.", insistiu.

"Você faz parte disso, Garoto", ele apontou pra Bia, "mas ela não pode ficar aqui sozinha."

Garoto olhou pra Bia inconformado.

"Você fica", disse Garoto. "E eu vou com Espanhol."

Espanhol e os outros observavam a discussão entre os dois.

"Sério", disse Garoto. "Você é o único ferido aqui. Seu ombro."

Camargo olhou para Bia.

"Precisamos que você esteja recuperado quando formos atacar."

Camargo coçou a barba.

"Tudo bem, Garoto. Como quiser. Você vai com Espanhol então."

Garoto deu um grito em comemoração.

"É isso! Você vai ver, vamos descobrir onde fica essa tal Atenas. Você vai ver!"

Camargo então explicou o que iriam fazer. No chão da caverna, ele fez um desenho com um pedaço de pedra do que pretendia ser o local onde estavam, bem como do local onde acontecera a emboscada.

Ele apontou com a pedra para o local onde foram surpreendidos.

"Elas nos emboscaram aqui, e fugiram por dentro da floresta nessa direção aqui. Atenas provavelmente fica *nessa* direção. Vocês vão seguir pela parte interna da floresta, em dupla, até o local onde aconteceu o cerco. Vejam se elas voltaram para recolher os corpos, procurem pistas. Qualquer coisa pode ser uma pista. Papito, você sabe ler português, certo?"

Espanhol confirmou.

"Mago também sabe."

"Mais ou menos, chefe, mais ou menos".

"Bom, caso encontrem mais alguma coisa escrita, leiam e guardem. Isso vale pra placas, rabiscos nas árvores, qualquer coisa que nos ajude na localização delas. Depois que passarem pelo local da emboscada, sigam na direção que elas fugiram e se dividam. Uma dupla vai pelo leste, outra pelo oeste."

"O que procuramos exatamente?", perguntou Dirley.

Camargo deu de ombros.

"Não sei, mas aqui é zona rural. É provável que seja uma fazenda ou algo do tipo. Procurem fazendas grandes e bem conservadas. Com cercas."

"Com cercas?"

"Sim. Cercas."

"E se encontrarmos?", perguntou Garoto. "O que a gente faz?"

"Observem. Apenas isso. Procurem aberturas nas cercas, pontos fracos na segurança, vejam como elas se comportam na vigília do local. E puta merda, tentem não ser vistos."

Camargo os encarou seriamente.

"Isto é importante: não sejam vistos. Se alguém por acaso cruzar o caminho de vocês, matem e escondam o corpo. Nossa maior vantagem neste momento é o elemento surpresa. Não podemos perder o elemento surpresa, fui claro?"

Eles assentiram.

"Ótimo. Certifiquem-se de que suas armas estão carregadas, mas só usem em último caso. Se for preciso, usem as facas. Agora vão, só voltem quando encontrarem alguma coisa."

Quando se viu a sós com Bia, Camargo pegou os restos da última garrafa de uísque e sentou-se diante dela, oferecendo. Bia recusou com a cabeça.

"Como vão seus tornozelos?", perguntou Camargo.

Ela deu de ombros. Camargo continuou observando-a e bebendo o uísque na garrafa.

"Amazonas, é? Como estão as coisas do lado de lá?"

Bia voltou a dar de ombros. Ergueu o toco e desenhou no ar:

F, A, M, I, L, I, A.

Camargo estava abrindo a boca para perguntar se sua família ainda estava lá, mas Bia continuou movendo o braço.

M, O, R, T, A.

"Puta merda, garota. Sinto muito."

Bia deu de ombros mais uma vez.

Os quatro caminharam pela floresta em silêncio, de olho em qualquer barulho ou movimentação atípica. Quando chegaram no local onde havia começado o incêndio, a noite já descia. Eles seguiram na direção da estrada e encontraram os restos do que parecia ser um acampamento. Não haviam deixado nada para trás, exceto por algumas estacas, mas havia rastros que levavam a essa conclusão. Na estrada, encontraram as carcaças das duas picapes no local da emboscada, os corpos de seus companheiros espalhados nos mesmos locais em que foram abatidos.

"Elas não voltaram...", comentou Garoto.

"Voltaram sim", disse Mago. "Mas só recolheram os seus mortos. Deixaram os nossos aqui para apodrecer."

Dirley estava agachado diante da moto carbonizada, observando o corpo carbonizado embaixo dela. Espanhol colocou uma mão em seu ombro.

"Lo siento", disse.

Dirley se levantou sem falar nada.

"O que vamos fazer?", perguntou Garoto.

"Deixá-los aí", respondeu Mago. "Não podemos tirá-los. Se elas voltarem vão ver que estivemos aqui."

Espanhol apanhou uma pistola queimada no chão e a exibiu.

"Pode deixar aí", disse Mago. "Não presta mais". Depois acrescentou: "É aqui que a gente se separa. Elas fugiram naquela direção. Vocês seguem pela esquerda, nós vamos pela direita."

Ele olhou para Espanhol.

"Nos encontramos aqui mesmo pela manhã. Quer encontremos algo ou não."

Assim, separaram as duplas e seguiram em sentidos opostos.

Mago e Dirley encontraram um rastro de algo que foi literalmente arrastado, quase varrendo o chão cheio de cinzas e fuligem. Seguiram por ele.

"Que imbecis", disse Mago. "Deixaram praticamente um mapa pra gente."

"O que você acha que é?"

"Não sei. Um corpo?"

"Talvez".

Eles o seguiram apressados e intrigados por quase uma hora, até que de repente...

"Sumiu", disse Dirley.

"Seja lá o que foi, ela provavelmente o levantou aqui."

"Se era um corpo e se foi erguido aqui, provavelmente eram mais de uma."

Eles passaram alguns minutos tentando encontrar um novo rastro. Até que Mago o encontrou:

"Por aqui. Acho que devem ter percebido que estavam deixando o rastro e resolveram levantar."

E só precisaram seguir por mais alguns minutos até começarem a ouvir um chiado.

"Caralho", murmurou Mago. "Tá ouvindo?"

Dirley assentiu.

Tentando não fazer barulho, eles continuaram andando. O chiado foi ficando mais alto e então parou de repente. Eles viram duas mulheres paradas, ofegantes, encarando-se enquanto um cobertor grosso estava estendido no chão com um corpo sobre ele. Eles se esconderam por trás de uma árvore e as observaram quase sem respirar.

"É pesado", ofegou uma delas. "Carregar ela essa distância toda, meus braços estão que não aguento."

"Não podíamos deixar ela lá, mana. Vamos. Tá quase chegando."

Uma das duas se posicionou em uma das extremidades do lençol e a levantou.

"Tá pronta? No três."

Elas ergueram o corpo, com o cobertor formando uma espécie de rede, e continuaram seguindo em frente.

Dirley estava movendo a mão em direção ao cabo da faca. Mago arregalou os olhos e meneou a cabeça negativamente. Dirley hesitou e então parou. Mago murmurou alguma coisa, Dirley não entendeu. Mago então fez sinal para que ele esperasse. Quando elas sumiram de vista, murmurou:

"Se sentirem falta delas, vão saber. Vamos segui-las e ver qual é."

"Você não é de falar muito, é, Espanhol?"

Espanhol sorriu.

"Yo soy sozinho."

Garoto deu um tapa em seu ombro.

"Não é mais. Você agora é do nosso grupo."

Espanhol não respondeu. Deixou Garoto seguir na frente e limitou-se a acompanhá-lo em silêncio, com o estilingue na mão pronto para retirar uma esfera e atirar ao sinal de qualquer movimento. Depois de algumas horas, encontraram uma saída da floresta para um descampado. Garoto continuou seguindo em frente, mas Espanhol segurou o seu pulso.

"Não. Muy abierto."

Garoto olhou em volta, analisando. Espanhol tinha razão. Era um terreno amplo, aberto. Se Atenas ficasse mais adiante, seria praticamente impossível que não os vissem se aproximando.

"Fodeu, Espanhol. Como vamos nos aproximar sem sermos vistos?"

Espanhol puxou Garoto de volta para dentro da floresta.

"É possível que já nos hajam visto", disse Espanhol, fechando os punhos e os colocando diante dos olhos.

"Binóculos, claro", disse Garoto. "Uma pena que não temos nenhum aqui."

Garoto ficou observando o campo, pensativo.

"Você não acha que está escuro? Pode ser que não nos vejam."

"Pode ser", respondeu Espanhol. "Pero prefiro não arriscar."

17

Amanda acordou sentindo sua cabeça maior do que nunca, tentou mover os músculos da face, mas sua pele parecia tão esticada sobre os ossos que ela receou que pudesse se rasgar. Ao seu lado, doutora Anita lhe esfregava um líquido com um pedaço de tecido. Amanda gemeu.

"Bem-vinda de volta, querida", disse a doutora.

Amanda tentou falar, mas de sua boca só saiu outro gemido.

"Ela realmente pegou pesado com você. Mas você quase lhe quebrou umas costelas. Acho que estão quites."

Amanda falou:

"Puta."

"Não fale assim, querida. Ninguém deveria se referir a uma de nós em termos tão chulos. Essa é uma das palavras proibidas em Atenas."

A doutora se levantou.

"Tive que costurar o seu rosto. Isso provavelmente vai atrasar um pouco a reconstrução. Agora vou ver sua amiga."

Amanda ergueu o braço para se certificar de que estava algemada. O téc da algema batendo na grade da cama confirmou.

A doutora Anita entrou no quarto ao lado. Dona Maria estava sentada na cama, sem algemas.

"Como estamos hoje?"

Dona Maria respondeu melancolicamente com um suspiro.

"Eu sei que é difícil, querida. Mas você se acostuma. Eu me acostumei, todo mundo se acostumou."

Ela se aproximou de Dona Maria e observou os pontos da facada de Diana.

"Estão cicatrizando bem. A sopa estava boa?"

"Sim."

"Ótimo. Como eu estava dizendo, você vai se acostumar. No começo eu achava que toda essa história de Atenas não passava de um delírio da Diana, uma coisa que não só não daria certo como logo seria esquecida."

Doutora Anita meneou a cabeça, introspectiva.

"Você deve lembrar de uma música antiga sobre as mulheres de Atenas, acho que era do Chico Buarque."

"Lembro sim."

"A mãe da Diana, Jamyle, costumava cantar essa música para ela dormir. Diana cresceu achando que deveria interpretar os versos da canção não como um exemplo a ser seguido, mas um erro a ser evitado. Eu achava uma baboseira infantil sem tamanho, mas o que sei das coisas de hoje, querida? Sou de Antes, vivo enclausurada aqui, já não entendo o mundo."

Ela olhou em volta e ergueu os braços.

"Olhe só pra esse lugar agora. Atenas existe e resiste, afinal. E vai continuar resistindo. Não creio que exista no mundo lugar mais seguro para as mulheres hoje em dia. Você, como eu, é de Antes. Você, como eu, já deve ter passado por maus bocados, e você, como eu, vai perceber que Diana e Atenas são a nossa melhor chance de viver o resto dos nossos dias da forma mais tranquila possível."

Dona Maria permanecia em silêncio, observando-a com tristeza.

"Obviamente na sua idade não dá pra você ser uma das amazonas. É assim que chamamos as que cuidam da segurança. Então vou pedir a Diana que você se torne uma das minhas assistentes. Com toda a movimentação que temos por aqui, mais um par de braços seria bastante bem-vindo. Somos só a Carminha e eu para cuidar das... questões de saúde, como você já deve ter percebido."

Anita bocejou.

"Desculpe. Não durmo tem alguns dias."

"É curioso", disse Dona Maria finalmente, mas sem olhar para Anita. "Sabe, doutora, eu devo ser um pouco mais velha que você. E você tem razão: passei por maus bocados. Mas isso quando eu era jovem. E sabe por que, doutora? Porque o meu grupo cuidava de mim. E eles cuidavam de mim há bastante tempo. Tanto tempo que nem consigo mensurar direito. Você sabe, a contagem do tempo se tornou confusa pra todo mundo. Mas o certo é que faz tempo. O Camargo, que é o nosso líder, substituiu o pai dele. E o pai dele já cuidava de mim antes. Então sim, faz tempo, muito tempo. E durante todo esse tempo que estou com eles, ninguém jamais me fez nenhum mal."

Anita anuiu com a cabeça.

"Entendo", disse.

"Eu nunca...", ela hesitou, o brilho nos olhos aumentando e se enchendo de lágrimas, "eu nunca levei uma facada, por exemplo."

"Você tem que entender", disse Anita, "que Diana fez o que fez porque era uma situação extrema, e você ainda não é uma das nossas irmãs. Ainda não foi reconstruída. O que o seu Camargo teria feito com uma de nós na mesma situação? Tenho certeza que muito mais que uma simples facada bem localizada. Ele não poupou energias na estrada, segundo fiquei sabendo."

"Eu entendo", disse Dona Maria misteriosamente. "Esteja certa, doutora, que eu entendo. É uma guerra estranha, com inimigos estranhos e armas estranhas."

A doutora Anita ignorou o comentário.

"Confie em mim, querida. Diana vai cuidar de você melhor do que esse Camargo. Ela cuida de todas nós."

Dona Maria soltou um breve sorriso e meneou a cabeça. Um breve sorriso que Anita interpretou como desprezo e que a preocupou.

Ela acha que estamos acabadas, é isso que ela acha. Ela e a outra estão certas de que esse tal Camargo vai voltar..., pensou Anita, sem saber se devia sentir pena delas por isso, ou se devia começar a se preocupar.

Talvez elas apenas não entendam bem a situação. Não entendem que dois ou três homens, mesmo que estejam armados, jamais vão conseguir entrar aqui vivos a não ser com nossa permissão.

Anita se levantou.

"Mas de todo modo, querida, vou lhe dar um conselho. De uma velha para outra: aceite que Atenas agora é o seu novo lar. Torne-se uma de nós e jure lealdade a Atenas e Diana. É o melhor que pode fazer. Se fizer isso por vontade própria, Diana logo irá lhe dar uma função e você passará a fazer parte de nossa pequena comunidade, será uma de nós. Agora, se preferir continuar insistindo nessa estupidez de Camargo, bom, a Diana vai fazer do jeito dela. Só lhe adianto que ela anda um pouco nervosa desde o que aconteceu na estrada, e Diana tende a ser um pouco... agressiva quando está sob estresse. Se preferir o jeito dela, eu lhe garanto que a facada se tornará uma das suas lembranças mais felizes desde que chegou aqui."

Ela percebeu o cenho de Dona Maria franzir.

"Diana não costuma falhar."

Começou a se dirigir para a porta.

"Pense a respeito com carinho, querida. Hoje à noite vou precisar de uma resposta. Do contrário, a partir de amanhã a Diana ou uma das amazonas virá cuidar de sua reconstrução. Seria uma pena."

18

Bia e Camargo mataram o tempo conversando daquela forma peculiar que eles haviam desenvolvido. Bia estava ficando boa em escolher palavras-chave, e Camargo era de fato muito bom em interpretá-las. Por causa da limitação daquela forma de diálogo, na maior parte do tempo Camargo falou, e Bia ouviu com atenção, tentando criar uma opinião sobre ele. Assim, Camargo descobriu que Bia estava cruzando o país com mais dois amigos numa aventura juvenil quando caíram numa emboscada feita por dois sujeitos que os estavam perseguindo desde que passaram por São Paulo. Eles eram jovens e queriam aventuras, conhecer o país e esse tipo de coisa, o que Camargo considerou uma estupidez gigantesca dado o contexto atual.

Bia se apoiava na certeza de que seu pequeno grupo, um trio, na verdade, era forte o suficiente para conseguir se virar, o que de fato tinham conseguido por um bom tempo do momento em que saíram do Amazonas em direção ao Nordeste, e do Nordeste em direção a São Paulo até chegarem ali. Eles não tinham noção de como andava o país, concluiu Camargo, porque na pequena comunidade a qual pertenciam as coisas funcionavam de forma diferente. Quanto ao Amazonas em si, Bia confirmou que fazia muito tempo que eles haviam saído de lá, mas que como em qualquer lugar, a floresta estava morrendo, os vegetais eram uma merda, e as pessoas tinham que caçar para sobreviver. A única coisa abundante, ainda, era a água. Camargo perguntou de peixes e Bia meneou a cabeça melancolicamente, levando o coto até os olhos: nunca vira um.

Enquanto se comunicavam, Bia compreendeu que estava diante de um homem um tanto peculiar. Camargo era, ao mesmo tempo, um assassino cruel e impiedoso cujo lema era "não hesitar", e um líder fiel disposto a se sacrificar por seu grupo. Ela percebera o respeito que seus homens tinham por ele, um respeito que poderia muito bem ser confundido com medo — ninguém ia querer se meter com um sujeito daquele tamanho que era, à exceção da barriga proeminente, quase inteiramente feito de músculos —, mas que era, no fim das contas, respeito mesmo. E essa combinação de devoção e respeito somada ao seu lema resultava num servilismo quase cego: nenhum deles hesitaria, por exemplo, se Camargo olhasse para Bia e dissesse: "cortem a cabeça dela".

Eles provavelmente disputariam no palitinho quem teria a honra de cumprir as ordens do chefe.

A exceção talvez fosse o tal do Espanhol. Ele parecia apenas uma pessoa querendo se enturmar, fazendo o que lhe pediam sem questionar e prestando atenção a tudo o que falavam à sua volta, quase tão mudo quanto ela, mas com uma peculiar independência. Bia não estava tão certa de que Espanhol não hesitaria.

Ela mesma se descobriu gostando de Camargo, assim como se descobrira, dias antes, gostando de Garoto. Eles eram diferentes daqueles monstros que a mutilaram tanto física quanto espiritualmente, eles pareciam ter um código de ética rigoroso, seja lá o que isso significasse naqueles tempos ruins, e ela se viu lamentando por Adriano e João não estarem vivos para conhecê-los. Eles certamente teriam gostado deles. Talvez até tivessem resolvido fazer parte daquele grupo em algum momento, mesmo que temporariamente. Talvez aquele grupo, aquele homem e aquele garoto fossem seu destino agora. Com os tornozelos enfraquecidos a ponto de ela sequer conseguir ficar em pé sem ter a sensação de que seus ossos estavam sendo arrancados fora da carne, sem as duas mãos e com a língua mutilada, Bia não tinha muita alternativa a não ser se deixar cuidar e, quem sabe, se deixar proteger por aquele grupo. Decidiu, por fim, que confiava nele.

No momento em que fazia essas reflexões, Camargo estava na parte externa da caverna, fazendo a ronda costumeira. Quando voltou, sentou-se perto dela e sorriu. Aquele sorriso que não parecia bem um sorriso, mas uma provocação, um desafio.

"Eles vão voltar, Bia", disse ele. "E trarão boas notícias."

Bia concordou, também acreditava nisso, e apesar de não compreender muito bem a natureza daquela guerra — era assim que Camargo a chamava —, confiava que eles conseguiriam resgatar suas mulheres. Mas e depois? Essa era uma grande questão para ela: e depois? O que fariam? Iriam embora e a deixariam ali? A matariam por piedade e depois comeriam sua carne? Eram essas as perguntas que lhe atormentavam o espírito mutilado.

Mago e Dirley seguiram as duas mulheres até uma abertura da floresta que dava para um campo aberto atravessado por uma cerca de arames farpados enferrujados. Ficaram para trás, esperando que elas abrissem uma portinhola feita com estacas — que uma delas precisou remover do chão para então afastar —, atravessassem a cerca e tomassem distância, e só então foram até lá.

"Camargo tinha razão. É uma fazenda", disse Mago. "Atenas deve ser aquela porra lá."

Ao longe, conseguiam enxergar um amplo casarão colonial de dois andares, acompanhado por outras estruturas — aparentemente galpões e celeiros —, e outra cerca em volta. Por trás daquelas cercas, eles conseguiram enxergar algumas mulheres, andando em duplas e armadas com arcos, vigilantes. Eles analisaram a distância e o campo aberto até a cerca, e perceberam que era impossível se aproximar da fazenda sem serem vistos. As mulheres que arrastavam o corpo, por exemplo, foram vistas tão logo cruzaram a primeira cerca.

"Elas instalaram duas cercas, mas só protegem aquela de lá. Por que será?", indagou Mago. "Se formos no escuro, rastejando, talvez a gente consiga chegar mais perto da cerca", sugeriu em seguida

"Sei não, Mago. E depois? Todo esse perímetro tá vigiado, os outros também devem estar."

Mago respirou fundo.

"Cara, a gente vai ter que passar a noite aqui", disse. "Vamos observar como elas se comportam na madrugada, se tem troca de turno ou alguma brecha. Não é possível que elas fiquem de vigília o tempo todo. Vamos esperar algum vacilo."

Dirley sentou-se.

"Onde será que o Garoto e o Espanhol foram parar?"

O Mago se sentou ao lado dele e deu de ombros.

"Se eu calculei direito, do outro lado dessa merda de fazenda."

Garoto observava Espanhol sem compreender como ele podia estar tão tranquilo. Talvez sentisse que toda aquela situação não era bem problema dele e sua participação naquela empreitada fosse apenas por curiosidade ou diversão, o que de algum modo chegava a ser engraçado. Mas Garoto estava convencido de que Espanhol era um cara esperto, por isso tinha se virado sozinho por tanto tempo.

Eles chegaram no local combinado do encontro e se acomodaram para esperar Mago e Dirley. Cada um mergulhado em seus próprios pensamentos. Espanhol na expectativa dos desdobramentos de toda aquela situação, e o garoto tomado por uma frustração absoluta. Se dependesse apenas de sua vontade, ele iria correndo até aquela fazenda e enfiaria um monte de balas em cada uma daquelas mulheres. Pelo Velho.

"Vamos esperar eles aqui", disse Garoto. "E torcer pra que tenham conseguido alguma coisa melhor que a gente."

Espanhol jogou a mochila no chão e deitou-se com a cabeça apoiada nela. Retirou um canivete do cinto e começou a limpar as unhas com a lâmina. Garoto ficou olhando para ele com incredulidade.

Cara esquisito, pensou, e acabou sentando-se também.

19

Diana acordou sem fôlego e assustada, como se emergisse de um quase afogamento. Olhou em volta para se certificar de que estava tudo bem. Aparentemente, tudo estava na mesma, inclusive seu corpo dolorido. Aquela mana era boa de briga, mas não era grande coisa. Tivera sorte de pegá-la ferida, cansada e, isso era um pouco mais difícil de admitir, distraída. Não aconteceria de novo. Diana ficaria atenta e a reconstruiria, nem que precisasse se valer de métodos um pouco mais extremos.

Levantou-se e espreguiçou-se devagar, alongando os músculos doloridos. Depois saiu do quarto e foi procurar doutora Anita. Encontrou-a tirando um cochilo numa poltrona de madeira que Vitória havia entalhado em seu tempo livre.

"Doutora", chamou.

Anita abriu os olhos rápido, como se só estivesse pensando de olhos fechados, e não sonhando com uma casa cheia de sangue.

"Oi, querida", disse.

"Como se saiu?"

Anita recostou-se na cadeira e cruzou as pernas.

"Ela não vai dar trabalho algum, querida. Já podemos considerá-la uma irmã. Só peço que a deixe comigo, na enfermaria. Ela é velha demais para qualquer outro serviço na fazenda."

"Em Atenas", corrigiu Diana.

"Isso, em Atenas."

"E os seios?"

Anita fez uma careta.

"Já disse que não farei. Ela já é uma mulher de idade, provavelmente é mais velha do que eu. Me recuso."

Diana não gostou daquela recusa, mas segurou a raiva.

"Doutora, você já causa estranhamento suficiente por aqui sendo a única irmã com seios. É fácil justificar no seu caso porque você infelizmente não pode fazer o procedimento em si mesma, mas qual é a justificativa para não fazer nessa outra? Ela é velha? Faça-me o favor, doutora, você sabe melhor do que eu que isso não é um empecilho..."

"O empecilho", interrompeu Anita, "é a minha recusa, querida. Eu não vou fazer. Diga às irmãs que é exatamente isso, que ela é velha e não pode ser submetida a uma cirurgia desse tamanho sem colocar em risco a própria vida, mas o fato, obviamente, é muito mais simples e pode ser sintetizado em uma única frase: eu não vou fazer."

Ela se levantou indiferente à expressão sombria no rosto de Diana e se posicionou à sua frente.

"Farei, sim, a da outra. E farei a de quase qualquer outra que aparecer em Atenas, mas não farei a de nenhuma mulher de Antes. E ninguém, querida, nem mesmo você, vai me obrigar a fazer isso."

Ela estava para se retirar quando Diana a segurou pelo pulso com a mão firme e a virou de volta pra ela.

"Doutora Anita Vogler", disse Diana, pausadamente. "Você é a única aqui com um sobrenome, a única com peitos, a única com cabelos brancos, e a única que não tem medo de mim. E nós duas sabemos que tais privilégios se devem à sua capacidade única de operar um bisturi. Mas não pense, doutora Anita Vogler, que suas habilidades são mais importantes que Atenas."

Diana estava tão próxima de seu rosto, que Anita conseguia sentir seu bafo quente com cheiro de carne.

"Se eu tiver que escolher entre Atenas e Anita Vogler, não tenha a menor dúvida de que eu mesma, pessoalmente, lhe entregarei ao primeiro grupo de machos que encontrar, e com recomendações expressas para que arranquem essas tetas murchas com os dentes."

Anita sorriu.

"Você é mais atraente que eu, querida. Caso se aproxime tanto de um grupo de machos, não vai sobrar boca vazia para recomendar coisa alguma."

Diana continuava a encará-la. Um dos olhos pulsava.

"Se eu fosse você, tomaria cuidado com toda essa raiva. Não temos condições de tratar um AVC em Atenas."

Ela se desvencilhou de Diana e seguiu seu caminho.

Diana a observou até perdê-la de vista e então tomou a direção do quarto de Amanda.

Ela estava deitada e algemada, o rosto inchado e roxo, havia tomado alguns pontos. Diana sentou-se ao lado dela.

"Está acordada, mana?", perguntou.

Amanda abriu os olhos o máximo que podia — muito pouco, por causa do inchaço —, olhou para Diana e voltou a fechá-los.

"Nós começamos do jeito errado, mana", disse Diana. "Quando trouxemos você pra cá, estávamos muito preocupadas com a possibilidade dos sobreviventes do seu grupo nos atacarem, por isso decidimos que não era um bom momento para fazer sua cirurgia."

Ao ouvir a palavra cirurgia, os olhos de Amanda voltaram a se abrir.

"E tudo ainda é muito recente, eu estou passando por muita pressão interna e, bom, acabei mudando a ordem das coisas. Tentei te reconstruir primeiro e o resultado foi... aquele nosso pequeno desentendimento."

Amanda voltou a fechar os olhos. Diana pegou a chave das algemas e soltou os pulsos e as pernas dela.

"Não é como eu costumo fazer as coisas, mas eu também sou uma mulher que testa novos métodos o tempo inteiro. Sua amiga já tomou a decisão dela. Irá se juntar a nós, será uma irmã de Atenas e ajudará a doutora Anita na enfermaria. Se você quiser, pode se tornar uma de nossas amazonas, uma guerreira. Aqui você terá uma função, viverá em segurança e nunca lhe faltará o que comer. E isso ainda não é o melhor de tudo."

Amanda se ergueu e se sentou na cama, gemendo um pouco de dor com os movimentos.

"O melhor de tudo, mana, é que nenhum macho jamais voltará a encostar em você."

Amanda a encarou com ar sombrio.

"Vê? Você só tem a ganhar. Obviamente a doutora terá que fazer a mastectomia, mas a recuperação não é tão demorada e você logo estará pronta para usar o arco. Tenho certeza de que será uma arqueira tão boa quanto eu."

Amanda continuava olhando pra ela sem alterar a expressão. Então moveu os lábios devagar e disse:

"Água."

Diana assentiu. Levantou-se e apanhou um copo com água que descansava na mesa de cabeceira ao lado da cama.

"Aqui está", disse.

Amanda bebeu a água devagar. Diana continuou a falar.

"Se você realmente não quiser fazer dessa forma mais tranquila, mana, então eu vou ter que tentar de outro jeito. O que eu quero que fique claro é que não existe nenhuma outra opção."

Amanda terminou de beber a água e quebrou o copo no rosto de Diana tão rápido e com tanta força que estilhaços voaram em todas as direções. Diana gritou por causa do susto e deu um salto para trás, a mão apoiada no rosto enquanto sangue começava a verter entre os dedos. Seus olhos estavam mais assustados que furiosos, o lábio tremendo numa tentativa de mostrar os dentes.

A mão de Amanda também estava sangrando. Ela a esfregou no lençol e voltou a deitar calmamente.

"Puta", disse. E sorriu.

"Você cometeu um erro, mana", disse Diana, corrigindo a postura e ainda segurando o rosto, como se tivesse medo de que, ao soltar a mão, a pele se descolasse do crânio. "E não foi um erro qualquer."

Ela deu dois socos na porta com a mão livre. Uma irmã abriu. O seu rosto assumiu uma expressão de espanto assim que viu as condições de Diana.

"Ponha as algemas nela", ordenou.

A irmã hesitou um segundo, olhando para Amanda deitada com uma expressão tranquila, mas decidiu que não corria perigo, foi lá e a algemou novamente.

"Agora chame a doutora", disse. E sentou-se numa cadeira de metal ao lado da porta.

Quando a doutora entrou, sua expressão foi de perplexidade.

"Mas o que aconteceu aqui?"

Diana olhou para ela e retirou a mão do rosto banhado de sangue. Havia um corte um pouco profundo abaixo do olho esquerdo, e vários cortes superficiais encravados de cacos em volta.

"O copo", disse Diana. "A partir de agora, nada de copos de vidro, doutora."

Anita revirou os olhos e foi até Amanda, analisando sua mão, onde também havia um corte profundo e alguns estilhaços.

"Olá, doutora", disse Amanda.

"Por que você fez isso?", perguntou Anita.

"Deu vontade", respondeu Amanda. "E se a senhora me conseguir outro copo, farei de novo."

Anita meneou a cabeça e se afastou. Falou pra Diana:

"Vamos até a enfermaria. Vou precisar do meu material. Vou mandar Carminha cuidar da mão dela."

Ela e Diana saíram do quarto.

"Puta", repetiu Amanda tranquilamente.

20

Garoto ouviu o barulho de passos e galhos se quebrando, e retirou a pistola do coldre. Ia sinalizar para Espanhol, mas Espanhol estava dormindo. Quando mudou os olhos de direção, Mago e Dirley surgiram na frente dele.

"Ei, guarda essa porra!", disse Mago, abrindo os braços.

Garoto respirou aliviado.

"Podia ser uma delas", justificou-se.

Eles se sentaram. Garoto deu uma cotovelada em Espanhol, que acordou meio desorientado.

"E então", perguntou Garoto, "encontraram Atenas?"

Dirley e Mago se entreolharam.

"Até onde vocês chegaram?

"Tem um campo aberto", disse Garoto. "Provavelmente dá pra fazenda, mas preferimos não arriscar."

"Chegaram a ver o grupo? Alguma coisa que possa ser útil?", perguntou Mago.

Garoto meneou a cabeça.

"Não. O campo é inclinado."

"Vamos voltar", disse Dirley. "Precisamos falar com o Camargo."

"Calma aí, vocês encontraram a fazenda?"

Mago cuspiu antes de responder.

"Sim. A parte de trás. Mas vamos embora, estamos perdendo tempo aqui."

Eles se levantaram, recolheram suas coisas e começaram a fazer o caminho de volta. Caminharam rápido e calados, mas sem se preocupar em se mover de forma silenciosa. Quando encontraram Camargo, ele estava entalhando uma estrutura oval de madeira. Trabalhava com alguma dificuldade por causa do ombro costurado, mas não parecia incomodado.

"Voltaram rápido", disse ele, apoiando o pé sobre a madeira e raspando a lâmina da faca sobre ela.

"Chefe, seu ombro", disse Mago.

Camargo olhou o ombro e viu que estava sangrando.

"Foda-se", disse, e continuou entalhado.

"O que é isso?", perguntou Dirley.

"Aquelas vadias usam arcos, certo? Como diziam os antigos: contra arcos, escudos. Precisamos fazer um pra cada."

Garoto e Espanhol acharam aquilo divertido.

Camargo se endireitou. O corpo suado.

"E então?"

Mago se adiantou.

"Encontramos a fazenda."

Ele pegou um galho e fez um desenho no chão.

"Aqui é onde nos emboscaram. O Garoto e Espanhol foram pra cá, Dirley e eu pra lá. A fazenda fica mais ou menos aqui, então indo por aqui você dá de frente com ela, e por aqui você chega por trás dela."

Garoto se intrometeu.

"E pela frente não dá pra chegar de surpresa, porque é um campo aberto meio enladeirado."

"Por trás também não dá", disse Mago, apontando para o local onde havia sinalizado a parte de trás da fazenda.

"Elas fizeram uma cerca externa, separando um trecho da floresta do campo aberto que dá acesso à parte de trás do lugar. Aqui na frente mais ou menos, tem outra cerca, a única protegida. Mas elas formam duplas de ronda e cobrem todo o perímetro."

Camargo se agachou, o cenho franzido.

"Difícil chegar de surpresa", disse Mago.

"Nós ficamos a noite inteira lá, para ver se elas dormiam ou trocavam de turno. Trocaram de turno uma vez, e só. E elas iluminam o lugar. Tem uma espécie de fogueira... uma fogueira grande numa base de tijolos na parte externa, acho que tem outro nome."

"Pira", disse Camargo. "Uma pira."

"Tanto faz", disse Mago. "Elas usam pra iluminar a parte externa, e talvez pra queimar as flechas, se precisarem, claro. Foi o que deduzimos."

"Armas de fogo?", perguntou Camargo.

"Só vimos arcos", respondeu Dirley. "Arcos e flechas."

"E facas", completou Mago. "Elas levam facas na cintura, como nós."

Camargo coçou a barba, pensativo.

"Conseguiram contar quantas são? Se são mesmo só mulheres?"

"No perímetro que conseguimos visualizar, seis, e mais seis na troca de ronda. Nenhum homem. Provavelmente tinha mais delas na parte interna do casarão."

"E a dona do puteiro?"

"Nada. Nenhum sinal dela. Talvez os tiros que o Garoto..."

Camargo meneou a cabeça e o interrompeu.

"Não. Ela escapou."

"O que vamos fazer?", perguntou Garoto. A ansiedade para atacá-las era nítida como seu suor.

Aquilo divertia Camargo. Ele se levantou e deu um tapinha no ombro do garoto.

"Vamos criar uma estratégia, Garoto. E se eu decidir que nossa estratégia é boa o bastante, atacaremos hoje mesmo."

Ele cuspiu no chão.

"Mas preciso pensar e o uísque acabou. Ajudaria bastante se tivéssemos um pouco de uísque. Ou meu cachimbo."

Garoto agachou diante do desenho.

"Eu não vejo como poderíamos atacar sem ninguém perceber."

Camargo olhou para a caverna, pensativo, depois olhou para o desenho no chão e de novo para a caverna.

"Talvez tenha um jeito", disse. "Talvez."

21

Doutora Anita estava de saco cheio e cansada, por isso não contestou Diana quando ela deixou claro que queria que a mastectomia fosse feita imediatamente.

"Quando queremos acalmar um macho, doutora, nós arrancamos aqueles tumores que eles carregam entre as pernas. Para acalmar qualquer criatura viva a lógica é um pouco parecida: mutile a cauda do escorpião e ele será a mais inofensiva das criaturas. A nossa mana é muito agressiva e ainda está muito apegada ao seu antigo grupo. Com a mastectomia tenho certeza de que ficará mais dócil e me poupará mais dor de cabeça."

A doutora Anita observava com orgulho os pontos que havia dado no rosto de Diana, tão perfeitos que pareciam uma maquiagem, algo que ela não via há sabe lá quanto tempo. Limitou-se a dizer:

"Tudo bem, querida. Vamos fazer hoje. Vou preparar o material e falar com a Carminha. Acho que poderemos começar no início da noite, depois dos enterros. Vamos precisar de luz."

Diana pareceu satisfeita.

"E a outra?", perguntou.

"Está muito bem. Ontem à noite ela se prontificou a se tornar uma irmã de Atenas, desde que eu lhe prometesse que trabalharia na parte interna e que não seria... mutilada. Descobri que ela é ótima em conservação de alimentos, e possui um vasto conhecimento sobre ervas e plantas medicinais. Naturalmente seu conhecimento seria mais útil se estivéssemos com ela desde o princípio, mas talvez o planeta comece a se recuperar aos poucos, não é mesmo?"

Diana fez um gesto que significava "tanto faz".

"Uma irmã esperta, apenas isso. Ao contrário da sua amiga."

Doutora Anita concordou.

"Já ouviu falar sobre Buda, querida?"

Diana meneou a cabeça negativamente.

"Ele foi uma espécie de líder espiritual, e era um bom contador de histórias também. Certa vez, ele disse que havia três tipos de cavalos. O primeiro, ouve o barulho do chicote e começa a andar. O segundo, só anda depois que leva uma chicotada. Já o terceiro, bom, o terceiro só anda quando a carne sangra. Nossa querida Maria é o primeiro tipo de cavalo, e a Amanda, é este o nome dela, o terceiro."

Diana se levantou.

"Suas histórias sobre machos de antigamente não me impressionam, doutora, mas o tal Buda tinha alguma razão. Talvez erre em se limitar a apenas três tipos de cavalos. Eu acredito que a lista é um pouco maior. De qualquer forma, isso é irrelevante. Se tem uma coisa que aprendi em Atenas é que não importa que tipo de cavalo você seja, eu vou fazer você andar."

Doutora Anita sorriu. Diana parou perto da porta e se voltou para ela.

"Que seja hoje, doutora. Deixe tudo pronto para começar depois que enterrarmos as irmãs. Quero que Maria participe. Precisamos ter a dimensão de seu compromisso com Atenas antes de colocar um macho em suas mãos."

22

"E então, como você está?", perguntou Garoto.

Bia estava feliz em vê-lo. Sorriu e assentiu.

"E aí, vocês se deram bem?"

Ela confirmou.

"Eu falei que ele era legal, não falei?"

Garoto se sentou diante dela.

"Queria dormir. Não lembro quando foi a última vez que dormi direito."

Ele bocejou e se espreguiçou.

Lá fora, Camargo estava sentado numa pedra observando Mago, Dirley e Espanhol tentando improvisar placas de madeira para serem utilizadas como escudo, enquanto afiava a ponta de uma estaca com um canivete tático apenas para ter o que fazer com as mãos. Pensava em Atenas, mais uma vez, divertindo-se com o inusitado de toda aquela situação. *Piranhas do caralho*, pensava, *enfiaram a mão num vespeiro que nada lhes devia*.

Mas eram piranhas espertas, isso ele tinha que admitir. A escolha por flechas, por exemplo, era genial. Não falhavam, não faziam barulho, dependiam exclusivamente da técnica do arqueiro e, às vezes, do vento, ao contrário daquelas porcarias mecânicas que eles carregavam. Armas de fogo eram mais letais, mas no momento as munições falhavam o tempo inteiro e a imprevisibilidade cobrava um preço alto em qualquer tipo de combate. Flechas também haviam sido bastante documentadas na literatura de guerra e, *hahahahaha,* ria Camargo em pensamento, ele era um especialista em literatura de guerra. Ele sabia, por exemplo, que seu alcance era bastante reduzido em relação a armas de fogo, que sua letalidade era consideravelmente menor, que a direção do vento era determinante, que na chuva tinham considerável desvantagem.

Pensa, pensa, pensa.

Puta merda, ele realmente gostaria que seu cachimbo estivesse ali.

Elas também tinham a segurança do perímetro. Bom, Camargo sabia que perder o fator surpresa em um ataque sem vantagem bélica ou numérica era perder metade da batalha. Mas e quanto a vantagem estratégica? Ele tinha informações suficientes sobre elas para saber que havia organização, liderança, propósito e estratégia. No momento, uma estratégia defensiva, ao contrário do que ocorrera na estrada, mas essa raramente era a melhor estratégia disponível. Quer dizer...

Eles podiam atacar em várias frentes ao mesmo tempo. Isso sempre desesperava os adversários. Fora assim que eles haviam conquistado o Palácio, mas esse tipo de ataque aumentava a probabilidade de perdas e exigia um bom número. Impraticável, portanto. Terminar aquela noite sem perda alguma era, naturalmente, uma esperança irracional, mas ele faria sua parte para diminuir ao máximo as probabilidades.

Mas como?

Enquanto raciocinava, viu Espanhol dando uma pausa nos escudos e mostrando para Dirley o seu estilingue. Dirley, curioso, quis aprender como usava, testá-lo em alguma árvore. Espanhol lhe emprestou o estilingue e explicou como deveria fazer. Ao perceber que Dirley acertara uma árvore distante com um barulho parecido com zzzztchuf, Espanhol o aplaudiu entusiasmado, e depois o abraçou em comemoração.

Essa porra pode fazer um belo estrago, pensou Camargo, imaginando a seguir que toda aquela situação não era problema de Espanhol. Ele apenas tivera a sorte — ou o azar — de ser apanhado na teia dos acontecimentos. O fato de agora estar ali, participando de bom grado daquela campanha, era apenas mais uma das inúmeras coisas que ele achava fascinante no rapaz.

E aquela garota, Bia, pobre coitada. O destino provavelmente ainda lhe reservava grandes doses de sofrimento. Com sua juventude e ingenuidade, ela certamente ainda seria vítima do melhor e do pior que a espécie humana tinha a oferecer. Seus olhos se moveram até a entrada da caverna e se detiveram lá por um tempo.

Uma vez que eles haviam perdido aquilo que chamavam de lar, e metade daqueles que chamavam família, a pergunta que mais o incomodava era: ainda podiam ser considerados um grupo? O que fariam depois que aquilo tudo terminasse? Sobreviveriam? Duvidava que qualquer um deles tivesse medo da morte, este era um medo extinto, mas ainda havia, sim, e sempre haveria, certo apego às coisas mundanas. As pessoas continuariam querendo a proteção dos seus.

Era óbvio que Garoto estava apaixonado pela garota. Ele ainda não sabia disso, desconhecia a paixão, mas Camargo conhecia bem o comportamento humano para saber o que estava acontecendo. Quanto a ela, também havia algo ali, mas era um pouco diferente, talvez ligado à dependência que ela desenvolvera em virtude de sua condição. Era comum naqueles tempos confundirem dependência com afeto. Aquela garota era experiente, tinha vivido e visto coisas que Garoto jamais imaginaria, e talvez por isso em outro contexto, apesar de provavelmente ser pouca a diferença de idade entre eles, ela o teria visto como uma criança boba. Agora o via como o herói que a libertou de seu carrasco, que cuidou de suas feridas, que a protegeu. Isso fazia toda a diferença.

Mago gritou seu nome e ergueu uma das placas de madeira, a seguir escondendo-se por trás dela.

"Era isso?"

"Tá ótimo", gritou Camargo em resposta.

E então uma luz acendeu em sua cabeça.

"Caralho..."

Aquilo era tão óbvio que ele se pegou tão impressionado quanto surpreso por não ter pensado antes. Talvez fosse culpa da falta de uísque, ou da falta de seu cachimbo. Ele deu uma boa gargalhada e se levantou.

"Ei", chamou. "Acho que temos um plano. Chamem o Garoto e venham pra cá."

Quando todos estavam finalmente reunidos em volta de Camargo, ele disse:

"Alguém aí está com saudades das minhas histórias?", ele sorriu. "Vou contar uma nova pra vocês, acho que vocês ainda não conhecem essa. Mas prestem bastante atenção porque é nessa história que está a vitória sobre Atenas."

Garoto e Mago se entreolharam. Camargo continuou.

"Há muito tempo houve uma guerra entre duas grandes potências militares da época. O motivo não vem ao caso, mas pra que vocês não fiquem se perguntando qual foi, o resumo é que a guerra foi causada por causa de uma boceta."

Camargo observou o efeito de suas palavras.

"Desde o início dos tempos essa tem sido uma causa recorrente das confusões humanas. De todo modo, o caso é que havia essa bocetinha, e havia um homem que a desejava tanto, e que era tão imprudente, que cometeu a loucura de sequestrá-la para si, mesmo sabendo que ela a princípio pertencia a outro homem, um dos líderes de outro reino. Assim, a guerra entre as duas potências foi declarada, e mais de mil navios cruzaram os mares, vejam só, tudo isso por causa de uma boceta gostosa."

Os olhos dos homens brilhavam em atenção àquela história.

"Eles lutaram por cerca de dez anos na parte externa da cidade, sem nunca conseguir romper suas muralhas, e talvez perdessem a guerra ou a paciência para a guerra se não fosse a engenhosidade um sujeito cheio de sagacidade chamado Ulysses."

Camargo se agachou e desenhou um cavalo no chão.

"Ulysses já devia estar de saco cheio daquela porra de guerra. Tinha saudades de seu reino e não aguentava mais cagar fora de casa, então deu a ideia de que eles construíssem a porra de um cavalo de madeira oco por dentro, e que o enchessem de homens armados. Eles então fingiriam terem capitulado. Sabem como é, 'tudo bem, seus putos, vocês venceram, ninguém consegue atravessar essa muralha do caralho, nós vamos embora, foda-se essa boceta, não somos nós que estamos comendo mesmo, fiquem aqui com esse cavalo bonitão como um presente, um pedido de desculpas por termos causado tanta dor de cabeça durante os últimos dez anos.'"

Camargo assumiu uma postura que pretendia parecer de nobreza.

"'Quando eles colocarem o cavalo para dentro da cidade", concluiu então Ulysses, o malandro, "os homens irão sair e a atacarão por dentro, abrirão os portões para que os outros, escondidos do lado de fora, possam entrar, e assim implodiremos a cidade, a atacaremos de dentro para fora, e ela, finalmente, cairá.'"

Camargo olhou para eles, um por um. O sorriso se abrindo cada vez mais.

"É exatamente isso o que vamos fazer."

"Nós vamos construir um cavalo de madeira?", perguntou Garoto, intrigado.

"Não, Garoto, nós já temos um", respondeu Camargo, olhando para a caverna.

Mago e Dirley se entreolharam. Garoto continuava olhando para Camargo sem entender. Espanhol acompanhou os olhos de Camargo e sua expressão se abriu num misto de surpresa e fascinação.

"Bravo!", gritou Espanhol, aplaudindo. "Bravíssimo!"

Quando Camargo terminou de explicar o seu plano, as expressões no rosto deles variavam entre a perplexidade e a admiração, expostas em um brilho vívido nos olhos.

"Vou falar com ela, mas vou precisar de você, Garoto."

Garoto tinha uma expressão assustada, mas concordou sem protestos. Camargo imaginava que em seu íntimo houvesse alguma espécie de conflito. O que era compreensível, é claro.

Entraram na caverna e se sentaram diante de Bia. Ela vestia um short jeans e uma blusa branca suja e quase transparente, que deixava entrever o bico dos seios. Era a mesma roupa com a qual Garoto a vestira dias antes. Ela sorriu ao vê-los se aproximar.

"Bia, Bia, Bia, Bia", disse Camargo, sorrindo. "Eu vim te pedir uma coisa muito esquisita."

Ela os observou com atenção redobrada, o cenho franzindo de repente.

"Atenas é uma comunidade formada por mulheres", disse Camargo. "Descobrimos que elas se organizam em uma fazenda não muito longe daqui e parecem ter um objetivo muito bem definido, e que eu acho particularmente admirável, você sabe. Até onde consegui entender, esse objetivo é a proteção de mulheres, certo?", ele olhou para Garoto. "O que explica inscrições como aquela sobre todas as mulheres serem irmãs em Atenas. Pelo que entendi, elas resgatam e acolhem mulheres, as treinam para que aprendam a se defender, e assim, fortalecendo uma, fortalecem todo o grupo. Isso é maravilhoso, não acha, Bia? Vejam o que certos grupos fazem quando encontram uma mulher vulnerável. Você sabe disso melhor do que ninguém. O caso é: elas são bastante organizadas, pelo que pudemos perceber, com uma líder forte e ambiciosa a ponto de tentar emboscar um grupo forte como o nosso", ele apontou para fora da caverna. "Não sei como, mas imagino que, de algum modo que me escapa, ela soubesse das armas e dos carros."

Ele olhou pensativo para a palma da mão aberta, onde o cabo do canivete com a lâmina recolhida repousava, então fechou os dedos, cobrindo-o e observando o punho fechado.

"Mas elas mataram alguns dos nossos, e sequestraram duas de nós, e agora nós temos um pequeno problema que infelizmente precisa ser resolvido o mais rápido possível. O outro problema, Bia, é que a fazenda é bastante vigiada, e é um pouco difícil chegar sem ser visto. E é aí que você entra."

Camargo sorriu e olhou para o garoto. Ele desviou os olhos, envergonhado. Bia continuava encarando os dois com atenção.

"Nós queremos que você seja o nosso cavalo de Troia. É uma história antiga sobre um cavalo de madeira oco que foi utilizado para levar a vitória para dentro das muralhas de uma cidade."

Bia moveu os olhos, talvez achando aquela história familiar, talvez tentando compreendê-la.

"Nós precisamos que você leve a nossa vitória para dentro de Atenas, Bia."

Camargo abriu a mão e expôs o pequeno canivete.

Bia primeiro fez uma expressão de quem não tinha compreendido muito bem o que ele estava propondo, depois olhou para Garoto, que desviou o rosto mais uma vez.

"Você será bem acolhida em Atenas."

E as coisas finalmente se encaixaram em sua cabeça. Bia encolheu as pernas e abraçou os joelhos, um brilho frio tomou os olhos que rapidamente começaram a lacrimejar.

Garoto ergueu a cabeça e tocou seu joelho com delicadeza.

"Por favor, Bia. Elas mataram o meu pai."

E eu tenho uma dívida com você, Garoto, pensou Bia, legitimamente agradecida. *Você matou o monstro, cuidou de mim, e tenho certeza de que não fossem as circunstâncias você jamais teria pedido algo em troca.*

Ela viu em flashes alguns momentos recentes desde que Garoto chegara para cuidar dela. Alguns pareciam um delírio, quase uma alucinação, e um arrepio percorreu o seu corpo ao pensar em como estaria sua situação agora, caso ele não tivesse aparecido e o monstro ainda estivesse vivo.

Após alguns minutos sem mover um músculo, Bia encarou Camargo com os olhos brilhando e abriu as pernas.

Camargo assentiu.

"Vou explicar o que você deve fazer."

23

O céu estava de um vermelho vivo como sangue, e nuvens pretas como piche começavam a se formar no horizonte. Doutora Anita observava aquelas nuvens através da janela com preocupação.

"O tempo vai virar", disse para Carminha.

"Não dá pra ter certeza", respondeu ela, retirando as vísceras da barriga aberta de um homem que jazia deitado sobre uma mesa de madeira. "Uma hora é uma seca de fazer o nariz sangrar, e aí do nada começa a chover merda."

Carminha segurou aquele monte de vísceras e jogou dentro de um balde ao lado. Elas caíram com um barulho úmido e macio. A seguir, pegou a faca e começou a tirar a pele.

"Você está muito boa nisso", comentou Anita, observando-a trabalhar.

"Uma hora eu ia acabar ficando boa. Estamos fazendo isso há tanto tempo..."

Anita se aproximou, sorridente.

"Se Diana souber que você maneja tão bem o bisturi, vai me colocar pra recolher as fezes dos machos."

Carminha riu. "Estou longe de usar o bisturi tão bem quanto a senhora. Desossar macho é diferente de fazer uma mastectomia, uma cesariana..."

"Modéstia a sua, querida."

Anita sentou-se perto da mesa e respirou fundo. Estava cada dia mais cansada, cada dia mais cheia de Diana, de Atenas e daquele planeta vermelho.

"Qual é a história desse aí?", perguntou.

"Não sei, doutora. Acho que é um caminheiro. A história deve ser a mesma de sempre: estuprador, assassino. Não sobraram homens bons nesse mundo, não é?"

"Às vezes me pergunto se já houve algum, Carminha."

Anita a observou trabalhando em silêncio por um tempo.

"A mastectomia da novata vai ser hoje mesmo?", perguntou a auxiliar.

"Preferia que fosse amanhã, ou semana que vem", respondeu Anita, bocejando. "Ando muito cansada."

"Mas deixa eu adivinhar: Diana quer pra hoje."

"Isso."

"Por causa do incidente com o copo."

As duas riram.

"A novata é durona", Carminha ponderou "Diana deve ter ficado com medo."

"Diana? Eu nunca vi aquela mulher com medo de nada, Carminha."

"Ela tem medo de você."

"Ela tem medo de ficar sem uma médica particular em tempo integral no meio do apocalipse. Eu também não gostaria disso."

As duas gargalharam.

Carminha limpou o suor da testa com a parte de trás da mão, deixando uma mancha de sangue.

"Então vai ser hoje mesmo?"

"Vai. Assim que terminar o funeral."

A lembrança das irmãs mortas fez com que elas voltassem a ficar em silêncio.

"E a outra?", perguntou Carminha depois de um tempo.

"Diana quer que ela participe, nos ajudando."

Carminha retirou os olhos do corpo e encarou Anita.

Anita deu de ombros.

"Diana diz que isso nos dará a dimensão de seu compromisso."

"E você acredita que ela vai fazer?"

"Não sei. Eu tenho uma teoria sobre a Maria. Acho que ela é apenas uma mulher que quer se preservar. Como eu, como você. Mais do que fiel a algum grupo, ela é fiel a si mesma, então não importa onde esteja, desde que esteja protegida. Estive com ela agora há pouco, para falar da cirurgia. Ela acha que a sua colega vai acabar dando o braço a torcer em algum momento. Ela só era apegada ao outro grupo porque tinha um relacionamento com o tal do Camargo. O líder deles."

"Pfff", fez Carminha, "relacionamento."

"Pois é."

Diana foi até a parte externa da fazenda, por trás do celeiro, onde três irmãs terminavam de cavar o último túmulo. Elas pararam de trabalhar ao vê-la.

"É o último", disse uma delas.

Diana assentiu.

Ao lado, um pouco mais afastados dos túmulos, os corpos estavam enfileirados, coberto por cobertores. Fediam. Diana os observou com tristeza.

Uiara. Sua morte não será em vão.

Elas praticamente tiveram que raspar Uiara do asfalto, e tiveram todo o cuidado juntando os seus restos e amarrando bem o cobertor para que não corressem o risco de pedaços do seu corpo se soltarem pelo caminho. Ela, que em vida fora uma das mais altas das irmãs, agora era o cobertor que ocupava o menor espaço.

"Me avisem quando estiver tudo pronto. Quero terminar antes que a chuva caia", disse Diana, olhando para o horizonte.

Depois se retirou cabisbaixa e caminhou em direção à cerca, cumprimentando cada uma das duplas e avisando que queria todas no funeral. Todas. Quando questionaram "mas e a guarda?", sua resposta foi um lacônico: "Não vai demorar muito, mana. E todas nós estaremos armadas."

Quando terminou a convocação, entrou no casarão e foi até o espelho, onde observou o corte costurado em seu rosto, os pequenos cortes em volta, as olheiras causadas pelo cansaço. Sua cabeça doía.

Sentiu alguém se aproximar e se virou. Era Samanta.

"Oi, mana."

Samanta sorriu.

"Oi."

"O que houve?"

"Nada", disse Samanta, sorridente. "Só pediram pra avisar que já está tudo pronto." Ela terminou a frase e voltou a sorrir.

"Obrigada por avisar, mana. Diga que já estou indo."

"Tá bem", disse Samanta, ainda sorrindo. E se retirou. Antes de sair, Diana a chamou de volta.

"Hoje é um dia triste, mana. Não fique rindo por aí como se tivesse encontrado uma ninhada de capivaras."

Ainda sorrindo, Samanta disse:

"Sim, senhora."

E saiu.

Diana voltou a se olhar no espelho, como se para se certificar que estava mesmo tudo em seu devido lugar. E então foi para o local dos túmulos. Ela chegou quase ao mesmo tempo que Anita, que vinha acompanhada de Carminha e Dona Maria. Diana as analisou de longe e em seguida contou uma a uma, conferindo se todas estavam presentes e armadas.

As irmãs aguardavam o seu discurso em volta dos túmulos, cada uma com seu arco, as aljavas presas às costas e carregadas de flechas, prontas para serem utilizadas a qualquer sinal.

Diana tomou fôlego e começou a falar.

"Irmãs de Atenas, perder uma irmã é sempre triste, e felizmente, até pouco tempo, nós nunca havíamos perdido ninguém. Eu sabia, contudo, que um dia isso iria acontecer. Vocês também sabiam. O mundo em que vivemos é cruel com as mulheres, e se nós não tomarmos cuidado cedo ou tarde seremos estupradas, escravizadas, assassinadas. É para evitar que isso aconteça que criamos Atenas, e nossas irmãs que agora descansam sabiam disso, e *acreditavam* nisso. Foi por isso que elas deram suas vidas, foi por isso que elas lutaram, e é por isso que hoje lhes prestamos homenagem."

Diana passou os olhos por elas. Havia, ali, diferentes graus de tristeza.

"Eu sei que dói. E vocês sabem que eu sei. Dentre as irmãs que estão caídas hoje, estava Uiara".

Seus olhos se encheram com um brilho sombrio, e os cantos da boca se contraíram. Diana respirou fundo.

"Não, manas, não é que eu faça distinção entre as irmãs. Não faço. Para mim nós todas somos um só corpo, um só espírito, um só braço. Mas vocês sabem, manas, todas sabem, que Uiara e eu nos amávamos, e que eu a considero a verdadeira fundadora de Atenas. Ela nos ensinou a usar o arco, ela nos ensinou a andar pela floresta, a criar armadilhas e a caçar com destreza, e sempre foi de grande auxílio na identificação de plantas medicinais e comestíveis, isso para não falar dos venenos... É graças a ela que hoje temos força suficiente para resistir a qualquer ataque, seja de caminheiro ou de seja lá quem for. Ninguém, nenhum macho, invadiria Atenas impunemente."

Ela ficou em silêncio, analisando o efeito das suas palavras. Tomou fôlego e continuou:

"Só imaginem, manas, se o bando que confrontamos na estrada tivesse dado de cara conosco e nós não passássemos de um grupo de mulheres indefesas. O que eles teriam feito, manas? Quero que vocês encontrem a resposta em seus corações, e descubram, junto com ela, que os motivos para sermos o que somos, e *como* somos, são mais que justos."

Ela olhou para Dona Maria ao enunciar essa última parte, e Dona Maria desviou os olhos.

"Hoje eu quero que cada uma de vocês diga, do fundo de seu coração, um coração selvagem e forte, um coração guerreiro e justo com o destino das mulheres, manas, eu quero que vocês digam, em nome de todas as irmãs que hoje estão caídas aqui, que gritem o mais forte que vocês puderem: EU SOU ATENAS!"

As irmãs repetiram em coro, erguendo seus arcos ou punhos cerrados:

"EU SOU ATENAS!"

E repetiram várias vezes até que uma voz indefinida interrompeu os gritos com outro grito:

"Quem é aquela, hein?! Quem é aquela?!"

24

Algumas horas antes, quando Bia descia para a picape nos braços de Garoto, com Camargo, Espanhol, Mago e Dirley os escoltando, ela teve uma breve hesitação, tão breve que nem chegou a perceber. A sensação foi substituída e expulsa por um único pensamento, que se manifestava pela voz de seu querido João:

Ele matou o monstro, ele salvou sua vida, ele cuidou de você. Está na hora de retribuir.

Assim, repassava mentalmente tudo o que Camargo lhe dissera:

"Não sei o que elas fazem com as prisioneiras que capturam, mas minha aposta é que as coloquem juntas."

Ele olhara para o chão, talvez procurando falhas em seu plano.

"Não faço mesmo a menor ideia. De qualquer forma, Bia, você precisa entregar esse canivete a uma mulher de Antes. Ela é idosa, negra, um pouco mais cheinha que a maioria das pessoas que você já deve ter visto. Tem os cabelos grisalhos, e curtos como o seu. Seu nome é Dona Maria, e ela é uma das nossas."

Camargo então a encarara com gravidade.

"Você o entregará a Dona Maria, não a Amanda. Isso é o mais importante de tudo, não esqueça. Você irá sinalizar assim pra ela."

Ele ergueu o braço com o punho fechado, para simular o toco do braço de Bia, e desenhou com ele um C na altura dos olhos.

"É um antigo sinal nosso. Ela saberá que fui eu quem lhe mandei."

Bia assentiu.

"Peça para ela retirar o canivete de dentro da sua boceta. E só. Seu trabalho está feito."

Garoto então se intrometeu.

"E depois?"

Camargo sorriu.

"Ela saberá o que fazer, Garoto. Nós aguardaremos o sinal e atacaremos por fora, em várias frentes ao mesmo tempo."

Garoto olhava para ele boquiaberto, mas Bia percebeu que uma sombra de dúvida lhe passara pelos olhos. Camargo, por outro lado, estava tranquilo, confiante. Bia imaginou que ele sabia muito mais do que falava.

Eles não perderam tempo. Despiram Bia e enfiaram o canivete retraído e enrolado num pedaço de tecido em sua vagina. Ao ser questionado por Garoto se havia alguma chance dele se abrir, Camargo disse com indiferença:

"É um modelo tático, com trava."

"E se cair quando ela estiver andando?"

"Não vai cair, Garoto. Bocetas são boas em guardar as coisas. Por isso se chamam bocetas e não picas."

Ao que Bia sorriu.

A seguir, usaram lama e areia para sujar o corpo de Bia, de modo a não levantar suspeitas, e se armaram como se estivessem saindo para a guerra. Certificaram-se de que todas as armas estavam bem carregadas, montaram os fuzis de assalto, testaram suas miras, e prenderam os escudos como se fossem mochilas, adquirindo uma semelhança com as tartarugas. O único que não quis se armar daquele jeito foi Espanhol, que mostrou seu estilingue e disse apenas:

"Silencioso."

Desceram até a picape, e seguiram em direção a Atenas. Dirley e Camargo na cabine, Espanhol, Garoto, Mago e Bia na caçamba. Quando chegaram no trecho da estrada que consideraram mais apropriado, estacionaram. Camargo deu as últimas orientações:

"Dirley e Mago vão pela parte de trás, fiquem na cerca externa aguardando o sinal. O Garoto vai deixar a Bia na parte de cima do aclive que dá pra frente da fazenda e depois voltar pra cá correndo. Bia vai andar como puder até ser avistada por elas e então fingirá um desmaio."

"E yo?", perguntou Espanhol.

Camargo encarou Espanhol.

"Sua última chance, Papito. Vai mesmo querer participar disso?"

Espanhol parecia até mesmo ansioso.

"Si, si. Somos hermanos", ele bateu no peito com o punho cerrado. "Família. Rock and roll."

Camargo assentiu.

"Pois bem. Você vai esperar na parte de baixo do aclive, e atacará por último. De surpresa. Quando elas acharem que não tem mais ninguém."

"Como?"

"Elas estarão ocupadas demais para vigiar a cerca frontal, Papito. É só chegar junto."

E aquela fora a última conversa entre eles. Agora, a cada passo doloroso que ela dava, se é que podia chamar aquele arrastar desesperado de pernas de passos, sentindo uma dor aguda subindo dos tornozelos até a base do pescoço, a carne trêmula das coxas e o coração parecendo bater dentro dos ouvidos, Bia se perguntava se aquela loucura iria mesmo funcionar.

Quando avistou de longe as mulheres, *deus, não imaginava que seriam tantas*, e quando elas a avistaram, sua reação natural foi acenar e continuar seguindo em frente, mas só conseguiu dar mais cinco ou seis passos antes de cair fingindo um desmaio. Mais um pouco e não teria precisado fingir, tamanha era a dor que se espalhava por seu corpo.

O que aconteceu a seguir, aconteceu muito rápido. Bia, com a sensação de que sonhava, logo foi cercada por uma multidão de corpos, de vozes, ouvindo frases confusas que não pareciam pertencer ao mesmo contexto.

Uma voz mais autoritária se destacava dando ordens para que a levassem para dentro, que vigiassem o perímetro. Uma daquelas mulheres, agachada diante dela, perguntou:

"Tem alguém atrás de você, mana?"

Ao que Bia respondeu com repetidos "ah", abrindo a boca para mostrar que não havia ali uma língua capaz de formular qualquer resposta.

Alguém que ela não conseguiu identificar disse "ai, meu deus, que horror", outra disse "levem ela pra enfermaria", outra disse "coitada", e outra, ainda, "as mãos dela, meu deus, amputaram as mãos dela!"

"Balance a cabeça, mana, tem alguém atrás de você?"

E ela fechou os olhos e meneou a cabeça: "Não".

Assim, Bia foi erguida por duas irmãs e levada com pressa para dentro da fazenda. Diana deu ordem para que voltassem a vigiar a cerca quando Samanta a seu lado questionou:

"Mas e as meninas?"

E só então Diana lembrou que era verdade, e as meninas?, ainda estavam ali, deitadas e esquecidas ao lado do que em breve seriam seus respectivos túmulos. Ela disse então a Samanta:

"Você, mana, venha comigo, nós vamos enterrá-las. As outras voltem a seus postos. Doutora, veja se a mana precisa de cuidados."

Bia então foi levada para o que elas chamavam de enfermaria, o quarto improvisado onde faziam as cirurgias e cuidavam das irmãs feridas. Sob orientação de uma idosa — Bia descartou que ela fosse a tal Dona Maria, pois apesar de ser idosa e ter o cabelo curto, era branca —, a colocaram numa cama ao lado da cama onde havia uma mulher algemada. Estava com o rosto ferido e a mão enfaixada. Bia deduziu que aquela fosse Amanda.

Ao vê-las entrar com toda aquela pressa, toda aquela gritaria, Amanda tentou se erguer na cama na esperança de que estivesse acontecendo um ataque de Camargo, mas se decepcionou ao ver aquela mulher nua, estropiada, mutilada, magricela e suja que elas traziam.

Dona Maria entrou logo em seguida, ao lado de Carminha, os olhos arregalados procurando entender o que estava acontecendo. Ao vê-la entrar, Amanda se encheu de ódio, *velha traidora,* pensou, *Camargo lhe considerava sua segunda mãe,* e quase cuspiu no chão para demonstrar seu nojo.

Bia, por outro lado, nervosa como estava com toda aquela atenção, demorou um pouco mais para perceber que aquela mulher era a Dona Maria, exatamente como Camargo a descrevera.

Ela é idosa, negra, um pouco mais cheinha que a maioria das pessoas que você já deve ter visto. Tem os cabelos grisalhos, e curtos como o seu. Seu nome é Dona Maria, e ela é uma das nossas.

Bia quase sorriu quando voltou a si.

Doutora Anita Vogler havia acabado de pedir para que todas se retirassem, exceto Carminha e Maria, e que trancassem a porta quando saíssem. Com a ponta dos dedos, abriu as pálpebras de Bia e aproximou o seu rosto, depois abriu sua boca e olhou lá dentro, onde um pedaço mínimo de língua se contorcia de forma reflexa. A seguir, olhou os tocos em seus punhos. Bia soltou os braços dela e fez um "ah", apontando com um dos tocos para a boca.

"Água?", perguntou Anita.

Bia assentiu. Anita olhou para Carminha, que se afastou para pegar água.

"Vai ficar tudo bem, querida", disse Anita, "você está segura agora."

Dona Maria se aproximou olhando para ela, e Bia, sem perder tempo, voltou a erguer o toco até a altura do olho direito e desenhou com ele um C., como se estivesse espantando um mosquito que muito a incomodasse. Dona Maria estava virando o rosto em outra direção, mas parou no meio do movimento e voltou a olhar pra ela, agora com o cenho franzido. Bia voltou a repetir o gesto.

Os olhos de Dona Maria se arregalaram, e ela assentiu devagar, com discrição, agora observando Bia com atenção redobrada. Com o toco do braço esquerdo, Bia apontou duas vezes para a o ventre. Dona Maria acompanhou aquele movimento e voltou a assentir. Bia soltou para Anita um outro "ah-ah-ah", e ergueu uma das pernas, chamando sua atenção para os tornozelos, que a doutora correu para olhar com horror estampado no rosto.

Nesse ínterim, Dona Maria virou discretamente na direção de Amanda, que a encarava com ódio, e falou sem emitir som, mas desenhando bem com os lábios cada sílaba:

"Faça. Escândalo."

E, como se com aquele comando ela lhe tivesse apertado um botão, Amanda começou a gritar.

"Ei, puta velha. Puta de merda! Me solta! Tira essas algemas do caralho daqui."

Ela se ergueu, puxando as algemas, que tilintavam ao bater nas grades da cama, e começou a dar cabeçadas no colchão.

Anita olhou para ela e disse:

"Preciso que você se acalme, querida."

"Acalmar é o caralho, puta! Velha puta! Me tira daqui! Vai arrancar os peitos dessa velha traidora aí, não os meus!"

Ela começou a se debater na cama, como se estivesse tendo um ataque, e Anita foi em sua direção, ficando de costas para Bia e Dona Maria, dizendo:

"Não é um bom momento para isso, querida. Se você continuar com isso, terei que pegar o éter."

"Enfia o éter no seu cu!"

Bia abriu as pernas e relaxou os músculos vaginais, e Dona Maria, rápida, enfiou os dedos em forma de pinça e retirou o pequeno tecido enrolado numa pequena barra do tamanho de um punho, desenrolando-o e já adivinhando do que se tratava.

Como se estivesse num transe, Dona Maria destravou o canivete, caminhou lentamente até as costas da doutora Anita e apertou a mola de abertura, fazendo a lâmina saltar com um pequeno clique quase inaudível, mas audível o suficiente para fazer Anita parar uma frase ao meio, quando já era tarde demais, e quando a ponta da lâmina já estava encostada com firmeza em seu pescoço.

E nesse mesmo momento, enquanto Dona Maria segurava a doutora Anita por trás com a lâmina firmemente encostada em sua traqueia, Carminha entrou e estacou, perplexa, segurando um copo d'água, indecisa entre dar mais um passo à frente, ou jogar o copo e tentar correr para fora dali.

"As algemas", Dona Maria disse a ela. "Abra as algemas ou eu rasgo o pescoço dela."

25

Camargo e Garoto estavam encostados na picape.

"Será que vai dar certo?", perguntou Garoto. Ele estava inquieto, olhando o tempo inteiro para o céu.

"Vai", disse Camargo, com tranquilidade.

"Posso te fazer uma pergunta?"

Camargo assentiu.

"Por que você mandou ela entregar o canivete a Dona Maria e não pra Amanda? Dona Maria é só uma..."

"Velha?", perguntou Camargo, encarando-o com seriedade.

"Eu ia dizer senhora..."

"Mas pensou velha. Não faz diferença."

Garoto desviou os olhos, envergonhado.

"A Amanda é brigona, Garoto. Ela não se integraria fácil a nenhum outro grupo. Se a deixarem solta, ela vai cair na porrada com qualquer um que cruzar seu caminho. Pouco importa se tem ou não alguma vantagem. Ela sempre foi assim. E como ela é boa de briga, duvido que a tenham deixado solta. Se isso aconteceu, foi um erro que elas provavelmente já trataram de corrigir e ela agora deve estar numa solitária algemada até pelo pescoço".

Camargo retirou o chapéu e ficou encarando-o por um tempo, pensativo.

"Dona Maria, por outro lado, engana muito bem com sua falsa fragilidade. É uma arma que ela vem melhorando há muitos anos, desde os tempos de papai. Ela demonstra fraqueza, fragilidade, submissão, se integra rapidamente. As pessoas olham praquela velha preta sofrida e pensam ah, quer saber? Ela não é grande coisa. Então baixam a guarda e se fodem. Dona Maria os fode. Eles não imaginam que ela é capaz de preparar venenos capazes de matar lentamente e sem que a vítima perceba até que seja tarde, que seus braços são firmes como os de um caçador, que ela tem a sagacidade e esperteza de uma raposa velha. Se Bia conseguir fazer com que o canivete chegue nas mãos dela, ela saberá fazer com que chegue nas mãos de Amanda. É só disso que precisamos."

Garoto refletiu sobre tudo aquilo. Estava impressionado. Durante toda a sua vida, ele mesmo subestimara Dona Maria, chamando-a de velha e até de coisa pior.

"E como vamos saber se deu certo?"

Camargo recolocou o chapéu.

"Vamos saber, Garoto. Elas darão um jeito de avisar."

26

"Eu disse para abrir as algemas", repetiu Dona Maria, e um filete de sangue já deslizava no ponto em que a lâmina encostava a pele enrugada do pescoço da doutora Anita.

"Faça o que ela está pedindo, Carminha", disse a doutora, com a voz trêmula.

Carminha ainda hesitava.

"Faça, mulher, pelo amor de deus."

Bia olhava aquela cena com uma ansiedade crescente. Carminha pegou a chave na cintura e soltou as algemas dos pulsos de Amanda.

"As dos pés também", disse Dona Maria.

Carminha obedeceu. Amanda se ergueu triunfalmente, acariciando os punhos. O rosto inchado claramente feliz.

"Agora, doutora, cadê o bisturi?", perguntou Dona Maria.

"O quê?"

"Cadê o bisturi, doutora?"

Anita apontou para o balcão do lado esquerdo.

"Estojo preto", disse.

"Amanda", sinalizou Dona Maria.

Amanda se dirigiu até o balcão e abriu o estojo, retirando o bisturi.

"Isso é afiado mesmo?", perguntou, erguendo a pequena haste com a lâmina virada pra cima.

"Vamos", disse Dona Maria.

Carminha continuava parada, sem saber o que fazer. Amanda se aproximou dela, olhou para doutora Anita e disse:

"Se vocês colaborarem, ninguém morre. Só queremos voltar pro nosso grupo."

Ela se posicionou por trás de Carminha e apoiou o bisturi em seu pescoço.

"Agora vamos", disse Amanda. "Precisamos trocar umas palavrinhas com Diana."

27

"Você sabe qual é o sinal?", perguntou Dirley para Mago.

"Não faço ideia".

Eles observavam a fazenda ao longe.

"Parece que tem mais mulheres que antes."

"Acho que tem a mesma quantidade."

"Será que a garota já conseguiu entrar?"

"Acho que sim."

"Que merda. Como vamos reconhecer um sinal que nem sabemos qual é?"

"Caralho, Dirley, tu não conhece o Camargo? Já viu ele dar uma fora? Relaxa, porra."

Dirley ficou em silêncio.

28

Diana e Samanta estavam terminando de cobrir os túmulos de areia quando ela viu, saindo do casarão, Amanda e Dona Maria empurrando, respectivamente, Carminha e a doutora Anita como reféns. Num primeiro momento, não acreditou em seus olhos: olhou, viu, continuou olhando, e simplesmente não acreditou no que via. Mas mesmo sem acreditar, seu corpo treinado para reagir rápido jogou a pá de lado e pulou para pegar o arco e a aljava largados no chão soltando uma frase que nunca, em nenhuma circunstância, ela imaginara saindo de sua boca.

"Puta que pariu, mana!"

Com a velocidade que lhe era característica, e a despeito dos ferimentos causados pelos últimos acontecimentos, Diana correu em direção a elas já com o arco em punhos, Samanta em seu encalço.

"O que vocês pensam que estão..."

"Diana", chamou a doutora, a voz subitamente fina. "Por favor."

Seus braços estavam estendidos, as palmas das mãos abertas.

"Como isso aconteceu?", perguntou Diana. "COMO ISSO FOI ACONTECER, PORRA?!"

Diana apontava a flecha para Dona Maria e Anita, e então para Amanda e Carminha. Os olhos procurando por trás delas alguma das outras irmãs.

"Diana", repetiu Anita. "Elas só querem ir embora. Elas só querem sair. Por favor."

Dona Maria olhou para Amanda e a chamou.

"Amanda", disse ela, movendo a cabeça para o lado oposto.

Amanda olhou para a direção que ela sinalizava com a cabeça, e viu. Um pouco ao lado do celeiro, uma pira de fogo construída com tijolos iluminava a noite. Ao lado, vários pedaços de lenha empilhados e um atiçador de ferro. Um pouco além, empilhados ao lado do celeiro, alguns fardos do capim seco que as irmãs usavam para alimentar os machos.

Ela deu dois passos para trás arrastando Carminha. Diana e Samanta moveram seus arcos na direção delas.

"Aqui, Diana", disse Dona Maria. "O seu assunto é comigo. A gente só quer ir embora, ouviu? Larguem o arco, deixem a gente ir."

Mas Diana acompanhou Amanda com os olhos e percebeu o que ela estava prestes a fazer. Ela a viu se aproximar da pira, empurrar Carminha com força de modo que ela tropeçou nas próprias pernas e caiu rolando no chão, depois a viu espetar a ponta do atiçador num pedaço de madeira em brasas e olhar em direção ao celeiro.

"Desculpe, doutora", disse Diana, seu tronco girando na direção de Anita, as mãos empunhando o arco com firmeza enquanto Dona Maria, percebendo o que Diana estava prestes a fazer, antecipava o próximo movimento.

Zzzzpf.

A flecha cravou com força no peito da doutora Anita, e ela girou com as pernas moles e caiu de lado. Sem acreditar no que Diana tinha acabado de fazer, Dona Maria correu na direção de Amanda, que por sua vez corria em direção ao celeiro, com Diana em seu encalço.

Uma flecha passou raspando pelo ouvido de Dona Maria e ela se jogou no chão, rolando, não sem antes ver uma mulher de rosto sorridente segurando um arco de forma desajeitada.

Diana pulou nas pernas de Amanda e a derrubou, mas Amanda ainda teve tempo de jogar o pedaço em brasas da lenha sobre o monte de capim seco.

Instantaneamente, o capim começou a crepitar.

"NÃÃÃÃÃÃO!", gritou Diana, esmurrando o rosto de Amanda.

Amanda não desviou os olhos do capim, querendo se certificar de que estava pegando fogo, e só então quando começou a ouvir os estalos e a fumaça subindo e as chamas azuladas aparecendo, voltou-se para Diana e lhe deu uma joelhada. As duas rolaram no chão trocando socos e cotoveladas, sentindo o calor e a claridade aumentar ao lado delas. As outras irmãs que cuidavam da cerca já estavam subindo correndo em direção ao fogo, os arcos empunhados, as expressões tomadas pelo horror.

29

"Fogo, porra!", gritou Dirley.
O Mago se levantou.
"Eu disse, não disse?"
Ele engatilhou o fuzil, olhou para Dirley e falou:
"Nossa vez. Engatilha essa porra aí e cuidado pra não fazer merda."
Dirley deu uma gargalhada.
"Fatiar?"
Mago deu de ombros.
"Precisa não. Vamos detonar aquelas índias do caralho."

30

"É a nossa deixa", disse Camargo, olhando para a nuvem de fumaça preta que subia em direção ao céu. Encaixou o chapéu na cabeça e subiu na caçamba.

"Simbora, Garoto. Põe a máscara, vai ter fogo."

Garoto olhou para ele.

"Cadê a sua?"

"Sei lá. Deve ter explodido numa das picapes. Que se foda."

Garoto riu, entrou na cabine, ligou o carro, e acelerou em direção a Atenas.

31

Espanhol olhou fascinado para as chamas aumentando. Que loucura era tudo aquilo. Seu pai adotivo o havia ensinado sobre essas coisas que ele chamava de "a vida como ela é agora", mas há muito tempo ele não via que a vida ainda era exatamente da mesma forma como seu pai descrevera. Tanto tempo sem contato com mais ninguém fez com que ele alimentasse a expectativa de que era o último homem vivo, e ao mesmo tempo a esperança de que, caso houvesse outras pessoas, o mundo teria retornado a um estado de paz.

Seu pai dizia: "Se você quer paz, esteja preparado para a guerra."

Dizia: "Se precisar matar para sobreviver, mate. Se precisar matar para salvar uma pessoa querida, mate. Mas só nesses casos, Espanhol. Matar por vingança, matar por matar, matar simplesmente... são caminhos sem volta. Um dia você mata alguém e algo se rompe em você, e vira uma questão de tempo até que você mate de novo. E de novo e de novo e de novo até que isso não signifique nada, e toda a crise de consciência que isso te causava no início acaba se tornando uma espécie de orgulho: você mata sem crise de consciência, você é como um deus", e então ele dera uma imensa gargalhada encatarrada, chegando quase a perder o fôlego. Ao se recuperar, disse: "Você acha que eu sempre fui assassino? Pelo amor de deus, eu era professor de inglês!"

Ele respirou fundo e prendeu a máscara no rosto. *Fogo. Se tem fogo, máscara, Espanhol. Nunca se esqueça disso. Sem máscara você morre sem perceber. Os elementos da máscara são: terra, fogo e ar. Tempestade de areia, incêndio e zonas mortas. Entendeu? Repita comigo: tempestade de areia, incêndio e zonas mortas.*

Suas mãos estavam suadas. Ele as esfregou na calça até senti-las mais ou menos secas, pegou uma esfera e colocou no estilingue.

Espere.
Você vai mesmo fazer isso, Menino Espanhol?
Vou.
Por quê?
Mataram meus amigos.
Eles são mesmo seus amigos?
São.
Como sabe disso, Menino Espanhol? Como sabe disso?
Eles confiam em mim. Eles me deram comida sem pedir nada em troca.
É um caminho sem volta, Menino Espanhol. Você sabe disso, não sabe?
Ele respirou fundo uma, duas, três vezes.

"Eu sou Espanhol", disse em voz alta, admirando o fogo que aumentava cada vez mais.

"Eu sou Espanhol", repetiu, enchendo-se de coragem e começando a correr na direção de Atenas. Gritando.

"Eu sou Espanhoooooooooool!"

32

Diana gritou para elas, uma mão estrangulando o pescoço de Amanda, um joelho apoiado sobre o seu braço esquerdo, o outro esmagando sua caixa torácica:

"VIGIEM A CERCA!"

Amanda estava perdendo o fôlego, seu outro braço tentava socar Diana, mas estava sem forças e acabou caindo de lado como um pedaço de carne morta. Da mesma forma, ela sentiu o mundo se apagar à sua volta.

"Diana!", disse uma das amazonas, "O fogo! Eles vão morrer todos!"

"Eles que se fodam! Vigiem a cerca!"

"O que tá acontecendo?", perguntou outra.

"VIGIEM A PORRA DA CERCA!"

Algumas das irmãs hesitaram, duas voltaram correndo para as cercas. Uma das que ficaram disse:

"Eu vou abrir o celeiro", e correu em direção à porta do galpão em chamas.

"Não, mana! Não faça iss..."

Mas a irmã já havia corrido. Diana gritou para as duas que ficaram olhando, como se aguardassem a ordem que já esperavam.

"Impeçam ela. IMPEÇAM ELA!"

Elas correram em direção à irmã, mas já era tarde. Ela havia destravado a porta e a estava empurrando, uma viga caiu do teto no mesmo momento em que a porta se abriu, jogando faíscas para todos os lados e aumentando as chamas dentro do galpão. Cerca de dez homens nus, magérrimos, cegos, cambaleantes e castrados andavam de um lado para o outro, chocando-se entre si, tateando o espaço vazio à sua frente. A irmã entrou e começou a empurrá-los em direção à porta. A fumaça cobrindo todo o ambiente, as vigas estalando no teto. As irmãs que a seguiram tentaram trancar a porta de novo, com ela ainda dentro do celeiro, mas o fogo já havia se espalhado e elas recuaram.

Amanda tentou erguer o braço mais uma vez. Seus pulmões puxando o ar com força, fazendo um barulho gorgolejante. Diana estava totalmente alheia a ela, olhando do celeiro em chamas para a cerca, e então para o celeiro de novo. Foi quando ouviu o primeiro tiro.

Passou raspando por sua cabeça. Ela se jogou no chão num reflexo e começou a rolar. Mais tiros começaram a vir de todas as direções. Diana correu em zigue-zague em direção à cerca.

"TIROS!", gritou. "JÁ ESTÃO AQUI!", saiu gritando para as irmãs, que se voltaram para a parte interna da fazenda e começaram a correr com os arcos em punho.

"Atirem pra matar! Pra matar! Não importa quem seja!"

Samanta surgiu correndo em sua direção, segurando o arco sem muito jeito, e ainda sorrindo. Diana pulou na frente dela e deu um empurrão em seu peito.

"Me dá esse arco, mana. Agora."

Samanta entregou o arco e a aljava, Diana o empunhou e disse, arregalando os olhos completamente ensandecidos.

"Na enfermaria. Mate aquela mulher sem mãos. Use a faca."

E saiu correndo para o meio do tumulto. Irmãs corriam atirando flechas de um lado pro outro, tiros e cliques vindo de direções aleatórias, machos saindo do galpão com o corpo em chamas, gritos por todos os lados. Diana semicerrou os olhos e girou, tentando ter uma visão mais organizada da situação, e seus olhos deram com as costas de um dos atiradores. Ele usava um escudo, como se fosse um casco de tartaruga. Rápida, ela atirou uma flecha em sua nuca e ele caiu de joelhos sobre sua arma. Ouviu o grito de outro.

"MAGOOOOOO!"

E logo ele apareceu do outro lado, erguendo o fuzil e apontando pra ela. Seis flechas voaram na direção dele ao mesmo tempo. Pegando-o por todos os lados. E ele caiu quase num passo de dança. Outras irmãs sugiram do nada, para se certificar que ele estava morto. Diana sorriu. Estava começando a gostar daquilo.

Então ela ouviu um ronco e viu as luzes — e por alguns segundos ela não entendeu o que poderiam ser aquelas luzes —, e então mais tiros enquanto a picape, ganhando velocidade, passava por cima de várias irmãs que tentavam correr dela.

Outras irmãs se posicionaram em volta da picape tentando acertar flechas em Camargo, que atirava calmamente da caçamba com um fuzil. Diana tremeu de ódio, e terror.

A picape parou no meio da fazenda, Camargo pulou da caçamba gargalhando, o chapéu enfiado na cabeça, e atirando em tudo que se movia. Garoto desceu e também começou a atirar. Diana correu para dar a volta e pegá-los por trás, mas Camargo a viu e saiu correndo atrás dela. Garoto sentiu algo raspando em sua máscara e se jogou no chão, uma flecha. Olhou na direção em que a flecha viera e uma mulher já estava preparando a segunda. Atirou. Clique. Atirou de novo. Clique. Não arriscou o terceiro. Rolou no chão e saiu correndo e a flecha atingiu exatamente o lugar onde ele estava um segundo antes. Ele olhou pra trás e viu que ela vinha em seu encalço, já preparando outra. Mirou e atirou de novo. Clique. De novo. Clique. Jogou a arma, pegou a faca, estava se preparando para tentar se desviar de mais uma flechada quando ela deu um grito engasgado, levou a mão ao pescoço e caiu de joelhos. Sangue começou a descer por seu pescoço e ela começou a gorgolejar, fazendo com que mais sangue jorrasse, e então caiu. Uma voz disse ao lado do garoto:

"Eu sou Espanhol."

Garoto não conseguiu conter a alegria e deu um abraço nele. Outra flecha voou na direção deles e eles correram em direções oposta. Garoto procurou Camargo com os olhos, mas não o encontrou. Um homem pegando fogo passou correndo bem à sua frente e então caiu. Do outro lado, Espanhol armava o estilingue quando uma mulher pulou sobre ele. Os dois giraram no chão e Garoto correu para ajudá-lo, mas outra mulher também pulou sobre ele, derrubando-o.

"Espanhol!", gritou Garoto, sem tirar os olhos da direção onde Espanhol caíra, mas com os braços e o corpo tentando se defender da mulher sobre ele que tentava esfaqueá-lo. Ele tentou empurrá-la, mas ela desviou e cravou a ponta da faca em seu peito, provocando uma dor aguda e uma carga de adrenalina que o fez segurar o pulso dela com força e girá-lo, quebrando-o. A mulher deu um grito, Garoto retirou a faca de si e mergulhou nela, uma, duas, três vezes, os olhos alternando entre a mulher e a direção em que Espanhol caíra. Quando viu que a mulher que o atacara estava morta, levantou-se e saiu correndo até lá.

Percebendo que Camargo a seguia, Diana mudou os planos e correu para a floresta. Enquanto corria, ouvia Camargo gritar e rir atrás dela.

"Volta aqui, sua puta, eu vou ensinar o que acontece quando alguém tenta foder comigo."

Diana ignorou os gritos e continuou correndo. Sabia o que ia fazer. Quando se aproximou da cerca externa, ela pulou e, do outro lado, hesitou por alguns segundos.

Esquerda, esquerda, pensou e correu naquela direção.

Camargo pulou a cerca atrás dela.

"Eu pensei que você fosse menos covarde, puta."

Ele parou, tentando identificar o local para onde ela havia corrido, e então seguiu naquela direção, mas não por muito tempo. Como se o inferno se abrisse sob seus pés, ele foi tragado por um buraco e caiu sobre um conjunto de estacas pontiagudas. Nádegas, um dos pulmões, seu braço esquerdo. Perfurados.

Camargo sentiu uma ânsia de vômito e então cuspiu uma golfada de sangue.

"Caralho", falou, ainda sem entender direito o que tinha acontecido.

Então a cabeça de Diana apareceu lá no alto, com uma expressão triunfal dominando o rosto.

"Com arma de fogo é fácil bancar o machão. Eu teria acabado com você no mano a mano."

Camargo tentou mexer um dos braços e uma dor lancinante percorreu todo o seu corpo. Seus olhos procuraram o fuzil, sem sucesso.

"Eu vou reconstruir, grandalhão. Tudo o que vocês destruíram, eu vou reconstruir. Atenas só morre quando eu morrer."

Camargo soltou outra golfada de sangue, sujando toda a barba. Sorriu.

"Eu poderia acabar com seu sofrimento com uma flechada, mas o problema é que eu adoro ver macho sofrendo."

Camargo cuspiu mais sangue.

"Então vou sentar aqui e assistir você morrer. Não deve demorar muito, não é?"

Ela sentou-se na beira do buraco e continuou olhando para ele.

"Você tem sorte de ser tão grande, sabia? Essa armadilha foi feita pensando em capivaras, não em cavalos. Ela foi feita por uma de nós, uma que você já teve o prazer de conhecer. Uiara. Aquela que vocês atropelaram na estrada. Irônico, não é?"

Camargo conseguiu mover o braço e forçar o corpo para fora das estacas que atravessavam sua nádega e sua coxa. Grunhia de dor. Diana olhava para ele com tranquilidade.

"Se quiser sair e tentar um mano a mano aqui em cima, macho, eu não me importo. Matar você com minhas próprias mãos seria um bônus."

Respirando com dificuldade, Camargo retirou a estaca que atravessava seu braço esquerdo. A dor era tão aguda que seu corpo tremia. Toda a carne latejava.

"Vamos lá, grandão, você consegue. Acredite no seu potencial."

"Filha da puta", murmurou Camargo. "Se eu sair daqui eu vou te virar do avesso na porrada."

Diana deu uma gargalhada.

"Taí uma coisa que estou louca pra ver. Tão louca que tô quase descendo aí pra te ajudar a sair."

Então começou a chover.

Camargo fechou os olhos e sentiu a chuva negra e gelada, com cheiro de bosta cair sobre ele. Pensou: *Então é assim que vai ser? Morrer numa porra de armadilha de capivara banhado por uma chuva de merda?* Ele começou a gargalhar, mas foi interrompido por mais uma golfada de sangue. Tossiu engasgado.

"O que é tão engraçado?", perguntou Diana. "Adoraria rir um pouco também."

Camargo apoiou os braços no chão e forçou o corpo pra cima. Retirando a estaca que perfurara o seu pulmão. Diana aplaudiu.

"uou! Impressionante! Você é mesmo um macho durão, hein? Tô gostando de ver. Agora sobe aqui. Vem! Sobe aqui, macho! Vamos tirar toda essa história a limpo, resolver nossas diferenças DIPLOMATICAMENTE! Não é assim que faziam antes? Sobe aqui, grandão. Larga as armas e sobe aqui."

Diana se levantou e pegou o arco.

"Se pegar alguma arma, grandão, eu meto uma flecha no seu irmãozinho aí embaixo."

Gemendo de dor, Camargo ficou em pé dentro da armadilha, curvado, respirando com dificuldade, a parka e a calça encharcadas de sangue.

"Tira as armas, grandão."

Ele olhou para Diana e sorriu.

"Como é teu nome, puta?"

Diana deu uma gargalhada.

"E pra que você quer saber mesmo?"

Camargo estendeu a palma da mão aberta, retirou o cinto e o jogou no chão. Depois se agachou, retirou a faca da bota e a jogou no chão. Abriu os braços.

"Sem armas", disse. Estava tonto, tinha a sensação de que iria desmaiar a qualquer momento. Sentia falta de ar.

Diana baixou o arco.

"Eu gosto de saber o nome dos meus mortos", Camargo explicou.

Diana deu uma gargalhada.

"Eu posso matar você agora com uma flechada. Por que está tão confiante?"

Ela voltou a erguer o arco e apontar uma flecha pra ele.

Camargo cuspiu mais uma golfada de sangue.

"E aquela história de mano a mano, puta?"

"Palavras são apenas palavras, grandão", disse Diana, esticando a corda e descendo o arco, mirando na cabeça dele.

Camargo a encarou, compreendendo subitamente que aquele era mesmo o seu fim. Os olhos da puta, seja lá como se chamasse, tinham aquela sede de sangue que precede o homicídio. Camargo conhecia bem aquele olhar. Ela não *hesitaria*.

Ele abriu os braços e sorriu.

"Não hesite", disse.

Diana girou o arco e soltou a corda num movimento esquisito e aleatório. A flecha passou longe de Camargo, cravando no chão ao lado de uma estaca. Ele olhou para a flecha, ainda oscilante, e depois voltou a olhar pra Diana, intrigado. Ela havia sumido da borda do buraco, mas ele viu o seu braço surgir de repente, a mão espalmada, e então ouviu o barulho gorgolejante de alguém sendo degolado.

"Puta?", perguntou. "Que porra é essa?"

Então Camargo começou a ouvir, em meio a tempestade, o barulho familiar de facada atrás de facada, atravessando carne, cartilagens, tendões, raspando e perfurando ossos. Um barulho — tchic, tchic, tchic — cada vez que a faca perfurava o corpo. Sangue começou a descer pela lateral do fosso. Camargo percebeu pelo braço imóvel e amolecido que via agora que ela estava morta.

Quem será?, pensou com inexplicável tristeza.

Uma cabeça raspada surgiu lá em cima e olhou pra ele. Era uma delas.

Ela olhou para Camargo e um raio explodiu no céu, clareando tudo e exibindo um rosto sorridente e todo coberto de sangue.

Camargo encostou-se na parede do buraco e acenou para aquela cabeça que mais parecia uma visão. Mas ela sumiu sem acenar de volta.

33

Quando Garoto e Espanhol encontraram Camargo na manhã seguinte, ele ainda não estava morto, mas era quase impossível que sobrevivesse por muito tempo. Estava ferido em vários pontos do corpo. O dano mais grave era o do pulmão.

Quando o encontraram, ele estava sentado ao lado do corpo dilacerado de Diana, todo ensopado e sujo, com um filete de sangue saindo da boca, a barba dura de sangue seco, lama e mato. Respirava com dificuldade. Ele havia conseguido sair do buraco, mas suas forças pareciam ter acabado em seguida. Quando o encontraram, Garoto e Espanhol acharam que ele havia esfaqueado Diana.

"Precisamos tirar ele daqui", disse Garoto para Espanhol. "Vá buscar ajuda."

Atenas havia se rendido durante a noite.

Enquanto Camargo corria atrás de Diana em direção da floresta, Amanda recuperara as forças para se levantar e sair procurando o seu grupo no meio daquele tumulto. Foi encontrada por Dona Maria, que havia deslocado um braço na queda, mas fora isso estava bem. Desde aquela queda, ela havia passado todo o tempo caída, fingindo que estava morta. Juntas, elas encontraram Carminha e a doutora Anita Vogler, feridas, mas ainda vivas — Anita tinha uma flecha atravessando seu peito. Carminha ajoelhou-se achando que elas a matariam, mas Dona Maria gritou até que ela ouvisse que era hora de parar com aquilo.

Elas já não ouviam tiros fazia algum tempo, e então viram Garoto se aproximando com Bia nos braços, como um bebê, e Espanhol ao seu lado. Estavam feridos e rendidos. Quatro irmãs sobreviventes os escoltavam com flechas erguidas.

Havia corpos espalhados por todos os lados.

A doutora Anita, respirando com dificuldade, pediu para as irmãs baixarem as armas.

"Acabou, irmãs", disse. "Acabou."

As irmãs a princípio hesitaram. Disseram:

"Não encontramos Diana."

A doutora apontou para a flecha em seu peito e disse:

"Aqui está ela."

E as irmãs ficaram sabendo, horrorizadas, o que Diana havia feito.

"Acabou", voltou a repetir a doutora.

Foi pouco depois disso que começou a chover. Aquele pequeno grupo andou pelas imediações da fazenda, contando os corpos e os feridos praticamente em silêncio. As únicas pessoas que não encontraram foram Camargo, Diana e Samanta.

Quando o céu se abriu e o sol começou a despontar no horizonte vermelho, o galpão ainda fumegava, mas já não havia fogo vivo. Garoto e Espanhol foram procurar Camargo e Diana, enquanto, com a ajuda de Carminha e Amanda, as demais se ocuparam de cuidar dos feridos. Colocaram o braço de Dona Maria no lugar, retiraram a ponta da flecha da doutora Anita, algo que Carminha fez com tranquilidade — em sua carreira como auxiliar de Anita, tirou tantas flechas que poderia fazê-lo com os olhos fechados.

Quando Espanhol apareceu, dizendo que haviam encontrado Camargo e Diana, Amanda e outra irmã seguiram com ele em direção ao local. Amanda, Garoto e Espanhol conseguiram, juntos, levar Camargo até a fazenda. Ele já estava inconsciente e pálido.

Mesmo ferida, a doutora Anita, acompanhada de Carminha e Dona Maria cuidaram dele e dos demais feridos. A doutora achava que ele iria sobreviver, mas não tinha certeza alguma. Tudo dependeria de como o corpo dele reagiria e de possíveis infecções.

Quanto a Diana, seu corpo foi levado em frangalhos de volta a Atenas, mais parecido com um balão estourado, murcho, com tantas facadas que era impossível saber ao certo a quantidade. Naquele momento, todos acharam que tinha sido Camargo. Todos menos Samanta, que desapareceu e nunca mais foi vista.

COLLAPS

EPÍLOGO

Assim expira o mundo
Não com uma explosão, mas com um gemido.
"Os Homens Ocos", T.S. Eliot

Ele não sabia quanto tempo havia se passado desde a queda de Atenas, mas os passos inseguros e vacilantes do pequeno Rodrigo davam a entender que fazia bastante tempo. Com os pés encardidos e uma fralda de tecido toda suja de terra, o pequeno deu dois passos com os braços esticados para a frente, tropeçou, caiu sentado, tentou entender o que tinha acontecido, e engatinhou em sua direção. Garoto o abraçou e o ergueu nos braços.

"Muito bem, filho", disse.

"Daqui a pouco vai estar correndo", comentou Dona Maria ao seu lado. "Eles crescem rápido."

Ela terminou de estender uns lençóis e ficou perdida em pensamentos, olhando para o céu vermelho. No horizonte, nuvens negras se formavam aos poucos. Ela suspirou.

Ao lado deles, Bia os observava cheia de sentimentos controversos e desagradáveis, suscitados principalmente pela semelhança que seu filho tinha com o pai. Os mesmos olhos, a mesma cor de pele, os mesmos trejeitos. Ela se perguntava se conseguiria amá-lo algum dia.

Estava sentada numa poltrona de madeira, um copo com água apoiado na cadeira, que ela de vez em quando apanhava pressionando os dois tocos do braço e bebia. Seus tornozelos haviam se recuperado bem, e ela agora já conseguia caminhar um pouco sem sentir dor. Doutora Anita dizia que dentro de mais alguns anos ela talvez fosse capaz até mesmo de correr e saltar.

Aos poucos, estava se acostumando com seus braços e aprendera a usar as pernas para fazer coisas que antes não pareciam possíveis, como se vestir, por exemplo.

Mas ainda não se acostumara ao filho.

Descobrira que estava grávida tarde demais, e um esforço consciente de autoengano a fizera acreditar que o filho era de Garoto, com quem já vinha mantendo relações sexuais há algum tempo. Não era.

Depois do parto, para a surpresa de todos, Bia recebeu em seus braços um garoto saudável e forte de pele negra, com olhos espertos e uma expressão séria demais para um recém-nascido.

Era, naturalmente, o filho de Nêgo Ju, seu primeiro estuprador, o homem que matara seus amigos, e arrancara sua língua.

Durante um bom tempo se recusou a ver o recém-nascido, a aceitá-lo, a tomá-lo no colo e cuidar dele. Se agora, ainda que com alguma relutância, o fazia, era tão somente por causa de Garoto.

Bia o amava. E quando ele, com toda a sua ingenuidade, a chamou de lado e recontou sua história, pedindo por favor para que ela aceitasse a criança, que fosse mãe da mesma forma como ele se esforçaria para ser pai, ela não viu outra saída a não ser aceitar, por ele, aquele sacrifício.

O amor se prova em sacrifícios, era o que Camargo costumava dizer.

Chamaram a criança de Rodrigo em homenagem a Velho, com a condição de que o próximo filho, que ela agora esperava, se chamaria Adriano.

Mais adiante, viram Espanhol, Titina, Camargo e Amanda se aproximando. Eles traziam consigo uma capivara morta, apoiada nas costas de Camargo. Ele a jogou no chão.

"Almoço", disse.

Ele sorria, como de costume, mas dessa vez havia algo diferente em seu sorriso. Algo mais *verdadeiro*. Um sorriso legítimo, que não parecia forçado ou ensaiado, apenas um sorriso.

"Faz tempo que não vejo uma tão gorda", comentou Dona Maria.

Camargo deu um tapa em Espanhol e disse:

"Tiro do nosso Papito aqui."

Espanhol mostrou o estilingue.

"A melhor arma do mundo", disse.

O seu português havia melhorado muito.

Algo havia mudado em Camargo desde a queda de Atenas. Ele parecia ter envelhecido bastante naquele meio tempo, como atestavam a barba e os cabelos, agora bem mais grisalhos. Mas não era só isso. Sua atitude em relação às coisas também havia mudado: ele já não vivia procurando o isolamento, ou com a boca enfiada numa garrafa de uísque, nada disso. Camargo havia sobrevivido à queda e à cirurgia feita em condições tão precárias, e havia sobrevivido até mesmo à infecção que o fizera tremer e delirar de febre por vários dias, enquanto Dona Maria, Carminha e a doutora Anita Vogler corriam de um lado para o outro tentando salvá-lo.

Tivera sorte de ter sobrevivido, apesar de eles acreditarem, de não terem a menor dúvida de que Camargo, o velho Camargo, havia de fato morrido ali.

Quando seu corpo finalmente parou de tremer, quando venceu finalmente aquela batalha contra a infecção, o homem que levantou daquela cama não era Camargo, mas alguém mais silencioso, taciturno, não mais obcecado por defesa, armas, guerra.

Quando reuniu forças suficientes, o novo Camargo chamou todos para uma pequena reunião e contou o que tinha acontecido na floresta. Ao falar sobre a mulher que aparecera do nada e esfaqueara Diana pelas costas, a doutora Anita o interrompeu com um nome: Samanta.

Um resumo da história de Samanta foi então narrado para os ouvidos impressionados e envergonhados ali reunidos. Quando a reunião terminou, houve uma breve discussão que acabou por reconduzi-lo à condição de líder do novo grupo. Ele tentou se desvencilhar, disse que não precisavam de um líder, insistiu que o cargo ficasse com a doutora Anita, a única que era indiscutivelmente respeitada por todos, mas eles foram inflexíveis, a decisão foi unânime, e ele acabou aceitando, desde que não chamassem mais aquele lugar de Atenas.

Quando as coisas já estavam estabelecidas e a vida na fazenda ganhou uma rotina sólida, cada um com seus afazeres, Camargo chamou Garoto de lado e disse:

"Venha comigo. Tá na hora de aprender a ler."

E completou:

"Você precisa se comunicar com a sua mulher."

E assim, todas as manhãs iam para a parte externa da fazenda, às vezes seguidos por Espanhol, e Camargo, armado com um graveto, desenhava no chão cada uma das letras do alfabeto com suas respectivas famílias silábicas, formando e combinando palavras simples, muitas das quais precisava explicar o conceito, pois, nas palavras de Espanhol, não passavam de netflixes.

Com o tempo, Garoto conseguiu entender aquela lógica tão estranha, tão semelhante a um código, um enigma, e passou a se comunicar melhor com Bia. Eles passavam horas conversando, ela girando o toco dos braços cada vez mais rápido, ele formando as palavras-chave e respondendo com bom humor e disposição.

O novo Camargo também passara a incentivá-los a ter filhos. Dizia que era uma aposta no futuro que precisavam fazer, ainda que tudo levasse a crer que não haveria um futuro para mais ninguém além deles. Assim, Bia engravidara de Garoto, e esperava mais um filho. Titina e Eli, duas das poucas irmãs que haviam sobrevivido, estavam grávidas de Espanhol. Eli estava com o bebê para nascer a qualquer momento, e Titina ainda estava nas primeiras semanas.

Quanto a Amanda e Camargo, diziam estar tentando alguma coisa, mas ninguém acreditava nisso.

Naquela manhã, com a capivara sangrando aos pés deles, Bia sentada na poltrona com um filho de Garoto crescendo na barriga, e Garoto com o filho de Nêgo Ju no colo — uma criança que ele estava disposto a criar da mesma forma que Velho o havia criado —, enquanto Camargo, Amanda, Espanhol e Titina conversavam descontraídos, Dona Maria gritou de repente, apontando para o céu.

"Vejam!, Vejam!"

Eles olharam todos ao mesmo tempo, e viram com surpresa três urubus voando em círculos.

"Buitres", disse Espanhol, lembrando finalmente o nome daqueles pássaros que tanto o impressionavam. "Pássaros da morte."

"Faz anos que não vejo esses pássaros", comentou Dona Maria. "Acho que a última vez foi nos primeiros anos, quando eles se tornaram uma espécie de praga e estavam em todos os lugares. Tínhamos literalmente que lutar contra eles nas ruas."

"Será que trazem a esperança?", perguntou Amanda.

Titina esticou os braços e pegou Rodrigo no colo.

"Esperança?", perguntou Garoto, sem tirar os olhos dos urubus.

"É, de que a Terra vai começar a se recuperar, de que dias melhores virão. Coisas assim."

Camargo sorriu.

"Que a vida nos livre", disse, ajeitando o chapéu na cabeça e se retirando, agora com um andar manco, "da esperança trazida por urubus."

POSFÁCIO
ROBERTO DENSER

MAIS ATERRORIZANTE QUE A FICÇÃO

Na madrugada de 9 de julho de 2009, um casal paraibano se armou com facões e invadiu a casa dos vizinhos, onde sete pessoas da mesma família dormiam tranquilamente. Tentando não fazer barulho, o homem entrou no quarto do casal dono da casa — um gesseiro e sua esposa, na ocasião grávida de gêmeos —, enquanto a mulher invasora se ocupou das crianças, que dormiam divididas entre um sofá e um quarto com beliche. A madrugada seguiu em vermelho, e o resultado foi uma chacina tão cruel e completa que os peritos tiveram uma tremenda dificuldade para descobrir quais partes daqueles corpos pertenciam a quem, como se estivessem tentando montar um quebra-cabeça de carne e sangue. O motivo do crime? Uma discussão entre as crianças envolvendo uma galinha.

É, pois é.

Naquela época eu era um jovem estudante de Direito, e tive oportunidade de acompanhar o caso de perto. Eu estava lá, no Tribunal do Júri, quando o juiz se obrigou a interromper a sessão porque não conseguiu controlar o próprio choro. Eu estava lá quando o casal foi condenado.

E foi naquela ocasião que meu interesse pelas causas da violência começou a despertar. Um interesse intelectual, digamos assim, haja vista que eu mesmo cresci num bairro operário muito violento. Nesse lugar, traficantes jogaram uma partida de futebol com a cabeça mutilada de um adolescente de 14 anos, e outras pessoas esquartejaram um bêbado brigão e espetaram seus membros na cerca de uma plantação de abacaxi, para "servir de exemplo". Pessoalmente, sempre dei um jeito de fugir de contatos diretos com a violência real, talvez esse seja um dos motivos pelos quais mergulhei na ficção de horror.

O caso é que não precisamos de um apocalipse para conhecer as profundezas da natureza humana. Faça um teste: abra um jornal qualquer na página policial, passe os olhos pelas manchetes, e você terá um pequeno vislumbre do apetite humano pelo sofrimento: feminicídios, homicídios, infanticídios, estupros, sequestros, mutilações... o feijão com arroz da rotina policial. As atrocidades estão no dia a dia, estão por toda parte. É chocante, eu sei, mas ainda assim: é só um vislumbre.

Se você quer ter um verdadeiro panorama geral do negócio, bom, é preciso olhar pra coisas um tanto maiores, como a guerra, por exemplo, ou a própria História da espécie humana.

Vamos falar apenas da Guerra, por enquanto, e prometo não ir muito longe no texto. Enquanto escrevo esse posfácio, corre o ano de 2022 e, neste momento, a Rússia trava uma guerra contra a Ucrânia (vocês, leitores do futuro, certamente leram sobre isso nos livros de História e Geografia). Dentre as atrocidades até então documentadas, é sabido que soldados russos sequestraram mais de 120 mil crianças ucranianas, muitas das quais foram estupradas. E por falar em violência sexual, um dos casos mais estarrecedores é o do soldado russo Alexey Bichkov, que gravou e compartilhou na internet um vídeo no qual estuprava um bebê. Há outras ocorrências também, como o estupro de um menino de 11 anos em Bucha, e de uma adolescente de 14 anos, que foi estuprada por cinco soldados e acabou grávida dos criminosos. E para não ficarmos apenas no estupro dos jovens, há também o estupro de uma idosa de 78 anos. Como podem ver, a violência sexual — onipresente na história das guerras humanas — atinge principalmente crianças e mulheres. Mas está longe de ser o único tipo de violência: castração, empalamento, esmagamento (como no caso de pessoas atropeladas por tanques cuja pasta de ossos, carne e sangue só pôde ser removida do asfalto com o uso de pás), tudo isso está registrado, a despeito da "guerra de narrativas" que tomou conta do debate público acerca do tema. E isso, vejam bem, queridos leitores, é apenas o que encontramos em uma guerra contemporânea que, diga-se, começou há bem pouco tempo.

Também poderíamos, caso vocês não estejam impressionados ainda (e isso pode ser um indicativo para procurar um terapeuta), entrar na História e falar um pouco sobre o Holocausto, cujas atrocidades são bem conhecidas. Eu citaria, por exemplo, o caso dos soldados da SS que recolhiam as crianças choronas dos braços dos pais aprisionados nas fileiras e, segurando-as pelos pés, esmagavam suas cabeças contra as paredes para que "parassem de chorar", ou os experimentos de Josef Mengele, que tanto me tiraram o sono. Mas não irei tão longe, apesar de minha vontade de falar sobre como Gêngis Khan mandou decapitar milhões de crianças chinesas, ou sobre como milhares de mulheres se atiraram das muralhas de Pequim para evitar serem estupradas. E também poderia citar a própria bíblia, livro sagrado de milhões de pessoas ao redor do mundo, que se encontra cheia de relatos de canibalismo, estupro, incesto, mutilações de gelar o sangue, algumas até mesmo "em nome de ou a mando de" deus, também conhecido como "Senhor dos Exércitos".

O *Homo sapiens*, por vezes referido como *Homo ferox* na literatura que trata de seu comportamento social, é um primata. E primatas, vejam só, possuem certos padrões não apenas biológicos, mas também de comportamento em comum: há, entre os chimpanzés, registros de guerras territoriais e expansionistas, luta por poder, assassínios covardes e violentos, canibalismo e até mesmo, pasmem, estupros. Os machos, em todos os grupos de primatas, são os principais agressores (92%, segundo as estatísticas), mas não são os únicos: há registros de fêmeas que caçaram os filhotes de outras fêmeas e, bom, mataram e comeram. Soa familiar, certo?

A conclusão recorrente de minhas reflexões sobre o tema é que todo tipo de violência conhecida ocorre em um mundo dito civilizado, onde há LEIS, PUNIÇÕES, ESTADO, PODER DE POLÍCIA. O que poderíamos esperar, portanto, de um mundo que voltou ao "estado de natureza" e cujos sobreviventes só querem alimentar essa condição, sobreviver mais um dia, matar (a fome, o desejo...). A resposta, minha resposta pessoal, creio, está em **Colapso**, mas a verdade, caro leitor, é que no fundo no fundo, penso que acabei pegando leve: não há nada nesse livro que não possa ser encontrado, e superado, mesmo nos auge das sociedades civilizadas.

A boa notícia é que ainda há esperanças. As estatísticas mostram que apesar dos pesares a violência está diminuindo, e que a consciência social coletiva evolui no sentido de rechaçar e coibir a violência cada vez mais. É preciso nos apegarmos a isso.

Agora chega de falar de violência. Vamos ouvir a música *Dissertação do Papa sobre o crime seguida de orgia*, dos Titãs, e relaxar um pouco.

COLLAPSE

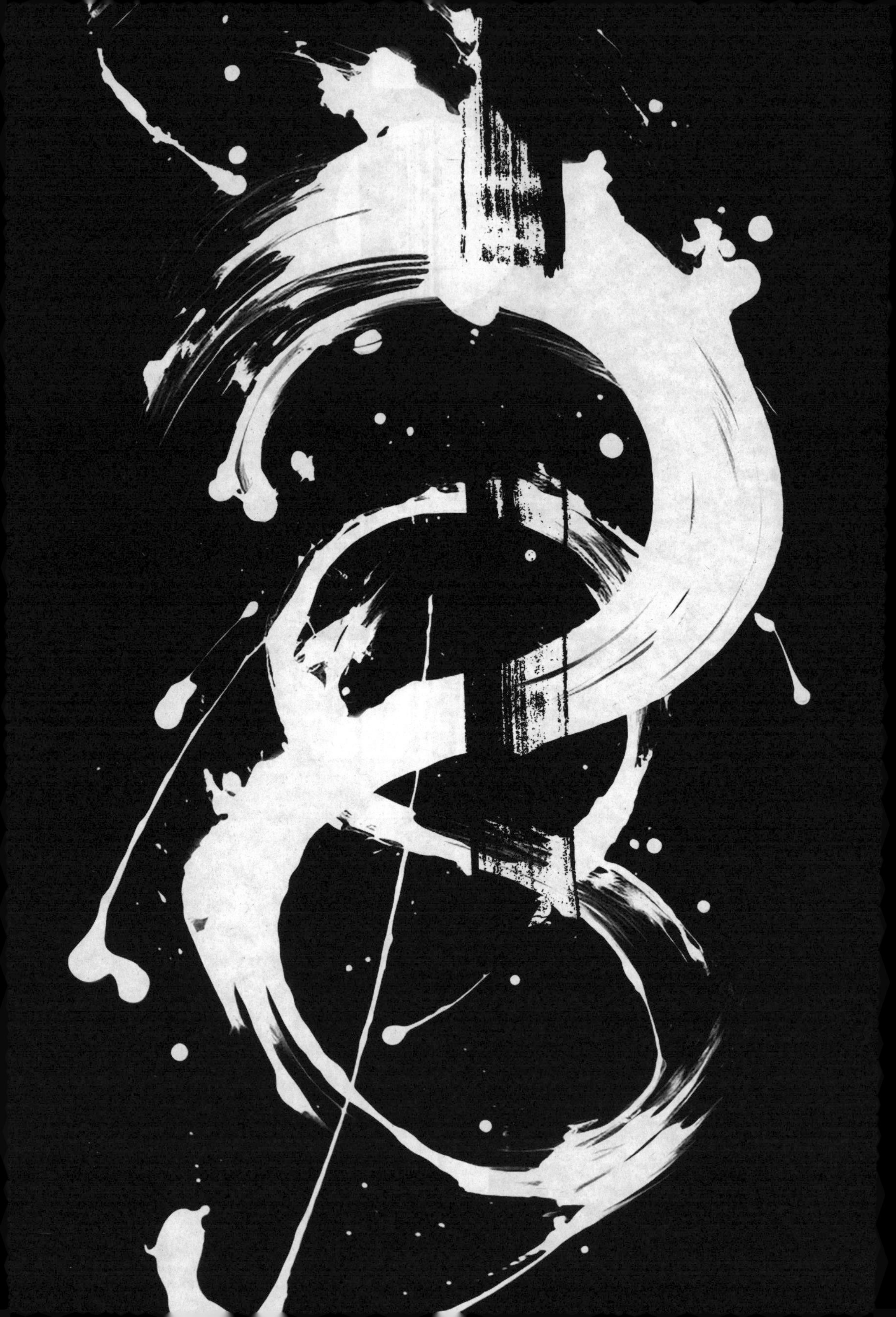

AGRADECIMENTOS

Um escritor até pode escrever um livro sozinho, geralmente o faz, mas para que o livro chegue ao leitor final em sua melhor forma, há um trabalho de equipe que envolve várias etapas. Assim, gostaria de agradecer a todos que contribuíram para que a versão de *Colapso* que o leitor agora tem em mãos fosse possível, em especial a todo o time de *Caveiras* — galera da revisão, diagramação, do projeto gráfico, do marketing e da logística, aquele abraço! —, e também a Lielson Zeni, que direcionou o original às mãos certas, e ao amigo Cesar Bravo, que com sua leitura atenta ajudou *Colapso* a chegar em sua melhor versão.

E também por todo o resto, Cesão. Você sabe do que eu tô falando.

Também gostaria de deixar registrado meu agradecimento aos leitores que estão comigo desde os primeiros rabiscos, e que nunca deram um passo atrás: Meire, Beto e Julian, vocês são demais. E, por último, ao pessoal dos clubes de leitura Clube do LivrE e Escuro Medo, que com suas leituras entusiasmadas me fizeram perceber que o horror é mesmo a minha casa, de onde eu jamais deverei sair.

ROBERTO DENSER é um escritor, roteirista e tradutor nascido na Paraíba em 1985. Dono de um espírito inquieto, se formou em Direito, mas já trabalhou como açougueiro, vendedor ambulante de sandálias magnéticas, professor substituto e livreiro. Desde a infância, Denser se dedica a prática incessante de leitura e aprimoramento de sua escrita. Na vida adulta, com um estilo narrativo extremamente pungente e impiedoso, costuma digitar seus textos em máquinas de datilografia, assim como seus maiores mestres. Denser é autor de contos, livros e roteiros, e ministra aulas de escrita criativa. Atualmente, reside no Rio de Janeiro com seus dois filhos. *Colapso* é seu primeiro romance.

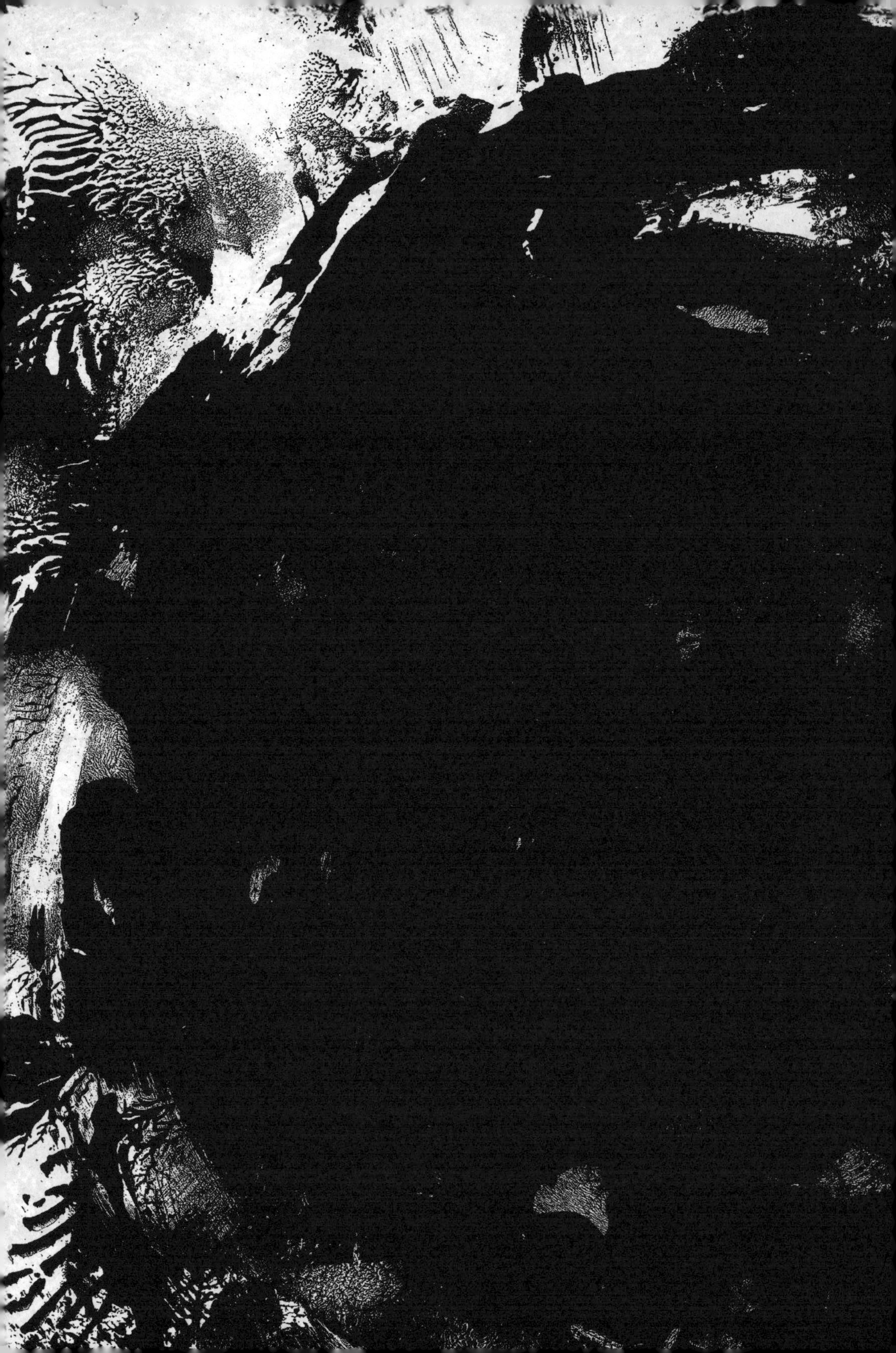

COLA

PICASSO

"O mundo quebra a todos; no entanto,
muitos deles tornam-se mais fortes, justamente
no ponto onde foram quebrados. Então, aos que
não se deixam quebrar, o mundo os mata."

— ERNEST HEMINGWAY —

DARKSIDEBOOKS.COM